Knaur.

Über die Autorin:
Elaine LeClaires große Leidenschaft ist das Schreiben. Auf ihren Reisen durch die USA, Frankreich, Deutschland und Belgien hat sie sich intensiv mit amerikanischer und europäischer Geschichte beschäftigt und viele Anregungen für ihren ersten Roman *Im Bann des Piraten* gesammelt. Elaine LeClaire lebt mit ihrem Mann und zwei Kindern in Kalifornien.

ELAINE LECLAIRE

Im Bann des Piraten

Roman

Aus dem Amerikanischen
von Sabine Schilasky

KNAUR TASCHENBUCH VERLAG

Die amerikanische Originalausgabe erschien 2005
unter dem Titel »Ship of Dreams«
bei Dorchester Publishing Co., Inc., New York

Besuchen Sie uns im Internet:
www.knaur.de

Sagen Sie uns Ihre Meinung zu diesem Buch:
Historische-Liebesromane@droemer-knaur.de

Deutsche Erstausgabe Dezember 2008

Ein Unternehmen der Droemerschen Verlagsanstalt
Th. Knaur Nachf. GmbH & Co. KG, München.
By arrangement with Dorchester Publishing Co., Inc.
Dieses Werk wurde vermittelt durch Interpill Media GmbH, Hamburg.

Redaktion: Katharina Meschkowski
Umschlaggestaltung: ZERO Werbeagentur, München
Umschlagabbildung: Agentur Schlück/John Ennis
Satz: Uhl + Massopust, Aalen
Druck und Bindung: Norhaven A/S
ISBN 978-3-426-63946-7

2 4 5 3 1

Für meine Agentin Carolyn Grayson,
weil sie meinen Traum wahr gemacht hat,
und für meine Mutter,
Nilah Merry Chamberlain,
die immer an mich glaubte.

Kapitel 1

Karibik, Sommer 1725

Lady Rosalind Hanshaw stand ganz in Schwarz an der Reling der *Bird of Paradise.* Traurig und nachdenklich sah sie aufs Meer hinaus. Bis Jamaika mussten sie noch einen ganzen Tag segeln, und eigentlich hätte diese Reise wunderschön sein können, wäre der Grund, aus dem sie ihren Bruder Thomas besuchte, nicht ein so überaus betrüblicher. Das Wasser leuchtete wie blauer Topas, auf den Wellenkronen tanzte golden das Sonnenlicht. Die Meeresbrise zupfte an Rosalinds Kleidern und zauberte Wellen in den düsteren Taft. Ein breites schwarzes Seidenband hielt den Strohhut, der ihre helle Haut vor der grellen Tropensonne schützte. Was für ein Segen wäre es, könnte sie wenigstens ihr kunstvoll gestecktes blondes Haar frei im Wind wehen lassen, da schon ihre dunkle Trauerkleidung die Tropenhitze unerträglich machte. Rosalind schalt sich im Stillen für ihren Egoismus. Sie sollte nicht darüber nachdenken, wie heiß und stickig ihr war. Ein weit größeres Leid stand schließlich Thomas bevor, wenn sie ihm die Nachricht vom plötzlichen Tod ihres Vaters überbrachte.

Das einzige Land in Sicht war eine kleine Insel ein Stück vor der Küste. Wie anders sie aussah als die weißen Klippen von Dover, und trotz der üppigen Vegetation wirkte sie traurig, so einsam und verlassen inmitten der Wellen. Genauso fühlte Rosalind sich: schutzlos elementaren Kräften ausgeliefert, die ohne Warnung zuschlugen und keine Gnade kannten.

»Lady Rosalind?«

Rosalind drehte sich zu Beatrice um, die hinter ihr stand. Wind und Sonne hatten ihr Farbe ins blasse Gesicht gezaubert, und Rosalind dachte, wie viel hübscher Beatrice in einem himmelblauen Satinkleid aussähe als in der schlichten grauen Wolle, die sie trug. Die mochte praktisch sein, wirkte aber viel zu düster. Überhaupt sehnte Rosalind sich nach ein wenig Farbe und Fröhlichkeit, nach irgendetwas, was die dunklen Schatten der Trauer ein kleines bisschen erträglicher machte.

»Ihr seht sehr blass aus, Mylady.« Beatrice legte ihre zarte Hand auf Rosalinds Arm. »Kann ich Euch etwas bringen? Oder sollten wir vielleicht unter Deck gehen?«

Rosalind drehte das Gesicht wieder zur Sonne und wünschte, sie könnten mit ihren Strahlen den Kummer vertreiben, der sie zu erdrücken drohte. »Es sind nur die Seekrankheit und das Heimweh, weiter nichts.«

Beatrice nickte. »Ich freue mich auch schon darauf, wieder festen Boden unter den Füßen zu haben. Meine Beine fühlen sich an, als müsste ich jetzt für immer schwanken!«

Rosalind strich Beatrice eine blonde Locke aus dem Gesicht. Sie war sechzehn, nur zwei Jahre jünger als Rosalind, und doch waren die beiden durch Welten getrennt. Beatrice machte ihren Weg in der Welt, arbeitete für ihren Lebensunterhalt, wohingegen Rosalind keine andere Wahl hatte, als auf den richtigen Gemahl zu warten.

»Ob Mrs. Lawrence wohl eine Kutsche schickt?«, fragte Beatrice und zupfte dabei nervös an ihrem Spitzenkragen, der schon ganz fransig war. »Ich hoffe doch sehr. Wie schrecklich wäre es, wenn ich windzerzaust und staubig vom Laufen bei ihnen vor der Tür erschiene! Gouvernanten sollen den Kindern schließlich mit gutem Beispiel vorangehen.«

»Es wird alles gut, Beatrice. Die Familie war so großzügig, für deine Überfahrt aufzukommen, da senden sie dir gewiss auch eine Kutsche.«

Beatrice nickte, schien aber nach wie vor besorgt. »Meine Schwestern werden mir schrecklich fehlen. Der Abschied von ihnen hat es mir sehr schwer gemacht, die Stellung anzunehmen.« Sie schüttelte ihre Traurigkeit energisch ab und straffte die Schultern. »Aber ich darf mich nicht beklagen. Die Lawrences sind überaus großzügig. Und Mutter hat Erkundigungen eingezogen, denen zufolge sie regelmäßige Kirchgänger sind.«

»Ich bewundere dich, Beatrice. Du bist so tapfer und so entschlossen.«

Beatrice lächelte. »Das muss ich sein, Mylady, um meiner Mutter willen. Sie braucht meinen Lohn für Flora, Rachel und Lucinda.«

Rosalind drückte liebevoll Beatrices Hand. »In den Kolonien gibt es viele Söhne reicher Männer. Unter den Bekanntschaften der Lawrences findet sich gewiss ein junger Mann, der in dir alles erkennt, worauf er bei einer Gemahlin hoffen darf.«

Beatrice errötete. »Wäre das nicht wunderbar? Wie gern würde ich einem Mann begegnen, der fleißig ist, viel arbeitet und doch immer noch Zeit für seine Kinder hat …« Sie blickte hinaus aufs Meer und seufzte wehmütig. »Und sollten wir ganz viel Glück haben, hat er auch noch viele Brüder.«

Rosalind lachte. »So ist es recht! Wir werden dafür sorgen, dass bis zum nächsten Frühjahr alle deine Schwestern unter der Haube sind!« Sie nahm die zarte Beatrice in den Arm. »Man sagte mir, die Männer in den Kolonien wären sehr viel wilder als die Engländer, die wir von zu Hause kennen. Vielleicht findest du einen richtig aufregenden Bräutigam.«

»Ich wäre schon mit einem Mann zufrieden, der verlässlich und treu ist und feste Gewohnheiten hat. Ein Mann wie Mr. MacCaulay.«

Rosalind sah zum Heck, wo der fröhliche Mr. MacCaulay an der Reling lehnte. Obgleich er bereits weiße Schläfen hatte und von Beruf Advokat war, schien er sich in dem üblichen Trubel an Deck ausgesprochen heimisch zu fühlen. Ja, Mr. MacCaulay war so charmant, wie es ein Gentleman nur sein konnte.

»Ihr dürftet doch die Wahl unter zahlreichen geeigneten jungen Herren haben, Lady Rosalind«, sagte Beatrice. »Habt Ihr bereits einen gefunden, der Euch besonders zusagt?«

Rosalind schüttelte den Kopf. »Nein, und die jüngsten Ereignisse haben mich für eine ganze Reihe möglicher Kandidaten um einiges weniger attraktiv gemacht.«

Beatrice seufzte. »Die Liebe zum Geld ist die Wurzel allen Übels.« Dann lächelte sie. »Aber Mr. Murdock bemüht sich sehr um Euch, nicht wahr?«

»Ja, und er würde sehr gern auf immer für mich sorgen. Daran ließ er nicht den geringsten Zweifel.«

Rosalind betrachtete die Wellen, die an den Strand der kleinen Insel schlugen. Die Beharrlichkeit, mit der das Wasser auf den Strand drängte, erinnerte sie an Edward Murdocks Werben. Er war der Geschäftspartner ihres Vaters, und seine Sorge um Rosalind in dieser traurigen Zeit war gleichermaßen angemessen wie rührend. Trotzdem kam sie Rosalind ähnlich bedrängend vor wie die tropische Hitze.

»Ist er nicht … ich meine«, stammelte Beatrice, »ist er kein Mann nach Eurem Sinn?«

»Ich fürchte nein. Er ist beinahe doppelt so alt wie ich, kaum einen Kopf größer und verbringt all seine Zeit in Kaffeehäusern, wo er sich über Geschäftliches unterhält. Ich bezweifle, dass er mich je zu einem Ball ausführen würde, es sei denn, es ginge dabei ums Geschäft.«

»Wir träumen wohl alle von einem hübschen Märchenprinzen«, sagte Beatrice und sah aufs Wasser. »Mr. Murdock scheint allerdings ein sehr arbeitsamer Mann zu sein.«

Rosalind nickte. »Mr. Murdock ist sehr begabt in dem, was er tut. Und er versicherte mir, dass er mich versorgen und mir die Mühsal der Arbeit ersparen wolle.«

»Wie wundervoll! Er muss Euch wahrlich ergeben sein.«

»Vielleicht.« Rosalind zuckte verdrossen mit den Schultern. »Ich bin mir allerdings überhaupt nicht sicher, ob ich einen Gemahl will, der alle Entscheidungen allein fällt und mir die Last abnimmt, mein Leben selbst zu bestimmen.«

»Es fällt schwer, sich auf andere zu verlassen, wenn man dazu erzogen wurde, für sich selbst zu sorgen.« Beatrice hob die Hände in einer Geste der Hilflosigkeit. »Andererseits wissen wir nie, was die Zukunft bringt. Vor allem Ihr nicht, arme Lady Rosalind. Was habt Ihr für eine furchtbare Zeit durchgemacht!«

Rosalind antwortete lediglich mit einem würdevollen

Lächeln, obwohl sie sich danach sehnte, jemandem ihr Herz auszuschütten, der ihr wirklich zuhörte und sich für sie interessierte. Das jedoch war ausgeschlossen. Beatrice war arm und auf dem Weg in eine Stellung, die ihr helfen würde, ihre große Familie daheim zu unterstützen. Wie könnte Rosalind sich da ausgerechnet bei ihr über die Desaster beklagen, die ihre wohlhabende Familie plagten, wie den Verlust des besten Schiffes ihres Vaters, der *Dover Lady*, das von Piraten gekapert worden war, den finanziellen Ruin, der darauf folgte, und dann, vor nicht einmal einem Monat, der plötzliche, viel zu frühe Tod ihres Vaters? Sosehr sie Beatrices Trost auch brauchte, es wäre falsch, das Mädchen mit ihren Sorgen zu belasten.

»Du bist sehr freundlich, Beatrice. Weit freundlicher, als dir bewusst ist.« Rosalind wandte das Gesicht in den Wind, damit er die Tränen trocknete, die ihr in die Augen stiegen. »Armer Thomas. Nun komme ich ihn endlich in Jasmine Court besuchen, und dann bringe ich so eine herzzerreißende Nachricht. Wir müssen sofort nach London zurücksegeln. Mutter braucht uns beide, nun da …« Ihre Stimme versagte kurz. »Nun, da Vater nicht mehr ist.«

»Arme, teure Rosalind!« Beatrice nahm Rosalinds Hand. Beatrices Hände waren klein und zart, ihre Finger zerstochen von der vielen Handarbeit, die sie gewiss machen musste, um Essen für ihre Familie kaufen zu können. Rosalind klammerte sich an die zerbrechliche Stärke ihrer Reisegefährtin. »Bitte, versuch nicht …«

In diesem Augenblick donnerte eine Kanone an Backbord, und etwas Heulendes bewegte sich durch die Luft auf die beiden Frauen zu. Rosalind riss Beatrice herunter und duckte sich mit ihr hinter der Reling. Die Kanonenkugel landete mit einem lauten Klatscher gleich neben dem Schiff im Wasser.

»Was war das?« Beatrice wollte aufstehen.

Rosalind umklammerte sie mit beiden Armen und drückte sie nach unten. »Wir werden beschossen!«

»Aber warum?«

Rosalind suchte unter den Matrosen, die auf dem Hauptdeck hin- und herrannten, nach der hageren, sonnengebräunten Gestalt von Captain Harris. Sie entdeckte ihn auf dem Achterdeck, wo er mit dem ersten Offizier und dem Steuermann zusammenstand. Der Steuermann zeigte nach Backbord und brüllte Kommandos. Die Pfeife des Bootsmanns schrillte durch die Luft. Matrosen rannten auf ihre Posten und kletterten eilig an den Masten nach oben, um mehr Segel zu setzen. Alle bewegten sich in einer Hast, die an Panik grenzte.

»Lady Rosalind! Mein Gott! Mylady!« Mr. MacCaulay winkte mit beiden Händen hinüber zu ihnen, bevor er mit überraschender Wendigkeit zu ihnen geeilt kam. »Geht unter Deck, schnell! Sie dürfen Euch nicht sehen!«

Rosalind lugte vorsichtig über die Reling. Von der anderen Seite der Insel kam eine schwarze Brigantine mit nur zwei Masten, aber eindeutig zu vielen Kanonen auf sie zugesegelt. An Deck standen junge Männer dicht an dicht, von denen einige blaue Matrosenjacken trugen, andere farbenprächtige Hemden aus schimmernder Seide und Samthosen. Die Männer auf dem Hauptdeck waren mit Musketen, Entermessern, Dolchen und Pistolen bewaffnet. Die Mannschaft befeuerte vier kleinere Kanonen, die alle auf die Schiffsreling gerichtet waren. Eisige Angst umschloss Rosalinds Herz, als sie den Mast des anderen Schiffes hinaufsah, denn sie ahnte bereits, was sie dort entdecken würde. Die schwarze Fahne mit dem Totenkopf und der abgelaufenen Sanduhr flatterte knallend im Wind. Piraten. Rosalind duckte sich wieder. Ihr war übel vor Furcht.

»Rosalind?«, fragte Beatrice. »Was ist? Was habt Ihr gesehen?«

Der Bootsmann, ein großer rothaariger Stier von einem Mann namens Parsons, kam auf sie zugepoltert. »Der Captain sagt, die Damen gehen besser unter Deck! Diese Monster sollten Euch auf keinen Fall sehen.«

»Wer sind diese Leute?«, fragte Rosalind.

»Französische Piraten, Mylady.« Parsons blickte übers Wasser und wischte sich mit einer Hand übers aschfahle Gesicht. »Sie nennen ihren Captain den Angel of Death, Engel des Todes.«

Beatrice atmete hörbar ein und begann, auf allen vieren Richtung Luke zu hasten. Ein verwundeter Matrose fiel auf sie, so dass Beatrice zur Seite stürzte und der blutige Kopf des Mannes auf ihrem Schoß landete. Beatrice schrie, und ihre Stimme übertönte den Lärm der Kanonen und Musketen. Rosalind lief geduckt zu ihr, um sie von dem Matrosen zu befreien. Dann fasste sie Beatrice bei beiden Armen und zog sie zum Achterdeck. Dabei betete sie, dass die Piraten ihre Kanonen auf die unbeschädigten Teile des Schiffes richteten.

»Rosalind!«, rief Beatrice. »Was tut Ihr? Wir sollten unter Deck!«

»Nicht, wenn wir das hier überleben wollen.«

»Unten sind wir in Sicherheit!«

»Unten sitzen wir in der Falle! Und jetzt tu, was ich dir sage!«

Rosalind zerrte Beatrice mit sich über herabgestürzte Holme und Tampen, bis sie beim Puppdeck waren, dem einzigen freien Flecken nahe der Steuerbordreling. Der Schiffsarzt kniete schon bei Captain Harris und verband ihm den blutenden Arm, während der Captain weiter Befehle ausrief. Wieder donnerten Kanonen, und Beatrice schrie. Sie fiel auf die Knie und hielt sich die Hände über die Ohren. Captain Harris blickte zu den beiden Frauen.

»Gütiger Gott! Lady Hanshaw, versteckt Euch!« Er schwenkte den unverwundeten Arm. »Bringt die Frauen nach unten!«

»Dreht bei!« Der Ruf kam von dem Piratenschiff. »Dreht bei und ergebt euch oder sterbt!«

Beatrice wimmerte, und Tränen rannen ihr über die Wangen. Energisch schüttelte Rosalind sie.

»Denk an die Kinder, die auf dich warten, Beatrice! Um ihretwillen *müssen* wir es nach Jamaika schaffen!«

»Aber wie?«

»Als Erstes schwimmen wir zu der Insel.« Rosalind riss ungeduldig die Knöpfe ihres Kleids auf. »Zieh dich bis auf das Korsett und den Unterrock aus!«

»Hier? Jetzt?« Beatrice wurde feuerrot.

»Du kannst jetzt deine Sittsamkeit retten oder dein Leben.«

»Aber … ich kann nicht …«

Rosalind trat ihr Kleid mit dem Fuß beiseite und schleuderte ihren Hut hinterher. Bei den Schuhen zögerte sie einen kurzen Augenblick. Das Gewicht der schwarzen Lederschnürstiefel könnte sie verlangsamen, aber sie boten auch einen wichtigen Schutz, denn die Korallenriffe in dieser Gegend machten das letzte Stück tückisch, das sie ans Ufer waten müssten.

Rosalind drehte sich um und sah, dass die Brigantine an der Steuerbordseite längsseits drehte, während sich das andere Schiff von Backbord näherte. Die Piraten hatten ihre Enterhaken bereit und schienen es gar nicht erwarten zu können, an Bord zu kommen. Rosalind starrte hinunter in die Tiefe. Sie hatten keine Ahnung, was für Wesen in der wunderschönen blauen Karibik lebten, doch Tiere waren höchstens hungrig, nicht aber auf sinnloses Blutvergießen aus.

Sie zog Beatrice zu sich nach oben und befreite sie hastig aus ihrem schweren Wollkleid. Ein gellender Pfiff ertönte, gefolgt von mehreren anderen. Dann schallte dröhnendes Gelächter durch die Luft, unterbrochen von unzüchtigen Bemerkungen. Die Piraten hatten das Schiff geentert und die beiden Frauen entdeckt. Rosalind blickte hinüber zum Achterdeck und erstarrte.

Ein Mann in modischer Jacke und eleganter Hose stand da, als hätte er das Kommando über alle. Der edle Schnitt seiner dunkelbraunen Samtjacke betonte seine breiten Schultern. Er trug keine Perücke. Das schwarze Haar fiel ihm offen über den Rücken, ungepudert und nicht zum typischen Matrosenzopf gebunden. Inmitten der karnevalsbunt gewandeten Piraten wirkte er besonders dunkel und wild. Rosalind wusste sofort, dass er der Anführer sein musste. Er sah ihr direkt in die Augen. Als er die weißen Zähne zu einem teuflischen Lächeln bleckte, erschauderte Rosalind. Sie wagte nicht einmal sich auszumalen, was er mit ihr vorhatte. Die *Bird of Paradise* gehörte nun ihm, mit allem, was darauf war – einschließlich Rosalind.

Enterhaken tauchten zu beiden Seiten des Schiffes an der Reling auf. Rosalind riss Beatrice das Kleid herunter.

»Wir müssen springen. Atme tief ein und versuch, mit den Füßen voran im Wasser zu landen.«

Noch mehr Rufe und Schreie verrieten, dass hinter ihnen ein blutiger Kampf ausbrach. Zitternd vor Angst drängte Beatrice sich an Rosalind. Die drehte sie um und zog sie mit sich zur Reling.

»Spring, Beatrice! *Spring!*«

»Ich kann nicht! Ich kann nicht …«

Eine Horde Piraten stürmte über die zerborstenen Masten und Taue auf sie zu. Sie grölten, fluchten und grinsten wie der Totenschädel auf ihrer Flagge.

»Jetzt, Beatrice! Sie kommen!«

Beatrice purzelte über die Reling und ins Wasser hinunter. Rosalind hockte sich auf die Reling und schwang ihre Beine hinüber. Ihr Unterrock verhakte sich an einem Nagel und zerriss, als sie hinabstürzte. Sie schlug heftig auf der Wasseroberfläche auf und hielt sich instinktiv den Mund zu, um nicht vor Schreck einzuatmen. An der Oberfläche war das Wasser tropisch warm, doch darunter wurde es schnell sehr viel kälter. Von dem strengen Salzgeschmack wurde Rosalind beinahe übel, und sie kämpfte sich an die Oberfläche zurück. Das Haar hing ihr wie Seetang über Gesicht und Schultern. Sie strich es nach hinten.

Beatrice tauchte hustend und prustend neben ihr auf, und schlug wild um sich. »Rosalind! Helft mir! Helft mir!«

Dann ging sie wieder unter. Rosalind packte sie bei den Armen und zog sie zurück an die Wasseroberfläche. Wieder hustete Beatrice und spuckte Wasser.

»Kann nicht … Kann nicht schwimmen! Das wollte ich Euch sagen.«

»Schon gut. Ich schwimme für uns beide.«

»Ihr könnt schwimmen?«

»Meine Mutter entstammt einer langen Linie von Kapitänsfrauen. Sie schwor, dass nie eines ihrer Kinder ertrinken sollte, weil es nicht schwimmen kann.« Rosalind schob ein Knie unter Beatrice und hievte sie hoch, dass sie flach auf dem Wasser lag. »Du musst ganz ruhig liegen. Die Insel ist nicht weit. Wir sind bald da.«

Beatrice murmelte etwas und kniff die Augen fest zusammen. Rosalind hoffte, dass sie betete, denn sie selbst brauchte all ihren Atem, um sie beide sicher ans Ufer zu bringen. Vom Schiff aus hatte es den Anschein gehabt, als wäre die Insel sehr nah, doch nun erkannte sie, dass sie mindestens eine Meile entfernt lag. Auf ihrer Familie musste irgendein Fluch lasten. Seit Generationen waren sie in der Schifffahrt und durch sie vermögend geworden. Und nun brachte sie ihnen nichts als Unglück. Die Piraten verfolgten sie, wohin sie auch segelten.

Rosalind kämpfte sich durch die Wellen, die sie mal weit nach oben hoben, dann wieder in tiefe Wassertäler fallen ließen. Sie war so damit beschäftigt, Beatrice und sich über Wasser zu halten, und die Wellen waren so hoch, dass sie die Schiffe gar nicht mehr sah. Einzig das Krachen der Deckskanone verriet ihr, dass sie in die richtige Richtung schwamm. Sie wünschte nur, sie wäre klug genug gewesen, ihren Unterrock auszuziehen, denn der Batiststoff war zwar im trockenen Zustand sehr leicht, aber mit Wasser vollgesogen drohte er, sie nach unten zu ziehen, und behinderte sie beim Schwimmen. Zudem war die Strömung gegen sie, denn sosehr Rosalind sich auch abmühte, sie schien immer wieder aufs Meer hinauszutreiben.

Nach Minuten, die ihr wie Stunden vorkamen, hörte Rosalind ein lautes Klatschen hinter sich. Sie sah sich um und entdeckte ein Beiboot, das in ziemlichem Tempo auf sie zukam. Die beiden Männer an den Rudern waren eindeutig Piraten. Ein dritter Pirat saß im Bug des Schiffes, doch im grellen Sonnenlicht konnte Rosalind nur seine Silhouette ausmachen. Sie schwamm in panischer Angst weiter. Obwohl das Wasser nicht kalt war, schmerzten ihre Muskeln bereits von der ungewohnten Anstrengung. Sollte sie Beatrice nicht auf die Insel bringen können, würde das arme Mädchen hilflos ertrinken.

Das Boot glitt neben sie. Jetzt erkannte Rosalind, dass der Mann im Bug derselbe war, der auf dem Achterdeck gestanden hatte. Er war persönlich gekommen, um sie zu holen. Rosalind wagte gar nicht zu mutmaßen, was das für sie bedeutete. Stattdessen erwiderte sie seinen Blick so stolz, wie es ihre gegenwärtige Position zuließ, und redete sich dabei ein, dass sie auf keinen Fall ausgerechnet von diesem Grobian fasziniert war. Auf einem seiner hohen Wangenknochen und an seinem kantigen Kinn war Ruß, und seine wilde schwarze Mähne fiel ihm über die linke Schulter. Seine dunkelbraune Jacke war offen, und das weiße Hemd darunter ebenfalls mit Ruß beschmiert. Außerdem war es blutbefleckt. In seinem Gürtel steckten zwei Pistolen. Er sah Rosalind an. Seine Augen waren beinahe schwarz, und wäre Beatrice nicht gewesen, hätte sich Rosalind diesem unverschämten, anmaßenden Blick gern entzogen, indem sie einfach untergetaucht wäre. Nun streckte er den linken Arm über das Dollbord, so dass seine Fingerspitzen übers Wasser glitten. Diese verspielte, lässige Geste vermochte jedoch nicht die Aura von Gefahr zu durchbrechen, die ihn umgab.

»*Bonjour, Mademoiselle.*« Seine Stimme war tief, mit einem amüsierten Unterton. »*Comment vous appellez-vous?*«

Rosalind schüttelte den Kopf. »Ich kann mich im Augenblick nicht an Französisch erinnern. Sprecht Englisch!«

»Sehr gern. Seid doch bitte so freundlich und klettert an Bord.«

Rosalind zog Beatrice höher über ihre Schulter und versuchte, Atem zu schöpfen. »Wir haben nicht vor, uns dreckigen, mordenden Piraten zu ergeben. Sagt das Eurem Captain.«

Er verzog einen Mundwinkel zu einem spöttischen Lächeln. »Sagt es mir selbst, Mademoiselle.«

Dann hatte sie also recht gehabt. »Ihr seid dieser ›Angel of Death‹?«

Er seufzte kopfschüttelnd. »Dämliche englische Bauerntölpel! Nie übersetzen sie es richtig. Ich bin als *L'Ange Noir* bekannt. Mein Schiff ist *L'Etoile du Matin.*«

Black Angel, Kapitän der *Etoile du Matin* … zwei hübsche Namen für Luzifer, Satan, den Teufel in Person. Und im dunklen Funkeln seiner Augen erblickte Rosalind ihren eigenen Untergang. In ihrer Angst umklammerte sie Beatrice, worauf sie beide unter die Wellen sanken. Rosalind strampelte sich wieder nach oben, keuchend und hustend. Beatrice schien ohnmächtig gewesen zu sein und erst jetzt wieder zu sich zu kommen. Sie schrie.

»O Gott, rette uns! Gott steh uns bei!«

»Schhh, Beatrice! Sei still!«

»Sie sind hier, die Piraten! Sie werden uns töten!«

Beatrice schlug in ihrer Panik um sich und auf Rosalind ein, die erneut unter Wasser sank, bevor sie gleich wieder hinter Beatrice auftauchte.

»Mademoiselle«, sagte Black Angel. »Kommt einfach an Bord, und alles wird gut.«

»Gut für wen, Captain? Für Euch, vermute ich. Es gibt doch nichts Schöneres, als ein blutiges Tagewerk mit der Vergewaltigung zweier unschuldiger Frauen zu beenden.«

Black Angel nickte zur Insel. »Ich nehme an, Ihr wollt dahin? Dort findet Ihr bloß einen kahlen Felsen, kein Leben. Keine Nahrung, kein Wasser. Was wollt Ihr dort tun, vorausgesetzt Ihr kommt jemals so weit?«

»Auf ein anderes Schiff warten.«

»Nur Narren durchqueren Gewässer, in denen ich Blut vergossen habe. Kein anderes Schiff wird sich in den kommenden Wochen auch nur in die Nähe der Insel trauen.«

Rosalind versuchte, sich ihre Verzweiflung nicht anmerken zu lassen. Aber er hatte recht. Es war die entsetzliche, unvermeidliche Wahrheit. Selbst wenn Beatrice und sie es bis zu dem gottverlassenen Felsen schafften, wären sie todgeweiht.

Beatrice kreischte auf. »Mein Bein! Da ist etwas an meinem Bein!«

Rosalind blickte ins Wasser, konnte aber weder etwas sehen noch fühlen.

»Das werden die Haie sein«, sagte Black Angel lächelnd. »Kennt Ihr Euch mit Haien aus, Mademoiselle? Bei ihnen kann man nur eines mit Sicherheit sagen: Sie werden Euch fressen. Vielleicht nicht ganz und gar, aber doch genug von Euch, dass Ihr ernstlich indisponiert sein dürftet.«

Rosalinds Angst wich ihrer ungeheuren Wut. Der Schurke machte sich über sie lustig! »Wollt Ihr mich glauben machen, bei Euch würde uns eine bessere Behandlung erwarten? Bei einem Mann, der stolz darauf ist, von allen als teuflischer Unmensch bezeichnet zu werden?«

»Nur von den Engländern. Für meine Leute bin ich ein Engel, der ihnen gesandt wurde, um ihre Feinde zu bestrafen.«

»Engel verkörpern Gnade und Mitgefühl. Ich bezweifle, dass Ihr auch nur einen Funken von einer dieser Eigenschaften besitzt.« Rosalind gelang es, den Fuß gegen den Bootsrumpf zu stemmen und sich mit aller Kraft davon abzustoßen. Beatrices Gewicht bremste sie, aber wenigstens schaffte sie es, sie beide wenige Fuß auf Distanz zu bringen.

Black Angel sagte etwas zu seinen Männern, die nickten und mit ihm lachten.

»Ich ziehe meinen Hut vor Eurer Courage, Mademoiselle.« Seine dunklen Brauen schoben sich in der Mitte seiner Stirn zusammen. »Doch wenn ich schon nicht an Euren Verstand appellieren kann, lasst mich zumindest versuchen, Eurer fehlgeleiteten Wohltätigkeit ein unschönes Ende zu ersparen. Eure *petite amie* dort wird nicht mehr lange durchhalten. Erlaubt meinen Männern, sie ins Boot zu holen.«

»Ihr wollt, dass ich sie Piraten ausliefere?« Rosalind schüttelte den Kopf. »Da füttern wir doch lieber die Haie und kommen so lebenswerteren Wesen zugute!«

»Euer Leben gehört Euch, Mademoiselle, und es fortzuwerfen steht Euch selbstverständlich frei. Aber Ihr seid nicht befugt, über ihr Schicksal zu entscheiden.«

Es widerstrebte Rosalind zuzugeben, dass der Pirat etwas Wahres sagte. Sie blickte hinab in Beatrices blasses, erschöpftes Gesicht. Das Mädchen würde es auf keinen Fall bis zur Insel schaffen. Womöglich kam nicht einmal mehr sie selbst bis dahin, so wie ihr Körper schmerzte und so benommen sie noch von dem Schrecken war.

»Beatrice? Was soll ich tun?«

Beatrice klammerte sich mit geschlossenen Augen an Rosalinds Arm. Sie war eindeutig zu verängstigt, um zu sprechen. Rosalind trat im Wasser. Sie wusste, dass ihr keine andere Wahl mehr blieb, aber sie brachte es einfach nicht fertig, sich und Beatrice der Macht dieses Monstrums auszuliefern.

»Betrachtet es einmal so, Mademoiselle«, sagte Black Angel. »Bringt Ihr Euch um, ist sie uns überlassen. Bleibt Ihr bei ihr, könnt Ihr mich noch eine Weile länger verärgern.«

Auf Rosalinds Wangen mischten sich Tränen der Wut mit Salzwasser. »Vergib mir, Beatrice. Ich kann nur hoffen, dass ich das Richtige tue.«

Sie schob die schluchzende Beatrice zum Boot, wo die Piraten sie jeder an einem Arm packten und hineinzogen. Dann legten sie das Mädchen auf den Boden des Bootes. Black Angel nickte zustimmend und streckte Rosalind eine Hand hin. Sie starrte auf die rauhe Handinnenfläche und die langen, schmalen Finger. Was für eine schöne Hand, elegant beinahe. Wie seltsam, dass sie einem verachtenswerten Piraten gehörte!

»Mademoiselle.«

Der strenge Ton seiner Stimme erschreckte sie. Sie sah zu ihm auf und stellte fest, dass seine vollen Lippen zu schmalen Linien zusammengekniffen waren.

»Ich warne Euch. Ich bin kein geduldiger Mann.«

Rosalind hob ihre müden Arme und umklammerte seine Hand. Als wäre sie federleicht, hob er sie mit einem Schwung aus dem Wasser. Dieser Beweis seiner überlegenen Stärke jagte ihr nur noch mehr Angst ein. Ehe sie sich's versah, hatte er den anderen Arm um ihre Taille gelegt, sie übers Dollbord und auf seinen Schoß gezogen. Dann nickte er seinen Männern zu, die zum Schiff zurückruderten.

Rosalind hockte so weit vorn auf Black Angels Knien, wie sie konnte, ohne dabei hinunterzurutschen. Der Wind kühlte ihre durchnässten Sachen, dass sie eine Gänsehaut bekam. Sie fröstelte, rieb sich die Arme und wünschte, sie hätte eine Decke für Beatrice. Das nächste Unglück dürfte in Form von Fieber über sie beide hereinbrechen. Black Angels Hände legten sich um ihre Handgelenke. Dann zog er sie in seine Arme, mit dem Rücken gegen seine warme Brust, was Rosalind alles andere als recht war. Sie fühlte das kalte Metall seiner Pistolen in ihrem Rücken und versuchte, sich von ihm abzustoßen.

»Sitzt still, Mademoiselle. Wenn Ihr das Boot zum Kentern bringt, muss ich Euch den zarten englischen Popo versohlen.«

Dabei strich er ihr über die Hüfte, auf der ihr nasses Unterkleid durchsichtig und wie eine zweite Haut klebte. Rosalind gab ihm einen Klaps auf die Hand. Blitzschnell umfasste er ihr Handgelenk aufs Neue, allerdings fühlten sich seine langen Finger diesmal wie Stahlbänder an. Für einen Augenblick hielt er ihre Hand in seinem festen Griff gefangen, dann drückte er ihr einen Kuss in die Handfläche.

»Was für ein hervorragender Tag zum Fischen. Es ist schon eine Weile her, seit ich mich zuletzt mit einer Meerjungfrau amüsiert habe.«

Rosalind wand sich und wollte von ihm zurückweichen. Sie fühlte seine festen Schenkel unter ihren, was ihren Wunsch zu fliehen noch vergrößerte.

»Mademoiselle.« Black Angels Atem strich warm und viel zu erregend über ihr Ohr. »Wollt Ihr mich verführen?«

»Nein!« Rosalind stieß sich von seiner Brust ab und funkelte ihn wütend an. »Warum in aller Welt sollte ich so etwas wollen?«

»Wenn Ihr nicht aufhört, auf und ab zu zappeln, könnte ich veranlasst sein zu glauben, Euch stünde der Sinn nach einem intensiveren Sport.«

Rosalind spürte, wie ihre Wangen glühten. Sie erstarrte, saß vollkommen regungslos da und hielt sich krampfhaft aufrecht, ganz gleich wie sehr das Boot auf den Wellen schaukelte. Black Angel lachte, umfing mit beiden Armen ihre Taille und schmiegte seine Wange an ihre, dass Rosalind erschauderte. Jetzt konnte sie die *Bird of Paradise* sehen, eingekeilt zwischen dem Piratenschiff und der Schaluppe. Die Takelage war zerstört, die Kanonenluken geschlossen. Captain Harris und seine Offiziere standen in einer Reihe vor den Matrosen auf dem Hauptdeck, umringt von Black Angels bewaffneten Piraten. Rosalind schnürte es die Kehle zu, die Männer ebenso Black Angel ausgeliefert zu sehen wie sie selbst es war. Mehr als alles andere auf der Welt wünschte sie sich, zu Hause im Salon bei ihrer Mutter zu sein – ängstlich, elend, aber in Sicherheit.

Kapitel 2

Als sie sich der Backbordseite von Black Angels Schiff näherten, konnte Rosalind einen flüchtigen Blick auf Mr. MacCaulay erheischen, der auf dem Hauptdeck stand. Seine Brille war zerbrochen und sein weißer Backenbart blutverklebt. Ein Ärmel seines braunen Gehrocks war an der Schulter ausgerissen. Trotz seines angeschlagenen Zustands war Rosalind überglücklich, denn er lebte noch. Dann stieß ihr Boot an den Rumpf der Brigantine. Im nächsten Moment wurde eine Strickleiter von der Reling heruntergelassen, deren Ende bis zur Ruderdolle des Bootes reichte.

»Nach Euch, Mademoiselle.« Black Angel beugte sich vor, um ihr ins Gesicht zu sehen. »Ich glaube, die Engländer sagen ›Ladies first‹.«

Rosalind wollte nichts lieber, als der widerlichen Nähe seiner Umarmung entkommen. Andererseits bedeutete das, dass sie die Leiter hinaufkletterte und sich mit Beatrice unter Hunderte von französischen Piraten begab. Sie schaute in das trügerisch ruhige Wasser um sie herum. Daheim in England gab es ein Sprichwort für eine Zwickmühle, in dem es hieß, man wäre zwischen dem Teufel und dem tiefen blauen Meer gefangen. Nie war ihr dieses Sprichwort wahrer vorgekommen als jetzt. Sie beugte sich hinab und zog behutsam an Beatrices Hand.

»Beatrice! Du musst jetzt aufwachen.«

Beatrice wandte Rosalind das Gesicht zu. Zaghaft flatterten ihre Lider nach oben. An dem Glanz in ihren Augen erkannte Rosalind, dass das Mädchen unter Schock stand.

»Beatrice, komm. Geh mit diesen Männern die Leiter hinauf.«

Beatrice drängte sich an Rosalinds Knie und klammerte sich an den zerrissenen Saum ihres Unterrocks. »Aber Ihr … kommt Ihr auch?«

»Ich werde direkt hinter dir sein. Geh jetzt.«

Beatrice gehorchte ihr, kreideweiß vor Angst. Ein Pirat kletterte die Leiter ein Stück rauf, bevor er sich umwandte und beide Hände nach unten zu Beatrice ausstreckte. Der Pirat hinter ihr zupfte spielerisch an ihrem Unterrock. Als er ein rauhes Lachen hören ließ, ballte Rosalind wütend die Fäuste.

»Hört auf!« Sie griff nach dem einen Ruder und schlug dem Mann damit auf den Rücken. Das Boot schwankte. Rosalind holte noch einmal aus, doch da packte Black Angel das Ruder.

»Beruhigt Euch, Mademoiselle«, sagte er, nun allerdings in makellosem Französisch. »Sosehr Pierre dann und wann eine Tracht Prügel verdienen mag, ich möchte nicht, dass Ihr Eure bezaubernden Hände verletzt.«

Rosalind antwortete in einem betont förmlichen Französisch, um jedwede Vertraulichkeit zu leugnen: »Erspart mir Eure Schmeicheleien, *mon Capitaine.*«

Mit diesen Worten schob sie Black Angels Arm von sich und griff mit beiden Händen nach der Strickleiter. Das grobe Seil stach ihr in die Handflächen, und der Wellengang machte es ihr schwer, mit den Füßen Halt auf den Sprossen zu finden. Die Leiter schwang vom Boot weg und wieder zurück, so dass Rosalind unsanft gegen den Rumpf geschleudert wurde. Sie biss die Zähne zusammen, um ja keinen Schmerzenslaut von sich zu geben, und zwang ihre bleiernen Muskeln, sie die Leiter hinaufzutragen. Sie musste an Deck zu Beatrice und sie beschützen. Gierige Hände warteten an der Reling darauf, sie in Empfang zu nehmen. Ein Pirat fasste nach ihren Handgelenken. Die Sonne hatte sein Haar fast weiß gebleicht und sein Gesicht leuchtend rot geröstet.

»Passt auf, Mademoiselle. Nicht dass Ihr ausrutscht.«

Ein kleinerer, untersetzter Pirat schubste ihn lachend beiseite und zog Rosalind über die Reling in seine Arme. »Kommt, *Chérie*, lasst mich Euch an Bord helfen!«

»Ihr Schweine!« Mr. MacCaulay versuchte, sich einem Mann zu entwinden, der ihn festhielt. »Lasst sie in Ruhe!«

»*Libertin!* Nehmt die Hände von mir!« Rosalind schlug nach den Armen des Piraten, damit er seinen Griff lockerte.

»Rosalind!«, schrie Beatrice.

Die Panik in Beatrices Stimme verlieh Rosalind die Kraft, sich von dem Piraten loszureißen. Sie rannte über Deck dahin, von wo Beatrices Schrei gekommen war. Zwei Piraten hielten sie fest, während ein dritter geifernd ihren Hals abküsste. Blanke Wut besiegte Rosalinds Furcht.

»Lasst sie los!« Sie riss dem Piraten die Pistole aus dem Gürtel und hieb ihm mit dem Knauf auf den Hinterkopf. Fluchend fuhr er herum und schwang den Arm dabei weit, so dass er Rosalind einen Schlag mit der Rückhand versetzte. Er traf sie mit solcher Wucht, dass sie prompt rückwärtsstolperte.

»*Halt ein!*« Black Angel schwang seine Beine über die Reling und landete an Deck. Wütend sah er zu den Piraten, die Beatrice festhielten. »Ich entsinne mich nicht, gehört zu haben, dass man euch erlaubt hat, meine Gefangenen zu belästigen.«

Die Männer ließen Beatrice los und traten zurück. Sie rannte sofort zu Rosalind und vergrub das Gesicht an deren Schulter. Rosalind war zu benommen, um zu sprechen, und streichelte Beatrice nur beruhigend den Rücken. Black Angel stand direkt vor ihr, Kopf und Schultern halb über sie gebeugt. Die Form seines Oberkörpers verriet, dass er unter seiner eleganten Kleidung hervorragend gebaut sein musste. Mit beiden Händen fuhr er sich durchs Haar und wand es mit einem schwarzen Band zum Zopf. Dabei wichen seine kalten, dunklen Augen nicht eine Sekunde von Rosalinds Gesicht.

»Nun, Mademoiselle? Was gedenkt Ihr jetzt zu tun?«

Rosalind hob die Pistole. »Wir werden auf demselben Weg gehen, auf dem wir gekommen sind. Mr. MacCaulay, helft Beatrice bitte zurück ins Boot.«

Mr. MacCaulay stand nervös da, immer noch festgehalten von einem der Piraten. »Mein gutes Kind, bitte, seid sehr vorsichtig.«

Black Angel machte einen Schritt auf Rosalind zu. »Hört auf ihn, Mademoiselle.«

Sie drückte ihm den Pistolenlauf an die Brust. »Ich warne Euch, *mon Capitaine.* Tretet zurück.«

Er lächelte nur. »Henri? Ist deine Pistole geladen?«

»*Non, mon Capitaine*«, antwortete der Pirat, den Rosalind eben mit dem Knauf geschlagen hatte.

»Bist du sicher?«

»*Mais oui, mon Capitaine.* Die letzte Kugel habe ich in einem englischen Matrosenschwein gelassen.«

Lachend umringten die Piraten Rosalind. Black Angel trat

langsam noch einen Schritt vor. Rosalind richtete unbeirrt weiter die Pistole auf ihn und zielte dabei genau zwischen die unwirklich dunklen Augen.

»Seid Ihr sicher, *mon Capitaine?* Er hat zwei Pistolen. Vielleicht feuerte er mit der anderen.«

Black Angel blieb vollkommen ruhig. »Henri? Was hast du dazu zu sagen?«

»Ich sage, ich habe beide abgefeuert, *mon Capitaine.* Sie kann Euch nichts tun.«

Black Angel starrte Rosalind an, bis sie fürchtete, ihr pochendes Herz könnte ihr die Brust sprengen. Das Gewicht der Pistole zog ihre Hand nach unten, und sie zitterte.

»Gebt auf, Mademoiselle. Eure Drohung ist so leer wie diese Pistole.«

Rosalind wünschte, sie könnte an der Schwere der Waffe fühlen, ob sie geladen war oder nicht. Sie würde Black Angel auf der Stelle erschießen, den Mann töten, der so viele englische Matrosen in ihr kühles Grab befördert hatte … Black Angels linke Hand schoss nach vorn. Rosalind wandte unwillkürlich den Kopf und folgte der Bewegung. Da machte der Piratenführer auch schon einen Satz auf sie zu, packte ihr rechtes Handgelenk und riss es nach oben. Die Pistole feuerte, und die Kugel durchschlug Groß- und Marssegel. Bei dem Knall schrie erst Rosalind auf, dann Beatrice. Black Angel entwand ihr die rauchende Waffe. Rosalind schlang die Arme um Beatrice und verbarg das Gesicht in deren Haar, um dem triumphierenden Blick Black Angels auszuweichen.

»Ihr erstaunt mich, Mademoiselle.« Er sah wütend zu Henri. »Deine Pistole, Henri? Oder hattest du vor, sie dieser *jeune fille* zu überlassen?«

Der Pirat wurde feuerrot, als er zögernd die Waffe annahm, die Black Angel ihm reichte.

»Yves!«, rief Black Angel laut.

»Hier, *mon Capitaine.*« Ein schmaler, großer Mann mit mittelblondem Haar und blassblauen Augen eilte herbei, und Rosalind stellte überrascht fest, dass er die klassische blaue Jacke mit dem roten Halstuch eines gewöhnlichen Matrosen trug, womit er aus der bunten Piratenschar hervorstach.

»Bring meine Gefangenen nach unten. Und sorg dafür, dass die Damen in sicherem Abstand zu ihrem *Grand-père* untergebracht sind.«

»*Oui, mon Capitaine.*« Yves griff nach Beatrices Arm und versuchte, sie von Rosalind wegzuziehen.

Beatrice sträubte sich panisch. »Rosalind? Was erzählen die da?«

»Schon gut, Beatrice. Der Captain hat befohlen, dass wir unter Deck gebracht werden. Das dürfte wohl so ziemlich das Beste sein, auf das wir hoffen können.«

»*Mon Capitaine*«, sagte Yves. »Wünscht Ihr, dass die Häftlinge in Eisen gelegt werden?«

Black Angel begann schon, seinen Kopf zu schütteln, hielt dann jedoch inne und sah Rosalind an. Er zog einen Mundwinkel hoch, worauf ein Grübchen in der einen Wange erschien. »Die Kleine wird keinen Ärger machen, aber die hier ist eine Wildkatze. Achte darauf, dass die Ketten stark genug sind.«

Die Piraten johlten und pfiffen begeistert. Rosalind aber reckte das Kinn in die Höhe und sagte mit aller Überheblichkeit, die sie aufbringen konnte: »Es wäre klüger von Euch, über Stricke nachzudenken, *mon Capitaine*, insbesondere über jenen, an dem Ihr hängen werdet!«

Black Angel lächelte, kniff jedoch kaum merklich die Augen zusammen. »Es wäre klüger von Euch, Mademoiselle, Eure Zunge zu zügeln. Ihr befindet Euch nicht in der Position, mir zu drohen.« Er strich ihr mit dem Handrücken über die Wange. »Eher käme es Euch zu, Euch dankbar zu zeigen. Immerhin rettete ich Euch das Leben.«

Sie schlug seine Hand weg. »Mir ist sehr wohl bewusst, wie Ihr Euch eine solche Dankbarkeitsbezeugung vorstellt, Ihr hinterhältiger Schurke!«

»Ach ja, Mademoiselle?« Black Angel sah sie staunend an. »Wisst Ihr tatsächlich so viel über Männer, dass Ihr mich schon einschätzen könnt, nachdem Ihr kurz auf meinem Schoß saßt?«

Rosalind spürte, wie ihre Wangen erneut Feuer fingen. Das gefährliche Funkeln in Black Angels Augen wich einem amüsierten Blitzen, und er lachte schallend. Rosalind kochte über vor Wut und holte mit der Hand aus, um ihn zu ohrfeigen. Doch Black Angel wurde schlagartig ernst, und allein sein Blick reichte, um Rosalind mitten in der Bewegung erstarren zu lassen.

»Sieht so Eure Dankbarkeit aus, Mademoiselle? Ihr würdet mich schlagen?« Die eisige Ruhe seiner Stimme passte zu seinen Augen. »Provoziert mich noch ein einziges Mal, und ich werde *meine* Hand nicht beherrschen können. Habt Ihr mich verstanden?«

Sie nickte.

»Ich habe jetzt keine Zeit, Eure Beleidigungen länger zu erdulden, Mademoiselle. Vielleicht hilft ein kurzer Aufenthalt in meiner Brigg, Eure *politesse* wiederherzustellen.«

Yves brüllte einen Befehl, worauf die beiden Piraten, die

Mr. MacCaulay festhielten, mit ihm in die Luke stiegen. Rosalind sah ihm nach und hatte das Gefühl, mit ihm würde gleichzeitig der letzte Rest ihrer ohnehin fragilen Courage verschwinden. Dennoch reckte sie das Kinn und zwang sich, ihre Angst nicht zu zeigen.

»Ihr nennt mich eine Wildkatze, *mon Capitaine? Très bien.* Hütet Euch vor meinen Krallen.«

Black Angel betrachtete Rosalind verärgert. Dann lächelte er plötzlich, und Rosalind bekam noch mehr Angst.

»Möglicherweise sollte ich sie ganz meiden.« Er blickte zu Beatrice, und sein böses Lächeln wurde noch breiter.

»*Non!*« Rosalind schubste Beatrice hinter sich. Im nächsten Moment rief Black Angel einen Befehl. Zwei Piraten packten Rosalind und zogen sie von Beatrice weg.

Black Angel ging auf Beatrice zu, legte die Hände an ihre Wangen und sagte in sanftem Englisch: »Du sprichst also kein Französisch, Kleines?«

Beatrice starrte ihn verängstigt an. »Nein, Captain.«

»Bist du von freundlicherem Wesen als dein Kindermädchen? Darf ein Mann hoffen, in deinen Armen ein wenig Frieden zu finden?«

Verwirrung und eine entsetzliche Ahnung trieben tiefe Röte auf Beatrices Wangen. »Bi-bitte, Captain. Tut Rosalind nichts.«

»Was bedeutet sie dir, dass ihr beide füreinander zu kämpfen bereit seid?«

Rosalind hielt den Atem an. Sollte Beatrice zugeben, dass sie ihre Zofe war, verriete sie damit viel zu viel. Rosalinds einzige Hoffnung war die, dass sie ihren Titel geheim hielt. Black Angel hasste die Engländer, deren Schiffe sein beliebtestes

Ziel waren. Falls er nun erfuhr, dass sie die Tochter eines englischen Adligen war, würde er sie umso mehr quälen.

»Sie ist meine Schwester, Captain«, sagte Beatrice. »Meine ältere Schwester.«

Black Angel sah zu Rosalind, dann wieder zu Beatrice. »Ihr seid beide blond, das stimmt, aber das englische Blut ist so dünn, dass alle Engländerinnen wie Milchmädchen aussehen.« Er überlegte kurz. »Nein, ich glaube dir nicht.«

Beatrices Kinn bebte. »Wir … wir haben unterschiedliche Väter. Daran liegt es. Seid Ihr jetzt zufrieden?« Schluchzend wandte sie das Gesicht ab.

Rosalind staunte. Nie hätte sie Beatrice zugetraut, eine solch überzeugende Notlüge zu ersinnen. Sie selbst versuchte, sich den Männern zu entwinden, die sie festhielten.

»Seid Ihr die Sorte Mann, die Frankreich hervorbringt? Ein Mörder, der sich einen Spaß daraus macht, unschuldige Mädchen zu misshandeln?«

»Ich habe nicht vor, Euch zu misshandeln, Mademoiselle.« Black Angel strich mit dem Daumen über Beatrices Unterlippe. »Im Gegenteil, ganz im Gegenteil.«

Beatrice wimmerte und hob beide Hände, um ihn abzuwehren. Dann rannte sie tränenblind zu Rosalind, schlang die Arme um sie und lehnte sich schluchzend an ihre Schulter.

»Schh, ganz ruhig«, sagte Rosalind. »Ich werde nicht zulassen, dass er dir etwas tut.«

Black Angel lüpfte eine Augenbraue. »Mademoiselle, ich bin der *Capitaine*. Mein Wille ist Gesetz.«

»Ihr seid ein Gesetzloser, *un criminel*.«

»Eure Widerspenstigkeit macht eher Euch zur Gesetzlosen.

Das ist eine gefährliche Haltung, so weit vom Festland entfernt.«

Mit jedem seiner Worte wurde ihr die verzweifelte Lage bewusster, und brennende Tränen stiegen ihr in die Augen. Doch sie musste unbedingt verhindern, dass sie vor diesem Schurken zusammenbrach.

»Was für ein Mann seid Ihr? Oder besser, was für ein Mann behauptet Ihr zu sein?«

»Ein Gentleman, zumindest soweit es meine Zeit und mein Vermögen erlauben.«

»Dann lasst dieses Kind in Ruhe.«

»An Bord meines Schiffes tue ich, was mir gefällt. Und Ihr, Mademoiselle, werdet tun, was ich sage.«

Seine Züge verfinsterten sich, und Rosalind verstummte. Black Angel war kein geduldiger Mann, und der wenige Langmut, über den er verfügte, war offensichtlich erschöpft. Rosalind mühte sich, zumindest den Anschein von Gefasstheit aufzubringen. Sie machte sich nicht vor, dass Beatrice und sie lebend von dem Schiff kommen würden, von ihrer Unschuld ganz zu schweigen. Mit dem Wind wehte ihr der Geruch Black Angels entgegen. Er stank nach Schießpulver, Rauch und dem strengen Schweiß eines Mannes, der gerade seine Feinde niedergemetzelt hatte. Angewidert schüttelte sie sich.

»Dürften die Gefangenen noch eine letzte Bitte äußern?«

»Kommt drauf an.«

»Ein Bad.«

Für einen kurzen Augenblick starrte Black Angel sie an, dann lachte er laut los. »Ich hätte nie gedacht, dass ich Eitelkeit einmal als etwas Beruhigendes empfinden würde. Keine Frage, Mademoiselle, Ihr dürft …«

»Für Euch, *mon Capitaine.*« Ehe er etwas erwidern konnte, fügte Rosalind hastig hinzu: »Ihr könntet zumindest die Höflichkeit besitzen, Euch halbwegs vorzeigbar zu machen. ›Gentlemen‹ drängen sich Damen nicht auf, solange sie sich in einem Zustand befinden, der dem zarten Geschlecht unweigerlich Übelkeit verursachen muss.«

Sie funkelte ihn mit einer Mischung aus Angst und Wut an, während das gefährliche Blitzen in Black Angels Augen einem Lächeln wich. Er verneigte sich.

»*Très bien*, Mademoiselle. Ihr fordert mich heraus, meiner noblen Herkunft gerecht zu werden, also schrubbe ich mich selbstverständlich, bis ich glänze.«

»Ach, ich bitte Euch, belasst es nicht dabei, *mon Capitaine.* Ich könnte mir vorstellen, dass viele Leute verzückt wären, die Farbe Eures Blutes zu sehen.«

Black Angel biss die Zähne zusammen. Seine Nasenflügel bebten. Und er bewegte sich mit langsamen, festen Schritten auf Rosalind zu, bis er bedrohlich nahe war. Sie blickte zu ihm auf. Sein Gesicht erinnerte sie an eine Statue – wunderschön anzusehen, aber aus kaltem Stein. Ängstlich wandte sie sich ab, doch Black Angel fasste ihr Kinn und zwang sie, ihn wieder anzusehen.

»Ihr provoziert mich ein ums andere Mal, Mademoiselle«, flüsterte er mit einer Stimme wie Seide. »Ich fange allmählich an zu glauben, Ihr wollt, dass ich Euch schlage.«

Dann riss er ihr Kinn so abrupt hoch, dass Rosalind zusammenfuhr. Doch anstelle des Schmerzes, den sie erwartete, spürte sie plötzlich die samtige Wärme seiner Lippen auf ihren. Es raubte ihr den Atem. Endlos schien der Augenblick, den er verharrte, und doch war er nur gerade lang genug, dass ihr verräterischer Körper seine Freude in Form eines tiefen Seufzers preisgab. Dann trat Black Angel zurück und betrachtete Rosalind mit einem triumphierenden Grinsen, das ihre hilflose Wut ins Unermessliche steigerte.

»Bringt sie fort.«

Kapitel 3

Yves ging voraus vom Batteriedeck zur Luke. Die Brigg bestand aus drei winzigen Zellen mit jeweils einem vergitterten Fenster in der Tür. Zwei andere Piraten waren damit beschäftigt, Mr. MacCaulay in der Zelle am Ende des Gangs anzuketten. Yves schob Rosalind zur Schottwand neben der letzten Zelle.

»Bleibt hier.« Sein Englisch war hart, mit einem starken Akzent.

»Wer seid Ihr?«

»Der Bootsmann.« Yves zerrte an Beatrices Armen, mit denen sie sich an Rosalind klammerte. Beatrice jammerte.

»Bitte nicht!« Sie griff nach Rosalinds Händen. »Rosalind!«

»*S'il vous plaît*«, sagte Rosalind. »Könnt Ihr uns nicht zusammen lassen? Das arme Mädchen ist vor Angst vollkommen außer sich.«

Yves rief den beiden anderen Piraten etwas zu. Einer von ihnen kam, hob Beatrice kurzerhand hoch und trug sie in die Zelle. Der andere baute sich warnend vor Rosalind auf. Yves kniete sich hin, um Beatrice die Fußfesseln anzulegen, dann trat er zurück und schloss die Zellentür, hinter der Beatrices Betteln und Flehen nur noch gedämpft zu hören war. Rosalind betrachtete ihn. In seiner schlichten blauen Matrosenjacke und dem roten Halstuch sah er so sauber und gepflegt aus, als arbeitete er auf einem anständigen Schiff. An seinem wettergegerbten Gesicht ließ sich nicht ablesen, was in ihm vorgehen mochte, doch er schien entschlossen, seine Befehle zu befolgen. Er winkte Rosalind zu sich.

»Solltet Ihr Euch nicht um die Segel oder das Ruder kümmern?« Sie wich seinen ausgestreckten Händen aus, denn ihr graute vor dem Augenblick, in dem er sie in die kleine, enge Zelle pferchte. »Warum mutet Euch der *Capitaine* eine so niedere Aufgabe zu?«

Der Pirat vor ihr packte Rosalind bei den Schultern und schob sie in die Zelle. Als sich die kalten, rostigen Ringe um ihre Knöchel schlossen, erstarb auch der letzte Funken von Widerstand in ihr. Sie sank gegen die Schottwand. Dann schloss sich die Tür, und sie war gefangen.

»Mademoiselle.« Yves sah durch das kleine Gitterfenster zu ihr hinein. »Falls Ihr etwas Verstand besitzt, tut Ihr, was der *Capitaine* sagt.«

»Warum sollte ich? Ich war in dem Moment zum Tode verurteilt, als er mich aus dem Meer fischte.«

»Der *Capitaine* ist kein glücklicher Mann. Solltet Ihr ihm etwas Trost oder gar Freude schenken können, wäre er zu uns allen freundlicher.«

»Und wie soll ich das anstellen, Monsieur Yves?«, fragte sie zynisch. »Habt Ihr einen Vorschlag?«

»Der *Capitaine* ist kein grausamer Mensch. Unterhaltet ihn, das wird er zu schätzen wissen. Lasst ihn für Euch der Galan sein, der er am liebsten wäre. Das wäre mein Rat an Euch.«

Plötzlich fühlte sich Rosalind furchtbar erschöpft. Sie war am Ende ihrer Kraft, von bleierner Müdigkeit überwältigt und kaum noch imstande, sich auf den Beinen zu halten. Selbst wenn sie tat, was Yves ihr riet, würde das noch lange nicht garantieren, dass sie diesen Alptraum überlebten. Tränen liefen ihr übers Gesicht, als sie den Kopf an die Holzwand hinter sich lehnte. »*Merci*, Monsieur Yves. Ich werde über das nachdenken, was Ihr gesagt habt.«

Yves stieg mit den anderen beiden Piraten wieder an Deck zurück, und in der Brigg wurde es beklemmend still – es war nur noch das erstickte Schluchzen von Beatrice zu hören. Mr. MacCaulay hüstelte.

»Ich bin sehr froh, die Damen lebend zu sehen. Als Sie beide über Bord sprangen, glaubten wir Sie alle verloren.«

»Ich bin verloren, Mr. MacCaulay«, sagte Rosalind. »Ich habe meine Verdammnis lediglich verlängert.«

»Ganz im Gegenteil, mein gutes Kind. Mein Kompliment! Ihr habt gekämpft wie eine Löwin.« Er lachte leise. »Mein Lebtag werde ich das Gesicht von Black Angel nicht vergessen, als Ihr ihn darauf hinwiest, dass es zwei Pistolen gab und nicht nur eine.«

»Ihr sprecht also Französisch, Mr. MacCaulay?«

»Ein wenig. Genug, um auf dem Kontinent Geschäfte zu machen.«

»Was sollen wir tun, Mr. MacCaulay?« Rosalind schluckte, damit er ihre Tränen nicht hören konnte. »Der Gnade von Black Angel ausgeliefert zu sein, heißt, keinerlei Hoffnung mehr zu haben.«

»Zuerst einmal müssen wir besprechen, was wir Black Angel sagen, wer wir sind und wohin wir wollten.«

Rosalind nickte. »Ich werde den Mädchennamen meiner Mutter benutzen. Wenn sie fragen, sagt ihnen, ich wäre Miss Brooks.«

»Gewiss«, sagte Mr. MacCaulay. »Black Angel darf um keinen Preis Euren Titel erfahren. Das war ein Geniestreich von Miss Henderson, ihm zu sagen, Sie wären Schwestern.«

Beatrice schniefte laut. »Ich danke Euch, Mr. MacCaulay. Das war das Einzige, was mir einfiel.«

»Und es wird uns sehr hilfreich sein. Darf ich vorschlagen, dass beide Damen behaupten, sie wären Lehrerinnen, die eine Stellung in den Kolonien antreten wollen? Ich persönlich brauche nichts zu erfinden. Ich gebe mich einfach als englischer Bürger aus, der auf dem Weg nach Jamaika ist.«

»Rosalind?«, fragte Beatrice mit bebender Stimme.

»Ja, meine Liebe?«

»Ihr glaubt nicht, dass er es ernst meinte, oder? Dass er – nun, Ihr wisst schon, mich statt Eurer wollte?«

Rosalind seufzte. Black Angel könnte durchaus die weit zahmere Beatrice vorziehen. »Das sagte er bloß, um mich zu beleidigen. Er weiß, dass ich alles tun würde, um dich zu schützen.«

Black Angel wusste ebenfalls, dass sie ihm alle auf Gedeih und Verderb ausgeliefert waren. Warum sonst hätte er mit Rosalind Scherz treiben sollen, indem er sie küsste? Die Erinnerung an seinen Mund auf ihrem weckte eine unerwünschte Empfindung in ihr. Was war das? Nun, was es auch sein mochte, er hätte sie auch verletzen können oder ihr weit Schlimmeres zufügen. Und dennoch hatte er es vorgezogen, sie zu necken, statt ihr weh zu tun.

Rosalind sank ermattet in der Ecke der Zelle auf den Boden und schloss die Augen. Das Schaukeln des Schiffes wirkte beruhigend, und die Zelle war warm genug, dass ihr in den durchnässten Unterkleidern und Schuhen nicht kalt wurde.

Zudem roch es in der Brigg nach nichts Widerwärtigerem als Salzwasser, feuchtem Leinen und Bier.

Ding-ding! Ding-ding! Ding-ding! Ding-ding!

Vier Glockenschläge erklangen. Zeit für die erste Abendwache, die von vier bis sechs Uhr abends ging. Das verblassende goldene Licht des Sonnenuntergangs warf lange Schatten in die Luke hinunter, während Rosalinds Zelle fast in vollständiger Dunkelheit lag. Sie beobachtete den Lichtschein, weil sie hoffte, danach ungefähr sagen zu können, wie spät es war. Doch bald schon überkam sie eine bleierne Müdigkeit, und die Augen fielen ihr zu.

In Rosalinds schläfrigen Gedanken erschienen Bilder ihres Bruders Thomas, das helle Haar vom Seewind zerzaust, von seinem strahlenden Lächeln und der Wendigkeit seiner schnellen Bewegungen. Kräftig und stolz hatte er neben Vater gesessen, wenn sie auf ihren Lieblingshengsten zum Tor von Broadmere hinaus zur Jagd mit Freunden ritten. Sie und Mutter waren derweil damit beschäftigt, in der Küche nachzusehen, ob die Pasteten richtig zubereitet wurden und das Leinen geschrubbt wurde, bis es nicht den winzigsten Flecken mehr aufwies. Vater liebte nichts so sehr wie eine hübsch gedeckte Tafel, die unter dem Gewicht vorzüglichster Speisen ächzte. Rosalind knurrte der Magen. Sie wäre für den Rest ihres Lebens mit altem Brot zufrieden gewesen, wenn sie nur lange genug lebte, um Mutter wiederzusehen. In diesem Moment wäre ihr sogar der Anblick von Mr. Murdock willkommen.

Wieder und wieder hatte Mr. Murdock ihr versichert, ihr Leben wäre herrlich unkompliziert, wenn sie ihn heiratete. Sein langatmiger Tonfall jedoch hatte auf Rosalind eher die Wirkung gehabt, dass sie sich rastlos und unbehaglich fühlte.

Mr. Murdock wollte sich um alles kümmern. Er wollte Thomas helfen, das Familienunternehmen wiederaufzubauen und sogar noch zu vergrößern. Anfangs war er strikt dagegen gewesen, dass Rosalind selbst nach Jamaika reiste, um Thomas vom Tod ihres Vaters zu unterrichten. Erst nachdem sie ihm versprach, dass sie nach ihrer Rückkehr ernstlich über die Verlobung und ein Hochzeitsdatum sprechen würden, war er einverstanden gewesen und hatte alles arrangiert.

Mr. Murdock fand ein angemessenes Schiff, buchte ihre Überfahrt und brachte sie zum Dock. Er hatte alles getan, was sie wünschte, wenn auch mit einer enervierend übertriebenen Sorge um ihr Wohlergehen. Wie hochzufrieden müsste er sein, dass sich seine Bedenken als gerechtfertigt erwiesen! Sicher wäre es ihm ein großes Vergnügen, die arme, verzweifelte Rosalind wieder unter seinen Schutz nehmen zu dürfen. Sie fühlte eine wachsende Wut im Bauch. Wo sie auch hinging, es gab kein Entrinnen. Sie war vor dem hartnäckigen Werben von Mr. Murdock geflohen und bei einem Piraten gelandet, dessen Absichten weit weniger ehrenwert waren.

Rosalind lächelte bei dem Gedanken an Black Angels Gesicht, als sie ihm sagte, er bräuchte ein Bad. Wahrscheinlich beschränkte sich seine Vorstellung von Baden darauf, die gröbsten Bartstoppeln wegzukratzen und sich etwas Wasser ins Gesicht und auf die Hände zu spritzen. Rosalind erschauderte bei der Erinnerung an den Schießpulvergestank. Dass er vorgehabt hatte, sie zu berühren, sie zu liebkosen, sich ihr aufzudrängen, während sie dem sicheren Tod ins Auge blickte … Sie schüttelte den Kopf. Was für eine Närrin sie doch war, sich um ihre Tugendhaftigkeit zu sorgen, wenn ihr Leben auf dem Spiel stand! Welchen Sinn machte es, sich darüber zu ereifern, wer ihr am Ende dieses Alptraums noch nachstellen würde, wo sie nicht einmal mit Sicherheit sagen konnte, ob er nicht sowieso in einem nassen Grab enden würde?

Rosalind wischte sich die Tränen von den Wangen. Sie stellte sich ihrem Feind erhobenen Hauptes entgegen, nicht wimmernd und bettelnd wie ein verängstigtes Tier. Mit ihren zerrissenen, schmutzigen Kleidern, ihrem zerzausten Haar und ihrem vor Wut geröteten Gesicht wirkte sie womöglich ähnlich den Dirnen am Hafen, die dort auf Männer wie Black Angel warteten. Sie stand auf, zupfte die letzten Haarnadeln heraus und löste das weiße Satinband, das alles im Nacken mehr schlecht als recht zusammenhielt. Dann kämmte sie sich energisch mit den Fingern und flocht das hüftlange Haar zu einem dicken Zopf, den sie anschließend zu einer Rolle aufdrehte. Die wenigen Haarnadeln reichten kaum aus, alles zu halten, aber so musste es gehen. Auf jeden Fall sah sie nun ganz wie die Lehrerin aus, die sie zu sein vorgab. Und wenn sie Glück hatte, fand der König der Piraten sie viel zu schlicht und wurde ihrer überdrüssig, ehe seine Begierde ihn blind machte.

Etwas nagte an Rosalind. Wenn sie genauer nachdachte, waren diese Piraten nicht halb so schmutzig, zerlumpt und verderbt, wie sie es von anderen gehört hatte. Sie trugen ihre Beute zur Schau, steckten sich mehrere Ringe an die Finger und hängten sich sogar Halsketten um. Zugleich waren diejenigen von ihnen, die nicht in Seide, Satin und Samt gewandet waren, wie ganz gewöhnliche Matrosen gekleidet. Letztere sahen verhältnismäßig sauber aus und befolgten alle Befehle prompt. Vor allem aber respektierten sie Black Angel ausnahmslos als ihren obersten Kommandanten. Rosalind stutzte. Da stimmte etwas nicht. Das waren nicht dieselben Piraten, die Vater und Thomas beschrieben, als sie über die Probleme sprachen, mit denen die Hanshaw-Flotte neuerdings in der Karibik konfrontiert war. Piraten-Crews erkannten keinen einzelnen Mann außerhalb der Gefechte als ihren Captain an. Und merkwürdig war auch, dass ein so kleines Schiff wie diese Brigantine mit einer Brigg ausgestattet war. Eigentlich war eine Brigantine nicht einmal ein richtiges Schiff, sondern eher ein Boot. Und dass Black Angel den ohnehin knappen Stauraum opferte, um Zellen einzurichten, konnte nur bedeuten, dass er bei seiner Piraterie vor allem auf Lösegelder setzte.

Das Knarren schwerer Stiefel auf den Leitersprossen der Luke riss Rosalind aus ihren Halbschlafgedanken. Dann rasselten Schlüssel im Schloss ihrer Zellentür, bevor sie kurz danach weit aufgerissen wurde. Ein Mann duckte sich halb durch die Tür, groß, kräftig und missgelaunt aussehend.

»Raus, Mädchen. Der *Capitaine* möchte dich noch mal sehen.«

Rosalind verbarg ihre Furcht unter einer Maske aus Häme. »Und wen schickt der *Capitaine* nach mir? Den Navigationsoffizier? Oder vielleicht den Ersten Kanonier?«

»*Je suis le maître d'équipage*, Mademoiselle.« Er verbeugte sich absichtlich übertrieben vor ihr. »*Enchanté.*«

Aha, der Bootsmann persönlich. Rosalind fragte sich, ob sie geschmeichelt sein sollte, weil Black Angel ausschließlich seinen höchsten Offizieren den näheren Kontakt zu ihr gestattete. Sie richtete sich auf und zuckte kurz zusammen vor Schmerz, als ihre kalten, verspannten Muskeln protestierten. Der Bootsmann bückte sich, um sie von den Fußfesseln zu befreien.

Ein weiterer Pirat, hager und flink wie ein Wiesel, kniete vor Beatrice. Er löste ihre Fußringe und zerrte sie aus ihrer

Zelle. Dann sah er Rosalind an und leckte sich anzüglich die Lippen.

»Sei ruhig weiter frech zum *Capitaine, chérie.* Wär vielleicht keine schlechte Idee, wenn du noch mal versuchst, ihm eine zu knallen.«

»Halt dein dreckiges Maul, Justin!«, wies ihn der Bootsmann barsch zurecht.

Wortlos führte er Rosalind und Beatrice, die sich stumm vor Schrecken an ihre Herrin klammerte, zur Luke. Rosalind umarmte sie kurz und zögerte. Sie hatte selbst entsetzliche Angst vor dem, was sie oben an Deck erwarten mochte.

»Mr. MacCaulay, ich weiß nicht, was ich tun soll!«

»Hierher!« Mr. MacCaulay hämmerte von innen gegen seine Zellentür. »Lasst mich auch raus! Ich will mit eurem Captain sprechen! Bringt mich sofort zu ihm!«

Die Piraten ignorierten ihn, und der Bootsmann nahm Rosalind beim Ellbogen.

»Vorwärts, *chérie*. Wir wollen den *Capitaine* doch nicht warten lassen.«

»Nur Mut, meine Liebe!«, rief Mr. MacCaulay ihr zu. »Gott schützt die Unschuldigen.«

»Das hoffe ich.« Rosalind blickte die Luke hinauf und fröstelte vor Angst. »Das hoffe ich inständig.«

Die Piraten drängten die beiden Frauen zur Leiter. Grölender Gesang und das Klappern von Würfeln verrieten Rosalind, dass die Siegesfeier in vollem Gang war. Ob Black Angel vorhatte, Beatrice und sie zur Unterhaltung der Männer freizugeben?

»Lass mich vorausgehen, Beatrice.«

Die Piraten begrüßten Rosalind an Deck mit lautem Johlen

und Pfeifen. Der Teil der Mannschaft, der gerade nicht im Dienst war, vergnügte sich an Deck mit Schnitzen, Würfelspielen und Trinken. Ein paar riefen Rosalind Komplimente zu, die ihren Mund und ihre Haut priesen, während andere weit intimere Körperbereiche nannten. Rosalind war froh, dass Beatrice sie nicht verstand. Vor den Gesten und geifernden Blicken blieb sie allerdings nicht verschont, und sie trieben der Armen prompt eine tiefe Röte ins Gesicht. Verschreckt stellte sie sich ganz dicht neben Rosalind, die das Gesicht in Beatrices Haar verbarg.

»*Bonsoir*, Mademoiselle!« Black Angels tiefe Stimme dröhnte über den Lärm hinweg quer über Deck. »Habt Ihr jetzt höflichere Worte für mich?«

Da sie ihn nicht glauben lassen wollte, sie würde sich vor ihm verstecken, hob Rosalind den Kopf. Da stand er, auf dem Achterdeck, gleich neben dem Ruder. Er hatte tatsächlich ein Bad genommen. Sein schwarzes Haar umrahmte Stirn und Schultern in seidig schimmernden Wellen. Im Licht der untergehenden Sonne leuchtete es hier und da rötlich, und seine dunklen, unergründlich tiefen Augen funkelten auf ganz besondere Weise. Er trug ein weites Hemd aus weißem Batist, das sich über den breiten Schultern spannte, am Hals weit offen war und bronzene Brusthaut entblößte. Ein blauer Seidenschal mit schwarzer, weißer und dunkelblauer Stickerei gürtete seine Hüften. Die Enden hingen ihm über den linken Oberschenkel. Seine Lederhose saß eng an und betonte die muskulösen Beine und Waden, ehe sie unten in den Aufschlägen seiner schwarzen Stiefel verschwand.

Black Angel kam zum Hauptdeck hinunter und schritt auf sie zu. Schon beeindruckend, wenn er still dastand, war er umwerfend, wenn er sich bewegte. Diese wilde Kraft, die er ausstrahlte, machte ihn zu einer maskulinen Präsenz, der Rosalind sich kaum entziehen konnte. Nein, sie war keineswegs blind dafür, wie ungeheuer gut er aussah, auch wenn ihr zutiefst widerstrebte, es einzugestehen. Black Angel war ihr Feind. Das durfte sie nicht vergessen.

Seine Männer zogen sich zurück und bildeten einen großen Kreis mit Rosalind und Beatrice in der Mitte. Rosalind hörte das Klimpern von Münzen, die den Besitzer wechselten. Die Schurken schlossen Wetten über ihr Schicksal ab! Black Angel blieb vor ihr stehen und hob seinen Trinkkrug.

»Gefalle ich Euch so besser, Mademoiselle?«

Am meisten erstaunte Rosalind sein Gesicht. Dasselbe zynische Lächeln wie zuvor umspielte seine Lippen, nur schien er insgesamt ungleich besänftigter. Von allem Schmutz befreit und im warmen Schein des Sonnenuntergangs wirkte der harte, erbarmungslose Piraten-Captain vollkommen verändert. Er war so gutaussehend, dass man ihn beinahe als schön bezeichnen wollte. Rosalind ermahnte sich im Stillen. Natürlich konnte auch der Leibhaftige wunderschön erscheinen. Er war einst der größte der strahlenden Erzengel gewesen, ehe ihn seine grenzenlose Überheblichkeit in die Hölle verdammte.

»Interessiert es Euch wirklich, *mon Capitaine?* Ich hatte den Eindruck, dass Ihr meiner Ansichten überdrüssig wärt.«

»Ihr tragt die Nase immer noch hoch, Mademoiselle?« Black Angel schüttelte bedauernd den Kopf, wobei ihm deutlich anzusehen war, dass er die Situation äußerst amüsant fand. »Macht Euch denn gar nichts Angst?«

Wohl wissend, dass er jede mögliche Antwort gegen sie verwenden würde, schwieg Rosalind. Black Angel quittierte es mit einem Achselzucken und riss Beatrice kurzerhand aus ihrer Umarmung mit der Freundin. Dann sprach er in sanftestem Englisch auf sie ein.

»Und was ist mit dir, Kleines?«

Beatrice sah ihn an und rang sich ein unsicheres Lächeln ab. »Was soll mit mir sein, Captain?«

»Willst du gleichfalls Asche über mein Haupt schütten oder mir die Freude machen, mir beim Abendessen an meiner Tafel Gesellschaft zu leisten?«

Beatrice schüttelte den Kopf. »Tut mir leid, Captain. Ich muss Eure freundliche Bitte verneinen, da ich schon anderweitige Verpflichtungen habe.«

»Und, wenn ich fragen darf, die wären?«

Rosalinds Herz drohte auszusetzen. Was für ein Spiel veranstaltete Beatrice? »Beatrice ...«

»Einen Augenblick, Mademoiselle.« Black Angel warf ihr einen strengen Blick zu. »Wenn Ihr nichts von mir wissen wollt, dann erlaubt zumindest Eurer *petite soeur*, für sich zu entscheiden.« Er wandte sich wieder an Beatrice. »Und nun sag mir, Kleine. Mit wem bist du zum heutigen Abendessen verabredet?«

»Mit einer Autorität, deren Überlegenheit die Eure bei weitem überragt.«

Rosalinds Angst wurde sekündlich größer. Was in aller Welt wollte Beatrice sagen? Black Angel trat näher. Rosalind schlang die Arme um Beatrice und versuchte, sie irgendwie abzuschirmen.

»Bitte, *mon Capitaine*«, flehte Rosalind. »Lasst sie in Ruhe! Der Schrecken der letzten Stunden hat ihren Geist verwirrt.«

Black Angel betrachtete Beatrices lächelndes Gesicht. »Mir

erscheint sie durchaus bei Sinnen.« Er legte eine Hand auf Rosalinds Schulter und drückte sie leicht. »Zieht Euch zurück, Mademoiselle, bevor ich gezwungen bin, sie Euch mit roher Gewalt zu entreißen.«

»Das wird nicht nötig sein, Captain.« Beatrice trat aus Rosalinds Armen.

»Nun, Kleine, wirst du mir eine Frage beantworten. Wie hattest du vor, deine vorherige Verabredung einzuhalten?«

»Ich halte sie bereits ein. Ich schenkte meine Seele dem Herrn. Und wenngleich ich kein Habit trage, bin ich gewiss, dass er mich mit seinem Lichtpanzer schützen wird.«

Black Angel sah aus, als hätte er nicht richtig gehört. Doch seine Verwirrung hielt nicht lange an und wich im nächsten Augenblick einem wissenden Lächeln. »Ihr spracht also die Wahrheit. Ihr seid Schwestern. Ihr seid eigentlich Bräute Christi.« Sein Lächeln wurde zu einem Grinsen. Er nahm einen großen Schluck Rum und schüttelte ungläubig den Kopf. »Englisch, katholisch und Nonnen. Das vollkommene Ende eines vollkommenen Tages.«

Sein Entzücken war unerträglich. Rosalind schob Beatrice hinter sich. »Glaubt mir, was ich Euch sage. Sie hat den Verstand verloren. Wir sind Lehrerinnen, mehr nicht.«

»Dann leugnet Ihr, dass ihr Nonnen seid? Ich gestehe, dass ich ihr eher glaube als Euch.«

Sein süffisantes Grinsen brachte Rosalind in Rage. Er hatte offenbar seinen Spaß. »Seht Ihr denn nicht? Das arme Mädchen ist von Sinnen vor Angst! Sie hat lediglich einen Weg für sich gefunden, diesen grässlichen Alptraum zu verdrängen!«

»Und wie steht es mit Euch, Mademoiselle? Ist Euch noch

nichts eingefallen, mit dem Ihr Euch der Wirklichkeit entziehen könntet?«

»Zu meinem größten Bedauern ist mir meine gegenwärtige Situation allzu klar.«

Black Angel runzelte die Stirn. »Tretet zur Seite, Mademoiselle. Ich möchte die Wahrheit lieber von dem *jeune fille* hören.« Er wandte sich wieder an Beatrice. »Gehe ich recht in der Annahme, dass Ihr vor Verfolgung flieht? Die Engländer haben dieser Tage wenig für Rom übrig.«

»Versteht mich bitte, Captain«, sagte Beatrice. »Ihr vollbrachtet einen Akt großer Wohltätigkeit, indem Ihr uns vor dem Ertrinken bewahrtet. Gott wird Euch vergelten, dass Ihr uns sicher nach Jamaika bringt.«

Diejenigen Piraten, die genügend Englisch verstanden, brachen in Gelächter aus. Beatrice aber lächelte unverdrossen weiter und starrte in die Luft über der linken Schulter von Black Angel. Er musterte sie prüfend, und Rosalind war erleichtert, als sie sah, dass er Beatrices leeren Blick bemerkte und es mit einem Kopfnicken bestätigte.

»Vielleicht übergab euch Gott aus anderen Gründen in meine Hände.« Seine Stimme wurde zu einem sanften Streicheln. »Vielleicht seid ihr nicht für ein Leben unter Frauen bestimmt.«

Er streckte seinen rechten Arm mit dem Krug zur Seite aus. Ein Pirat in der Nähe eilte herbei, um ihm das Getränk abzunehmen, bevor er sich geschwind wieder in den Kreis der Zuschauer reihte. Dann zog Black Angel Beatrice an seine Brust und strich ihr das Haar aus dem Gesicht.

»Sag mir, *Chérie*, wie bringt eine solch charmante Kreatur es übers Herz, den Männern ihre Süße zu verweigern?«

»Hört auf!«, schrie Rosalind. »Besitzt Ihr denn nicht einen Funken menschlichen Anstands?«

Black Angel strich über Beatrices Wange. »Ihre Sicherheit liegt Euch offensichtlich sehr am Herzen, Mademoiselle. Warum nur, frage ich mich.«

Beatrice lächelte nicht mehr. Vielmehr schien sie wie benommen vor Angst. Rosalind war viel zu wütend, um sich vor irgendwas oder irgendwem zu fürchten. Sie musste sich dringend zum begehrteren Opfer der allgemeinen Belustigung machen.

»Man nennt Euch *L'Ange Noir?* Ha! Besser wärt Ihr bekannt als *Bête Noir*, denn Ihr seid zweifelsohne eine Bestie!«

Black Angels Lippen wurden zu zwei schmalen Linien. »Vorsicht, Mademoiselle. Ihr glaubt, was Ihr seht, und doch wisst Ihr nichts.« Er sah Beatrice an und glitt mit den Fingerspitzen über ihre Wange. »Sie ist nicht Eure leibliche Schwester, *oui?* Warum setzt Ihr wieder und wieder Euer Leben für sie aufs Spiel?«

»Weil ich ein menschliches Wesen mit einem Herzen und einer Seele bin.«

»Welch Edelmut, Mademoiselle. Welch Barmherzigkeit. Wie tief, wie echt sind diese Regungen?«

»Was … was meint Ihr?«

»Ihr behauptet, ich wäre eine Bestie, unfähig zum Mitgefühl. *Très bien.* Lehrt es mich, Mademoiselle. Zeigt mir, wie weit eine solch edle und überragende Lady zu gehen bereit ist, um dieses unschuldige Kind zu beschützen.«

Rosalind starrte ihn sprachlos an, während ihr vor Angst eiskalt wurde. Er hatte sie eine Lady genannt. Hatte er bereits auf anderen Wegen die Wahrheit über sie in Erfahrung gebracht? »Euer Herz muss ebenso schwarz sein wie Euer Haar, *mon*

Capitaine. Mir kommt es vor, als stünde ich dem Leibhaftigen gegenüber.«

»*Merci*, Mademoiselle.« Black Angel vollführte eine hämische Verbeugung. »Ihr seid nicht die Erste, die das zu mir sagt.« Wie beiläufig streifte er Beatrices Stirn mit seinen Lippen. »Was für eine süße kleine Schönheit. Und was für ein Jammer, so etwas Niedliches an ein Leben voller Mühsal und Kummer zu verschwenden.« Er legte eine Hand unter Beatrices Kinn und zwang sie, ihn anzusehen. »Ich kann dich vor alldem bewahren, *chérie*. Ich kann dir ein Leben zeigen, mit dem du deine Seele in die höchsten Himmel erhebst.«

Beatrice blickte unsicher um sich und wurde kreidebleich. Dann sah sie zu Black Angel auf.

»Sprich mit mir, Kleines«, murmelte Black Angel. »Willst du dein Leben wegwerfen und unter den armen Teufeln dieser Erde darben oder als meine Königin mit mir segeln?«

Beatrices Lippen bewegten sich stumm, bevor sie die Arme ausstreckte und versuchte, ihn von sich zu stoßen. »Weiche von mir, Satan!«

Black Angel lachte, hob Beatrice hoch und wirbelte sie herum, bis sie atemlos und ermattet in seinen Armen hing. Er grinste Rosalind zu.

»Diese schlichte Frömmigkeit deucht mir um einiges charmanter als Eure cleveren Tadel, Mademoiselle.« Er sah Beatrice an und nickte. »Ja, ich glaube, ich ziehe Schwester Beatrice vor. Was sagt Ihr dazu?«

Rosalind war klar, dass er sie provozierte, damit sie ihm die Antwort gab, die er hören wollte. Und selbst wenn sie sonst nichts gegen ihn auszurichten vermochte, dies war ein Spiel, in dem sie ihn sehr wohl schlagen konnte.

»Ich sage, Ihr enttäuscht mich. Mir erzählte man, dass der gefürchtete *L'Ange Noir* sich gnädig zeigt, wo Gnade gefragt ist. *L'Ange Noir*, heißt es, greift einzig Feinde an, deren Niederlage ihm zum größten Ruhm gereicht, nicht aber ein schutzloses junges Mädchen auf dem Weg ins Kloster.«

Black Angel betrachtete sie, kalt und ungerührt, und doch brodelte Wut in der Tiefe seiner dunklen Augen. Sein Schweigen brachte die gesamte Mannschaft zum Verstummen. Die Männer zogen sich einer nach dem anderen ängstlich zurück, zum Heck, zum Bug und sogar nach oben in die Betakelung.

»So klug wie Ihr seid, Mademoiselle, müsstet Ihr eigentlich wissen, dass es nur einen Weg gibt, Eure *petite soeur* vor ihrem Schicksal zu bewahren. Und sollte Eure Courage aus mehr als leeren Worten bestehen, tretet vor und nehmt ihren Platz ein.«

»Sollte Eure Reputation aus mehr als Lügen bestehen, lasst sie gehen.«

»Dann sei es so.« Black Angel warf sich Beatrice über die Schulter und schritt mit ihr übers Deck in Richtung seiner Kajüte.

»Rosalind!« Beatrice streckte die Hände aus. »Hilfe! *Helft mir!*«

Rosalind stürzte vor, um sich zwischen Black Angel und dessen Kajütentür zu stellen und ihm so den Weg zu versperren. Leider versagten ihre schmerzenden Muskeln ihr den Dienst, so dass sie stolperte und vor Black Angel auf die Knie fiel. Er beugte sich über sie und zog fragend eine Augenbraue hoch. Atemlos und mit Tränen im Gesicht neigte sie den Kopf vor Black Angel.

»*Oui*, Mademoiselle? Wolltet Ihr mir etwas sagen?«

Sein triumphierender Blick war entsetzlich, allerdings deutete der arrogante Tonfall eine Schwäche an, die Rosalind zu ihrem Vorteil nutzen wollte.

»Ihr verlangt einen Akt der Nächstenliebe von mir, und ich biete ihn Euch an, *mon Capitaine.* Ich mache mich zu Eurer Geisel, und im Gegenzug garantiert Ihr mir sowohl Beatrices Sicherheit als auch die des Mannes, den Ihr unten gefangen haltet.«

»Eure Lage, Mademoiselle, erlaubt Euch wohl kaum, Bedingungen zu stellen. Ich bestehe auf Eurer vollkommenen Unterwerfung. Andernfalls ziehe ich es vor, mich mit der kleinen Nonne hier zu vergnügen.«

»Ihr werdet Euch so gnädig erweisen, meine Bedingungen zu akzeptieren, *mon Capitaine.*« Rosalind stand auf und sammelte ihre Kräfte. »Ihr werdet einwilligen und dafür sorgen, dass Beatrice und Mr. MacCaulay ebenso gutes Essen bekommen wie Eure Crew. Außerdem gestattet Ihr ihnen, sich eine Stunde am Morgen und eine am Abend frei an Deck zu bewegen.«

Black Angel riss die Augen weit auf und lachte hämisch. »Und falls ich mich weigere? Was wollt Ihr dann tun, Mademoiselle? Schwingt Ihr Euch dann wieder mit diesem Kind über die Reling?«

»Ich werde alle Qualen erdulden, die Ihr mir zuzufügen plant, *mon Capitaine.* Nur würde ich dabei zusätzlich die Genugtuung genießen, dass Ihr Euch als ebenso niedrig erwiesen habt wie der ungebildetste und schmutzigste Schurke in Eurer Mannschaft.«

Black Angels Züge verfinsterten sich, und wieder war da das eisige Funkeln in seinem Blick. »Wer *seid* Ihr? Wer seid Ihr, dass

Ihr dem Tod ins Auge schauen und dennoch einen solch herrischen Ton an den Tag legen könnt?«

»Was habt Ihr vor, *mon Capitaine?* Akzeptiert Ihr meine Bedingungen wie der Gentleman, der zu sein Ihr vorgebt?«

Black Angel sah sie wütend an, und sein Missfallen schlug ihr buchstäblich entgegen. Dann schwang er Beatrice von seiner Schulter, hielt sie aber noch fest.

»Wie es scheint, bist du entbunden, *chérie*. Ich denke, von uns dreien bist du die Einzige, die darob echte Erleichterung empfindet.« Er seufzte und sah Beatrice an. »Trotzdem, was für eine Verschwendung.«

Mit diesen Worten beugte er sich zu ihr und küsste Beatrice. Rosalind sprang vor und zerrte an Black Angels seidigem Haar. Der packte nach Rosalinds zerrissenem Unterkleid. Sie schlug nach seiner Hand und versuchte, sich zu befreien. Da riss er sie an sich und holte mit der freien Hand aus. Rosalind schloss die Augen und wandte das Gesicht ab.

»Hexe!« Black Angel funkelte sie an, die Zähne gebleckt und heftig ein- und ausatmend. »Ich sollte dich gleich hier nehmen, auf der Stelle, während mich alle meine Männer anfeuern.«

Rosalind war mittlerweile jenseits der Angst. Sie wusste, dass sie es zu weit getrieben hatte. »Wie Ihr wünscht, *mon Capitaine*. Nur seid so freundlich, mich vorher bewusstlos zu schlagen.«

Eine halbe Ewigkeit verging, während der ihr Herz raste, doch endlich schien die Spannung seiner Armmuskeln ein wenig nachzulassen. Dann nahm er die Hand wieder herunter.

»Yves!«, rief er.

Yves kam vom Achterdeck herbeigeeilt. »*Oui, mon Capitaine.*«

»Du hast Mademoiselles Bedingungen gehört? Betrachte sie als meine Befehle. Bring Schwester Beatrice nach unten, bevor sie noch mehr Probleme macht.«

Yves nickte und drehte sich zu Beatrice um, die ängstlich vor ihm zurückwich.

»Rosalind? Was hat er gesagt?«

»Geh mit dem Bootsmann, Beatrice. Alles wird gut. Ich habe die bestmöglichen Regelungen getroffen.«

»O nein!« Beatrice sah, wie Black Angel Rosalind mit beiden Armen umfing, und starrte sie voller Entsetzen an. »Nein, Rosalind! Das habt Ihr nicht!«

»Beatrice, bitte! Geh und sag Mr. MacCaulay, dass uns allen nichts geschieht.«

»Genug.« Black Angel stellte sich zwischen die beiden Frauen und sprach über Beatrices Kopf hinweg zu Yves. »Lass mir sofort mein Mahl bringen. Und, Yves, du übernimmst das Kommando, solange ich beschäftigt bin. Falls du mich aus einem geringeren Grund als einem Taifun störst, werde ich dich höchstpersönlich auspeitschen.«

»*Oui, mon Capitaine.*«

Black Angel wirbelte Rosalind unsanft herum und schob sie zu seiner Kajütentür. Sie schaffte es, sich abzufangen ehe sie stürzte, und machte einen übertriebenen Knicks.

»*Merci beaucoup, mon Capitaine.*«

»Dankt mir nicht, Mademoiselle«, erwiderte er verärgert. »Ihr werdet Euer zimperliches Gebaren noch bereuen.«

Als er die Kajütentür vor ihr aufstieß, starrte Rosalind hinein, stumm vor Angst. Sie erkaufte Beatrices Sicherheit, indem sie sich Black Angel auslieferte. Und hatte sie erst die Schwelle übertreten, würde er erwarten, dass sie den vollen Preis zahlte – der gewiss sehr hoch ausfiel.

Kapitel 4

Black Angel stieß Rosalind in seine Kajüte. Drinnen war alles überraschend ordentlich, nachgerade von spartanischer Schlichtheit und Strenge. Zur Linken stand ein eleganter, kostbarer Sekretär. Darauf befand sich eine Öllampe mit makellos sauberem Glaskolben. Anstelle der auf Schiffen üblichen Hängematte war in dieser Kajüte ein richtiges Bett unterhalb einer Fensterreihe. Beim Anblick der Schlafstatt pochte Rosalinds Herz noch schneller. Auf keiner anderen Brigantine verfügte der Captain über eine eigene Kajüte – ein weiterer Beweis dafür, wie seltsam manches an Black Angel war. Die *Etoile du Matin* musste nach seinem Entwurf gebaut worden sein, was wiederum bedeutete, dass sie sehr viel Geld gekostet hatte. Aber Geld war für einen so erfolgreichen Piraten wie ihn wohl kein Problem.

Zwei Jungen kamen mit beladenen Tabletts hereingeeilt. Rechts von der Tür hing ein großer Mahagonitisch von der Decke, dessen Platte mehrere Zentimeter dick und auf Hochglanz poliert war. Die Jungen lösten die Seile und ließen die Tischplatte hinunter, bevor sie das Essen darauf stellten und zwei silberne Weinkelche füllten. Einer von ihnen zündete die Öllampe an, und anschließend huschten sie ebenso schnell wieder hinaus, wie sie hereingekommen waren.

Black Angel schlug die Tür hinter ihnen zu, dass Rosalind

zusammenzuckte und unwillkürlich die Hand vor den Mund hielt. Er war wirklich aufgebracht und würde sich wohl kaum damit zufriedengeben, sie lediglich zu schänden, was ja schon schrecklich genug war. Sie hatte ihn provoziert, sich über ihn lustig gemacht, und dafür musste sie nun bezahlen. Um nicht laut loszuschluchzen, presste sie sich auch die zweite Hand auf den Mund. Sie musste ruhig bleiben. Immerhin hatte sie einen großen Sieg erzielt. Vielleicht gelang es ihr, einen weiteren zu erreichen.

Black Angel schritt hinter ihr auf und ab, und sie fühlte die Hitze seiner Wut, die sich ihr regelrecht in den Rücken brannte. Rosalind rührte sich nicht und gab sich alle Mühe, Kopf und Rücken gerade zu halten. Dann kam er um sie herum und betrachtete sie mit einer Mischung aus Zorn und Überdruss. Er öffnete den Mund, als wollte er etwas sagen, schüttelte den Kopf und ging zu einem Schrank, der neben dem Sekretär an der anderen Wand stand. Dort nahm er einen kleinen Messingschlüssel von einem Haken neben dem Schrank, schloss auf und schenkte sich einen Brandy ein. Er trank erst einen, dann noch einen großen Schluck. Als wieder Farbe auf seine Wangen kam, atmete er ruhig aus.

»Ihr habt mir nicht geantwortet, Mademoiselle. Gefalle ich Euch besser, nun da ich gebadet habe?«

Rosalind war auf den plötzlichen Stimmungswandel nicht gefasst gewesen und stand sprachlos da. Black Angel kam näher, sie wich zurück, und er kam noch näher. Das setzte sich fort, bis Rosalind mit dem Rücken an die Tür stieß und nicht weiter konnte. Black Angel stützte seine Hand neben ihrem Kopf gegen das Holz – gerade so fest, dass Rosalind zusammenzuckte.

»Ihr seid eine wahre Herausforderung, Mademoiselle.« Er blickte auf sie hinab und lächelte ironisch. »Ich gebe unumwunden zu, dass ich gerade das an Euch mag. Ich verabscheue Damen, die nichts tun als herumzujammern.«

Er blieb vor ihr, leicht nach vorn gelehnt und so nahe, dass sie seine Wärme spürte. Sein Hemd spannte sich über den Schultern und klaffte nun noch weiter auf, so dass Rosalind seine festen, gebräunten Brustmuskeln sehen konnte. Eine Locke seines Haars hatte sich gelöst und berührte beinahe Rosalinds Wange. Seine Nähe war überwältigend. Je länger er dastand und sie einfach nur ansah, umso größer wurde Rosalinds Angst. Zu allem Überfluss ertappte sie sich dabei, wie sie auf seine vollen Lippen starrte und sich daran erinnerte, wie warm und weich sie sich angefühlt hatten. Die unterschiedlichsten Gedanken und Gefühle regten sich in ihr und verwirrten sie. Einerseits wollte sie fliehen, andererseits wollte sie bleiben, wo sie war.

Black Angels warmer Atem fächelte ihre Wange. Erst jetzt, da die Hitze des Gefechts vorüber war, bemerkte Rosalind, wie sehr sie fror. Ihre nassen Unterkleider waren kalt und hingen wie Seetang an ihrem Körper. Der Brandy in Black Angels Glas lockte sie mit seinem schwachen Aroma. Sie seufzte. In den ersten furchtbaren Tagen nach dem Tod ihres Vaters hatte der Arzt ihr kleine Mengen davon empfohlen, um den Schock zu mindern, der sie schwächte und ihren Kopf schmerzen ließ. Ihre Mutter und sie fühlten sich nach winzigen Schlucken davon tatsächlich ruhiger, wärmer und weniger betrübt, wenn sie an Vater dachten. Nun weckte der Geruch des Brandys die Erinnerung an die schmerzliche Einsamkeit in ihr und daran, dass sie dringend Trost brauchte.

»Verschlägt es Euch am Ende gar die Sprache, Mademoiselle?« Black Angel beugte sich noch weiter über sie. Seine Stimme klang tief und sanft. »Ich hoffe doch, das darf ich als Kompliment nehmen.«

Die dunklen Augen hielten ihren Blick, bevor sie hinabwanderten zu ihrem Busen. Sie betrachteten sie mit solcher Intensität, dass ihre cremeweiße Haut Feuer zu fangen drohte. Rosalind fühlte, wie ihr die Röte in die Wangen stieg und wandte das Gesicht ab.

»*Pardonnez-moi, mon Capitaine.* Meine gegenwärtige Situation macht es mir bedauerlicherweise unmöglich, mit Eurer Pracht mitzuhalten. Mir fehlen dazu die Mittel.« Es sollte eine bissige Bemerkung sein, aber dazu kamen die Worte ein wenig zu atemlos heraus.

»Angesichts der gegebenen Umstände seht Ihr recht liebreizend aus.« Black Angel lächelte. »Kommt und setzt Euch. Ihr müsst hungrig sein.«

Er nahm ihre Hand und führte sie zu einem der Stühle, die an dem hängenden Tisch standen. Auf den beiden Zinntellern lagen jeweils eine gegrillte und mit Kräutern bestreute Wachtel, daneben ein Stück Käse sowie Brot. Höchstwahrscheinlich handelte es sich um das für Captain Harris geplante Abendessen. Bei dem Anblick zog sich Rosalinds Magen zusammen, und da ihre Nerven ohnehin schon sehr strapaziert waren, verging ihr nun gänzlich der Appetit. Black Angel spießte eine Wachtel auf die Spitze seines Dolches. Rosalind schrie auf und schlug sich wieder hastig die Hand vor den Mund.

»Was habt Ihr, Mademoiselle? Fehlt Euch der Appetit?«

»Wie … wie sollte er nicht? Nach allem, was geschehen ist.«

Black Angel schnitt das Brot und den Käse. »Die Anstrengungen haben Euch geschwächt. Versucht, ein wenig zu essen.«

Er biss mit sichtlichem Genuss in die Brust seiner Wachtel und nippte an seinem Wein, noch während er kaute. Rosalind beobachtete ihn fassungslos an.

»Tut Ihr das jeden Tag, *mon Capitaine?* Aufwachen, ein Schiff plündern, die Mannschaft ermorden und Euch dann zu einem ruhigen Abendessen setzen?«

»Ich bin ein Pirat, Mademoiselle. Was sollte ich sonst tun?«

Sein lässiger Ton erstaunte sie. Der Mann besaß überhaupt kein Schamgefühl. Wie konnte Rosalind sich überwinden, der Warnung des Bootsmanns nachzukommen und dieses Monster zu unterhalten?

Black Angel sah sie an. »Sorgt Euch nicht um Euren Captain und dessen Crew. Würde ich jeden englischen Seemann töten, der mir über den Weg läuft, blieben mir bald keine Schiffe mehr zum Plündern.« Er spießte ein Stück Käse auf und hielt es ihr hin. »Und jetzt esst etwas. Ihr braucht Eure Kräfte.«

Rosalind wich alle Farbe aus dem Gesicht. Sie fühlte sich schwach, leer und hilflos. In die arme kleine Wachtel zu beißen, war eine unerträgliche Vorstellung, erinnerte sie das tote Tier doch viel zu sehr an sich selbst. Sie beide waren Beute eines Piratenkönigs mit unstillbarem Appetit. Gerade mal einen kleinen Bissen von dem Käse bewältigte sie und ein kleines Stückchen Brot. Dazu trank sie ihren Wein ein wenig zu hastig. Black Angel nickte zustimmend, füllte ihren Kelch und schnitt ihr noch etwas Brot und Käse ab. Rosalind schalt sich im Stillen für ihre Hast und aß langsamer.

Nachdem Black Angel aufgegessen hatte, lehnte er sich mit seinem Wein in der Hand zurück. Er betrachtete Rosalind gelassen, nachdenklich und wohlwollend zugleich.

»Sagt mir Euren Namen.«

Warum musste er danach fragen, wo Beatrice ihren Namen doch den ganzen Tag geschrien hatte? »Rosalind Brooks.«

»*Le nom démodé*. Seid Ihr ein altmodisches Mädchen?«

»Ich bin kein Mädchen.«

»Ihr seid kaum älter als zwanzig.«

»Und Ihr, *mon Capitaine?* Seid Ihr denn so viel älter?«

»Sechsundzwanzig im letzten Dezember. Falls das eine Rolle spielt.«

»Ihr seid recht jung dafür, schon so einen schlechten Ruf zu haben.«

»Ich habe früher angefangen als die meisten anderen.«

»Ach ja? Dann wart Ihr Euer ganzes Leben Pirat? Ist das eine Familientradition, so wie Schmied oder Fassbinder?«

Er sah sie an, als wollte er herausfinden, ob sie ihn zum Narren hielt. »Es war mir stets bestimmt, Frankreichs Feinde niederzuschlagen. Ich bin allerdings nicht ganz das, was *mon père* für mich vorsah.«

»Also vertretet Ihr Euer eigenes Gesetz?«

»Genau.«

»Aber nur auf See, glaube ich. Sobald Ihr an Land geht, fallt Ihr unter die Gesetze der Krone, wie alle von uns.«

»Das, Mademoiselle, ist der Grund, weshalb ich so selten an Land gehe.«

»Habt Ihr hier etwa alles, was Ihr braucht? Das fällt mir schwer zu glauben. Tag für Tag auf denselben wässrigen Horizont hinauszusehen, würde mich wahnsinnig machen.«

»Aber nein, er ist nie derselbe, weder von Tag zu Tag noch von Stunde zu Stunde.« Black Angel schien ein ganz eigenes Bild vor Augen zu haben. »Manch einer sagt, die See wäre wie eine Frau, aber der Vergleich hinkt. Die Frauen, die ich kennenlernte, waren seicht, vorhersehbar und von zwei bis drei Launen besessen, die sie wie ihre Kleider dem jeweiligen Anlass nach wechselten.« Er trank und sah in seinen Kelch. »Das Meer ist so viel größer, so viel großartiger als irgendeine nichtige menschliche Leidenschaft. Es ist ganz es selbst, ohne Ausreden und ohne Erklärungen.«

Rosalind war wie gebannt von der Melodie seiner Stimme. »Ähnlich wie Ihr.«

Er hob den Kopf und sah sie an. »Macht Ihr Euch über mich lustig?« Da war wieder ein gefährlicher Unterton.

»Mais non, mon Capitaine.« Rosalind nippte an ihrem Wein. »Dennoch finde ich es schwer vorstellbar, dass Ihr all Eure Wünsche auf einem kleinen Schiff befriedigt findet.«

Er grinste ihr über den Rand seines Kelches zu. »Dann und wann habe ich das Glück etwas – wie soll ich sagen – Abwechslung zu finden.«

»Im Töten unschuldiger Menschen und Plündern ihrer Schiffe? Was für ein hübsches kleines Steckenpferd.«

Er schüttelte den Kopf. »Das ist Arbeit. Ich nehme mein Geschäft sehr ernst.« Er stellte seinen Kelch ab und lehnte sich vor. Das Licht der Öllampe erhellte seine Augen, so dass Rosalind in dem dunklen Braun Muster erkennen konnte, die sie an die Falten und Wirbel in sehr teurem Samt erinnerten. »Wenn ich Abwechslung sage, meine ich gelegentliche Passagiere, die mich angenehm zerstreuen.« Er lächelte geheimnisvoll. »Ihr zerstreut mich, Mademoiselle.«

»Wirklich, *mon Capitaine?*«, fragte Rosalind so ungerührt wie möglich. Der Anblick von Black Angel, wie er seinen geballten Charme entlud, weckte die unpassendsten Gefühle in ihr. »Ich gewann einen gänzlich anderen Eindruck.«

Black Angel stützte einen Ellbogen auf den Tisch und sein Kinn in die Hand. »Ich könnte mir kaum etwas denken, das mich trefflicher zerstreut, als Euch dabei zuzusehen, wie Ihr Euer Haar löst.«

Rosalind bekam plötzlich Angst, und ihre Hände zitterten. Sie faltete sie im Schoß und blickte starr nach unten.

»Macht schon, Rosalind«, flüsterte Black Angel und streichelte ihr sanft die Wange. »Wir müssen irgendwo anfangen, und wir sollten es behutsam angehen.«

Seine Rücksichtnahme verwirrte Rosalind, was ihre Angst noch verschlimmerte. Sie stand auf und wandte sich ab. Jetzt blickte sie allerdings geradewegs auf Black Angels Bett, das extra lang und breit schien, damit er darin bequem Platz fand. Sie kehrte dem Bett den Rücken zu und fand sich erneut von Angesicht zu Angesicht mit Black Angel.

»Habt Ihr …« Ihre Stimme versagte, und sie hüstelte nervös. »Habt Ihr einen Kamm oder eine Bürste?«

»Hier.« Black Angel stand auf, ging zum Bett, kniete sich darauf und griff zu einem Bord, das unterhalb der Fenster angebracht war. Dann reichte er ihr eine Bürste aus Mahagoni mit Wildschweinborsten. Es handelte sich um eine sehr edle Bürste, deren Borsten sich noch feucht anfühlten, denn er hatte sich nach dem Bad damit das nasse Haar gekämmt.

»*Merci, mon Capitaine.*«

Black Angel setzte sich wieder und trank von seinem Wein. Er beobachtete sie und wartete.

Rosalind zog die erste der Haarnadeln heraus, die ihren aufgewickelten Zopf hielt. Ihr kam es vor, als wäre sie im Begriff, sich vollständig vor Black Angel zu entblößen. Nichts im Leben hatte sie je auf eine derartige Situation vorbereitet. Die Geschäftsfreunde ihres Vaters hatten alle Söhne, die nach einer schönen, vermögenden Braut ausschauten. Und sie war eine geeignete Kandidatin gewesen, bis Hanshaw Shipping vom Unglück heimgesucht wurde. Allerdings waren die Aufmerksamkeiten jener jungen Männer nie weitergegangen als bis zu einem scheuen Hand- oder Wangenkuss. Nie zuvor war Rosalind einem Mann wie Black Angel begegnet, so dunkel, so wild und so vollkommen beherrscht zugleich. Er rührte etwas in ihr, das sie nicht benennen konnte, und setzte ein Verlangen in ihr frei, dessen Macht gleichermaßen erschreckend wie erregend war.

Sie hielt ihren Zopf fest, als sie die letzte Haarnadel herauszog und zu den anderen in ihr Korsett steckte. Black Angel beugte sich vor, und ein erwartungsvolles Leuchten ging über sein Gesicht. Mit zitternden Händen ließ Rosalind ihren Zopf herunter, der ihr bis zu den Hüften reichte. Dann wand sie das weiße Satinband auf. Aus purer Gewohnheit schritt sie an den Tisch und wollte es dort ablegen. Da ergriff Black Angel ihre Hand. Der Wein hatte ihm eine dezente Wangenröte verliehen und seinen Augen einen leicht glasigen Glanz, der Rosalind verstörte. Er führte ihre Hand zum Mund und küsste sie zart auf das Gelenk. Wieder erschrak sie ob der Weichheit seiner Lippen, die ihre Haut mit einer Wärme streichelten, bei der sie ganz benommen wurde. Er nahm ihr das Band ab und wickelte es um seine linke Hand, bevor er es zu einem hübschen Knoten schlang.

»Ich werde es gut hüten.«

Er glaubte, sie flirtete mit ihm! Aber – war es nicht auch das, was sie wollte? Ihre zittrigen Finger waren kaum in der Lage, den Zopf zu entflechten, doch schließlich fiel ihr honigfarbenes Haar, steif und gewellt vom Meerwasser, offen über ihren Rücken. Sie schwang es über die eine Schulter nach vorn und begann, es vorsichtig auszubürsten.

»Das ist, als würde man dem Sonnenaufgang zusehen.« Black Angel stand auf, vergrub seine Hände in ihrem Haar und hielt ihren Kopf fest. »Wie unglaublich schön.« Seine Lippen streiften ihr Ohr. »Hat Euch noch niemand gesagt, wie wunderschön Ihr seid?«

Das Staunen in seiner Stimme. Lügner, der er war, hörte er sich trotzdem vollkommen ernst an. Rosalind zwang sich, an all die anderen Frauen zu denken, denen er auf dieselbe Weise geschmeichelt hatte.

»*Merci, mon Capitaine*, aber ich bin nichts. Ich bin bloß eine Lehrerin, die sich ihre Unterkunft und Nahrung verdienen muss. Niemand außer meinen Schülern sieht mich an.«

»Ich könnte Euch in alle Ewigkeit ansehen und dennoch nie genug bekommen.« Black Angel zupfte spielerisch am eingerissenen Träger ihres Korsetts. »Und nun, *ma belle*, wenn Ihr mein Blut bereits zum Kochen bringt, indem Ihr nichts weiter tut, als Euer Haar herunterzulassen, dürft Ihr mir auch Eure übrigen Reize nicht vorenthalten.«

Rosalind wandte sich ab und verschränkte die Arme vor der Brust. Ihr Haar fiel wie ein Schleier nach vorn und verbarg sie vor seinen Blicken. Er stand hinter ihr und holte hörbar Atem.

»Ah, *ma belle. C'est magnifique.*«

Dann strich er ihr Haar beiseite, legte einen Arm um sie

und drückte sie an sich, so dass sie ganz von seiner Wärme umfangen war. Als er einen federleichten Kuss in ihren Nacken hauchte, erschauderte Rosalind.

»Ist Euch kalt?«, fragte er. »Vielleicht wärmt Euch ein wenig Brandy auf.«

Kopfschüttelnd verneinte sie und kämpfte mit den Tränen. Brandy, jetzt, unmittelbar bevor dieser blutrünstige Fremde ihr ihre Tugendhaftigkeit nahm und sie fortan für alle Welt zu einer Hure machte …

»Rosalind.«

Black Angel drehte sie behutsam zu sich und hob ihr Kinn. Sie konnte ihm nicht in die Augen sehen, doch er zwang sie auch nicht, sondern strich ihr Haar nach hinten und küsste sie auf die Stirn.

»Er könnte Euch helfen.«

Wieder dieser entschiedene Ton. Sie konnte nichts tun, um ihn aufzuhalten, es sei denn sie rannte aus seiner Kajüte und stürzte sich ins Meer. Er ging wieder zu dem Schrank, in dem er seinen Brandy aufbewahrte. Sie könnte wegrennen, und vielleicht schaffte sie es sogar, sich zu ertränken. Nur würde ihre Mutter noch mehr leiden als ohnedies schon, wenn sie davon erfuhr. Und Beatrice müsste den Rest dieses Alptraums allein durchstehen.

Rosalind stand still da und wartete, während Black Angel ihr ein kleines Glas Brandy einschenkte und es ihr brachte. Der scharfe Geschmack trieb ihr noch mehr Tränen in die Augen und erinnerte sie an den Trost, den ihre Mutter ihr gespendet hatte, und den sie jetzt so dringend brauchte. Sie starrte in die rötlich-braune Flüssigkeit und wünschte, sie könnte darin versinken und allem entkommen. Aber ja, das würde ihr wahrlich helfen. Wenn sie von Sinnen war, fühlte sie keinen Schmerz, denn dass er sie leiden lassen würde, dessen war sie sich gewiss. Er mochte noch so glaubhaft vorgeben, ein Gentleman zu sein, sobald seine Lust erst groß genug war, würde er sich in den wilden Piraten zurückverwandeln. Sie nahm noch einen großen Schluck Brandy und schloss die Augen.

»Vorsicht, Rosalind. Das ist keine Limonade.«

Sie hörte gar nicht hin, sondern kippte auch den Rest hinunter. Tatsächlich wurde ihr angenehm warm von dem Alkohol, und zusammen mit dem Wein würde er sie an einen Ort versetzen, an dem sie nichts berührte. Dort konnte sie schlafen und später aufwachen, um sich dem zu stellen, was auch immer sie erwartete. Wichtig war, dass sie ihm jetzt auf der Stelle entfloh. Sie wollte das Glas auf den Tisch stellen, doch das Schiff schaukelte, so dass sie ins Schwanken kam. Die Kajüte drehte sich um sie herum, und das Glas entglitt ihren kraftlosen Fingern. Rosalind schloss die Augen und ließ sich fallen. Es war eine Erleichterung, nicht zu wissen, wo oder wie sie landete.

Da kollidierte sie auch schon mit den festen Muskeln von Black Angels Brust. Seine Arme umfingen sie, und ihre Hand glitt in sein Hemd, über seine bloße Haut, die sich herrlich warm und straff anfühlte. Rosalinds Knie gaben nach, und reflexartig klammerte sie sich mit der anderen Hand an seinen Nacken, wo sie in sein dichtes, seidiges Haar eintauchte.

»Was ist in Euch gefahren, den Brandy so hastig runterzustürzen?«, fragte Black Angel. »Noch einer, und Ihr seid vollkommen weg.«

Rosalind nickte, wobei ihr Kopf gegen seine Brust stieß. Sein Hemd roch sauber und frisch. Und der Duft seiner Haut reizte sie – die entfernte, schwache Rauchnote, und dies unbeschreiblich Männliche. Er trug keinen künstlichen Duft, nur seinen eigenen. Das gefiel ihr. Mr. Murdock, stets auf modisches Flair bedacht, wechselte seinen Wäscheduft wöchentlich. Mr. Murdock wäre wütend, wenn er wüsste, dass dieser französische Pirat es wagte, sie zu berühren, und sie sogar geküsst hatte. Rosalind kicherte. Black Angel hatte sie mit dem Sonnenaufgang verglichen. Niemals hatte Mr. Murdock etwas so Schmeichelhaftes, so Poetisches gesagt.

Rosalinds Kopf fiel in ihren Nacken. Sie sah zu Black Angel auf und konzentrierte sich auf seine Gesichtszüge. Seine Augen waren so dunkel, dunkler und endloser als der Nachthimmel. Seine Nase war stark, fein und gerade. Sein Kinn war energisch, typisch für einen entschlossenen Mann. Am meisten jedoch fesselten sie seine Lippen. Die üppige Rundung seiner Unterlippe passte hervorragend zu der klaren Form der Oberlippe. Ein vollkommener Mund für einen Mann, weder zu rund noch zu schmal. Und gewiss schmeckte er wunderbar nach dem Wein, den er getrunken hatte. Rosalind blinzelte. Woher kam dieser Gedanke?

»Rosalind«, murmelte die tiefe Stimme leise. »Ihr ungezogenes Mädchen. Wollt Ihr immer noch fliehen?«

Sie nickte wieder, während ihre Gedanken furchtbar verwirrt waren. Sie musste gegen ihn kämpfen, und zugleich sollte sie mit ihm spielen, ihn unterhalten. Wenn sie ihn glücklich machte, wäre er zu allen freundlicher.

»Das war ziemlich viel stärker als alles, was ich bisher gewöhnt bin.« Sie ließ ihre Fingerspitzen über sein muskulöses Schulterblatt wandern. »Andererseits seid Ihr es ja auch.« So schwer war es gar nicht, ihm etwas vorzumachen.

»Seid Ihr je geküsst worden, Rosalind?«

»Nur … nur von Euch.«

Bei dem plötzlichen Aufblitzen von Verlangen in seinen Augen wich Rosalind erschrocken zurück. Seine Umarmung war sanft aber fest. Sie konnte ihm nicht entkommen.

»Es ist ganz einfach. Schließ die Augen und heb das Kinn.«

Sie gehorchte mit einer Bereitwilligkeit, die sie selbst schockierte. Doch bevor sie darüber nachdenken konnte, fühlte sie seine Lippen auf ihren. So sanft sein Kuss auch war, spürte sie doch sein tiefes Verlangen an der Art, wie sich seine Muskeln unter ihren Fingern spannten. Er drückte sie an sich, und die Wärme seiner nackten Brust schien gleichsam in ihren Körper hineinzuströmen. Was für ein harter Mann, was für ein grausamer Mann, und dennoch war sein Haar wie Seide und waren seine Lippen noch viel weicher. Er fühlte sich so stark an, so warm, so freundlich und sanft. Der Brandy musste ihr die Sinne vernebeln, denn auf einmal fragte sie sich, warum sie ihn je für böse gehalten hatte. Ein böser Mann wäre nicht so behutsam und so zurückhaltend. Und er *war* geduldig, ganz gleich was er behauptete. Rosalind musste unweigerlich lächeln, weil sie seine Lüge entlarvt hatte. Was hier geschah, war nicht halb so schrecklich, wie sie es sich vorgestellt hatte. Sollte alles so süß und leicht sein, könnte sie es durchstehen.

Weich und feucht berührte seine Zunge ihre Lippe, und sie gab nach, öffnete den Mund ein wenig und seufzte. Sie hielt sich mit beiden Händen an seinen Schultern fest, weil er viel größer war als sie, und sie auf Zehenspitzen stehen musste. Black Angel stöhnte tief, so dass seine Brust vibrierte, während er ihren Mund erkundete und seine Zunge mit ihrer spielen ließ, bis Rosalind von einer ungekannten Hitze erfüllt war, die sie hilflos gegen ihn sinken ließ. Wieder stöhnte er. Er streichelte ihr über den Rücken bis hinunter zu den Hüften und wieder hinauf bis in den Nacken, wo er erneut mit beiden Händen in ihr Haar eintauchte. Seine Zunge drang tiefer in ihren Mund. Sie schmeckte nach Wein und Brandy – und nach ihm. Rosalind ergriff ein seltsames, unbeschreiblich starkes Verlangen, das immer größer zu werden schien.

Schließlich hob Black Angel den Kopf. Seine Stimme war nur noch ein heiseres Flüstern, als er sagte: »Keine einfache englische Lehrerin könnte mein Blut derart in Wallung bringen. Ihr müsst mehr sein als das.«

Von dem Brandy und seinen Küssen war Rosalind so benommen, dass sie nicht klar denken konnte. »Natürlich.« Doch dann bekam sie plötzlich furchtbare Angst und fing sich wieder. »Ich bin Eure Gefangene«, fügte sie hinzu und sank seufzend an seine Brust. »Nur eine Gefangene, die Eurer Gnade ausgeliefert ist. Werdet Ihr gnädig zu mir sein, *mon Capitaine?*« Sie strich ihm übers Haar und schmiegte die Wange an die schwarzen Locken. »Könnt Ihr einer Meerjungfrau, einer Milchmagd, einem armen, schiffbrüchigen englischen Mädchen gegenüber gnädig sein?«

Ein geheimnisvolles Lächeln umspielte Black Angels Lippen, bevor er Rosalind fest in die Arme schloss und mit einer Leidenschaft küsste, die ihr den Atem raubte. Seine Zärtlichkeit war von einer Intensität, dass Rosalind dahinschmolz und für einen Augenblick beinahe ihre Angst vergaß. Er erforschte sie mit seinen Händen und malte eine Spur von Küssen auf ihren Hals und über ihre Brust, soweit das Korsett es ihm erlaubte. Dabei schien Rosalind sein Verlangen ebenso gefährlich wie ihre eigene Schwäche, die sich in einem unwillkommenen Entzücken äußerte. Mit letzter Kraft versuchte sie, sich ihm zu entwinden, als er sich bückte, um sie hochzuheben und zu seinem Bett zu tragen. Sie schrie auf.

»Bitte, *mon Capitaine!* Ihr könnt nicht … ich wollte nicht …«

»Schhh, *ma belle.*« Er legte sich mit ihr auf den smaragdgrünen Überwurf. »Ich spüre eine solche Sinnlichkeit in Euren Küssen, Rosalind. Ihr seid dafür geschaffen, Leidenschaft zu genießen. Weist mich nicht ab.« Sein Lächeln war sanft und liebevoll. »Verweigert Euch diesen Genuss nicht.«

Ehe sie etwas erwidern konnte, lag sein Mund wieder auf ihrem, und ein weiteres Mal gelang es ihm mit seinem Kuss, Rosalind bis tief in ihrem Innern vor Wonne erbeben zu lassen. Vergeblich mühte sie sich, sich an ihre Wut und ihren Hass zu klammern. Er war ein Fremder, der sie auf sein Lager zwang, ein Pirat, ein Mörder. Doch egal wie energisch sie versuchte, sich daran zu erinnern, wie falsch und verwerflich sein Handeln war, bereiteten ihr seine Zärtlichkeiten ein solches Wohlgefallen, dass alles andere unwichtig wurde. Sie konnte nicht denken, denn dafür war sie zu berauscht vom Alkohol und der Hitze seiner Nähe.

Black Angel zog sich sein Hemd aus und warf es beiseite. Die Karibiksonne hatte ihn braun gebrannt, so dass sein Oberkörper wie aus Bronze gegossen aussah. Noch dazu wie eine besonders schöne Statue mit muskulösen Schultern und Armen, einem flachen Bauch und einer kräftigen Brust. Er streckte sich wieder neben Rosalind aus und nahm sie in die Arme. Während er ihr sanft das Haar streichelte, küsste er sie wieder, bis ihr nichts anderes übrigblieb, als seinen Kuss zu erwidern. Dabei glitt er mit einem Schenkel über ihre, und sein Gewicht drückte sie umso fester auf das Bett. Durch seine

Lederhose spürte sie die Wölbung an ihrer Hüfte, die Beweis seiner Lust und deren schiere Größe furchterregend genug war, dass Rosalind mit aller Macht versuchte, sich von ihm abzuwenden. Aber Black Angel fing sie an der Schulter ab und presste sie mühelos wieder rücklings aufs Bett.

»Rosalind.« Er rieb sein Kinn an ihrer Schulter. »Dies ist nicht der Augenblick, um schüchtern zu werden.«

Ihre Angst verschlug ihr die Sprache. Sie konnte ihn nicht aufhalten. Er würde sie nehmen, mit diesem … diesem Ding, das ihr gewiss die entsetzlichsten Schmerzen zufügte. Sie wandte das Gesicht ab.

»Rosalind? Ich hoffe sehr, Ihr wollt mich nicht zum Narren halten. Dann wäre ich nämlich ausgesprochen unglücklich.«

Da war wieder der strenge Ton, der Rosalind nun in blanke Panik versetzte. Was auch immer sie jetzt sagte oder tat, würde ihn wütend machen und möglicherweise zu eben jener Grausamkeit verleiten, die sie um jeden Preis vermeiden wollte. Tränen liefen ihr über die Wangen.

»Was für ein Spiel treibt Ihr eigentlich?« Black Angel blickte wütend auf sie hinab. Plötzlich schien ihm etwas einzufallen. »*Mon Dieu!* Keine Nonne, aber noch eine Jungfrau.«

»Macht das nicht«, flehte sie mit tränenerstickter Stimme. »Bitte, Captain! Wenn Ihr das tut, wird mich kein anderer Mann jemals wollen.«

»Der Erste zu sein …« Er küsste sie ganz sacht. »So wunderschön, so wild und doch immer noch ungepflückt …«

Pure Zärtlichkeit sprach aus seinen Zügen, die umso rührender war, als sie von einem Hauch Traurigkeit überschattet wurde. Trotz ihrer Angst war Rosalind wie hypnotisiert von dem, was sie sah: Er war so wunderschön.

»Ihr verlangtet von mir, dass ich mein Bestes gebe, *ma belle.* Lasst mich es Euch auch anbieten. Frauen nennen mich einen Engel, weil ich mich darauf verstehe, ihnen ein Stück vom Paradies zu schenken.«

Rosalinds Wille, ihm zu widerstehen, verflog buchstäblich. Sie war erschöpft, verängstigt und schwach, Black Angel indes warm, stark, atemberaubend schön und sanft … nein! Sie durfte nicht einfach aufgeben. Wieder wandte sie das Gesicht ab, um seinem Kuss zu entfliehen.

»Habt Ihr denn gar kein Herz?«

»Ihr werdet mir gehören, Rosalind. Ich möchte hören, wie ihr meinen Namen ruft, dass es in alle Himmelsrichtungen hallt.«

»Ich kenne Euren Namen ja nicht einmal!«

»*Je m'appelle* Alexandre.«

Als er nach dem zerrissenen Träger ihres Hemds griff, legte sie beide Hände über seine und sah ihn flehentlich an. Ihre Stimme versagte ob des Ausdrucks unbeschreiblichen Verlangens in seinen Augen. Alexandre lehnte sich über sie, so dass sie unter ihm gefangen war. Dann begann er, ganz langsam ihren Hals und ihre Brust zu küssen. Nur noch ihr Korsett schützte sie.

Er glitt mit einer Hand über ihren Rücken, bis er die Bänder erreichte. Das Salzwasser daran war inzwischen getrocknet und hatte sie hoffnungslos verknotet. Ehe sie sich versah, hatte Alexandre sie in die Arme genommen und sich mit ihr zusammen herumgerollt, dass sie rittlings auf ihm landete. Ihr langes Haar bildete einen Vorhang zu beiden Seiten von ihnen, und ihre Scham lag direkt auf der festen Wölbung seines Verlangens. Selbst durch die Schichten von Stoff und Leder dazwischen fühlte sie sich furchteinflößend an und zugleich … Die Scham und die Wonne ließen Rosalind den Atem stocken. Sie versuchte, sich aufzurichten, was lediglich zur Folge hatte, dass sich ihre Hüften an seinen rieben und Alexandre hörbar nach Luft rang.

»Ihr reizt mich zu sehr, *ma belle*. Um Euretwillen, liegt still!«

Mit einem Arm drückte er sie an sich und langte mit dem anderen unter den Bettüberwurf. Im nächsten Moment zog er einen Dolch unter seinem Kopfkissen hervor, schmal und elegant mit einem juwelenbesetzten Schaft. Rosalind starrte entsetzt auf die blitzende Klinge. Sie begriff noch gar nicht, was geschah, als er auch schon die Bänder ihres Korsetts durchschnitten hatte. Dann fasste er den Dolch bei der Klingenspitze und schleuderte ihn durch den Raum. Er blieb bebend in der Kajütentür stecken. Das Zittern der Waffe nahm zu, als es laut klopfte.

»*Mon Capitaine!*«, rief Yves. »*La Fortuna* ist drei Meilen steuerbords und kommt näher.«

»Vasquez.« Alexandre setzte sich auf, mit Rosalind immer noch rittlings auf ihm. Er fluchte leise. »*Le bâtard espagnol!* Er weiß nie, wann er mich in Ruhe zu lassen hat.«

»Er segelt unter Freundschaftsflagge, *mon Capitaine.*«

»Was will er?«

»Er flaggt, dass er an Bord kommen möchte. Was sollen wir tun?«

Wut und Sorge legten sich wie Schatten über Alexandres Züge. »Heiß ihn willkommen. Lade ihn ein, an Bord zu kommen. Aber nur ihn. Seine dreckige Bande flohzerfressener Nichtsnutze soll wegbleiben.«

»Oui, mon Capitaine.«

Alexandre sah Rosalind an. »Kommt es Euch gelegen, *ma belle?* Ausgerechnet im Augenblick der Wahrheit werde ich weggerufen.«

Er strich über die Vorderseite ihres Korsetts, während Rosalind die losen Seiten festhielt. Mit der anderen Hand tauchte Alexandre in ihr Haar und zog sie zu sich, um sie aufs Neue zu küssen, dass es ihr durch und durch ging. Wie von selbst umklammerten ihre Hände seine Schultern. Alexandre nutzte die Gelegenheit, um ihr das Korsett herunterzuziehen und es beiseitezuwerfen. Ihre runden Brüste spannten den dünnen Batist ihres Hemds, der noch feucht war und folglich durchsichtig. Alexandre betrachtete sie lächelnd.

»Küsst mich, Rosalind. Küsst mich so, wie Ihr es eben getan gehabt.«

Sie wusste, was er meinte. Er wollte, dass sie ihm zeigte, wie sehr sie ihn begehrte, indem sie ihre Zunge mit seiner spielen ließ.

»Ihr … Ihr müsst gehen. Der andere Captain …«

»Küsst mich.«

Ungeduldig presste er seine Lippen auf ihren Mund, drückte Rosalind auf das Bett hinunter und streichelte sie mit unverhohlenem Verlangen. Als er die Knospen ihrer Brüste neckte, entwich Rosalind ein tiefes Stöhnen, worauf sie erschrocken das Gesicht abwandte und vor Scham errötete.

»Sprecht mit mir, *ma belle*. Sagt mir, wie sehr es Euch nach mir verlangt.« Durch den dünnen Stoff hindurch liebkoste er ihre Brüste, bis Rosalind wie gefangen war zwischen ihrer Angst und dem unbändigen Wunsch nach mehr. Sie verstand nicht, was das für Gefühle waren, die er in ihr weckte, und sie suchte Halt, indem sie die Hände in seinem Haar vergrub. Aber sie musste ihn aufhalten, ehe sie vollkommen die Beherrschung verlor.

»Alexandre …«

»Oui, ma petite fleur?«

Schon hatte er den Stoff ihres Hemds zur Seite geschoben und küsste ihren entblößten Busen. Er ließ seine Zunge über die Spitze tanzen, sog daran und neckte sie, dass Rosalind das Gefühl hatte, im Feuer ihres Verlangens zu verglühen. Als Alexandre unter ihren Unterrock fasste und über ihren Schenkel strich, bog Rosalind sich ihm entgegen. Wie losgelöst von allem, woran sie glaubte und was sie sich vornahm, bot ihr Körper sich ihm schamlos an. Wieder küsste er sie auf den Mund, wieder vereinten sich ihre Zungen zu einem sinnlichen Tanz, und im Feuer der Leidenschaft verging der letzte Rest von Rosalinds Vernunft.

Yves hämmerte noch einmal an die Tür. »*Mon Capitaine*, Vasquez rudert herüber. Wo wollt Ihr ihn empfangen?«

Alexandre hob seufzend den Kopf. »Auf dem Achterdeck. Gib ihm genug Rum, damit er keinen Ärger macht.«

»Oui, mon Capitaine.«

Alexandre legte Rosalind behutsam auf die Kissen zurück und deckte sie mit dem Überwurf zu. Dann legte er beide Hände an ihre Wangen.

»Ihr bleibt hier und gebt keinen Laut von Euch, *comprenez-vous?* Wenn Ihr mich für einen brutalen Schurken haltet, dann wollt Ihr Ricardo Vasquez nicht einmal aus der Ferne sehen.«

Er stieg aus dem Bett, hob sein Hemd auf und zog es sich über den Kopf. Dabei fluchte er leise vor sich hin. Nachdem er die Hemdenzipfel in die Hose gestopft hatte, wand er sich wieder die Schärpe um die Hüften, steckte zwei Pistolen hinter den Stoff und nahm den Dolch aus der Tür, den er in seinem Stiefel verschwinden ließ. Dann warf er einen Blick in den kleinen Spiegel auf dem Regal neben dem Bett, fuhr sich mit den Händen durchs Haar und raffte es hinten mit einem breiten schwarzen Band zusammen. Schließlich beugte er sich über Rosalind und hauchte ihr einen Kuss auf die Lippen.

»*Adieu, ma belle.* Bis bald.«

Er ging hinaus, schloss die Tür hinter sich, und Rosalind horchte, wie er die wenigen Stufen zum Achterdeck hinaufging, das genau über der Kajüte lag. Eine laute Stimme begrüßte ihn auf Französisch, allerdings mit einem starken, unschönen Akzent.

»Ah, *le diable français!* Dem Wrackgut im Wasser nach zu urteilen, hattet Ihr mal wieder einen guten Tag.«

»Was wollt Ihr, Vasquez?«

»Habt Ihr etwas, was Ihr gern los wärt? Zu viel Baumwolle, zu viele Fässer Pökelfleisch oder vielleicht *Anglaises*, die wir dazu überreden könnten, sich zu uns zu gesellen?«

»Wie kommt Ihr darauf, dass ich Gefangene habe?«

»Ein so großes Schiff muss Passagiere an Bord gehabt haben. Und Ihr segelt noch unter schwarzer Flagge, also habt Ihr nicht allen die Kehle durchgeschnitten, noch nicht jedenfalls.«

»Was seid Ihr doch für ein schlauer kleiner Geier«, sagte Alexandre. »Ich machte keine Gefangenen.«

Rosalind setzte sich auf. Warum belog Alexandre diesen Vasquez? Eine gänzlich neue Angst regte sich in ihr und ließ sie frösteln.

Sie hörte, wie Vasquez vor sich hinmurmelte. »Wahrhaft schade. Es gibt doch nichts Schöneres als ein englisches Mädchen, dass mit ihrem Kreischen die Knoten aus der Takelage sprengt!« Dazu knallte er seinen Krug auf die Reling und lachte dröhnend.

Die Grausamkeit, die aus Vasquez' Worten sprach, katapultierte Rosalind jäh in die Wirklichkeit zurück. Hier lag sie, im Bett desselben Piraten, der schon unzählige Engländer auf dem Gewissen hatte, und gebärdete sich wie eine billige Dirne. Sie warf die Decke von sich und griff nach ihrem Korsett. Nur waren die Bänder beschädigt, so dass sie es nicht mehr zuschnüren konnte. Kurz entschlossen sah sie in die Seetruhe am Fußende des Betts. Darin lagen Alexandres Hemden und Hosen. Sie suchte darunter, bis sie fand, was sie brauchte: eine Spule mit schwarzem Band, genau so ein Band, wie er es in seinem Haar trug.

Rosalind wickelte sich so viel davon ab, wie sie für ihr Korsett brauchte, und überlegte. Wie sollte sie es abschneiden? Seinen Dolch hatte Alexandre mitgenommen, aber in der Kajüte musste es doch noch eine andere scharfe Waffe geben, die sie benutzen konnte. Und tatsächlich entdeckte Rosalind an der Wand gegenüber dem Bett ein Schwert, das dort in seiner Scheide hing. Es sah sehr edel aus. Wahrscheinlich hatte Black Angel es einem Mann von edler Herkunft abgenommen. Sie holte es herunter und warf es aufs Bett. Dann zog sie es gerade weit genug aus der Scheide, um das Stoffband darüberzuziehen und so zu durchschneiden.

Es war nicht leicht, das eher breite Band durch die Ösen des Korsetts zu fädeln und richtig strammzuziehen, aber schließlich gelang es ihr gut genug, um damit schnell unter Deck zu laufen. War sie erst wieder bei Beatrice, konnte die ihr helfen, alles wieder so gut herzurichten, wie es die Umstände zuließen.

Dann flocht sie sich das Haar und sicherte den Zopf mit ihrem eigenen Band.

Sie öffnete die Kajütentür einen winzigen Spalt breit und lugte hinaus. Die Siegesfeier dauerte noch an, und überall wurde getrunken und gespielt. Drei Musikanten saßen am Bug, von denen zwei die Fiedel spielten und der dritte eine Blechflöte. Einige der Piraten bewegten sich mit ungelenken Schritten zur Musik. Der Lärm an Deck war ohrenbetäubend, dennoch vernahm Rosalind die Wachglocke deutlich, die in diesem Augenblick läutete.

Ding-ding! Ding-ding! Ding-ding!

Drei Glockenschläge bedeuteten, es war sieben Uhr, also die Mitte der zweiten Wache. Rosalind glitt aus der Tür und duckte sich hinter einem Stapel Leinentuch. Von hier spähte sie nach Steuerbord und entdeckte sofort Vasquez' Schiff, *La Fortuna*. Es war größer als *L'Etoile du Matin,* und die zwei Masten wiesen deutlich mehr Takelage auf. Im Halbdunkel konnte Rosalind es nicht genau erkennen, aber sie vermutete, dass es sich um einen großen Schoner handelte. Das Schiff lag nahe genug, um mit der Brigantine Flaggensignale auszutauschen, aber außerhalb der Reichweite ihrer Kanonen.

»Remy!« Alexandres Stimme hallte über Deck.

Ein junger, dunkelhaariger Pirat kletterte von seinem Posten in der Takelage herunter und eilte zum Achterdeck. Rosalind duckte sich noch tiefer. Sie wunderte sich, dass Alexandre nicht nach Yves verlangte. Aber nein, natürlich nicht! Es war die zweite Wache, und als erster Maat hatte Yves die erste Wache gehabt. Also war er jetzt wohl nach unten gegangen, um etwas zu essen, zu schlafen oder sich anderweitig zu amüsieren. Gut zu wissen, dass Remy der zweite Maat war.

»*Capitaine* Vasquez wird uns jetzt verlassen«, sagte Alexandre zu ihm. »Sei so freundlich und sag seinen Männern, dass er herunterkommt.«

Remy stellte sich mit dem Rücken zu Rosalinds Versteck und rief die entsprechenden Kommandos. Rosalind wartete, bis hinreichend Piraten auf dem Hauptdeck kreuz und quer liefen, um die Sicht auf ihr Versteck zu verdecken. Dann rannte sie zur nächstgelegenen Luke und rutschte beinahe die Leiter hinunter, so eilig hatte sie es.

»Rosalind!«

Rosalind drehte sich um und stieß geradewegs mit Beatrice zusammen, die sich in ihre Arme warf. Gleich hinter Beatrice stand Mr. MacCaulay. Man hatte ihnen im Gatt mit Kisten und Leinensäcken einen kleinen Raum abgeteilt, in dem sie sich frei bewegen durften. Es war nicht viel, aber angesichts der beengten Verhältnisse auf dem Schiff staunte Rosalind dennoch, dass Alexandre seinen Gefangenen so viel gestattete.

»Geht es Euch gut, Miss Brooks?« Mr. MacCaulay trat vor und ergriff ihre Hand. »Wir fürchteten bereits, Ihr müsstet einen zu hohen Preis für unser Wohlergehen zahlen.«

»Noch nicht, Mr. MacCaulay. Es kam beinahe dazu, aber die Ankunft des anderen Piraten bewahrte mich vor dem Schlimmsten. Es muss Vorsehung gewesen sein.«

»Fürwahr.«

Rosalind sah Beatrice an, denn sie hatte bemerkt, dass das junge Mädchen ungewöhnlich heiß war. Zudem lag ein stumpfer Glanz in ihren Augen und ihre Wangen leuchteten allzu rot.

»Mutter sagte, die Tropen wären sehr warm. Aber jetzt ist es dunkel. Wird es denn nicht einmal des Nachts kühler?«

Rosalind herzte Beatrice und strich ihr übers Haar. Dabei warf sie Mr. MacCaulay einen besorgten Blick zu, der ruhig nickte, um ihr zu bedeuten, dass er verstand. Es war eingetreten, was Rosalind bereits befürchtet hatte. Beatrice fieberte, und wie es sich anfühlte, war das Fieber gefährlich hoch.

Kapitel 5

Alexandre blickte *La Fortuna* nach, die über die ruhige See glitt. Er wusste, dass Vasquez ihm nicht glaubte, dass er keine Gefangenen gemacht hätte. Aber das spielte keine Rolle. Der Aasgeier mochte einen Schoner mit zwanzig Kanonen besitzen, doch er war ein Idiot, wenn es um Taktik ging, und befehligte eine schrecklich undisziplinierte Mannschaft. Die Schiffsjungen der *Etoile du Matin* könnten die *La Fortuna* versenken, ehe das Schwein dort drüben seine Leute dazu gebracht hatte, auch nur die erste Kanone zu laden.

Im Osten zogen dichte Wolken auf, das machte Alexandre weit mehr Sorge. Wie es aussah, zog ein Sturm heran, und ein ziemlich heftiger noch dazu. Mit ein bisschen Glück würde Alexandre das Vergnügen haben, *La Fortuna* schon morgen früh als Wrack an einem Riff zerschellt zu sehen.

Yves stand neben ihm. »Das ist ein Aasfresser, den ich zu gern an seinem eigenen Blut ersticken sehen würde.«

Alexandre nickte. »Falls er bis zur mittleren Wache nicht außer Sicht ist, lass es mich wissen.«

»*Oui, mon Capitaine*«, antwortete Yves. »Und der Sturm? Wünscht Ihr gerufen zu werden, wenn er sich als Taifun erweist?«

Alexandre grinste. »Erspar mir diesen Tonfall, *mon ami*. Es ist eine Ewigkeit her, seit ich zuletzt einen so unterhaltsamen Gast hatte.«

Yves sah zu den Gewitterwolken, die sich am östlichen Horizont zusammenbrauten. »Ich fürchte, wir alle werden weit mehr Unterhaltung geboten bekommen, als uns lieb ist, *mon Capitaine. Bonne nuit.*«

»Danke, dir auch.« Alexandre schaute noch einmal zur *La Fortuna*, deren Segel unter dem sich rasch verfinsternden Nachthimmel kaum mehr auszumachen waren. Derzeit meinte es das Schicksal anscheinend gut mit ihm, und es war möglich, dass ihn der Sturm auf immer von Vasquez befreite. Wie dem auch sei, er wollte sich nicht länger mit verdrießlichen Angelegenheiten befassen, deshalb eilte er hinunter zu seiner Kajüte. Rosalind erwartete ihn, in nichts als ein paar Fetzen Batist gehüllt und schon beinahe bereit, sich ihm ganz und gar hinzugeben. Mit einem Lächeln stieß er die Kajütentür auf.

Sein Bett war leer.

Wütend sah Alexandre sich in der Kajüte nach einem Hinweis um, wo sich das betrügerische kleine Luder verstecken könnte. Ihm fiel die offene Seetruhe auf. Und sein Marinesäbel lag auf dem Bett, neben seiner Spule mit schwarzem Seidenband. Alexandre schüttelte den Kopf, da er nicht begriff, was das zu bedeuten hatte. Er schlug sich gegen die Stirn, weil es ihm nicht gelingen wollte, nachzuvollziehen, was in dem Kopf einer verängstigten Jungfrau vor sich gehen mochte, die aus Black Angels Bett floh. Fast hätte er gelacht, aber die Hitze seines Verlangens schlug in unbändige Wut um. Er griff nach seinem Säbel und hängte ihn zurück an seinen Platz. Dann ging er wieder zur Tür.

»Yves!«

Yves sprang vom Achterdeck zu ihm herunter und sah an Alexandre vorbei zum leeren Bett.

»Finde sie«, befahl Alexandre scharf. »Sie versteckt sich wahrscheinlich bei ihrer kleinen Freundin. Ich will sie auf der Stelle hierhaben!«

Yves nickte nur, ging zur Achterluke und verschwand unter Deck. Alexandre wartete und lauschte. Wenn er an ihren Zusammenstoß am Nachmittag dachte, würde Miss Rosalind Brooks wahrscheinlich nicht zahm und bereitwillig zu ihm zurückkehren.

»Ich sage Euch doch, sie ist krank!«, hörte er da auch schon Rosalinds laute Stimme, die einen geradezu hysterischen Unterton hatte. »Wenn der *Capitaine* mich zu sehen wünscht, kann er hier herunterkommen. Ich werde meine Schwester auf keinen Fall allein lassen.«

Alexandre seufzte. Die kleine Engländerin war ihm gleich ein wenig kränklich vorgekommen. Engländer waren immer so kälteempfindlich! Dünnes Blut eben. Besäßen sie gälisches Temperament, eben jenes, das seit Generationen den Engländern den Krieg erklärte, wären sie auch würdigere Feinde. Die britische Marine wäre gewiss amüsiert zu erfahren, dass ausgerechnet *L'Ange Noir* zwei englische Jungfrauen zusetzten, von denen eine mit nichts als einem leichten Fieber bewaffnet war.

»Yves!«, rief er. »Bring beide nach oben!«.

Kurz darauf erschien Rosalind an Deck und kniete sich vor die Luke, um Beatrice heraufzuhelfen. Yves folgte den beiden mit einem vollkommen versteinerten Gesicht, wie er es stets aufsetzte, um seine wahren Gedanken zu verbergen. Alexandre indes konnte sich lebhaft vorstellen, was in seinem Maat vorging. Und er selbst wurde erst recht wütend, als sich

Rosalind vor ihm aufbaute, Beatrice fest umarmend und das Kinn stolz in die Höhe gereckt. Sie sah ihn verärgert an. In der Mannschaft verstummten alle und beobachteten die Szene gespannt.

»Mademoiselle, ich hatte Euch gesagt, Ihr solltet in meiner Kajüte bleiben.«

»Ich fürchtete um die Sicherheit meiner Schwester, *mon Capitaine*. Das versteht Ihr doch sicher, nicht wahr?«

»Was ich verstehe, Mademoiselle, ist, dass Ihr in dem Augenblick davonlieft, als ich Euch den Rücken zukehrte. Ich würde sagen, das war kein sonderlich hoffnungsfroh stimmender Auftakt für unser Arrangement.«

Rosalind winkte ab. »*S'il vous plaît, mon Capitaine*, habt Ihr einen Arzt an Bord? Meine Schwester hat hohes Fieber.«

Alexandre sah zu Yves, der kaum merklich nickte. Es war also keine Lüge, sondern das kleine englische Mädchen war wirklich krank. Alexandre betrachtete Beatrice genauer. Sie war sehr rot im Gesicht, ihr Blick glanzlos und unruhig. Er streckte die Hand aus, ohne sie zu berühren, aber das musste er auch nicht, um zu fühlen, wie heiß sie war.

»*Très bien*. Gingras soll kommen.«

Ein kleiner Mann in einem sehr gepflegten braunen Gehrock mit passenden Hosen kam herbeigeeilt und tupfte sich den schmalen Schnauzbart mit einem Leinentuch ab. Er hatte leuchtend blaue, kluge Augen und sah aus, als lächelte er immerzu ein wenig.

»Ihr habt gerufen, *mon Capitaine*?«

»*Monsieur le Docteur*, Mademoiselle behauptet, die Kleine wäre krank. Ich hätte dazu lieber eine fachkundigere Meinung, *s'il vous plaît*.«

»*Mais oui, mon Capitaine.*« Monsieur Gingras legte einen Finger unter Beatrices Kinn und hob behutsam ihren Kopf, um ihr in die Augen zu sehen. Mit dem Handrücken befühlte er ihre Stirn, dann holte er seine Taschenuhr hervor und umfasste Beatrices Handgelenk. Während er noch auf die Uhr blickte, nickte er stumm. »Ermattung, starke Überbeanspruchung und eine Verdauung, die nicht an die Schiffskost gewöhnt ist. Blutwallung und Fieber.«

»Was empfehlt Ihr?«, fragte Alexandre.

Monsieur Gingras blickte mit geübtem Auge zum östlichen Horizont. »Landaufenthalt, *mon Capitaine.* Zwei Tage, vielleicht drei ohne Wind und Feuchtigkeit, vorzugsweise ehe das heraufziehende Unwetter ihren Zustand verschlimmert.«

Der Plan kam Alexandre ganz recht, doch er ließ es sich nicht anmerken. Er durfte nicht riskieren, dass Rosalind glaubte, sie hätte ihn wieder einmal gezwungen, ihren Forderungen nachzukommen. Andernfalls machte er sich noch zum Gespött seiner Mannschaft.

»Ausgeschlossen. Ich habe keine Zeit, *l'invalide anglaise* an Land zu bringen, solange die Marinepatrouillen auf der Lauer liegen.«

»Ein Gentleman fände die Zeit, *mon Capitaine.*« Rosalind hielt trotzig seinem Blick stand. Die Art allerdings, wie sie dabei nervös Beatrice streichelte und besänftigte wie ein weinendes Baby, verriet, dass sie ernstlich besorgt war.

»Ihr tätet gut daran, ruhig zu sein, Mademoiselle.« Alexandre sah sie streng an. »Was gibt *L'Ange Noir* schon auf das Leben eines kleinen englischen Mädchens?«

Rosalind sagte nichts. Alexandre musterte sie, und er sah nichts als Anspannung, wachsame Unruhe und Verzweiflung.

Falls sie auch nur einen Anflug von echter Angst zeigte, gäbe er sofort nach. Aber das war nicht der Fall, und er wurde noch wütender.

»Was denn? Kann es sein, Mademoiselle *Anglaise*, dass Ihr endlich einmal tut, wie man Euch sagt?« Alexandre wartete ab, bis das Schweigen zwischen ihnen wie ein gähnender Abgrund klaffte.

Schließlich sah Rosalind ihn voller Widerwillen an und entgegnete: »Wir sind ganz in Eurer Gewalt, *mon Capitaine*. Aber mit Eurer Erlaubnis würde ich meine Schwester gern unter Deck bringen, wo sie sich ausruhen kann, während Ihr über unser Schicksal entscheidet.«

»Sie kann gehen. Ihr hingegen werdet Euch an jene Bedingungen halten, die Ihr selbst aufgestellt habt.« Mit diesen Worten trat er einen Schritt beiseite und wies auf seine offene Kajütentür. »Kommt herein, Mademoiselle. Yves wird die Kleine nach unten bringen.«

Rosalind beugte sich zu Beatrice und flüsterte ihr etwas zu. Beatrice antwortete nur mit einem schwachen Kopfnicken. Darauf umarmte Rosalind sie, küsste ihr die fiebrige Stirn und überließ es Yves, Beatrice unter Deck zu geleiten. Aufrechten Hauptes und äußerlich vollkommen gefasst, schritt Rosalind an Alexandre vorbei in seine Kajüte. Er beobachtete sie und war höchst amüsiert, als er sein schwarzes Seidenband in den weißen Ösen ihres Korsetts entdeckte. Ein kühnes Mädchen fürwahr, sich einfach zu nehmen, was sie brauchte, wo sie es fand, und ihn so für den Schaden bezahlen zu lassen, den er angerichtet hatte.

Rosalind setzte sich unten auf das Bett und wartete dort mit im Schoß gefalteten Händen, ohne eine Miene zu verziehen.

Alexandre verschloss die Tür vor den neugierigen Blicken seiner Besatzung. Dann machte er drei gemessene Schritte auf Rosalind zu.

»Wie ich sehe, habt Ihr Mittel gefunden, Eure Kleidung wiederherzurichten.«

»Könnte ich doch nur die *Bird of Paradise* wiederherrichten. Vielleicht käme ich dann heil und sicher nach Jamaika.«

Alexandre lächelte angesichts ihrer Impertinenz. »Es bräuchte mehr als ein oder zwei Meter Seidenband, um den Schaden zu reparieren, den *L'Ange Noir* anzurichten vermag.«

»*Mais oui, mon Capitaine.* Daran zweifle ich nicht.«

Ihr sorgloser Ton konnte Alexandre nicht täuschen. Er sah ihre Fingerknöchel, die weiß wurden, so sehr presste sie die Hände zusammen. Es war ein unbeabsichtigtes Zeichen von Angst, bei dem sich sein Gemüt sogleich besänftigte. Wonach er sich mehr sehnte als nach allem anderen, war, Rosalind wieder in den atemlosen Zustand sinnlicher Verzückung zu versetzen. Zunächst jedoch galt es eine Sache klarzustellen.

»Ihr seht, dass ich mich an meinen Teil unserer Vereinbarung halte, Mademoiselle. Als Ihr mich auf die Not Eurer *petite soeur* hinwiest, zog ich unverzüglich meinen Schiffsarzt zu Rate.«

»*Merci, mon Capitaine.*«

»Ihr könnt mir danken, indem Ihr meine Befehle befolgt. Ich bin der *Capitaine*, Mademoiselle, und Ihr tut, was ich Euch sage. Verweigert Ihr den Gehorsam, betrachte ich unsere Vereinbarung als nichtig. Dann werde ich mit dem alten Mann, Schwester Beatrice und Euch verfahren, wie immer es mir beliebt.« Er hielt ihr Kinn und brachte sie dazu, ihn anzusehen. »*Comprenez-vous*, Mademoiselle?«

Rosalind entwand sich ihm. »*Oui, mon Capitaine.*«

»Ah, Mademoiselle, seht nur, wie Ihr schmollt! Eure süßen kleinen Lippen verziehen sich dann zu dieser bezaubernden kleinen Schnute.« Alexandre streckte sich der Länge nach neben ihr im Bett aus, bevor er Rosalind ebenfalls hinunterzog. »Ich bin nur ein Mann aus Fleisch und Blut. Wie könnte ich dieser köstlichen Versuchung widerstehen?«

Noch ehe Rosalind sich von ihrem Schrecken erholte, hatte er bereits ihre Hände gepackt, sie oberhalb ihres Kopfes auf die Matratze gedrückt und sich auf sie gelegt. Sie war gefangen. Er lag über ihr und sah ihr in die Augen, während ihm das Blut vor Verlangen in den Adern kochte. Sie war so wunderschön, so wild und doch so unberührt.

Alexandre neigte den Kopf und tauchte gleichsam in die seidige Wärme ihrer Lippen ein. Nach einem kurzen Moment des Sträubens seufzte Rosalind unter ihm, und ihre gespannten Muskeln gaben unter der Hitze und dem Gewicht seines Körpers nach. Sie erwiderte seinen Kuss und bewegte ihre Lippen auf eine scheue, sanfte Weise, die ihn beinahe um den Verstand brachte. Sein Herz hämmerte in seiner Brust, und er suchte ihre Zunge mit seiner, um sich mit ihr zu paaren, sie zu liebkosen und ein Feuer der Sinnlichkeit zu entfachen, das Rosalind in seinen Armen ebenso schmelzen lassen würde, wie er es für sich selbst in ihren Armen voraussagte. Schließlich beendete er den Kuss, hob den Kopf und blickte in die azurfarbenen Tiefen ihrer Augen.

»Aus Hochachtung vor Euren Wünschen, Mademoiselle, sehe ich mich gezwungen, einen neuen Kurs zu bestimmen.«

Sehr zu seinem heimlichen Entzücken huschte ein Anflug von Enttäuschung über Rosalinds Züge. Allerdings wurde er sogleich von einem Ausdruck der Erleichterung abgelöst, was Alexandre veranlasste, sie noch entschiedener zu necken.

»Schreibt alle Hoffnung auf Schlaf in den Wind, *ma belle.* Für Euch wird diese Nacht ein Traum werden, und zwar einer, nach dem sich manch eine Frau sehnt.«

Rosalinds Schultern erbebten unter einem leisen Lachen. »Gewiss müsst Ihr das denken, *mon Capitaine.* Wie könntet Ihr anders?«

Alexandre beschloss, den leisen ironischen Beiklang in ihrer Stimme zu ignorieren. »Ich bin sehr gut in dem, was ich tue, *ma belle.* In allem, was ich tue.«

»Pardonnez-moi, mon Capitaine. In England kommt uns von Euch nichts als Eure Grausamkeit zu Ohren. Anständige Leute erzählen einer jungen Frau wie mir nicht, wie gut sich ein berüchtigter Pirat darauf verstehen mag, unschuldige Opfer seiner Launen zu schänden.«

Alexandre lächelte und ging absichtlich nicht auf ihre Provokation ein. »Vielleicht, *ma belle*, ist es Euch bestimmt, diejenige zu sein, die diese frohe Botschaft zu ihren Schwestern nach England trägt.«

Hinter Rosalinds liebreizenden Zügen arbeitete es sichtbar. Ihre Lippen öffneten sich zu einem Seufzer, während sich ihre Brauen vor Verwirrung ganz leicht zusammenzogen und in ihren Augen Hoffnung und Angst miteinander stritten. Zufrieden stand Alexandre auf.

»Seid bereit, *ma belle.*«

Mit diesen Worten verließ er die Kajüte. Die Runde ging zweifellos an ihn.

»Als dann.« Alexandre schob die Seekarten beiseite und rieb sich das müde Gesicht. »Stell Adolphe ans Ruder. Und ruf mich nur, wenn wir gezwungen sind, den Kurs zu ändern.«

»*Oui, mon Capitaine.*« Yves nahm die Karten, auf denen ihr neuer Kurs eingezeichnet war. »Ich wünsche Euch eine gute Nacht.«

Alexandre eilte die Treppe hinab zu seiner Kajüte, trat ein und schloss leise die Tür hinter sich.

Rosalind lag unter der Bettdecke, und ihrem ruhigen, gleichmäßigen Atem nach musste sie fest schlafen. Alexandres Blick fiel auf den Kajütenboden, wo er die Überreste ihres Korsetts, Unterrocks und Hemds erkannte, die in einem recht unordentlichen Haufen dalagen. War es ihm tatsächlich so gut gelungen, ihr Furcht vor ihm einzujagen, dass sie sich sogar nackt ausgezogen und vollständig entblößt darauf gewartet hatte, dass er zurückkehrte und sein Vergnügen bei ihr suchte? Der Gedanke erfüllte ihn mit einem brennenden Verlangen. Es tat gut, wenn man sah, dass andere gehorchten, und das umso mehr, wenn sie es in einer so provokanten Manier taten.

Alexandre zog sein Hemd aus, warf es zur Seite, dann streifte er seine Stiefel ab. Seine Hose landete als Nächstes auf seinem Hemd, bevor er nach hinten griff und seinen Zopf löste. Als er vollkommen entblößt war, schlug er die Decke zurück – die letzte Barriere, die ihn und seine ihn erwartende Schöne noch trennte.

Rosalind lag auf der Seite, den Rücken zu ihm gewandt, und trug nichts außer einem seiner Hemden. Ihr langer, geflochtener Zopf schlängelte sich vom Kissen über das Laken hinab bis zu ihren Hüften. Sie seufzte im Schlaf und drehte sich auf den Rücken, wobei ihre vollen Brüste das Hemd spannten.

Alexandre verschluckte sich beinahe an seinem Atem. Mit einer an Verwunderung grenzenden Faszination streckte er die Hand aus und ließ seine Fingerspitzen über die warmen Rundungen ihrer Brüste gleiten. Wie er es sich erhoffte, richteten sich die Spitzen unter seinen Berührungen auf und wurden fest. Er streichelte sie weiter und genoss es, wie die zarte Haut auf seine Zärtlichkeiten reagierte.

Vorsichtig kniete er sich hin, hob Rosalind behutsam weiter in die Mitte des Bettes und legte sich neben sie. Dann umfasste er sie mit beiden Armen und zog sie vorsichtig an seine Brust, so dass die verführerischen Rundungen ihres Pos sich an seine harte Männlichkeit schmiegten. Rosalind regte sich im Schlaf und fasste nach seinem Arm auf ihrem Bauch. Ein zartes Lächeln erschien auf ihrem Gesicht, und sie kuschelte sich dichter an ihn. Alexandre wurde von einem Verlangen erfüllt, das beinahe schmerzlich in seiner Intensität war. Er küsste Rosalinds Nacken und strich mit seinen Lippen über ihre niedliche Ohrmuschel.

»*Ma belle*, ich bin wieder bei Euch.«

Rosalind schlief weiter, ihr Atem ruhig und langsam.

»Rosalind, wacht auf, *chérie*. Ich verspreche Euch, Ihr werdet froh darüber sein.«

Immer noch nichts. Einen so tiefen Schlaf konnte sie unmöglich vortäuschen. Alexandre umarmte sie noch fester. Einerseits war er bitter enttäuscht, andererseits wollte er beinahe lachen. Rosalind narrte ihn sogar noch, wenn sie am Ende ihrer Kräfte war. Ihre Erschöpfung und der Branntwein hatten das Ihrige getan und sie so vor ihm bewahrt. Alexandre vergrub das Gesicht in ihrem goldenen Haar, während seine eine Hand zwischen ihren üppigen Brüsten ruhte. Er hatte Zeit, alle Zeit der

Welt. Die bezaubernde englische Lehrerin würde seine Schülerin in der Kunst der Liebe werden. Er dachte daran, wie ihn als Knaben einst eine Lehrerin zwang, eine Lektion zwölfmal hintereinander abzuschreiben, lächelte und schlief ein.

Es kam ihm vor, als wäre er eben erst eingenickt, da klopfte es laut an seine Kajütentür. Alexandre war sofort hellwach. Dafür sorgte derselbe Instinkt, der ihn zum gefürchtetsten Piraten in den tropischen Gewässern gemacht hatte. Und ebendieser Instinkt veranlasste ihn nun, als Allererstes die Geräusche um sich herum zu deuten. Das Singen des Windes in der Betakelung, das Schlagen der Wellen an den Schiffsseiten sowie das Knarren und Ächzen des Schiffsrumpfes sprachen für sich. Sie waren mitten in dem Sturm angekommen.

»*Mon Capitaine!*«, erklang Remys Stimme. »Wir erreichen gleich die Riffs. Ihr werdet am Ruder gebraucht!«

Mit einem gemurmelten Fluch stieg er aus dem Bett und tapste barfuß zur Tür. »Ich hatte Adolphe befohlen, das Ruder zu übernehmen! Er kennt die Riffs genauso gut wie ich.«

»*Mon Capitaine*, eine Böe hat einen der Ausleger weggerissen! Er hat Adolphe übel am Hinterkopf erwischt.«

Alexandre schloss die Augen und lauschte dem Rhythmus der *Etoile du Matin*. In der geordneten Symphonie der Takelage nahm er einige Misstöne wahr. Die Wellen schlugen hart gegen den Rumpf, weil sie gegen die Strömung segelten. Alexandre hob hastig sein Hemd und seine Hose auf und streifte sich beides über.

»Wird er es überstehen?«

»*Oui, mon Capitaine*, aber wir bekommen ihn nicht wach.«

»Sag Gingras, er soll alles tun, was in seiner Macht steht. Ich übernehme gleich das Ruder.«

»Oui, mon Capitaine.«

Alexandre stieg in seine Stiefel, warf einen letzten sehnsüchtigen Blick auf seine kleine Milchmagd, die in aller Unschuld weiterschlief. Wie es schien, sollte sie ihre Unschuld wohl für immer behalten. Alexandre erinnerte sich im Stillen genüsslich daran, dass sie ihm gehörte, solange er wollte, und ging hinaus an Deck, um gegen den Sturm zu kämpfen.

Rosalind öffnete die Augen. Das Bett unter ihr schwankte leicht, und von draußen hörte sie die Matrosen, die sich von ihren Plätzen in der Takelage gegenseitig etwas zuriefen. Die lange, breite Gestalt hinter ihr bewegte sich, drehte sich zu ihr, warf einen Arm über ihre Taille und zog sie gegen die nackte Brust wie ein Kind, das sein Lieblingsspielzeug umarmt. Rosalind blickte vorsichtig über ihre Schulter und erschrak. Alexandre war nackt! Sie lag mit einem nackten Piraten im selben Bett! Rosalind umfasste zaghaft Alexandres Handgelenk, um seinen Arm wegzuschieben und aus dem Bett zu fliehen. Dann fiel ihr ein, dass Alexandre zwischen ihr und der Kajütentür lag. Und so groß wie er war, konnte sie nicht aus dem Bett herauskommen, ohne dabei zu riskieren, dass sie ihn weckte. Es war wohl besser, wenn er weiterschliefe, als dass er aufwachte und mit ihr das tat, was er schon gestern vorgehabt hatte.

Ganz behutsam rutschte Rosalind ein kleines Stück von ihm weg und legte sich auf den Rücken. Nun lag sein Arm auf ihrem Bauch. Wieder regte Alexandre sich und rieb die Wange in ihrem Haar. Rosalind sah ihn an. Im Schlaf war keine Spur mehr von Strenge oder Zynismus in seinem Gesicht zu sehen. Vielmehr wirkte er vollkommen friedlich, beinahe glücklich. Rosalind betrachtete seine Lippen, seine langen schwarzen Wimpern und das seidige schwarze Haar, das ihm über die eine Schulter fiel. Eine lange Locke hing in den Kragen ihres Hemds hinein und ruhte auf ihren Brüsten.

Rosalind musste unwillkürlich lächeln. Der gefährliche Piratenkönig sah aus wie ein zu groß gewordener Junge, müde vom Spielen und tief und fest schlafend. Ja, er wirkte wirklich sehr müde, dachte Rosalind, als ihr die dunklen Schatten unter seinen Augen auffielen. Das Salzwasser hatte hier und da weiße Streifen in seinem Haar hinterlassen. Sein Hemd lag unten am Fußende des Bettes. Rosalind streckte einen Fuß aus und befühlte das Hemd mit den Zehen. Es war klatschnass. Was war mit Alexandre passiert? War er über Bord gefallen? Nein, das war unmöglich, geradezu lächerlich. Aber wie war er dann dermaßen vom Meerwasser durchnässt worden?

Rosalind glitt mit den Fingern unter seine Hand auf ihrem Bauch. Die Innenfläche war rauh, aufgeschürft und an manchen Stellen sogar eingerissen. Von den Tauen vielleicht? Hatte er mit seinen Männern zusammen draußen gearbeitet, während der Sturm wütete? Rosalind empfand echte Bewunderung für ihn. Alexandre war nachts aufgestanden und hatte mit seiner Mannschaft dem Sturm getrotzt. Statt auf seinen Rang zu pochen, ihnen die Arbeit zu überlassen und sich mit seiner Gefangenen zu vergnügen, war er hinausgegangen und hatte dort einige schlaflose, anstrengende Stunden verbracht. Und als er wiederkam, tat er nichts weiter, als sich neben Rosalind zu legen und sie im Schlaf zu umarmen.

»*Bonjour*«, murmelte er schläfrig. »Gilt das Lächeln mir?«

»Was … was ist letzte Nacht geschehen, *mon Capitaine?*«

Alexandre strich ihr mit der Fingerspitze über die Wange. »Meint Ihr hier oder draußen an Deck?«

»An Deck, *s'il vous plaît.*«

»Mein bester Steuermann wurde von einem Stück herunterfallender Betakelung am Kopf getroffen. Ich musste eine Weile das Ruder übernehmen.« Er lächelte und stützte den Kopf auf. »Habt Ihr mich vermisst?«

Er sah so sanft und verspielt aus, dass Rosalind nicht umhin konnte, sein Lächeln zu erwidern. »*Pardonnez-moi, mon Capitaine*. Ich kann mich leider nicht erinnern, wann Ihr zu mir kamt oder wann Ihr fortgingt.«

Alexandre nickte. »*Ma pauvre fleur*. Ihr brauchtet Euren Schlaf. Fühlt Ihr Euch jetzt besser?«

Rosalind wollte schon bejahen, zögerte allerdings, als ihr einfiel, worauf er mit seiner Frage hinauswollte. »Ein bisschen. Ich fühle mich schon seit einer Weile nicht besonders wohl.«

Alexandre hob die Hand von ihrer Taille und glitt mit den Fingerspitzen über ihren Zopf bis zu der Stelle, wo er über ihre Brüste fiel. »Ich kann dafür sorgen, dass Ihr Euch viel besser fühlt, *ma belle*. Wollt Ihr es mich versuchen lassen?«

Rosalind wollte etwas sagen, den Kopf schütteln, ihn irgendwie abweisen. Doch das Verlangen in seinen Augen lähmte sie geradezu. Er wanderte mit der Hand über ihre Hüfte bis hinunter zum Saum ihres Hemds. Dann glitt er unter den Stoff und streichelte ihre Schenkel.

»*Mon Capitaine!*«

Alexandre beugte sich über sie und küsste sie sanft auf die Schläfe. »Dies ist nicht der richtige Zeitpunkt für Förmlichkeiten, *ma belle*. Ihr kennt meinen Namen.«

»L'Ange Noir.«

Er nickte, und während seine Lippen hauchzarte Küsse auf ihre Wange hauchten, wurde seine Stimme zu einem verführerischen Flüstern. »Es wird Zeit, dass Ihr erfahrt, warum mich die Damen so nennen.«

Sanft, süß und kraftvoll zugleich verweilte er mit dem Mund auf ihrem. Rosalind war hin- und hergerissen zwischen der Furcht vor dem, was er mit ihr tun könnte, und dem wachsenden Verlangen danach, seinen Kuss zu erwidern. Als Alexandre sich mit einem Arm neben ihr abstützte und sich auf sie legte, erhob sie ihre Hände und fasste seine Schultern. Sein Körper bedeckte ihren wie eine wunderbar wärmende Decke. Rosalind rang nach Atem und war gleichermaßen verängstigt, entzückt und verwirrt. Alexandre machte alles nur schlimmer, indem er so ungemein zärtlich zu ihr war, dass sie unwillkürlich vor Wonne stöhnte.

»*Mais oui, ma belle*«, raunte er. »Sprecht mit mir. Sagt mir, was Ihr braucht.«

Wie sollte sie, wenn sie in ihrem Innern einen erbitterten Kampf ausfocht? Ihre Angst davor, von ihm für alle Welt zur Dirne gemacht zu werden, lag im Widerstreit mit ihrem beständig wachsenden Verlangen, und schließlich war es ihr Körper, der die Wahl traf. Sie vergrub die Finger in Alexandres dichtem Haar und öffnete den Mund ganz leicht, so dass sich ihre Zungen erneut zu einem leidenschaftlichen Tanz vereinten. Alexandre tauchte mit einer Hand in ihre goldenen Locken, während er mit der anderen sanft ihre Brust umfasste und sie streichelte, bis sich die Spitze fest aufrichtete. Dann glitt er mit einem Bein zwischen ihre Schenkel. Rosalind stöhnte auf und verkrampfte sich ängstlich, doch Alexandre vertrieb ihre

Furcht mit einem noch intensiveren Kuss. Mit jeder Bewegung seiner Zunge wurde Rosalind heißer und heißer.

Nun stöhnte Alexandre, löste den Kuss und flüsterte ihr atemlos zu: »*Ma fleur. Ma belle divine.* Wollt Ihr mich?«

»Ja, ja …«

»*Mon Capitaine!*« Das war Yves' Stimme direkt vor der Tür.

Rosalind zuckte erschrocken zusammen.

»Ignoriert ihn«, sagte Alexandre. »Die Männer können warten.«

Wieder küsste er sie und füllte ihren Mund mit seiner Zunge aus, so, wie sie wünschte, dass er sie überall ausfüllen möge.

»*Mon Capitaine!* Vasquez ist immer noch in der Nähe! Er scheint auch zur Isla la Veche zu wollen!«

Alexandre stöhnte verärgert, stützte sich auf die Ellbogen auf und rief Richtung Tür: »Sorg dafür, dass die Insel zwischen den Schiffen ist! Erwidert keine Signale! Wenn er zu nah kommt, feuert einmal auf ihn, um ihn zu vertreiben!«

»*Oui, mon Capitaine.*«

Der Lärm der fremden Stimmen katapultierte Rosalind jäh in die Wirklichkeit zurück und brach den Zauber der Sinnlichkeit. Abrupt meldete sich ihr Verstand zurück, und sie blickte an sich herab. Sie war kurz davor gewesen, ihre Beine um diesen Piraten zu schlingen! Aber zum Glück siegte im letzten Augenblick ihre gute Erziehung über ihr Verlangen.

Als hätte er ihren plötzlichen Stimmungswandel gefühlt, sah Alexandre sie fragend an.

»Was ist, *ma belle?* Ich sagte Euch doch, Ihr sollt sie nicht beachten. Es war nur eine kurze Ablenkung, mehr nicht.«

»Mais non, mon Capitaine.« Rosalind wandte das Gesicht ab. »Ihr müsst tun, was Piraten so tun. Und dazu gehört das hier wohl auch, wie ich vermute.«

Alexandre betrachtete sie mit einem Ausdruck von Verständnislosigkeit, der sogleich in unverhohlenen Zorn umschlug. »Ihr wollt mich, Rosalind. Selbst jetzt noch schreit Euer Körper nach der Erfüllung, die nur ich Euch zu geben vermag.«

»Aber mein Herz schreit danach, dass Ihr mir nicht raubt, was ich allein zu geben bestimmen sollte.«

Er schien für einen kurzen Augenblick unsicher, dann verwirrt und schließlich verbittert. »Ich dachte, Ihr wolltet, dass ich es bekomme.«

Rosalind zögerte, denn Alexandre sah sie mit einer Enttäuschung an, die ihr beinahe das Herz brach. »Ich ... ich weiß selbst nicht mehr, was ich will, *mon Capitaine.* Ich bin noch unschuldig, und Ihr nutzt meine Unwissenheit gegen mich.«

Bei ihren Worten legte sich eine steinerne Maske über Alexandres Züge, hinter der alles Traurige und Enttäuschte verschwand. Er wandte sich von ihr ab und setzte sich auf die Bettkante. Eilig zog Rosalind die Decke über sich. Als Alexandre sich kurz zu ihr umsah, lag seine Stirn in Falten.

»Yves!«

»Oui, mon Capitaine!«

»Wie geht es Adolphe?«

»Gingras sagt, er schläft jetzt und würde frühestens am Nachmittag wieder aufwachen.«

»*Très bien*. Ich übernehme das Ruder.«

»Merci, mon Capitaine.«

Alexandre stand auf, riss den Deckel seiner Seetruhe hoch

und zog ein Hemd und eine Hose heraus. Fluchend streifte er sich das Hemd über, und dabei war seine Miene finsterer und bedrohlicher als der Sturm, der draußen tobte.

»Mademoiselle, Ihr tätet gut daran zu entscheiden, was Ihr wollt. Ich erkenne in Euch ein Verlangen nach Größerem, nach tieferen Gefühlen und wilderer Leidenschaft. Ein dumpfes, geistloses Leben mit perfekten Manieren und präziser Etikette passt nicht zu Euch, glaubt mir.«

Er zog sich fertig an, ging hinaus und knallte die Tür hinter sich zu.

Kapitel 6

Gegen Mittag erreichte *L'Etoile du Matin* eine kleine Bucht auf der Südwestseite der Isla la Veche. Die *Diabolique* segelte unmittelbar neben ihr und warf im Schutz des größeren Schiffes ihren Anker. Das Wetter war immer noch schlecht. Aus den dunklen Gewitterwolken ergossen sich in unregelmäßigen Abständen heftige Regenschauer. Rosalind saß in Alexandres Kajüte, wo sie sich damit beschäftigte, ihr Gepäck in Ordnung zu bringen.

Eine der ersten Anweisungen von Doktor Gingras war die gewesen, Beatrices Gepäck zu bringen. Darauf hatte Alexandre angeordnet, dass beide Frauen ihre Sachen in seine Kajüte gebracht bekommen sollten. Nun trug Beatrice ein hübsches blassblaues Musselinkleid, das mit weißen Blumen bestickt war. Rosalind lächelte bei dem Gedanken daran, wie Beatrices Augen leuchteten, als sie es aus ihrer Reisetasche nahm. Beatrices Mutter hatte vier solcher Kleider genäht, die ihre Töchter bei der Hochzeit der Ältesten, Coralie, trugen, bei der sie die Brautjungfern waren. Beatrice sah schon deutlich wohler aus, und allein die leichtere, frische Kleidung schien ihre Stimmung zu heben. Im Moment war sie unter Aufsicht von Doktor Gingras am Bug, um etwas frische Luft zu schnappen.

Rosalind zupfte an dem Rock ihres eigenen Kleides. Da ihr schwarzes Kleid verloren war, besaß sie kaum noch etwas, das ihrer derzeitigen Trauer angemessen war, und hatte auf dunkelblauen Taft zurückgreifen müssen. Das Unterkleid sowie der Vorstecker auf der Brust waren weiß mit Taftbändern und Spitzen in Dunkelblau. Eine weitere Schwierigkeit, die Rosalind zusätzlichen Verdruss bereitete, war der Verlust ihrer kleinen Paniers. Sie und ihre Mutter hatten befunden, dass die weiten Reifröcke an Bord eines Schiffes – zumal in den Tropen – albern und unpraktisch wären. Deshalb hatte Rosalind nur die kleineren Seitenpaniers mitgenommen, um den Taft ihres Rockes zu halten. Aber jetzt waren sie nicht mehr da und er war folglich viel zu lang. Deshalb sah Rosalind sich gezwungen, einen weißen Spitzenschal zu einem Gürtel zu binden und damit den überschüssigen Stoff hochzuraffen, sonst wäre sie beim Gehen gestolpert. Das Ergebnis mutete nachgerade mittelalterlich an. Doch auch wenn Rosalind keine modische Erscheinung abgab, empfand sie es als eine enorme Erleichterung, wieder vollständig bekleidet zu sein. Die vielen Stofflagen boten ihr allen Schutz, den ein anständiges Äußeres gewährte.

Sie saß auf Alexandres Bett und faltete Taschentücher und Strümpfe zusammen, um sich zu beschäftigen und nicht an die schmerzliche Szene zurückdenken zu müssen, die mit Alexandres wütendem Verlassen der Kajüte endete. Seitdem hatte sie nichts mehr von ihm gesehen oder gehört. Sie fragte sich, warum der große *Ange Noir* genötigt war, sich vor einem wie Vasquez zu verstecken. So wie Alexandre es darstellte, kannte Vasquez kaum den Unterschied zwischen Back- und Steuerbord. Andererseits fing sie gerade an zu begreifen, wie typisch es für Alexandre war, dass er glaubte, mehr über das Leben anderer Leute zu wissen als diese selbst. Welch monströse Arroganz. Ganz und gar französisch eben. Als könnte Rosalind sich je einem Leben verschreiben, das so wild und gesetzlos wie seines war, ohne ein Heim, in das man zurückkehren konnte, ohne Freunde außer seinen Offizieren, ohne Frau und Kinder …

Rosalind wurde plötzlich klar, wie wenig sie über Black Angel wusste. Vielleicht hatte Alexandre ja irgendwo eine Gemahlin, die ihm bereits Kinder geschenkt hatte. Und vielleicht war er auch vor dieser Verantwortung geflohen. Sie konnte sich nicht vorstellen, dass Alexandre zufrieden einen Besitz verwaltete, während seine Gemahlin exquisite kleine Soireen gab, zu denen sich die Crème de la crème der Pariser Gesellschaft einfand. Wie seltsam, dass Rosalind ihm wieder einmal eine edle Herkunft unterstellte. Andererseits mochte sie nicht recht glauben, dass *L'Ange Noir* ein abtrünniger Bauer war.

Rosalind warf die Spitzenhaube beiseite, die sie gerade falten wollte, und ging zur Kajütentür. Sie hatte sie nicht ganz erreicht, als sie von draußen aufgestoßen wurde. Doktor Gingras stand in der Tür und verneigte sich.

»Mademoiselle. Der *Capitaine* lässt Euch bitten, Euch für den Landgang bereit zu machen.« Er blickte hinauf in den Himmel. »Ich fürchte, *la petite* Beatrice wird kaum Gelegenheit haben, ein wenig Trockenheit zu genießen, aber wir werden tun, was wir können.«

»*Merci, Monsieur le Docteur.* Es ist sehr gut von Euch, dass Ihr Euch ihrer so freundlich annehmt.«

Doktor Gingras zuckte lächelnd mit den Achseln. »Man muss dem *Capitaine* gehorchen, oder nicht?«

Rosalind holte sich eine wärmere Stola gegen die frische

Brise an Land und ging hinaus. Ihr Rock war trotz des Behelfsgürtels noch sehr lang, so dass sie beim Gehen gut achtgeben musste. Doktor Gingras geleitete sie bis zur Reling. Gleich darüber hing eine merkwürdige Vorrichtung, bestehend aus einem eckigen Leinenstück an Seilen, die an einem Querbalken zusammenliefen, der seinerseits mit weiteren Seilen gesichert war. Das Ganze sah ein bisschen wie eine Gartenschaukel aus.

»*Voilà!*«, sagte Doktor Gingras. »*La chaise du maître d'équipage.*«

Der Bootsmannsstuhl also, der gewöhnlich benutzt wurde, um in die Takelage zu klettern. Er sollte nun dazu dienen, Rosalind zum Beiboot hinunterzulassen. Was für ein Segen, dass ihr erspart blieb, die Strickleiter hinunterzuklettern, während ihr sechs Piraten vom Boot aus unter den Rock sehen konnten! Beatrice saß bereits unten im Bug des Bootes zwischen zwei Piraten, die sichtlich erfreut waren, ihr zugeteilt worden zu sein. Mr. MacCaulay hockte mit zwei bulligeren Piraten im Heck. Rosalind erwiderte lächelnd Beatrices Winken.

»Wie überaus rücksichtsvoll vom *Capitaine*, uns so ein würdiges Ausbooten zu ermöglichen.«

Doktor Gingras' Blick verriet ihr, dass er den Anflug von Ironie sehr wohl bemerkt hatte. »*Oui*, *Mademoiselle*. Ich schlug es dem *Capitaine* vor, damit der *petite* Beatrice die Strapaze der Leiter erspart bliebe.«

Natürlich. Hätte es der freundliche Schiffsarzt nicht angeregt, wäre sie nicht überrascht gewesen, wenn Alexandre angeordnet hätte, sie einfach wie einen Sack schmutzigen Leinens über Bord fallen zu lassen.

»Wird der *Capitaine* sich zu uns gesellen?«

»*Non*, mademoiselle.«

Rosalind schaute zum Achterdeck, wo Alexandre mit dem Rücken zu ihr stand und einem kleinen, untersetzten Mann zuhörte, der auf ihn einredete und dazu mit einem Hammer gestikulierte. Der Schiffszimmerer? Alexandre war also mit der Instandsetzung seines Schiffes beschäftigt, und auf einmal kam Rosalind der Landgang wie ein Exil auf Zeit vor. Sie empfand so etwas wie einen schmerzlichen Verlust, obwohl es ihr immerhin gelungen war, Alexandre zu vertreiben. Das hatte sie sich doch schließlich gewünscht, oder etwa nicht?

Ein paar Männer zogen den Sitz an Deck, so dass Rosalind sich hineinsetzen konnte. Als sie ihn hochzogen, drehte er sich zum Achterdeck, und nun wandte Alexandre sich um. Er beobachtete Rosalinds Ausschiffung mit ungerührter Miene, was sie reizte, ihn ein wenig zu provozieren.

»*Merci beaucoup, mon Capitaine!*«, rief sie ihm vergnügt zu. »Wie freundlich von Euch, für meine Bequemlichkeit zu sorgen!«

Alexandre schmollte und machte Anstalten, sich von ihr abzuwenden. Dann aber sah er doch wieder zu ihr. Rosalind lächelte, schwenkte die Beine und hielt das Gesicht hinauf in die Sonne – sie tat alles, um Alexandre glauben zu machen, dass sie diesen wackligen, ruckelnden Ausflug genoss. Als die Männer unten im Beiboot sich gerade nach ihr ausstreckten, um ihr von dem Sitz zu helfen, ertönte Alexandres donnernde Stimme.

»*Halte!*«

Er stand oben an der Reling und blickte wütend hinab zu

Rosalind. »Ihr scheint entschieden zu froh, mein Schiff zu verlassen, Mademoiselle. Ich frage mich, warum wohl?«

»Müsst Ihr das wirklich fragen, *mon Capitaine?* Seit ich Euch das erste Mal erblickte war mein einziger Gedanke der an Flucht.«

»Nun, das mag Euer erster Gedanke gewesen sein, Mademoiselle.« Alexandre lächelte sie wissend an. »Aber gewiss nicht Euer zweiter, und erst recht nicht Euer dritter.«

Die Piraten um ihn herum johlten und lachten. Rosalind erkannte, wie närrisch sie aussehen musste, mit flatternden Röcken im Wind baumelnd wie Wäsche zum Trocknen. Das spornte sie nur noch mehr an, Alexandres Überheblichkeit einen Dämpfer zu verpassen.

»*Vraiment, mon Capitaine.* Mein erster Gedanke war der an Flucht, mein zweiter der an den Tod durch Eure Hände. Mein dritter der an Tod durch meine eigenen.«

»Rosalind!« Beatrice schlug sich beide Hände vor den Mund.

»Beatrice«, sagte Rosalind. »Sei still. Du darfst dich nicht aufregen.«

Beatrice hielt sich weiter den Mund zu, die blauen Augen vor Entsetzen weit aufgerissen.

»Lieber tot als entehrt, Mademoiselle?« Alexandre schüttelte den Kopf und grinste hämisch. »Wie britisch!«

»Und Ihr, *mon Capitaine?* Ihr versetzt Unschuldige in Angst und Schrecken. Wie französisch!«

Mr. MacCaulay räusperte sich. »Miss Brooks, ich bitte Euch, verhaltet Euch nicht unklug.«

»O bitte«, sagte Alexandre auf Englisch. »Versucht nicht, *La Belle Dame Sans Merci* zu zügeln. Hätten mehr Eurer Captains nur halb so viel Courage wie sie, würde ich weniger Schiffe einnehmen.«

Mr. MacCaulay errötete, nicht vor Verlegenheit, sondern vor Wut. Er sah Rosalind streng an, sagte jedoch nichts.

Alexandre blickte weiter ungerührt zu Rosalind hinab. »Wie ich sehe, darf ich von Euch heute kein Pardon erwarten, Mademoiselle.«

Regte sich Rosalinds Herz gerade ein klein wenig? Vor seinen Männern durfte er ihr gegenüber nicht zu freundlich sein, aber hoffte Alexandre womöglich, dass sie ihm nachgab? Wie abwegig, dass Black Angel sie um Gnade bat! Wie dem auch sei, Rosalind beherzigte Mr. MacCaulays Warnung und schwieg.

Alexandres Augen wichen nicht von ihrem Gesicht. *»Eh bien*, wohl besser so. Genießt Eure Freiheit, Mademoiselle. Ihr kehrt bei Sonnenuntergang zurück.«

Damit wandte er sich ab, und Rosalind hatte eine entsetzliche Vorahnung. So durfte sie ihn nicht gehenlassen. Wütend, ja, verliebt, vielleicht, aber nicht so eiskalt.

»Sagt mir, *mon Capitaine*«, rief sie nach oben. »Gilt unsere Rückkehr unserem Wohlbefinden oder Eurem?«

Doktor Gingras wollte etwas sagen, doch Alexandre hob die Hand. Dann beugte er sich wieder über die Reling und starrte Rosalind mit einem Ausdruck an, in dem sie einen nie verwundenen Schmerz zu erkennen glaubte.

»Ein Mann wird es irgendwann leid, geschmäht und beschimpft zu werden.«

Aha. Er wollte sie nicht mehr. War das nicht der Sieg, den sie sich erhofft hatte? Rosalind lächelte eisig. Das war die Gelegenheit, ihn als den Unhold zu entlarven, der er war.

»Ist das das große Geheimnis von *L'Ange Noir?* Führt er einen Krieg gegen englische Schiffe, um seiner Frau und seinen Kindern zu entkommen?«

Stille. Wieder wichen die Piraten, die Alexandre umstanden, ängstlich zurück. Alexandre schloss die Augen, und es vergingen Minuten, ehe er etwas entgegnete.

»Ich habe keine Frau, Mademoiselle«, sagte er. »Und auch keine Kinder. Sollte es *le bon Dieu* für richtig erachten, mir welche zu schenken, würde ich sie auf ewig schützen und bis zu meinem letzten Atemzug verteidigen.«

Auf diese Antwort hatte Rosalind insgeheim gehofft. Mit welchem Schmerz sie einherging, hätte sie allerdings unmöglich ermessen können. Sie wollte etwas sagen, Alexandre um Verzeihung bitten, weil sie ihm unwissentlich diese für ihn offensichtlich traurige Wahrheit entlockt hatte, aber ihr fehlten die Worte. Sie warf Mr. MacCaulay einen flehenden Blick zu, doch der schüttelte nur den Kopf.

Alexandre trommelte mit den Fingern auf dem Geländer herum und atmete tief ein. Dann schwang er ein Bein hinüber und kletterte die Strickleiter hinab, bis er auf einer Höhe mit Rosalind war. Er packte ihren Rocksaum und schleuderte sie herum wie einen Kreisel.

»*Mon Capitaine!*«, schrie sie. »Was tut Ihr?« Sie klammerte sich mit geschlossenen Augen an den Seilen fest, während die Piraten schallend lachten.

»Wieder einmal habt Ihr mich daran erinnert, Mademoiselle, dass ich mich um ein Haar wie ein schlechter Gastgeber gebärdet hätte. Ein Gentleman wäre allzeit an Eurer Seite, um Euch vor aller Unbill zu bewahren.« Er stieg ins Boot hinunter und rief: »Runterlassen!«

Seine Mannschaft gehorchte und ließ mehr Seil nach, bis Rosalinds Füße beinahe den Bootsboden berührten. Doch ehe sie sich elegant aus ihrem Sitz schwingen konnte, hob Alexandre sie in seine Arme und setzte sich auf die Mittelbank des Beiboots.

»Zum Strand, Louis.«

»Oui, mon Capitaine.«

Wieder einmal fand sich Rosalind auf Black Angels Schoß, wo sie ihre liebe Mühe hatte, halbwegs aufrecht zu bleiben, während sie von den Bootsbewegungen auf Alexandres Schenkeln hin- und hergewiegt wurde. Sein rechter Arm lag um ihre Taille, sein linker auf ihrem Oberschenkel. Bei höheren Wellen umfasste er ihr Knie, damit sie nicht von seinem Schoß rutschte. Nach den Ereignissen am Morgen wusste Rosalind nicht, wie sie mit dieser Vertrautheit umgehen sollte. Und wenngleich sie sich in keiner besonders würdigen Position befand, konnte sie nicht umhin sich einzugestehen, dass es ihr gefiel, von ihm festgehalten zu werden. Die steife Brise wehte sein langes Haar über seine Schulter, das ihr kitzelnd über die Wange streichelte. Alexandre bemerkte ihr Lächeln.

»Amüsiert Euch etwas, Mademoiselle?«

Rosalind bündelte seine seidigen schwarzen Locken und schob sie zurück. Dem Wunsch, seinen Zopf glattzustreichen, widerstand sie.

»Nichts, *mon Capitaine.* Gar nichts.«

Er lüpfte ungläubig eine Braue, und sein Lächeln wurde eine Nuance wärmer. Anscheinend hatte er ihre Berührung ebenso genossen wie sie es genossen hatte, ihn zu berühren. Rosalind wusste nicht, ob sie schreien oder weinen sollte. Er war ein französischer Pirat, sie eine englische Lady. Die gängigen Salonregeln für das Liebesspiel fanden hier keine Anwendung. Was sollte sie also tun?

Mit einem lauten Ächzen stieß der Kiel des Beiboots auf Grund. Vier der Piraten ließen die Ruder los und sprangen von den Seiten ins seichte Wasser, um das Boot auf den Strand zu hieven. Bevor Rosalind aufstehen konnte, erhob Alexandre sich mit ihr auf dem Arm, als wöge sie nicht mehr als eine Puppe.

»*Mon Capitaine*, wirklich, das ist nicht nötig.«

»Aber selbstverständlich, Mademoiselle. Ein Gentleman würde niemals zulassen, dass Ihr Euch Euer Gewand im Salzwasser ruiniert.«

Alexandre stieg mit ihr aus dem Boot und drehte sich zu Beatrice um. »Und was ist mit dir, Kleines? Sechs meiner besten Männer stehen bereit, dich an Land zu tragen. Welchem von ihnen willst du dieses Privileg gewähren?«

Beatrice wurde tiefrot, als sie die Piraten sah, die sie hoffnungsvoll anschauten, und streckte die Hände nach Mr. MacCaulay aus. Der sprang auf und umarmte sie väterlich. Beatrice klammerte sich dankbar an sein Jackett.

Alexandre lachte. »Nun gut. Die Kleine bestimmt.«

Rosalind schickte ein stilles Dankgebet gen Himmel. Mr. MacCaulay hob Beatrice hoch und folgte Alexandre an den Strand. Der helle Sand war gesprenkelt mit Treibholz, Seetang und zerbrochenen Muschelschalen. Jenseits der Hochwassergrenze erstreckte sich ein undurchdringlicher Dschungel. Dort, im Schatten der vorderen Baumreihe, war ein Leinentuchpavillon errichtet worden. Alexandre ging geradewegs darauf zu und setzte Rosalind auf dem Perserteppich ab, der auf dem Sand ausgebreitet war. Er hielt sie weiter in der Taille fest und sah sie an.

»Hört mir zu, Mademoiselle. Ihr werdet hierbleiben, *comprenez-vous?* Verlasst unter keinen Umständen diesen kleinen Salon.«

Weder bestrafte noch warnte er sie, sondern schien vollkommen ernst. Rosalind nickte.

»Oui, mon Capitaine.«

»Très bien. Jemand wird Euch Erfrischungen bringen.«

Mr. MacCaulay ließ Beatrice neben Rosalind herunter, die sie sofort in die schattigste Ecke führte und ihr bedeutete, sich hinzulegen. Gehorsam legte Beatrice sich hin, mit Rosalinds Schal als Kopfkissen.

Alexandre musterte Mr. MacCaulay. »Ich hätte einem Mann in Ihren Jahren nicht zugetraut, eine junge Frau so weit zu tragen.«

Mr. MacCaulay lächelte. »In meiner Familie sind alle recht kräftig.«

»Ach ja? Dann macht es Euch vielleicht auch nichts aus, uns mit den Wasserfässern zu helfen.« Alexandre blickte in die dunklen Wolken hinauf. »Die Zeit spielt gegen uns.«

»Gewiss, Captain, aber den Damen ist eventuell wohler, wenn ich bei ihnen bleibe.«

»Die Damen werden hier vollkommen sicher sein«, sagte Alexandre, »vorausgesetzt, sie rühren sich nicht von der Stelle.« Er warf Rosalind einen strengen Blick zu. »Meine Mannschaft ist wachsam. Sollte es irgendwelche Probleme geben, braucht Ihr nur um Hilfe zu rufen.«

»Merci beaucoup, mon Capitaine«, sagte Rosalind lächelnd. »Eure Sorge ist rührend.«

Alexandre erwiderte nichts. Er sah sie noch eine Weile schweigend an, dann gab er Mr. MacCaulay ein Zeichen, er möge mit ihm kommen, und ging den Strand hinunter. Rosalind blickte den beiden nach und wunderte sich, wie höflich Alexandre auf einmal war.

Einer der Schiffsjungen kam mit einem Korb und einer Flasche herbeigelaufen. Unmittelbar vor dem Perserteppich blieb er atemlos stehen. Er war vielleicht siebzehn und hatte dunkelbraunes Haar, das von der Sonne teilweise blond geblichen war. Rosalind nahm ihm den Korb ab.

»*Merci*. Bitte sag dem *Capitaine*, dass wir uns für seine Freundlichkeit bedanken.«

»*Oui, Mademoiselle.*«

In diesem Augenblick drehte Beatrice sich zu ihnen um und setzte sich erschrocken auf. Rosalind legte ihr eine Hand auf die Schulter.

»Ist schon gut, Beatrice. Der Captain hat uns einen Picknickkorb geschickt.«

Beatrice stutzte. »Ich verstehe gar nichts mehr, Rosalind. Sie nehmen uns gefangen, sind aber freundlich zu uns. Sie lassen uns nicht frei, dennoch bringt uns der Captain an Land und gibt uns einen Picknickkorb.«

»Ich weiß ebenso wenig, was ich von alldem zu halten habe. Im einen Moment sind sie blutrünstige Piraten, im nächsten vermitteln sie den Eindruck, als wären wir in einem vornehmen Pariser Salon zu Gast«, überlegte Rosalind laut.

Dann wickelte sie das Brot aus, breitete ein Tuch zwischen ihnen aus und deckte alles auf, was in dem Korb war. Das Essen war ziemlich gut für Schiffskost, und der Wein erfreulich leicht und erfrischend.

Beatrice griff nach ein paar halbverwelkten Blumen, die unweit des Teppichs lagen. »Daraus könnte man einen schönen Blumenkranz winden. Wäre das nicht lustig? Vielleicht liegen hier sogar noch welche in anderen Farben. Wir könnten eine oder zwei davon pressen und sie aufheben. Mutter wäre entzückt.«

Rosalind dachte an ihre eigene Mutter, blass, still und traurig, wie sie in ihrem Salon über einer Stickarbeit saß. Höchstwahrscheinlich arbeitete sie gerade an einem Blumenmuster, an einem Stück für Rosalinds Aussteuertruhe oder vielleicht für das Kind, das sie eines Tages bekommen würde. Mutter würde sich so sehr freuen, eine neue Blume zu sehen. Das könnte für sie ein Lichtblick in ihren endlosen Stunden der Trauer sein. Rosalind vergrub das Gesicht in den Händen.

»Rosalind?« Beatrice kniete sich auf. »Was ist denn? Warum seid Ihr so unglücklich?«

Rosalind wischte sich die Tränen ab und lächelte tapfer. »Beatrice, wenn du Blumen willst, dann werden wir alle Farben pflücken, die wir finden können. Wir sammeln sie in meinem Schal, bis er überquillt.«

Sie stand auf und sah sich um. Zur Linken, zwei oder drei Meter vom Pavillon entfernt, schimmerten rote und violette Punkte im dichten Grün. »Da sind sie schon, zum Greifen nah.«

»Aber Rosalind!«, sagte Beatrice ängstlich. »Dürfen wir denn so weit gehen? Ich bin sicher, der Captain wünscht, dass wir hierbleiben.«

»Der Captain.« Rosalind atmete tief ein und streckte die Schultern durch. »Seine Eminenz der Captain verdient es, kopfüber von einem dieser Bäume zu hängen.«

Sie ging entschlossenen Schrittes auf die violetten und roten Blumen zu, so dass Beatrice laufen musste, um mit ihr mitzuhalten. Rosalind schob die vorderen Büsche auseinander, um Beatrice den Weg ins Dickicht freizumachen.

»Da, siehst du? Es sind nur wenige Schritte.«

Beatrice tapste vorsichtig ins dichte Grün und sah dabei ängstlich auf den Boden. »Ist das nicht gefährlich, Rosalind? Wer weiß, was auf dieser Insel für Getier lebt?«

»Wir brauchen ja nicht lange. Komm, Beatrice, ich glaube, da sind auch noch gelbe Blüten.«

Die erwiesen sich jedoch als reine Lichtspiegelungen, aber Rosalind war froh, weitere Rosa-, Rot- und sogar Blautöne zu entdecken. Sie knotete die Enden ihres Schals zusammen und reichte ihn Beatrice, die ihn wie einen Korb über ihren Arm hängte. Zusammen gingen sie um die blühenden Sträucher herum und pflückten Blüte um Blüte, bis sie einen üppigen Blumenberg gesammelt hatten.

»Das dürfte wohl genügen«, sagte Rosalind und schob die Farne und Zweige beiseite, durch die sie vorhin gekommen waren. Wie sich aber herausstellte, begann dahinter nicht der Strand, sondern noch mehr Dickicht. »Beatrice, wie oft sind wir um die Sträucher herumgegangen?«

»Einmal und dann wieder zurück zu der Stelle, mit den roten Blüten.«

»Einmal rum und ein Viertel der Strecke zurück«, murmelte Rosalind wieder und wieder wie eine Zauberformel vor sich hin. Sie gelangten zu dem Flecken, den sie für den richtigen hielten, doch nichts sah hier vertraut aus. »Beatrice, hörst du ein Wellenrauschen?«

»Nein, gar nichts!« Von der anderen Seite des Strauches klang Beatrices Stimme seltsam gedämpft. »Rosalind, wo seid Ihr? Wir müssen zurückfinden!«

Irgendwo in der Nähe rief eine Männerstimme. Rosalind horchte mit geschlossenen Augen, aber sie konnte weder die Worte verstehen noch erkennen, aus welcher Richtung sie kamen.

»Ruf, Beatrice«, sagte sie. »Ich werde mit Freuden den Zorn des Captains auf mich ziehen, solange wir aus diesem Dschungel herauskommen!«

Gemeinsam riefen sie so laut, dass die bunten Vögel in den Bäumen über ihnen erschrocken aufstoben. Rosalind hob die Hand, und beide verstummten. Aus der Ferne hörten sie männliche Stimmen, die verärgert durcheinanderriefen. Aus der anderen Richtung, anscheinend näher, vernahm Rosalind wieder die einzelne Stimme.

»Noch einmal, Beatrice! Ich glaube, sie hören uns.«

Rosalind rief auf Englisch und Französisch um Hilfe. Beatrice schrie ebenfalls und imitierte Rosalinds französische Rufe mit so entschlossener Miene, dass Rosalind für einen kurzen Augenblick ihre Angst vergaß und lachen musste.

»Dies dürfte wohl einer der weniger ruhmreichen Momente Englands sein.«

Beatrice lächelte unglücklich. »Was nun?«

»Wir warten. Jemand hat uns gehört, so viel wissen wir schon mal.« Rosalind lehnte sich an den knorrigen Stamm eines nahen Baumes. »Ich bin sicher, dass der Captain seine Männer alles gründlich absuchen lässt.«

Ein Knacken im Unterholz ließ Beatrice verschreckt an Rosalinds Seite eilen. Rosalind tätschelte ihr beruhigend die Hand, positionierte sich aber sicherheitshalber zwischen Beatrice und dem, was dieses Geräusch verursacht haben mochte. Ob Mensch oder Tier, es bewegte sich ohne Zögern in ihre Richtung.

»Mon Capitaine?«, fragte Rosalind. »Seid Ihr das?«

Für eine Weile blieb alles unheimlich still. Dann explodierten die Büsche um Rosalind und Beatrice buchstäblich vor lauter dunkelhäutigen, bärtigen Männern in den farbenfrohen Lumpen von Piraten. Zu ihrem Entsetzen stellte Rosalind fest, dass es sich nicht um Männer aus Alexandres Mannschaft handelte. Bei aller Extravaganz waren die Männer der *Etoile du Matin* sauber, ordentlich und vorzeigbar. Diese hingegen sahen eher wie räudige Köter aus, die sich um einen einzelnen Knochen scharten. Einer von ihnen, ein großer, hagerer Pirat, trat vor und bellte Rosalind in einer Sprache an, die sie nicht verstand. Sie konnte nur den Kopf schütteln und hilflos mit den Schultern zucken.

»Inglés?«, fragte er barsch. Rosalind nickte. »Du kommst mit uns. Sofort.«

»Wohin? Wer seid ihr?«

Der Pirat packte sie am Arm und riss sie zu sich. »Geh oder du wirst getragen!«

Das ungeduldige Funkeln in seinen Schurkenaugen sagte Rosalind, dass es nicht als Angebot, sondern als Drohung gemeint war.

»Nur über meine Leiche!« Mr. MacCaulay kam mit einem Ast aus dem Dickicht, der beinahe so dick war wie sein Unterarm. Sein plötzliches Erscheinen ließ die Piraten überrascht erstarren, und es gelang ihm, einige von ihnen mit dem Ast niederzustrecken. Dann stellte er sich zwischen Rosalind und den Piraten, der die Befehle erteilte.

»Lauft!«, rief Mr. MacCaulay, während die vier verbliebenen Piraten zurückwichen. »Laufen Sie um Ihr Leben, meine Damen, bis Sie den Strand erreichen!«

Zwei der Piraten sprangen auf Rosalind zu. Die entriss Beatrice den Schal und schleuderte ihn ihnen entgegen. Als sie mit ihren Schwertern darauf einstachen, ergoss sich eine Blütenpracht aus dem dichten Stoff, die sie für einen Augenblick blendete. Rosalind nahm Beatrices Hand und zog sie mich sich durch das Dickicht, das allmählich durchlässiger wurde. Hinter ihnen donnerte ein Pistolenknall durch die Luft. Rosalind rannte weiter, obwohl ihr fast übel wurde bei dem Gedanken, dass Mr. MacCaulay tot oder sterbend im Dschungel liegen könnte.

Beatrice entwand sich Rosalinds Griff und blieb stehen. Rosalind drehte sich zu ihr um. Beatrices Kleid hatte sich in einem Dornbusch verfangen, aus dem sie es zu befreien versuchte.

»Reiß, Beatrice. Los!«

»Nein! Meine Mutter hat dieses Kleid für Lucinda, Abigail, Mary und mich gemacht!«

Rosalind packte ihren Arm und wollte sie weiterziehen, doch es war zu spät. Drei der Piraten stürzten aus der grünen Finsternis auf sie zu. Zwei griffen sich Rosalind, der dritte riss Beatrice an sich, einen tätowierten Arm um ihren Hals geschlungen. Nun kam der große Hagere durch die Bäume zu ihnen, bedachte Rosalind mit einem hämischen Grinsen und blies auf den qualmenden Lauf seiner Pistole.

»Yo maté al hombre viejo.«

Die Worte sagten Rosalind nichts, aber die rauchende Pistole bestätigte ihre schlimmsten Befürchtungen. Mr. MacCaulay war tot. Der Pirat nickte mit dem Kopf in die Richtung, aus der er gekommen war.

»Traiga las mujeres. Capitán Vásquez quiere que las dos estén en buena salud.«

Rosalind war verzweifelter denn je. Yves hatte Alexandre gewarnt, dass Vasquez ihnen zur Insel gefolgt war. Und nun würde Vasquez wissen, dass er Black Angels Gefangene in die Hände bekommen hatte, dessen Spielzeug. Den Groll, den er gegen Alexandre hegte, würde er nun an Beatrice und ihr auslassen.

Kapitel 7

Alexandre blickte in den düsteren Himmel hinauf. Eine Stunde, vielleicht weniger, und sie hätten im Dschungel nach Schutz suchen oder eine verregnete Nacht auf der Brigantine verbringen müssen, zusammengedrängt wie die Fische im Netz. Nachdem er eine weitere Bootsladung Wasserfässer verladen hatte, beorderte er seine Männer zurück auf die *Etoile du Matin*, damit sie alle schadhaften Stellen am Schiff, die noch nicht hinreichend repariert waren, dicht machten. Die Insel würde sie vor den schlimmsten Sturmschäden schützen, und wenn das Unwetter erst vorbei war, konnten sie wie geplant nach Martinique zurücksegeln. Alexandre hatte nichts Dringendes vor, kein bestimmtes Ziel. Das war ihm zurzeit ganz recht. Rosalind gewöhnte sich langsam an die Bequemlichkeit seiner Kajüte, und welcher Ort wäre besser, sich den Abend auf angenehme Weise zu vertreiben?

Ein wütender Schrei durchschnitt die Luft. Alexandre wirbelte herum und rannte den Strand hinauf, geradewegs auf den Pavillon zu. Da war niemand. Das Schreien hörte auf und begann erneut. Alexandres Herz pochte vor Sorge und Wut. Remy und eine Handvoll Männer kamen zu ihm gerannt.

»*Mon Capitaine!* Was sollen wir tun?«

»Findet sie! Sie können nicht weit sein.«

Alexandre tauchte links vom Pavillon ins Dickicht. Der Boden war so übersät mit Kieseln, Zweigen und Blättern, dass er unmöglich einen Pfad ausmachen konnte. Rechts von ihm, weiter vorn, hörte er Mr. MacCaulay rufen. Dann vernahm er weitere Stimmen, die in unflätigem Spanisch brüllten. Alexandre folgte dem Lärm und betete, dass er nicht zu spät käme. Vor ihm knackte es im Unterholz. Etwas bewegte sich in die andere Richtung.

»Rosalind! Zu mir! Zu mir!«

»Alexandre!« Die Furcht und Verzweiflung in ihrer Stimme ließen Alexandre noch erbitterter weiterrennen und noch energischer gegen das Dickicht ankämpfen. Sie war da, ganz in der Nähe ...

Von links kamen Pistolenschüsse. Alexandre warf sich flach auf den Boden. Als das Pistolenfeuer aufhörte, rappelte er sich wieder hoch und rannte weiter, bis er an eine kleine Lichtung kam. Vor ihm lagen zwei von Vasquez' Männern, die eindeutig tot waren. Wenige Meter entfernt entdeckte er Mr. MacCaulay, dem Blut über die rechte Gesichtshälfte rann. Außerdem breitete sich ein Blutfleck auf seiner linken Schulter aus. Was von Rosalinds Schal übrig war, lag auf seinen Beinen, und er war über und über mit bunten Blüten bedeckt.

»Mon Dieu ...«

Remy kam von der anderen Seite auf die Lichtung gerannt. Er war außer Atem und musste sich die Lippen benetzen, bevor er etwas sagen konnte. *»Mon Capitaine*, wir können sie nicht finden. Wir hören sie nicht einmal mehr.«

Alexandre überlegte kurz. »Sie können uns an Land davonrennen, aber auf See sind sie niemals schneller als wir. Zurück zum Schiff! Alle Mann zurück zum Schiff!«

»Was ist mit dem Engländer, *mon Capitaine?*«

»Bringt ihn mit an Bord.«

Remy sah ihn verwundert an. »*Pourquoi, mon Capitaine?* Er kann ebenso gut hier sterben wie in der Luke.«

»Tu, was ich dir sage. Bring ihn zu Gingras!«

Remy nickte verständnislos und pfiff nach zwei Piraten. Gemeinsam trugen sie Mr. MacCaulay zum Beiboot. Alexandre folgte ihnen, leise vor sich hin fluchend. Er war ein solcher Narr gewesen! Warum hatte er Rosalind nicht genau erklärt, welche Gefahren auf der Insel lauerten? Nein, er hatte es nicht getan, weil dann die Kleine schreckliche Angst bekommen hätte und damit der Sinn und Zweck des Landgangs verfehlt gewesen wäre. Aber jetzt waren Rosalind und Beatrice in Vasquez' Hände gefallen. Daran bestand keinerlei Zweifel. Sie wurden in diesem Moment über die Insel zu irgendeinem Verschlag geschleppt, in dem Vasquez wie ein Aal auf der Lauer lag.

Alexandre warf einen letzten zornigen Blick auf den Pavillon, ehe er zum Beiboot lief. Dann schwang er sich ins Boot und setzte sich auf die Bank am Bug. Die Ruderer arbeiteten mit aller Kraft, um schnellstmöglich zur *Etoile du Matin* zu gelangen. Über ihnen braute sich das Unwetter zusammen. Der Wind frischte wieder auf und trieb weitere schwarze Wolken herbei. Sie hatten Glück, wenn sie es in die Strömung außerhalb der Bucht schafften. Als sie sich der *Diabolique* näherten, formte Alexandre mit den Händen einen Trichter vorm Mund.

»Etienne!«, rief er. »Etienne, segle auf die andere Seite der Insel! Vasquez hat die Frauen entführt!«

Etienne Duchard winkte zur Antwort mit seinem roten

Taschentuch. Seine Crew machte sich sogleich an die Arbeit. Matrosen schwärmten in die Masten hinauf und tauschten die Segel, um den wechselhaften Wind bestmöglich zu nutzen.

Kaum dass das Beiboot die *Etoile du Matin* erreichte, kletterte Alexandre geschwind die Strickleiter hinauf und rief nach Yves. »Bring uns raus! Ich will das Schiff in der Strömung haben, bevor das Gewitter losbricht.«

Yves sah ihn verwundert an, gab seinem Steuermann aber ein entsprechendes Kommando. »*Mon Capitaine*, ist etwas passiert? Ich dachte, Ihr wolltet vor Anker bleiben, bis das Unwetter vorbei ist.«

»Vasquez ist uns gefolgt. Er ist auf der anderen Seite der Insel und hat seine primitiven Schweine zu einem Überraschungsangriff kommandiert.« Alexandre knallte die Faust auf die Reling. »Ich hätte ihn vor Jahren umbringen sollen!«

Yves runzelte die Stirn. Er blickte sich um und schaute dann hinunter ins Beiboot. »Habt Ihr den Damen befohlen, an Land zu bleiben?«

»Idiot! Würde ich das hier, auf der Isla la Veche, tun?« Alexandre schüttelte den Kopf. »Vasquez' Ungeziefer wartete nur auf eine passende Gelegenheit, und sturköpfig wie sie ist, hat Mademoiselle Rosalind sie ihnen auch noch geboten.«

»*Morbleu!*« Yves seufzte und legte sich die Hand über die Augen. »Was hat sie diesmal angestellt?«

»Sie ist weggegangen, wie es aussieht, um Blumen zu pflücken. Wir hörten sie schreien, waren aber nicht mehr rechtzeitig bei ihnen.« Alexandres Wut verrauchte allmählich, und zurück blieb ein brennender Schmerz in seiner Brust. »Beide Frauen sind verschwunden. Wir fanden den Engländer halbtot im Dschungel.« Ein gefährliches Lächeln umspielte seine Lippen. »Ihm verdanken wir, dass wir wissen, wer unser Feind ist. Er hat zwei von ihnen mit nichts als einem Ast getötet.«

»Ich frage mich, was es mit diesem alten Mann auf sich haben mag«, sagte Yves. »Ich habe noch nie einen Anwalt erlebt, der im Kampf zu etwas taugt.«

Alexandre nickte. »*Vraiment*. Aber das muss warten. Wir müssen Vasquez' Flachboot schnappen, bevor er sich im Sturm einen Vorsprung verschafft.«

»*Oui, mon Capitaine.*«

Eine Viertelstunde später musste Alexandre einsehen, dass er keine Chance gegen den Sturm hatte. Die Böen ließen jedes Mal nach, wenn die Segel bereit waren, den Wind einzufangen. Der *Diabolique* erging es nicht besser. Sie schaffte es aus der Bucht, aber die anschwellende Sturmfront drückte sie buchstäblich gegen die Inselküste. *L'Etoile du Matin* schwankte bedenklich auf den unruhigen Wellen. Alexandre hatte ein sehr gutes Gespür für sein Schiff und wusste, dass ihm diese Situation nicht gefiel. Das hier war nicht die See, für die seine Brigantine gemacht war. Vasquez zu jagen mochte ein annehmbarer Grund sein, nicht jedoch dieses wahnwitzige Rückholmanöver für zwei Gefangene, die ihm nichts als Ärger einbrachten.

Heftige Windböen rüttelten an den Masten. Alexandre hörte einen Schrei und drehte sich um. Zwei seiner Männer kämpften mit dem Klüversegel. Einer von ihnen verlor den Halt, stürzte über den Bugspriet und landete mit einem Klatsch im Wasser. Andere Matrosen weiter vorn warfen ihm ein Tau zu und zogen ihn wieder an Bord. Überall in der Betakelung hielten sich die Männer fest, so gut sie konnten. An dem

Abend, der ihnen bevorstand, würde die alte Seemannsregel »eine Hand für das Schiff, eine für dich« wohl reichlich Anwendung finden. Ein Wolkenbruch durchnässte Alexandre binnen Sekunden bis auf die Haut.

»Mon Capitaine!«, rief Yves über den Sturm hinweg. *»C'est impossible!* Wir kommen nicht aus der Bucht, ohne Gefahr zu laufen zu krängen oder an den Felsen zu zerschellen.«

Alexandre schüttelte den Kopf. *»C'est incroyable! L'Etoile du Matin* ist schon bei schlimmerem Wetter den Küstenpatrouillen davongesegelt!«

»Das war auf offener See, *mon Capitaine.* Und mit einem starken Wind im Rücken.«

»Dass er meine Gefangenen geraubt hat, ist schon Beleidigung genug. Dass *le bâtard espagnol* sich brüstet, meinem Schiff entkommen zu sein … Das ist nicht hinnehmbar!« Alexandre rannte rauf zum Achterdeck, schob den Steuermann zur Seite und übernahm selbst.

Yves folgte ihm. »Habt Ihr einen Plan, *mon Capitaine?«*

»Wir kreuzen vor und zurück. So gewinnen wir nur Zentimeter auf einmal, bis wir es hinaus in die Strömung geschafft haben. Aber jeder Augenblick zählt. Sag den Männern Bescheid!«

Kapitel 8

Rosalind stand auf dem Hauptdeck von *La Fortuna*, dem Zwanzig-Kanonen-Schoner von Ricardo Vasquez. Der Wind peitschte ihr gegen die Wangen und ließ ihren Zopf flattern. Kalte Gischt durchnässte sie. Beatrice umklammerte sie so fest, dass sie kaum noch Luft bekam. Sie waren beide verängstigt, zerkratzt, zerschürft und vollkommen erschöpft. Ihre Entführer hatten sie quer durch den Dschungel zur anderen Seite der Insel gezerrt. Und sobald Rosalind und Beatrice an Bord waren, hatte *La Fortuna* die Segel gesetzt und war hinaus in die Strömung getrieben. Das Schiff bewegte sich mit dem heraufziehenden Unwetter westwärts.

Ihre Ankunft sprach sich schnell herum, und aus allen Luken kamen Piraten herbei. Das unverschämte Grinsen auf ihren Gesichtern verhieß gar nichts Gutes. Rosalind überlief ein eisiger Schauer. Die Männer raunten sich gegenseitig auf Spanisch etwas zu und schoben und drängten, um näher zu kommen. Der große hagere Pirat mit der schneidenden Stimme scheuchte sie wieder und wieder zurück. Plötzlich schubste er Rosalind unsanft Richtung Heck. Das Deck war so glitschig, dass sie beinahe das Gleichgewicht verlor. Im letzten Augenblick gelang es ihr, sich abzufangen und Beatrice weiter festzuhalten. Die vielen Hände, die sich nach ihnen ausstreckten, ignorierte sie.

Ein Mann stand auf dem Achterdeck, der in einen zu großen scharlachroten Reitmantel gehüllt war. Er sah weniger wie ein Mensch denn wie ein buckliger Kobold aus, der sich im strömenden Regen krümmte. Ricardo Vasquez war kaum größer als Rosalind. Und sein Gesicht ließ ihr das Blut in den Adern gefrieren. Er war jung, mochte einmal gutaussehend gewesen sein, aber nun war er von einer Narbe entstellt, die quer über seine linke Wange verlief. Er hob eine Hand und sog an seiner Zigarre.

»*Quíen está?*« Er blies faulig stinkenden Rauch aus. »*Habla español?*«

Rosalind zuckte hilflos die Schultern und schüttelte den Kopf.

»*Parlez-vous français?*«, fragte er.

Bei seinem scheußlichen Akzent fuhr sie angewidert zusammen. »*Oui.*«

Er versetzte ihr eine schallende Ohrfeige. »Du wirst mich mit *mon Capitaine* ansprechen.«

Rosalind ließ sich ihren Schmerz nicht anmerken und antwortete: »*Oui, mon Capitaine.*«

»Dieser eitle Fatzke von Hurensohn hat mich also belogen. Er wollte euch für sich behalten.« Vasquez wiederholte seine Worte anscheinend auf Spanisch, bevor er in wieherndes Gelächter ausbrach. »*L'Ange Noir*, Schrecken der Karibik, und er kann nicht mal ein kleines englisches Mädchen dazu bringen, bei ihm zu bleiben. Die Schande wird auf ewig an ihm nagen!«

Vasquez brüllte ein Kommando, worauf mehr Laternen herbeigeschafft wurden und Rosalind umringten. Rauhe Hände rissen Beatrice von ihr weg. Vasquez beäugte Rosalind unverschämt und befühlte den zerrissenen und fleckigen Taft ihres Kleides. Wieder lachte er, dass seine Narbe sich unter seinem teuflischen Vergnügen in Falten legte.

»Das ist zu schön, *chérie. L'Ange Noir* wird diese dreckige Nacht in einem kalten, leeren Bett verbringen. Allein das dürfte ihn schon erzürnen.« Er packte Rosalinds Kinn und starrte ihr verärgert in die Augen. »Aber dass du mir in die Arme gefallen bist, das wird ihn wahnsinnig machen.«

Vasquez griff das Ende von Rosalinds Zopf, wand ihn um ihren Hals und riss ihn hoch, dass sie auf Zehenspitzen stehen musste. Dann beugte er sich ganz nah zu ihr. »Dein Leben gehört mir! Sei froh, dass du mir lebend mehr einbringst als tot. Für euch beide kriege ich in Port Royal einen guten Preis.«

Rosalind schloss die Augen vor dem Ungeheuer. Das hier war es, was sie von Alexandre erwartet hatte. Der jedoch hatte sich auf ihre Bedingungen eingelassen und war bemüht gewesen, sich wie ein Gentleman zu verhalten. Vasquez indes würde nicht einmal so tun als ob.

»El Capitán!« Einer der Piraten vom Batteriedeck trat vor, aus dessen Mund sich ein ganzer Schwall Spanisch ergoss. Er hätte ein jüngerer Bruder von Vasquez sein können, grimmig und verderbt in einem schmutzigen, ehedem weißen Hemd und einer engen schwarzen Hose. Andere Piraten in der Nähe nickten und stellten sich zu ihm. Von unter Deck kamen noch mehr herbei und gesellten sich hinzu, bis sie alle einen lärmenden Haufen bildeten.

Vasquez lachte. »Soll ich dir sagen, was sie wollen, *chérie?* Sie wollen dich.«

Rosalind schluckte gegen den Druck ihres Zopfes auf ihrer Kehle an. Sie senkte den Blick vor der geifernden Meute.

»Meine Männer bestehen darauf, dass ich dich ihnen überlasse. Ich habe ihnen gesagt, es wäre viel klüger, dich zu verkaufen und den Erlös zu teilen. Sie glauben aber nicht, dass du genug Gold bringst, dass es den Verzicht lohnte.«

Vasquez wickelte den Zopf wieder von Rosalinds Hals, löste das Band und wand ihre Haare auf. Dabei zog und zerrte er daran, dass es wehtat. Schließlich hatte er ihre klammen Locken befreit, die im Wind flatterten. Dann packte er sie und riss sie herum, um sie seiner Mannschaft zu zeigen.

»Es liegt bei dir, *chérie*«, zischte er ihr ins Ohr. »Du musst ihnen zeigen, wie viel du wert bist. Nur du kannst sie überzeugen, was für einen hohen Preis du uns bringst.«

»Und wie soll ich das tun, *mon Capitaine?*« Rosalind sprach kühl und gelassen, ohne auch nur durch ein Wimpernzucken zu erkennen zu geben, wie unendlich verzweifelt sie war.

Vasquez antwortete, indem er die Finger in die Schultern ihres Kleides krallte und den Taft am Rücken bis zur Taille hinab auseinanderriss. Dann zog er mit einem Schwung das Oberteil hinunter und hob ihre Arme zu beiden Seiten hoch. Rosalind wollte sich seinen Händen entwinden und schüttelte den Kopf, damit ihr das Haar über die Brüste fiel. Die Piraten johlten zustimmend, pfiffen und klatschten in die Hände. Vasquez rief ihnen etwas zu. Sie antworteten mit Kopfnicken und noch mehr Grölen.

»Gut gemacht, *chérie*. Wir sind uns alle einig.« Er leckte an ihrem Ohr, und sein fauliger Atem schlug ihr entgegen. »Denk dran: Wenn ich nicht wäre, würden sie über dich herfallen wie die Schmeißfliegen über einen Misthaufen. Ich bezweifle, dass du lange genug überleben würdest, um mehr als ein Dutzend von ihnen zu beglücken.«

Er schob Rosalind vor sich her die Treppe hinunter und stieß sie durch eine Tür. Sie stolperte in die Kajüte und sank auf den Boden, das Haar über die entblößten Brüste gerafft und die Arme fest verschränkt. In der Kajüte stank es entsetzlich nach ungewaschenem Fleisch und verrottendem Essen. Kakerlaken huschten zwischen den Überresten einer Mahlzeit auf einem kleinen Tisch in der Ecke herum. Eine Hängematte war zwischen den Spundwänden an Steuerbord gespannt, in der ein unordentlicher Haufen von schmutzigen Decken lag.

Der große hagere Pirat trug Beatrice wie einen Sack Getreide auf der Schulter herein. Er raunte Vasquez eine Frage zu. Der nickte stumm zur Hängematte hin, in die der Pirat Beatrice fallen ließ. Das Mädchen gab keinen Laut von sich, und die Arme hingen schlaff zu den Seiten hinab. Rosalind betete, Beatrice möge bloß ohnmächtig sein, statt in ein tödliches Koma gefallen. Sie wagte nicht, Vasquez' Aufmerksamkeit auf das hilflose Mädchen zu lenken, indem sie irgendetwas tat.

Vasquez nahm ein Messer aus dem Durcheinander auf dem Tisch. Dann stellte er sich vor Rosalind und tippte ihr mit der flachen Klinge auf die Nase.

»Du wirst feststellen, dass ich ein strenger Gebieter bin, *chérie.*« Er drehte sich um, wühlte in einer Kiste, die aufrecht an der Spundwand stand, und schleuderte ein dickes rotes Stoffbündel aufs Bett. »Zieh das an.«

Rosalind zögerte. Vasquez' Hand knallte an ihren Hinterkopf.

»Mach schon, du dämliche Schlampe!«

Rosalind hatte Mühe aufzustehen. Sterne tanzten vor ihren Augen, als sie einen Zipfel des Stoffes hochhob. Es handelte sich um Seide in einem so dunklen Rot, dass Rosalind an Granat denken musste – und an Blut. Der Stoff war über und über mit winzigen Blumen in Gold und Silber bestickt. Alte Flecken und abgestandener Tabakgestank trübten den Eindruck des kostbaren Materials. Eine lange Kette aus dicken Perlen, in die zwei schwere goldene Armreifen verschlungen waren, fiel aus dem Bündel. Rosalind starrte sprachlos auf das Dirnenkostüm und fragte sich, wie viele Frauen es wohl schon getragen hatten und was mit ihnen geschehen war. Angewidert ließ sie den Stoff los und wischte sich die Hand an ihrem Rock ab.

Vasquez setzte sich an den Tisch in der Ecke und griff nach einer halbleeren Flasche darauf. Mit den Zähnen zog er den Korken aus der Flasche und spuckte ihn beiseite. Dann schenkte er sich einen Krug voll ein. »Mach dich hübsch für mich, *chérie.*«

Rosalind zwang sich, ihn anzusehen. Im helleren Licht war seine Narbe noch widerlicher. Seine Augen waren schmierig braun, sein schwarzes Haar fettig, die Hände schmutzig mit kurzen, dicken Fingern und abgebrochenen Nägeln, unter denen Dreck und Schlimmeres klebten. Sie erschauderte.

»S'il vous plaît, mon Capitaine. Meine Schwester ist krank. Ich glaube, sie hat Fieber. Man sollte sich um sie kümmern.«

»Um mich auch, chérie. Mach mich glücklich, dann sehen wir nach deiner Schwester.«

Rosalind hatte das Gefühl, ein Déjà-vu zu erleben. Sie befand sich zum zweiten Mal in derselben Situation, nur dass sie diesmal weit grausamer behandelt wurde. Mit zitternden Fingern löste sie die letzten Haken, die ihr Kleid noch zusammenhielten, und ließ es fallen.

»Und den Rest auch«, befahl Vasquez.

Rosalind gehorchte und legte das Korsett und die Pumphosen ab. Ihre Wangen glühten, und nur noch ihr langes Haar schützte sie vor den Blicken des Piraten.

Vasquez stieß einen leisen Pfiff aus. »Was für ein schöner Anblick. Eine Engländerin in nichts als ihren Schuhen und Strümpfen. Sieh mich an, *chérie.*«

Rosalind rührte sich nicht. Wenn sie den Kopf hob, würde ihr Haar nach hinten fallen. Sie fragte sich, ob man tatsächlich vor Scham sterben könnte.

Ungeduldig hackte Vasquez sein Messer in die Tischplatte. »Ich sagte, sieh mich an!«

Rosalind richtete sich auf. Ihr Haar glitt über ihre Schultern nach hinten. Nur wenige goldene Strähnen hingen noch wie eine Girlande über ihren Brüsten.

Vasquez nickte. »Gefällt mir. Gefällt mir sehr gut.«

Die Zeit kroch in vollkommener Stille dahin. Rosalind fühlte buchstäblich, wie die schlammig braunen Augen ihren ganzen Körper abwanderten.

»Und jetzt zieh das Kleid an.«

Unsicher stieg sie in das fremde Kleid. Sie ekelte sich vor den vielen Flecken, von denen sie sich nicht einmal ausmalen mochte, woher sie stammten. Der Seidenstoff schmiegte sich eng an ihre Brüste und Hüften, so eng, dass sie sich darin fast noch ungeschützter fühlte als nackt. Der Rock war hoch geschlitzt und klaffte bei jedem Schritt bis zu ihrem Oberschenkel auf. Rosalind errötete noch mehr, und Tränen stiegen ihr in die Augen. Hilflos zupfte sie an dem Kleid, um sich wenigstens so weit zu bedecken, wie es ging. Vasquez lachte.

»Du wirst eine feine Hure abgeben, *ma fille*. Reif und süß und pflückbereit.« Er rülpste und hielt sich die Hand vor den Mund. »Jetzt den Schmuck.«

Rosalind legte einen Armreif an jedem Handgelenk an. Ihre Haut wärmte das kalte Gold. Um wie viel lieber wären ihr die rostigen Eisenringe gewesen, die man ihr auf Alexandres Brigantine umgelegt hatte. Als Letztes kam die Perlenkette, die schwer in das Tal zwischen ihren seidenbedeckten Brüsten sank und den Stoff noch zusätzlich straffte.

»Gut. Sehr gut. Komm her.« Vasquez klopfte sich auf den Schenkel.

Rosalind senkte den Blick und konnte vor lauter Tränen kaum mehr etwas erkennen. Alexandre hatte sie gewollt, aber er behauptete voller Stolz, stets dafür zu sorgen, dass die Damen es genossen. Hätte sie sich nicht von ihm abgewandt, vielleicht wäre sie von ihm in noch größere Genüsse eingeführt worden … Sie schüttelte den Kopf, um das seltsame Verlangen zu vertreiben, ein Verlangen, das jeder Vernunft spottete.

Vasquez musste es als Ablehnung gedeutet haben, denn er packte ihre Hand und riss Rosalind grob auf seinen Schoß. Im Licht der Laterne sah er erst recht wie ein Unhold aus, als er seine tabakfleckigen Zähne zu einem Grinsen bleckte. Vor Angst und Erschöpfung stand Rosalind kurz vor einer Ohnmacht. Als sie schwankte, schlang Vasquez einen Arm um ihre Taille und drückte sie an seine Brust.

»Dem eitlen Gecken eine Frau aus dem Bett zu rauben, sie hier bei mir zu haben, während der große *Ange Noir* über ihren Verlust tobt …« Vasquez schüttelte langsam den Kopf. »Das ist zu viel. Ich habe auf diesen Tag gewartet, von ihm geträumt, ja, sogar für ihn gebetet. Endlich ist er da.«

Er zog das Messer aus der Tischplatte, betrachtete es und strich mit der flachen Klinge Rosalinds nackten Arm hinauf und hinunter. Sie hielt ganz still und verweigerte ihm die Befriedigung, ihre Todesfurcht zu zeigen.

»Welche Farbe hat dein Blut, *chérie?*«

»W-wie bitte?«

»Ich fragte, welche Farbe dein Blut hat.«

»Rot, *mon Capitaine*. Wie das aller Menschen.«

»*Mais non*. Mein Blut ist rot. Das Blut meiner Männer ist rot. Ich habe genug von beiden gesehen, um es zu wissen. Aber die Engländer, und die Franzosen, hol sie der Teufel ...« Vasquez ließ sein Messer fallen, griff nach dem Krug, trank einen großen Schluck und donnerte das Gefäß wieder auf den Tisch. »Ihr Blut ist feiner, reiner und wertvoller als das meiner Leute.«

Er schleuderte den Krug beiseite, packte das Messer und drückte es auf Rosalinds Arm, wenn auch nicht so fest, dass er sie schnitt. Tränen liefen ihr über die Wangen, Tränen der Angst und Verzweiflung.

»Werde ich dein Blut sehen, *chérie?* Oder ist mir der arrogante Bastard auch bei diesem Schatz zuvorgekommen?«

Rosalind schüttelte verwirrt den Kopf. »*Non, mon Capitaine*. Er hat mich nie verletzt.«

»Ich meinte diesen Schatz!« Seine Hand glitt ihren Bauch hinab. Rosalind presste die Schenkel zusammen und befreite sich von ihm. Vasquez zielte mit dem Messer auf sie.

»Komm hierher!« Langsam stand er auf, und seine Züge verfinsterten sich. »Also? Hatte er dich oder nicht?«

Rosalind stand ihm gegenüber und rang nach Luft. Sie wusste nicht, was klüger war: zu leugnen, dass Alexandre sie vergewaltigt hatte oder zu behaupten, dass sie keine Jungfrau mehr war. Mit blutunterlaufenen Augen starrte er sie an und schien nur darauf zu warten, dass sie ihn belog. Da Rosalind ihrer Stimme nicht traute, schüttelte sie nur stumm den Kopf.

»Noch Jungfrau? Verdammt.« Vasquez stieß einen ganzen Schwall spanischer Flüche aus. »Sei froh, dass ich das Geld brauche, *chérie*, sonst würdest du längst auf dem Rücken liegen.«

»Ihr meint, Ihr werdet nicht …«

Er warf sein Messer in die Ecke, trat hinter sie und zog ihre Hüften an seine. Dann rieb er sich an ihr und lachte ihr dabei ins Ohr.

»Ich kann dich benutzen, wie ich will, und dich trotzdem Jungfrau bleiben lassen. Die Freudenhäuser zahlen sogar mehr für ein Mädchen, das ein paar Kniffe beherrscht.« Er legte beide Hände auf ihre Brüste und drückte sie zusammen, dass sich die Perlen schmerzhaft in ihre Haut bohrten. »Vielleicht bekomme ich genug für deine Schwester, um dich eine Weile zu behalten. Das würde dir doch gefallen, oder?« Er drückte noch fester, und Rosalind schrie vor Schmerz auf. »Sag, dass es dir gefallen würde!«

»Oui, mon Capitaine«, antwortete sie in einem erstickten Flüstern.

»L'Ange Noir hat dich vor mir versteckt.« Vasquez hauchte die Worte in ihr Ohr. »Das heißt, du bist ihm etwas wert, und ich frage mich, wie viel.« Er riss sie herum und drückte sie gegen die Spundwand. Dann musterte er sie mit zusammengekniffenen Augen. »Wer bist du, kleine Engländerin?«

»Rosalind Brooks. Ich … ich bin eine Lehrerin.«

Vasquez betrachtete sie eine Weile, dann grinste er. »Lüg mich nicht an«, raunte er und strich ihr mit dem Finger über den Hals. »Du willst doch hübsch bleiben, oder etwa nicht?«

Rosalind hatte Mühe, ihre Stimme möglichst ruhig klingen zu lassen. »Ich bin Rosalind Brooks. Ich unterrichte Englisch in Jamaika.«

Lachend schüttelte Vasquez den Kopf. »Egal, kleine Rosa. *L'Ange Noir* kommt dich holen. Ihm bleibt nichts anderes übrig, denn er wird nicht damit leben können, dass ich ihm eine Frau weggeschnappt habe.« Er sah in die Ferne und grinste hämisch. »Er kommt. Und dann töte ich ihn.«

Vasquez hob Rosalinds ruiniertes Kleid auf. »Aber zuerst werde ich ihm beibringen, dass er ein Narr war, mich zu belügen. Er wird das hier an meinem Hauptmast flattern sehen.« Er griff nach der Perlenkette und wickelte sie um seine Faust, bis Rosalind keine Luft mehr bekam. »Meine neue rote Flagge, getränkt mit deinem hübschen englischen Blut!«

Rosalind schrie und kämpfte gegen die würgenden Perlen. Das Rauschen in ihren Ohren wurde zu einer donnernden Dunkelheit, die sie verschluckte.

Kapitel 9

Das beständig schlechter werdende Wetter passte zu Alexandres Stimmung. Er stand am Bug seines Schiffes und starrte angestrengt in die Dunkelheit. Kalter Dunst durchnässte ihm das Hemd, das schon klamm an seiner Haut haftete. Der Wind heulte in den Segeln, und die dichten Wolken, die den Mond bedeckten, versprachen noch mehr Regen. Seit vier Stunden jagte Alexandre *La Fortuna* und hatte sie immer noch nicht eingeholt. *L'Etoile du Matin* war so schnell, wie es eine Brigantine sein konnte, doch mit dem Gegenwind und der vollen Ladung von der *Bird of Paradise* an Bord konnte sie nicht mit *La Fortuna* mithalten. Alexandre hieb wütend mit der Faust auf die Reling und verfluchte das Schicksal, das Vasquez zu bevorzugen schien.

Yves kam zu ihm. »Wenn wir ihn nicht erwischen, bevor er an den Riffen vorbei ist, müssen wir ihn ziehenlassen.«

»Wir erwischen ihn. Gott und der Teufel können nicht beide gegen mich sein. Einer von beiden wird uns helfen.«

»Was ist, wenn wir dabei in Sichtweite der Marinepatrouillen kommen? Nur das Kopfgeld, das auf uns ausgesetzt ist, könnte sie davon abhalten, uns auf der Stelle zu versenken.«

Alexandre blickte finster vor sich hin. »Du redest zu viel, *mon ami*. Trimm die Segel.«

»Wie Ihr wünscht. Die *Diabolique* wäre besser gewesen, um ihn zu jagen.«

»Was die Geschwindigkeit angeht, *oui*, aber nicht, um diesen üblen Abschaum auf den Meeresgrund zu versenken.«

Alexandre starrte weiter in die Nacht hinaus. Er hätte längst etwas dagegen unternehmen sollen, dass Vasquez sich in der Karibik herumtrieb. Das Schwein drangsalierte englische und französische Schiffe mit einer Inkompetenz, dass man sich unweigerlich fragte, warum seine eigene Crew ihn noch nicht zu den Haien geworfen hatte. Alexandre verfluchte sein Verlangen nach Rosalind, das ihn ungeduldig gemacht hatte. Wäre er bei klarem Kopf gewesen, hätte er Vasquez zufriedenstellen können, indem er ihm den Engländer aushändigte und die beiden Frauen für sich behielt. Damit jedoch hätte er Rosalind bewiesen, dass er das Monster war, für das sie ihn hielt.

Neben seiner unbändigen Wut hatte er vor allem eine furchtbare Vorahnung. So viel er auch darum gäbe, Rosalind ihren süßen kleinen Hintern zu versohlen, bis sie um Gnade bettelte, es wäre ihm weit lieber, wenn er sie in seine Bettdecken gehüllt sähe. Und diese unerwünschten Regungen von Fürsorglichkeit zerrten an seinen Nerven. Welchem Wahn war er verfallen, dass er bereitwillig eine Schlacht mit einem Zwanzig-Kanonen-Schoner riskierte, um eine Engländerin zu retten, die ihm nichts als Scherereien machte? Die Engländer waren seine Erzfeinde, immer schon gewesen, seit jenem Tag, als die englischen Freibeuter sich erdreisteten, die *Eugenie* anzugreifen. Schlechtes Wetter und der Teufel selbst hatten dafür gesorgt, dass sie damals die Schlacht gewannen. Alexandre fluchte, als die Erinnerung zurückkehrte, die ihn auf ewig mit Schmerz erfüllen würde. Lieutenant Sans Souci, ein perfektes Beispiel dafür, warum Gott die Bestialität verbot, hatte das Ruder ergriffen und eine kleine Auseinandersetzung in eine von vornherein verlorene Schlacht verwandelt. Zur Hölle mit ihm! Aber dank der hervorragenden Beziehungen seiner Familie saß er heute in Paris und schlürfte Wein mit der C*rème de la crème* der Gesellschaft, während Alexandre sich inmitten des Abschaums dieser Erde viel zu weit weg von zu Hause versteckte.

Er wandte sich von der Reling ab und hielt die Hände über die Ohren. Die Schreie verfolgten ihn bis heute, die Schreie der Seeleute, die starben, weil er nicht die Courage gehabt hatte, Sans Souci zu töten, als die Gelegenheit da war. Achtzig Mann ließen ihr Leben, die *Eugenie* war zu Kleinholz zerlegt, und alles, weil er einen Augenblick zu lang gezögert hatte. Er hob das Gesicht in den nun einsetzenden Regen und hoffte, er möge den Schmerz lindern, der sich wie ein Messer in sein Herz bohrte. Heute zögerte er nicht mehr. Nicht mehr, wenn der Anblick eines englischen Schiffes dafür sorgte, dass jene Schreie durch seinen Kopf hallten. Der Klang von Kanonenfeuer konnte sie übertönen, wenngleich bloß für eine kurze Weile. Und dann musste er ein neues Ziel finden und wieder von vorn anfangen.

»*Mon Capitaine?*« Yves stand da und beobachtete ihn sorgenvoll.

Alexandre versuchte, möglichst ruhig zu sprechen und sich seine kochende Wut nicht anmerken zu lassen. »Was gibt's?«

»Die *Diabolique* hat so viel aufgeboten, wie sie kann. Wir brauchen Rückenwind, sonst …«

»Der Wind wird sich drehen.« Alexandre zog das Messer aus seinem Stiefel, wandte sich um und hielt es in den Sturm.

»*Vive la France*, verdammt! Für Frankreich! Für den Ruhm, der uns gebührt hätte!«

Yves legte ihm eine Hand auf die Schulter. »*Mon ami*, geht hinein. Ich sage Euch Bescheid, sowie es Neuigkeiten gibt.«

Alexandre sah wütend in den Himmel, über den der Wind die dunklen Wolken jagte. »Ich kann sie hören, Yves.«

»Ich weiß.« Umgeben von alten Geistern standen sie da. »Geht jetzt, *mon ami*. Denkt daran, wie Ihr *La Fortuna* versenken werdet. Vasquez ist ein Tier, aber selbst Ratten können manchmal schlau sein.«

Die Stimme der Vernunft sagte Alexandre, dass Yves recht hatte – wie immer. Wenn er darauf bestand, solche Risiken für eine kleine Milchmagd einzugehen, sollte er zumindest eine richtige Strategie erarbeiten. Mit einem Kopfnicken wandte er sich ab und ging durch den strömenden Regen in seine Kajüte. Drinnen zog er die Stiefel aus, streifte die nassen Kleider ab und wollte sich frische nehmen. Plötzlich hielt er inne und dachte an das lächerliche englische Kleid, das Rosalind angehabt hatte. Ob sie es noch trug? Oder hatte Vasquez es bereits vernichtet, zusammen mit Rosalinds Unschuld, ihrem Geist und vielleicht sogar ihrem Leben? Nicht einmal sie wäre klug genug, Vasquez seine niederen Absichten auszureden.

Alexandre warf sich auf sein Bett. Er wünschte, Rosalind würde neben ihm liegen. Und er bereute, morgens gezögert zu haben, statt sie zu nehmen und dazu zu bringen, dass sie für alle Stimmen taub war außer für ihre eigene, die in vollkommener Ekstase seinen Namen rief. Narr! Sie hatte ihn abgewiesen, ihn ausgelacht, ihn beinahe geschlagen, ihn tatsächlich an den Haaren gezogen und alles zur Verteidigung dieser dünnen kleinen Maus, die gewiss in Ohnmacht gefallen wäre, hätte er sie noch etwas länger geküsst. Nein, Schwester Beatrice hätte ihm gewiss kein echtes Vergnügen bereitet. Erleichterung, ja, aber keine Befriedigung. Die hätte er erst, wenn Rosalind wieder in seiner Gewalt war.

Und dennoch … Und dennoch … Trotz aller Wut konnte Alexandre nicht leugnen, dass er sie bewunderte. Seine kleine Milchmagd hatte eine unglaubliche Courage. Zu ihrem Pech war Courage allerdings keine Tugend, die Vasquez an einer Frau schätzte. Wie lange würde sie es schaffen, sich die stinkenden, versoffenen Ratten vom Leib zu halten, die er seine Mannschaft nannte? Abschaum wie die sahen eine so goldene Vollkommenheit bestenfalls einmal in ihrem jämmerlichen Leben. Und sie alle würden sie haben wollen, von dem, was die arme kleine Beatrice erwartete, ganz zu schweigen. Rosalinds einzige Hoffnung bestand darin, dass sie Vasquez zwischen sich und seine Mannschaft brachte.

Alexandre zog sich eine saubere Hose an, setzte sich mit einer Flasche Rum hin und versuchte nachzudenken. *La Fortuna* besaß mehr Kanonen und mehr Segel, aber Vasquez war ein langsamer, ungeschickter Taktiker. Seine Männer waren undiszipliniert und zu faul, sich mit der Geschwindigkeit zu bewegen, die nötig war, wenn sie ihr Leben retten wollten. Bei Tagesanbruch wäre *L'Etoile du Matin* zu sehen, und von da ab hatte Vasquez alle Zeit, die er brauchte, um sich bereit zu machen. Alexandre überlegte mögliche Strategien. Es gab zweierlei zu tun, und zwar in der richtigen Reihenfolge: Er musste Rosalind von Vasquez' Schiff holen und es anschließend versenken. Er stand auf und ging in der Kajüte herum, doch seine Gedanken kehrten ständig zu Rosalind zurück. Er dachte daran, wie sie Henri angegriffen und entwaffnet hatte, mit welcher Freude sie Alexandre provozierte und an die schneidende Kälte in ihrer Stimme, als sie ihm Feigheit vorwarf, weil er sich an einem Mädchen wie Beatrice vergriff. Wer war sie? Keine gewöhnliche Lehrerin konnte so furchtlos und kämpferisch auftreten.

Alexandre nahm die Flasche mit an seinen Sekretär und drehte die Flamme in seiner Öllampe höher. In der obersten Schublade lagen die Schiffspapiere von der *Bird of Paradise*. Er blätterte die Dokumente durch und sichtete die Aufzeichnungen von Captain Harris, ob irgendwo Miss Rosalind Brooks erwähnt wurde. Ein Bogen edlen Briefpapiers fiel heraus und flatterte zu Boden. Alexandre hob ihn auf und las den Brief.

»Mein lieber William,

Sorgt bitte dafür, dass Lady Rosalind Hanshaw sicher und wohlbehalten in Jamaika ankommt. Ich weise Euch darauf hin, dass sie meine Verlobte ist und ich höchst unerfreut wäre, sollte ihr auch nur das Geringste zustoßen. Nach erfolgreicher Ankunft in Jamaika geleitet Lady Rosalind bitte direkt bis zum Jasmine Court. Meine Agenten werden Euch für Eure zusätzlichen Mühen angemessen entschädigen.

Hochachtungsvoll,

Edward Murdock«

Alexandre las den Brief ein zweites, dann ein drittes Mal. Zunächst staunte er, dann musste er lachen. Er warf den Kopf in den Nacken und lachte schallend los. Eine einfache Lehrerin, ja? Er hatte doch gleich gewusst, dass das Unsinn war. Rosalind war viel zu schön, viel zu elegant, selbst in ihrem *déshabillé*. Alexandre lehnte sich zurück und empfand einen wohltuenden Triumph. Rosalind hatte sich solche Mühe gegeben, es vor ihm zu verbergen! Aber warum? Weshalb verheimlichte Rosalind ihm ihre wahre Identität? Und was veranlasste sie, sich allein und schutzlos in die gefährliche Karibik zu begeben?

Als wäre all das noch nicht mysteriös genug, sollte sie auch noch ausgerechnet Murdock heiraten! Das war unglaublich und unsagbar günstig. Ein weiterer Triumph stand ihm bevor, und jetzt war endgültig klar, dass er Rosalind zurückholen musste. Nun, da er ihr Geheimnis kannte, würde er ihren letzten Widerstand brechen. Er würde Rosalind verführen, dass sie ihm mit Leib und Seele gehörte. Und dann würde er sich von Murdock fürstlich dafür entlohnen lassen, dass er sie ihm zurückgab.

Alexandre blickte grinsend auf den Brief. Die wohlbehaltene Rückkehr von Murdocks Verlobter wäre die größtmögliche Gefälligkeit, die Alexandre Murdock erweisen könnte, und dafür musste er teuer bezahlen. Bisher war es lediglich darum gegangen, die Schiffe von Murdocks Konkurrenten zu versenken und als Gegenleistung die Beute zu behalten. Jetzt aber ging es um Rosalind. Alexandre lachte leise vor sich hin. Murdock schätzte sie vielleicht immer noch und glaubte womöglich, *L'Ange Noir* würde sich nicht trauen, seine Verlobte anzufassen. In der Hochzeitsnacht dann würde er die Wahrheit erfahren, nämlich, dass das Juwel von Rosalinds Unschuld bereits geraubt worden war.

Alexandre legte die Papiere in seinen Sekretär zurück und eilte hinaus an Deck. Yves stand auf dem Achterdeck. Als er Alexandres hochzufriedenes Gesicht sah, lächelte er fragend.

»Gute Neuigkeiten, *mon Capitaine?*«

»*Mais oui.* Fürwahr gute Neuigkeiten.« Alexandre ging zu

ihm. »Unsere kleine Lehrerin ist in Wirklichkeit Lady Rosalind Hanshaw, die das Pech hat und den schlechten Geschmack besitzt, die Verlobte von niemand geringerem als Edward Murdock höchstpersönlich zu sein.«

Yves wirkte sehr erleichtert. »*Très bien.* Dann können wir diese wahnwitzige Jagd abbrechen und Vasquez den freundlichen Rächern Murdocks überlassen.«

»Du fauler Hund! Siehst du denn nicht, welche Chance sich uns hier bietet? Murdock wird für immer in unserer Schuld stehen, wenn wir seine zukünftige Braut retten.«

»Und das ist gut?«

»*Certainement!* Es ist höchste Zeit, dass der arrogante britische Krämer daran erinnert wird, wie viel er mir schuldig ist.«

»Weit günstiger wäre es, Murdock wissen zu lassen, wer seine kleine *chérie amie* hat. Soll Murdock doch seine Schiffe und Männer aufs Spiel setzen, um sie zurückzuholen. Vasquez wird hängen, und das Problem ist gelöst, ohne dass es uns etwas kostet.«

»Kostet? Ist das alles, worum es dir hierbei geht? Ein paar Pistolen und Dublonen hier und da?«

Yves zuckte mit den Schultern. »Ich bin ein Pirat, *mon Capitaine.* Das ist das Einzige, was für mich zählt.«

Alexandre blickte auf die hohen Wellen, und die Wut, die immerzu in ihm brodelte, drohte, sich in blanken Zorn zu verwandeln. Vasquez zu töten, dafür zu sorgen, dass Murdock ihm auf immer verpflichtet wäre, und vor allem, Rosalind wieder auf seinem Schiff, in seiner Gewalt zu haben und zu wissen, wer sie wirklich war …

»Ich will sie zurück. Ich will Vasquez bis Sonnenuntergang

tot sehen. Und du wirst das Vergnügen haben, jede einzelne Pistole und Dublone von Vasquez' Schiff abzuräumen.«

Yves schüttelte den Kopf. »Ihr wisst, dass ich tue, was Ihr sagt, *mon ami*. Darf ich noch einen letzten Gedanken äußern, *s'il vous plaît?*«

»Es sieht dir nicht ähnlich zu bitten.«

»Und es sieht Euch nicht ähnlich, Zeit und Vorräte für die Jagd nach einem Mädchen zu verschwenden, das Euch mehr Ärger einbringt als es wert ist.« Yves legte ihm die Hand auf die Schulter. »Ihr könnt unsere toten Seeleute nicht wieder lebendig machen, indem Ihr noch mehr auf dieselbe Weise zu Tode kommen lasst. Vasquez ist keinen einzigen Tropfen französischen Blutes wert. Ebenso wenig wie Murdock. Oder sie.«

Alexandre kniff die Lippen zusammen. »Bleib auf Kurs. Wenn der Wind es gut mit uns meint, werden wir die Entfernung bis zum Morgengrauen halbiert haben.«

Yves salutierte ihm ernst. *»Immédiatement, mon Capitaine.«*

Alexandre drehte sich um und ging zurück in seine Kajüte. Aus Gewohnheit nahm er den Schlüssel vom Haken, schloss seinen kleinen Schrank auf und hielt inne. Kein Brandy. Der würde ihn bloß an den Geschmack ihrer Lippen erinnern. Er streckte sich stattdessen auf dem Bett aus und legte einen Arm über seine Augen. Yves sehr vernünftige Warnungen setzten ihm zu. Er hätte es vorgezogen, wenn Yves seine Begeisterung teilte und nicht nur seine Befehle ausführte.

Plötzlich nahm er einen zarten Duft wahr, der sich kaum gegen den Salzwassergeruch durchzusetzen vermochte. Alexandre hob den Kopf vom Kissen. Ihr Haar. Das musste der Duft von Rosalinds wunderbar goldenem Haar sein. Er dachte daran, wie es ausgesehen hatte. Wie Honig, der sich in Wellen über sein Kissen ergoss. Was würde er jetzt für diesen Anblick geben, dafür, Rosalind noch einmal in seinen Armen zu halten. Er setzte sich auf, lehnte sich an die Spundwand und drückte sich das Kissen an die Brust. Allein der Gedanke an sie reichte schon, seinen Puls zu beschleunigen und sein Blut in Wallung zu bringen. Diese Ablenkung konnte er nicht gebrauchen, und doch widerstrebte es ihm, das aufzugeben, was sie beide so offensichtlich verband.

Er war noch nie einer Frau begegnet, die auf dem Feld der Liebe derart gut bewaffnet antrat. Rosalind war so klug, so wohlgeformt, und ihre jungfräulichen Sinne warteten nur auf die Wonnen, die sie in seinen Armen erleben konnte. Was für ein Sieg, diese stolze, strenge, wilde Schönheit zu verführen und sie dazu zu bringen, ihn wider alle Vernunft zu lieben! Alexandre lächelte. Sein Kurs stand fest. Seine Gedanken waren klar. Er würde Rosalind von Vasquez zurückholen. Und dann würde er sich ganz der Aufgabe widmen, sie zu seiner ergebenen Sklavin zu machen.

Kapitel 10

Rosalind erwachte vom Lärm eines entsetzlichen Klirrens, bei dem ihre Schläfen vor Schmerz pochten. Die Augen schmerzten, als sie sie öffnen wollte. Sonnenlicht strömte durch ein Heckfenster in die Kajüte, und Rosalind hielt sich schützend die Hände vor die Augen. Ihr Hals war trocken, weshalb sie schlucken musste, was ihr ebenfalls Schmerzen verursachte. Sie fasste sich an den Hals und zuckte zusammen. Von den Perlen hatte sie einen ringförmigen Bluterguss. Sie trug immer noch die Kette, ebenso wie die goldenen Armreifen und das unanständige Kleid. Mühsam rappelte sie sich hoch und zog sich den roten Seidenstoff über die Beine. Jeder Muskel schmerzte, weil sie Stunden auf den kalten, klammen Schiffsplanken geschlafen haben musste, und ihr Haar hing zerzaust an ihr herab.

Rosalind blickte sich in der leeren Kajüte um. Keine Spur von Vasquez. Das war immerhin ein kleiner Segen. Sie rieb sich die Schläfen und versuchte, ihre Gedanken zu ordnen, was angesichts ihrer Schmerzen und der Erschöpfung schwierig war. Dennoch musste sie einen Plan fassen. Sollte sie versuchen, sich gegen Vasquez' nächsten Angriff zu wappnen, oder würde sie ihn dadurch bloß zu noch mehr Brutalität verleiten? Sie könnte ihm bestenfalls sagen, je mehr Spuren seine Misshandlungen an ihr zurückließen, umso niedriger würde der

Preis ausfallen, den er bekäme, wenn er sie in Port Royal verkaufte. Allein bei der Vorstellung wurde ihr übel vor Angst. Der Gedanke, dass sie von nun an ihren Unterhalt als Dirne verdienen müsste …

Wo war Beatrice? Rosalind drehte sich zu der Hängematte um. Da lag Beatrice, genau wie der Pirat sie hineingeworfen hatte. Rosalind stand auf und verzog das Gesicht, weil nun erst recht alles weh tat. Sie humpelte zur Hängematte hinüber und befühlte Beatrices Stirn mit dem Handrücken. Immer noch heiß. Das arme Kind brauchte wenigstens Wasser, und das dringend.

Plötzlich gab es draußen mehrere Explosionen, bei deren krachendem Lärm Rosalinds Kopf vor Schmerz zu zerplatzen drohte. Jetzt erst bemerkte sie das Durcheinander der vielen spanischen Stimmen an Deck, die die Kanonen noch übertönten. Die Kanonen. Alexandre! Gestern Abend war Vasquez sicher gewesen, dass Alexandre ihnen folgen würde. Sie konnte nur hoffen, dass es stimmte. Alexandre mochte nicht ehrbarer sein als Vasquez, aber wenigstens wütete er nicht wie dieser Wahnsinnige mit dem Messer.

Rosalind ging vorsichtig zur Kajütentür und öffnete sie einen Spalt. Als sie das grelle Sonnenlicht traf, schrie sie nochmals vor Schmerz auf. Blinzelnd erkannte sie ein Schiff unweit des Bugs an Backbord. Es war ein Handelsschiff, von dessen Hauptmast das oberste Drittel weggeschossen worden war. Die Segel hingen bis aufs Deck hinab. Rosalind suchte die beiden intakten Masten nach einer Beflaggung ab, die Aufschluss darüber gäbe, wessen Schiff es war. Am Kreuzmast entdeckte sie Mr. Murdocks Wappen. Das Schiff gehörte zu seiner Flotte! Wenn sie doch nur dorthin gelangen und dem Captain sagen könnte, wer sie war. Dann würde sie vielleicht befreit werden. Der entsetzliche Schmerz, der ihr beinahe den Kopf zu spalten drohte, sprach gegen den Versuch, zu dem anderen Schiff hinüberzuschwimmen. Die Kanonen der *Fortuna* feuerten wieder. Zwei Kugeln trafen das Handelsschiff an der Wasserlinie, eine weitere zerstörte den Hauptmast noch weiter. Rosalind senkte den Blick in der traurigen Gewissheit, dass diese Schlacht nicht zu ihren Gunsten enden würde.

»*Bonjour, chérie.*« Vasquez tauchte über ihr auf und kam die Stufen vom Achterdeck herunter. »Du bringst uns Glück. Ein feines, fettes, englisches Schiff, randvoll mit guter Ladung. Meine Männer werden recht froh sein. *Gracias a Dios!*«

Vasquez packte ihren Arm und zerrte sie hinaus ins Sonnenlicht. Rosalind zuckte zusammen.

»Bist du krank, *chérie?*«

»*Oui, mon Capitaine.* Meine Schwester …«

»Dann wirst du lieber schnell wieder gesund. Die Freudenhäuser zahlen nicht für Mädchen, wenn sie nicht arbeiten können.« Er schubste sie wieder in die Kajüte. »Putz meine Kajüte. Mach sie richtig sauber. Hinterher sehen wir weiter, was mit deiner Schwester ist.« Dann knallte er die Tür zu.

Rosalind schäumte vor Wut, und ihre Gedanken überschlugen sich. Auf keinen Fall wollte sie sich ausmalen, welches Schicksal die Seeleute auf dem Handelsschiff erwartete. Auf einmal fiel ihr etwas ein, bei dem ihr vor Entsetzen der Holzteller aus der Hand rutschte und scheppernd auf dem Boden landete. Vasquez hatte seine Piraten zunächst davon überzeugt, sie könnten einen höheren Profit erzielen, indem sie Beatrice und sie an ein Freudenhaus verkauften. Nun aber hatten sie ein englisches Handelsschiff gekapert. Sie waren reich, weil sie ein neues Schiff und dessen gesamte Ladung besaßen. Anstatt Rosalind und Beatrice für ein paar Extradukaten zu verschonen, könnten die Ungeheuer auf die Idee verfallen, ihren grotesken Appetit einstweilen an den unwilligen Opfern zu stillen. Rosalinds Angst, die sie auf der *Etoile du Matin* empfunden hatte, war nichts gemessen an dem unbeschreiblichen Grauen, das sie jetzt überkam.

Der Lärm an Deck ebbte ab. Rosalind hörte Vasquez etwas auf Spanisch rufen, dann eine bebende englische Stimme. Sie presste das Ohr an die Kajütentür. Jemand anderes antwortete knapp und mürrisch auf Englisch. Im nächsten Augenblick näherten sich schwere Schritte der Kajütentür. Rosalind sprang gerade rechtzeitig zurück, bevor die Tür aufflog. Der kleine bärtige Pirat namens Pedro fasste sie beim Arm und zerrte sie durch die Piratenmenge aufs Hauptdeck.

Vasquez lehnte am Hauptmast, paffte eine seiner stinkenden Zigarren und beobachtete das wilde Treiben an Bord des Handelsschiffes. Seine Mannschaft war drüben und übernahm das Schiff. Rosalind wandte sich von dem Spektakel ab und bemerkte, dass Vasquez sie anstarrte.

»*Chérie*«, sagte Vasquez. »Kennst du diesen englischen Hund?«

Zwei seiner Leute schleppten einen Mann herbei, den sie vor Vasquez auf die Knie warfen. Es war ein älterer Mann, der das braune Wolljackett und die Hose eines Gentlemans trug. Sein graues Haar war blutverklebt, ein Auge blau unterlaufen und angeschwollen. Fesseln hingen von seinen Handgelenken.

Rosalind schüttelte den Kopf. »*Non, mon Capitaine.*«

»Wie hieß dein Schiff und wer war der Captain?«

»Die *Bird of Paradise, mon Capitaine*. Der Captain hieß Harris.«

Bei der Erwähnung des Namens hob der Engländer den Kopf. »Hat sie Harris gesagt?«

Vasquez blickte zur Seite und sprach in einem schnellen Spanisch auf einen englischen Matrosen ein, der zitternd zwischen zwei Piraten stand. Der Matrose nickte.

»Captain Bellamy, Sir, Captain Vasquez sagt, unser Schiff ist nicht das erste englische, das er diese Woche kapert. Er sagt, er hätte erst gestern ein Schiff namens *Bird of Paradise* gekapert.«

Captain Bellamy lief tiefrot an und wandte das Gesicht ab, aber vorher sah Rosalind, dass ihm Tränen in die Augen stiegen.

»Matrose Walsh«, rief er, »sag dem widerlichen Stück Möwendung, dass er so gut wie tot ist. Ich weiß zufällig, dass einer der Passagiere an Bord Edward Murdocks Verlobte war, eine so schöne und liebliche Frau, wie Gott sie nur erschaffen kann. Mr. Murdock wird diesen von Skorbut zerfressenen Widerling bis ans Ende der Welt jagen.«

Rosalinds Herz setzte kurz aus. Verlobte? Mr. Murdocks Verlobte? Vor lauter Verwirrung bekam sie gar nicht mehr mit, was gesprochen wurde. Wie konnte dieser Captain Bellamy, ein vollkommen Fremder, wissen, dass sie Edward Murdocks Verlobte war, wo Mr. Murdock ihr noch nicht einmal einen offiziellen Antrag gemacht hatte? Ganz zu schweigen davon, dass sie noch nicht ja gesagt hatte. Rosalinds Verwirrung wich einer empörenden Gewissheit, denn es konnte nur eine einzige Erklärung geben: Mr. Murdock erdreistete sich, seine Absichten publik zu machen, bevor das Objekt selbiger seine Zustimmung gegeben hatte!

Rosalind zwang sich, nicht darüber nachzudenken, sondern sich auf die Szene zu konzentrieren, die sich hier vor ihr abspielte. Sie war in großer Gefahr und musste unbedingt verhindern, dass Vasquez auch nur dämmerte, wer sie war. Matrose Walsh sah von Captain Bellamy zu Vasquez und wieder zurück. Ihm widerstrebte es offensichtlich, Vasquez zu übersetzen, was Captain Bellamy gesagt hatte.

»Ich war auf dem Schiff!«, rief Rosalind hastig, und alle Augen richteten sich auf sie. Sie sprach Englisch, in der Hoffnung, dass Matrose Walsh und Captain Bellamy verstanden, was sie ihnen eigentlich sagen wollte. »Sie starb. Eine Kanone traf den Mast, und ein Holm fiel ihr auf den Kopf.«

Captain Bellamy blickte sie mit großen Augen an. Er schien sofort zu begreifen, und blankes Entsetzen legte sich über seine Züge.

»*En français*«, befahl Vasquez barsch.

Rosalind wiederholte ihre Worte auf Französisch, worauf Vasquez erst sie, dann Captain Bellamy ansah und erneut Matrose Walsh etwas sagte.

»Captain Bellamy, Sir, Captain Vasquez will wissen, wie viele Damen an Bord des Schiffes waren.«

Als Captain Bellamy schwieg, brüllte Vasquez einen Befehl. Pedro trat vor und wickelte Captain Bellamy ein Seil mehrmals um die Stirn. Er riss an dem Seil und zog es stramm, bis Captain Bellamy vor Schmerz aufschrie. Rosalind wollte etwas tun, sich eine Pistole greifen und dem abscheulichen Vasquez den Garaus machen.

»Bitte, Captain Bellamy«, flehte Matrose Walsh. »Er wird sich Zeit lassen, Euch zu töten.«

»Das wird er so oder so tun, mein Junge.«

Vasquez gab Pedro einen neuen Befehl und trat vom Hauptmast weg. Pedro zerrte Captain Bellamy auf die Füße und schob ihn an den Mast.

»Halt!« Rosalind packte Pedros Arm und zog daran. »Bitte, Captain Bellamy, sagt Ihnen doch, was sie wissen wollen. Ich ertrage es nicht zuzusehen, wie Ihr gefoltert werdet.«

Captain Bellamy sah sie unendlich traurig an. »Ist es wahr, Mylady? Hat dieser Abschaum Captain Harris getötet?«

Pedro versuchte, Rosalind wegzuschubsen, doch die duckte sich an ihm vorbei und klammerte sich an Captain Bellamys Jackett. »Nein! Die *Bird of Paradise* wurde von Black Angel angegriffen.«

»Gütiger Gott. Das ist ja noch schlimmer!«

»Captain Harris lebt! Black Angel hält nichts davon, die Gans zu schlachten, die goldene Eier legt.«

Captain Bellamy schien enorm erleichtert. »Gott schütze Euch, Teuerste. Ihr ahnt gar nicht, wie sehr mich Eure Nachricht tröstet. William Harris ist mein Schwager.«

Eine Faust griff in Rosalinds Haar und riss sie grob nach hinten. Vasquez zwang sie vor sich auf die Knie, ein böses Lächeln auf dem vernarbten Gesicht. »Erzähl mir von deiner Schwester, *Chérie*. Welche von euch soll den prächtigen Edward Murdock heiraten?«

Für Rosalind schwand in diesem Moment die letzte Hoffnung auf Rettung. Wenn sie wollte, dass Beatrice verschont wurde, musste sie die Wahrheit sagen. *»C'est moi, mon Capitaine.«*

Vasquez brach in heulendes Gelächter aus. Er stolperte hinüber zu Pedro und klopfte ihm kopfschüttelnd auf die Schulter. Lachend stieß er einen Schwall Spanisch aus. Pedro und die übrigen Piraten johlten und betrachteten Rosalind böse grinsend.

»Was ist los, Mylady?«, fragte Captain Bellamy.

»Nichts, Captain. Nichts, was er nicht ohnehin erfahren hätte. Ich kann nur hoffen, dass ich Euch damit einiges an Leid erspart habe.«

»Nein! Mylady, habt Ihr es ihm etwa gesagt?«

»Ich sagte ihm nur, dass ich die Verlobte bin, mehr nicht. Es ist noch ein Mädchen an Bord, das stark fiebert. Ich bete, dass es mir gelingt, sie lebend an Land bringen zu lassen.«

»*Chérie.*« Vasquez wischte sich die Augen und schlang einen Arm um sie. »Du hast mir mehr Glück gebracht, als ich mir in meinen wildesten Träumen erhoffte! Dieser Engländer Murdock, ist er wohlhabend?«

»*Oui, mon Capitaine.*«

»Wird er ein Vermögen zahlen, um dich wiederzusehen?«

»Dessen bin ich mir gewiss.« Natürlich würde er zahlen, denn durch die Vermählung mit Rosalind würde Murdock ihre Anteile an Hanshaw Shipping kontrollieren.

Vasquez wandte sich wieder an seine Mannschaft, und ihren Jubelrufen nach zu urteilen erzählte er ihnen, was für ein beträchtliches Lösegeld sie erwarten durften.

»Nun, *chérie*, du hast mir so viel Glück gebracht, dass ich mich in spendable Laune versetzt fühle. Ich werde dir eine Bitte gewähren. Du kannst alles bekommen, was du willst, ausgenommen deine Freiheit. Was soll es sein?«

Rosalind zögerte. Beatrice musste ärztlich versorgt werden, sonst könnte sie sterben. Andererseits war das Risiko für Captain Bellamy ungleich größer, in den nächsten Minuten sein Leben zu lassen.

»*Mon Capitaine*, lasst Captain Bellamy gehen. Ihr wollt ein Lösegeld für mich, also lasst ihn meinem Verlobten die Nachricht überbringen. Captain Bellamy hat mich selbst gesehen und kann meinem Verlobten bestätigen, dass ich wohlauf bin.«

Vasquez blickte zunächst finster drein, nickte aber schließlich. »*Très bien*. Du darfst es ihm selbst sagen.«

»*Merci beaucoup, mon Capitaine.*« Sie drehte sich zu Captain Bellamy um, als Vasquez sie zurückriss und an seine Brust drückte.

»Nichtige Worte, *ma fille*. Sie bedeuten nichts. Zeig mir, wie dankbar du bist.«

Er presste seinen Mund auf ihren. Rosalind hielt vollkommen still, um ihren Ekel zu verbergen. Lieber wollte sie sogar das ertragen, als dass sie riskierte, Vasquez wütend zu machen. Vasquez schob sie weg und runzelte die Stirn.

»Das musst du besser machen.« Er schubste sie zu Captain Bellamy. »Mach schon. Ich werde noch genug Zeit haben, dir beizubringen, was ich will.«

Rosalind schwankte leicht, schwindlig von ihren Kopfschmerzen und der fürchterlichen Aussicht auf Vasquez' »Lehre«. Sie befreite Captain Bellamy von dem Seil, das immer noch um seinen Kopf gewickelt war, warf es beiseite und wischte sich die blutigen Hände an ihrem Rock ab.

»Captain, wie es scheint, konnte ich eine Begnadigung für Euch erwirken. Ihr werdet Mr. Murdock die Lösegeldforderung übermitteln.«

»Aber, Mylady, ich kann Euch unmöglich …«

»Bitte, Captain, dies ist nicht die Zeit für Ritterlichkeit. Geht so schnell Ihr könnt.«

Captain Bellamy sank gegen den Mast und atmete langsam aus. »Mylady, ich finde keine Worte für die Tiefe meiner Dankbarkeit.«

»Dankt mir, indem Ihr den Familien der anderen Passagiere an Bord der *Bird of Paradise* Nachricht zukommen lasst. Beatrice Henderson ist hier bei mir. Lionel MacCaulay …« Rosalind biss sich auf die Lippe und holte tief Luft. »Ich fürchte, Mr. MacCaulay erlag den Wunden, die er sich zuzog, als er uns vor diesen Piraten retten wollte.«

»Mein Wort darauf, Mylady. Aber sagt, wenn Black Angel die *Bird of Paradise* kaperte, wie seid Ihr dann in die Hände dieser Piraten gefallen?«

»Das, Captain, ist eine sehr lange Geschichte. So Gott will, werdet Ihr eines Tages in London mit mir beim Tee sitzen, wo wir gemeinsam über die entsetzlichen Vorkommnisse lachen können.«

»Es wäre mir eine Ehre und ein Privileg.« Captain Bellamy verbeugte sich. Pedro und ein anderer Pirat kamen herbei und führten Captain Bellamy fort. Er rief Rosalind zu: »Gott schütze Euch, Mylady! Ihr werdet befreit werden!«

Rosalind rang sich ein Lächeln ab und sah zu, wie Piraten eines der Beiboote des Handelsschiffes herüberbrachten. Pedro bedeutete Captain Bellamy, in das Boot zu steigen und warf ihm einen Sack zu, von dem Rosalind hoffte, dass er Proviant enthielt. Captain Bellamy ruderte mit kräftigen Bewegungen gen Westen davon. Rosalind blickte ihm nach und wünschte von ganzem Herzen, sie dürfte am zweiten Ruder sitzen. Ein Leben war gerettet, zumindest vor Vasquez.

Kapitel 11

Alexandre stand in der Saling hoch oben auf dem Hauptmast. Von der kleinen runden Plattform aus hatte er einen sehr guten Blick mit dem Fernrohr. Es war ein herrlicher Morgen. Der Sturm hatte sich bei Tagesanbruch verzogen und einen strahlendblauen Himmel zurückgelassen. Alexandre blickte in alle vier Himmelsrichtungen, aber bis auf die *Diabolique*, die ein Stück weiter backbords mit ihnen segelte, war nichts zu sehen außer tiefblauer Karibik. Gar nichts. Keine Möwe, kein Delphin und kein Zeichen von Vasquez.

Alexandre nahm das Fernrohr herunter und rieb sich die müden Augen. All sein Können war nötig gewesen, *L'Etoile du Matin* und die *Diabolique* in der Nacht zusammenzuhalten. Hätten sie sich verloren, wäre ihnen nichts anderes übrig geblieben, als nach Martinique zu segeln und zu hoffen, dass das andere Schiff beizeiten eintraf. Die Karibik war nicht das größte Meer der Welt, aber allemal groß genug, um bei einem schweren Sturm vom Kurs abzukommen.

Sie segelten auf den Südzipfel Jamaikas zu, weiter und weiter weg von Alexandres bevorzugten Gewässern vor der Südostküste von Martinique. Je länger *L'Etoile du Matin* sich auf den gängigen Seefahrtswegen aufhielt und je näher sie einem der belebteren Häfen kam, umso höher war das Risiko, einem britischen Marineschiff zu begegnen. Zwar würde Alexandre den britischen Kommandanten mit Freuden zeigen, wie schnell und ausgezeichnet seine Kanoniere arbeiteten, aber er war nicht versessen auf eine Breitseite von einem der Flottenschiffe. Das Feuer aus den drei Kanonendecks eines britischen Marineseglers konnte die *Etoile du Matin* leicht mal eben zwei Masten kosten und ihren Rumpf zu Kleinholz machen. Und mit jeder Stunde, die verging, stieg die Wahrscheinlichkeit, dass Rosalind von Vasquez' Leuten misshandelt wurde. Spätestens bei Sonnenuntergang hätte Vasquez die von ihm so geschätzten Korallenriffe mit den unzähligen kleinen Inseln erreicht, zwischen denen er sich verstecken könnte wie eine Ratte in ihren Lieblingsabwasserkanälen. Hatte Alexandre ihn bis dahin nicht erwischt, war Rosalind für immer verloren.

Alexandre kletterte vom Mast und überprüfte das Schiff von vorn bis achtern. Jede körperliche Anstrengung war besser als das verdammte Warten. Er ging hinunter zum Hauptdeck und von da direkt zum Achterdeck. Der Navigator stand dort und blickte durch seinen Sextanten in die Sonne. Neben ihm machte der Schiffsschreiber seine Notizen. Yves war ebenfalls bei ihnen. Alexandre nahm dem Schreiber das Papier aus der Hand und überflog es. Die Aufzeichnungen entsprachen seinen eigenen kurz nach Sonnenaufgang. Er gab dem Schreiber das Blatt zurück und sprach mit dem Navigator.

»Nun, Maurice? Hast du eine Ahnung, wo wir sein könnten?«

Maurice klappte seinen Sextanten zusammen und räusperte sich. »*Mon Capitaine*, ich glaube, wir sind einige Meilen südlich vom Kurs abgekommen. Wenn wir nach Nord-Nord-West segeln, sollten wir bis Mittag bei den Riffen sein.«

»Wie groß ist die Chance, dass Vasquez auch vom Kurs abgetrieben wurde?«

»Schwer zu sagen, *mon Capitaine*«, antwortete Maurice achselzuckend. »Sollte er es geschafft haben, dem Unwetter voraus zu sein, hat ihn der Sturm vielleicht gar nicht erwischt.«

»Das war nicht, was ich hören wollte, Maurice.«

»Wenn er wie wir nach Süden abgetrieben wurde, *mon Capitaine*, holen wir ihn wahrscheinlich noch ein.«

Alexandre blickte hinauf in die Masten, dorthin, wo sich eigentlich die Segel blähen sollten. »Wie lange noch, bis die Segel fertig sind?«

»Höchstens eine Stunde, *mon Capitaine.*« Yves nickte zu den Männern, die auf dem Vorderdeck saßen und eifrig mit ihren großen Segelmachernadeln werkelten.

Wieder sah Alexandre zum leeren Horizont. Zu lange! Zu verdammt lange! Er hatte Mühe, seine Wut im Zaum zu halten. Seine Männer waren müde, weil sie die ganze Nacht gegen den Sturm gekämpft hatten, und das für nichts und wieder nichts. Erschöpfung und Pessimismus brachten Alexandre beinahe so weit, die Jagd abzublasen. Er fuhr sich mit den Händen durchs Haar. Es war durchaus möglich, dass sie Vasquez einholten, nur um zu erfahren, dass Rosalind ihm auf die einzig mögliche Art entkommen war, nämlich indem sie sich über Bord geworfen hatte und ertrunken war. Sollte das der Fall sein, stünde Alexandre wie der letzte Idiot da.

Er lehnte sich an die Reling und blickte ins Wasser hinunter. Allein die Vorstellung, dass Rosalind ertrunken sein könnte, war ihm unerträglich. Die Frau trieb ihn zum Wahnsinn, war unverschämt und bescherte ihm nichts als Ärger, aber zugleich war sie so wunderschön, so überwältigend und so zerbrechlich … Alexandre wandte sich nach Westen. Sie *musste* am Leben sein. Wenn sie die Nacht überlebt hatte, dann war sie irgendwo da draußen, Vasquez und seiner Crew ausgeliefert. Und sie war noch Jungfrau. Rosalind war die größte Verführungskunst, die größte Behutsamkeit wert, die ein Mann aufbringen konnte. Sie verdiente es, dass ihr erstes Mal zu einem größtmöglichen Vergnügen für sie wurde. Dazu war Vasquez unfähig. Er würde ihr weh tun und sich daran auch noch ergötzen. Dieser Gedanke traf Alexandre bis ins Mark. Zuzulassen, dass Vasquez Rosalind berührte, kam einer Entweihung gleich. Ebenso gut könnte man Nôtre-Dame als Viehstall freigeben. Alexandre war fast erleichtert, erneut wütend zu werden, denn das war immer noch besser als die vollkommene Hoffnungslosigkeit. Rosalind war da draußen, und er würde sie finden. Dann sollte sie ihm gehören, mit Leib und Seele.

Er holte tief Luft und stellte zufrieden fest, dass der Wind ihm zu Hilfe kam, indem er aus Nordosten blies. Damit war seine Entscheidung gefällt. Er drehte sich zu seinen Offizieren um.

»Setzt Kurs auf Jamaika. Sobald wir die Küste sehen …«

»An Deck!«, rief es aus dem Ausguck. *»Mon Capitaine!* Schiff in Sicht! Schiff an Backbord!«

Eine Rauchsäule stieg am Horizont auf. Als Nächstes hörten sie Kanonenfeuer. Alexandre schloss die Augen und konzentrierte sich auf den Rhythmus der Explosionen. Die erste Salve war eine Breitseite. Würde das angegriffene Schiff das Feuer erwidern? Die gegnerischen Kanonen antworteten, waren aber schwächer als die ersten. Das obere Kanonendeck war nur leicht bemannt. Es waren also Kanonen beschädigt und zu wenig Leute da, um die verbleibenden in Position zu bringen, oder aber die Mannschaft war zu langsam und schlecht geführt. Wenn der Angreifer auf diesen Vorteil setzte ... Drei Kanonen wurden abgefeuert, eine nach der anderen. Der Angriff musste eher einer Beschädigung des gegnerischen Schiffes dienen als der Versenkung.

»André!«, rief er zum Ausguck hinauf. »Wessen Flaggen siehst du?«

André starrte hinüber. Alexandre konnte die Segel erkennen, aber keine Flaggen. Wieder wurde gefeuert, und der Wind verschluckte Andrés Antwort.

»Noch mal, André! Wer sind sie?«

»Piraten, *mon Capitaine*, unter schwarzer Flagge. Die anderen kann ich nicht erkennen. Sie werden von den Segeln des ersten Schiffes verdeckt.«

»Dann könnte es ein französisches Schiff sein.« Alexandre drehte sich zu Yves um. »Setz die englische Flagge, bis wir sehen, hinter wem Vasquez diesmal her ist.«

Dann sah er nach Steuerbord. Wenige Meilen entfernt segelte die *Diabolique* immer noch unter vollen Segeln mit der *Etoile du Matin* mit. Die Mannschaft war genauso müde und erschöpft wie seine Männer, was sich im Falle eines Gefechts zum Nachteil auswirken könnte. Aber Alexandre verdrängte seine Sorgen.

»Yves! Signalisier der *Diabolique*. Sag ihnen, die Prisenmannschaft soll an Deck bleiben. Wir schnappen uns das Piratenschiff.« Alexandre blickte sich um und entdeckte den nächsten Offizier, den er brauchte. »Claude! Auf ein Wort, bitte.«

Der Geschützführer kam herbeigelaufen, die Augen leuchtend vor Freude über die bevorstehende Schlacht. »*Oui, mon Capitaine?*«

»Schick deine Männer an die Kanonen. Unsere übliche Strategie müsste reichen, aber wir sollten darauf vorbereitet sein, die Taktik kurzfristig zu ändern.«

»Schwarz oder rot, *mon Capitaine?*«

Claude meinte die Flagge, unter der Alexandre segeln wollte. Rot bedeutete, dass nicht nachgegeben würde, egal wie kooperationsbereit das andere Schiff war. Alexandre überlegte und wünschte, er wüsste, auf wessen Schiff sie gerade zurasten.

»Schwarz fürs Erste, Claude. Wir sollten uns erst ganz sicher sein, ehe wir rot flaggen.«

Claude nickte und eilte nach unten, um seine Leute herbeizurufen.

Alexandre ging in seine Kajüte. Sein Diener Christophe hatte drinnen alles aufgeräumt und Alexandre sein weinrotes Samtjackett mit der passenden Hose auf dem Fußende bereitgelegt, ausgebürstet und bereit für den nächsten Angriff. Alexandre zog sich sein Hemd und die Hose aus und warf beides beiseite. Der weinrote Samt spottete jedem Vergleich mit seiner französischen Marineuniform, aber er würde genügen. Wenn der Feind *L'Ange Noir* kommen sah, in Blutrot gewandet und das schwarze Haar im Wind wehend, bekäme er schon Angst. Alexandre nahm den Säbel von der Wand und steckte ihn in seinen Gürtel. Dann steckte er seine beiden Pistolen in den Stoffbund und stopfte zwei Messer in seine Stiefel. Sein Puls beschleunigte sich. Was gab es Schöneres im Leben als die feierliche Vorbereitung auf die Schlacht? Er vermisste die Förmlichkeit der französischen Marine, die Befehle, die festen Abläufe und die Ehre, der Krone zu dienen. Eigentlich diente er ihr immer noch, auch wenn er in den Augen der meisten Leute nichts als ein Pirat war. Dabei würde er heute sogar einen Dienst an der Menschheit leisten, nicht bloß an einer Krone. Wenn das Schiff da vorn *La Fortuna* war, würde Alexandre dem widerlichen Treiben von Vasquez ein für allemal ein Ende setzen.

Einen Augenblick lang blieb er in der offenen Tür seiner Kajüte stehen und beobachtete seine Mannschaft, die hinauf in die Masten schwärmte, um die Segel zu setzen und *L'Etoile du Matin* so nah wie möglich an den Wind zu bringen. Das waren seine Männer. Viele von ihnen waren früher schon mit ihm gesegelt, alle waren seine Kameraden. Sie folgten ihm, und er führte sie stets dorthin, wo es für sie am lohnenswertesten war. Eines Tages würde er sie zurückführen nach Frankreich, als Helden, nicht als Verbrecher, die man bespuckte und anschließend aufhängte.

»*Mon Capitaine!*«, rief André. »*La Fortuna* zwei Meilen steuerbords! Ihr Hauptsegel hat zwei Kugeln abbekommen, und der Kreuzmast liegt zerfetzt an Deck! Sie liegt tief im Wasser und kann jederzeit kentern.«

Alexandre grinste vor Erleichterung und Freude auf die Jagd. Er sprang aufs Achterdeck. Als er sah, wie André vor Schadenfreude strahlte, musste er lachen – und sein Lachen hallte wie ein Kanonenfeuer übers Wasser. Die gesamte Mannschaft schien von einer wilden Begeisterung erfasst.

»Auf zu *La Fortuna!*«, rief Alexandre. »Möge Gott der Seele des spanischen Bastards gnädig sein!«

Rosalind stand auf dem Achterdeck, eingekeilt zwischen Tauwerk und Reling. Sie hatte sich ganz in eine Ecke im Schatten des Achterdecks zurückgezogen und versuchte, einen festen Stand zu behalten. Vasquez bestand darauf, dass sie bei ihm an Deck blieb, und behauptete, er bräuchte »seine kleine Glücksbringerin«. Nun stürmte er mit einer Zigarre in der einen und einem Krug in der anderen Hand vor und zurück. Dabei schrie er lallend Befehle an seine Leute auf Spanisch. Sie johlten. Dank des Rums, den sie von Captain Bellamys Schiff geholt hatten, klangen ihre Stimmen zusehends lauter, gröber und unzusammenhängender.

Rosalind beobachtete das Trinkgelage mit wachsender Furcht. Vasquez war genau der Narr, als den Alexandre ihn beschrieben hatte und ließ seine Männer völlig außer Kontrolle geraten. Aber trotz allen Ekels blieb Rosalind in Vasquez' Nähe. Solange er dachte, er könnte den größten Gewinn einstreichen, wenn er sie unversehrt ließ, würde er sie wenigstens gegen die anderen Männer an Bord verteidigen. Und sie musste dafür sorgen, dass er das nicht vergaß. Vasquez wirbelte herum, torkelte auf sie zu und schwankte, als das Schiff sich zur Seite neigte. Rum schwappte aus seinem Krug und über seine Hose. Erst fluchte er, um dann in lautes Lachen auszubrechen.

»Wo das hier herkommt, gibt's noch mehr, hä, *chérie?*« Er nahm einen großen Schluck. »Ah, gut. Guter Rum. Kein schäbiger Grog für meine Mannschaft.« Er schleuderte ihr den Krug entgegen. »Trink auf unser Glück, englische Lady. Ich hätte dich als Hure verkaufen können, aber jetzt werde ich das Lösegeld für eine Königin kassieren!«

Er entblößte die fleckigen Zähne zu einem bösen Grinsen. »Aber deine Schwester ist keine Lady, oder, *chérie?*« Er nickte so heftig, dass er das Gleichgewicht verlor und gegen die Reling torkelte. »Ich kann es mir leisten, ein bisschen weniger für sie zu kriegen.« Er leckte sich die Lippen, stürzte den restlichen Inhalt seines Krugs herunter und machte sich auf den Weg zu seiner Kajüte.

Rosalind rannte ihm nach, packte seinen Arm und wollte ihn zurückziehen. Er holte nach ihr aus, wobei er wieder die Balance verlor und sich einmal um die eigene Achse drehte. Rosalind duckte sich unter seinem Arm und wich zurück, während Vasquez in ein Gewirr von Tauen hineinstolperte. Er war ganz dicht an der Reling – ein kleiner Stoß würde ihn über Bord befördern. Lautere Rufe vom Hauptdeck erinnerten sie an die lauernde Meute ungewaschener, betrunkener, gesetzesloser Tiere, die so lüstern zugesehen hatte, als Vasquez Captain Bellamy peinigte. Was sollte sie tun, um nicht alles nur noch schlimmer zu machen?

»Meine Schwester hat Fieber, *mon Capitaine.* Und es könnte sehr wohl Schiffsfieber sein.« Erleichtert sah sie, wie Vasquez deutlich blasser wurde. »Ihr könntet Euch damit anstecken und es unter Eurer Mannschaft verbreiten. Bevor Ihr den nächsten Hafen erreicht, kann es alle an Bord dahingerafft haben.«

Die Angst, dass sie tatsächlich recht haben könnte, verlieh Rosalinds Stimme genügend Festigkeit, um Vasquez zögern zu lassen. Mit Schiffsfieber war nicht zu scherzen. Rosalind bezweifelte, dass Vasquez einen Arzt an Bord hatte, eher wohl einen Schlachter mit einer rostigen Säge und minimalen Kenntnissen der menschlichen Anatomie. Vasquez setzte seinen leeren Krug an, fluchte und schleuderte ihn wieder Rosalind entgegen.

»Hol mir mehr Rum!«

»Oui, mon Capitaine.«

Rosalind nahm den Krug und suchte unter den ausgelassenen Piraten nach dem namens Pedro. Er schien am ehesten gewillt, Vasquez' treuen Gefolgsmann zu mimen, und Rosalind war es lieber, wenn *er* sich den Weg durch die Menge zum Rumfass bahnte. Nichts und niemand würde sie dazu bringen, vom Achterdeck hinunterzusteigen.

In dem Augenblick ertönte über ihr eine wildrufende Stimme. Vasquez drängte Rosalind beiseite und richtete sein Fernrohr auf den Horizont. Dann lachte er grölend los, packte Rosalinds Arm und zog sie neben sich.

»Sieh mal, *chérie*. Da kommt der französische Bastard.« Seine Lippen verzogen sich zu einem widerwärtigen Lächeln. »Er glaubt, dass er mich mit dem englischen Lumpen am Mast täuscht.« Er schüttelte den Kopf. »Dabei kenne ich seine Segel.«

Er zerrte Rosalind an die Reling und beugte sie weit darüber.

»Er kommt deinetwegen, englische Lady. In zwei Stunden hat er uns eingeholt.«

Rosalind klammerte sich mit beiden Händen fest an die Reling. »Ihr klingt, als wolltet Ihr, dass er Euch einholt, *mon Capitaine.*«

»O ja, das will ich, *chérie*. Das will ich.« Vasquez grinste, rülpste und lachte. »Ich hab das Pulver und die Kugeln von dem englischen Hund. Ich habe seinen Rum. Ich habe seine Verlobte.« Er schwenkte die Hand in Richtung der Segel. »Der französische Geck hat kein Glück mehr, seit er dich verloren hat, kleine Rosa.« Wieder lachte er und brabbelte auf Spanisch vor sich her. »Jetzt bin *ich* der König der Karibik! Heute werde ich *L'Ange Noir* die Flügel ausrupfen!«

Er schubste Rosalind zur Seite und stellte sich oben an die

Treppe zum Hauptdeck. Dann formte er einen Trichter mit seinen Händen und brüllte etwas auf Spanisch. Die betrunkenen Piraten antworteten mit lautem Johlen und Beifall. Vasquez schrie Pedro an, der sich ein Tau griff und damit über das Deck rannte, wobei er die Männer links und rechts mit dem Tauende ins Gesicht, auf den Hals und die Arme schlug. Bis er am Bug ankam, waren alle stumm und aufmerksam. Rosalind begriff nicht, wieso die Piraten sich eine solche Behandlung gefallen ließen, statt Pedro kurzerhand über Bord zu werfen.

Vasquez rief etwas und zeigte nach Steuerbord. Es klang eher dringlich als wütend. Die Piraten stolperten kurz durcheinander, bevor sie sich halbwegs ordneten. Einige stellten sich an die Deckskanonen, andere verschwanden unter Deck. Vasquez schien also sicher, dass Alexandre sein Schiff einholen würde. Und wie Rosalind Alexandre kannte, würde er sich nicht zufriedengeben, ehe er *La Fortuna* nicht ins Jenseits befördert hatte. Das hieß, sie musste Beatrice an Deck bringen. Wenn Alexandre tatsächlich vorhatte, Rosalind zurückzuholen, war der sicherste Platz für Beatrice der an ihrer Seite, denn Alexandres Leute würden nicht auf Rosalind feuern.

Vasquez und Pedro waren damit beschäftigt, Befehle zu brüllen und die Piraten in Gefechtsstellung zu bringen. Vasquez' Gesicht war genauso rot wie der Reitmantel, den er sich über die Schultern geworfen hatte. Er zog an seiner Zigarre und blies eine Wolke stinkenden Qualms aus.

»Dein Liebster ist schneller als ich dachte. Wirst du ihn willkommen heißen, *chérie?* Wirst du froh sein, den Mann wiederzusehen, der dich an ein Freudenhaus verkauft hätte, sobald er deiner überdrüssig wäre?«

Rosalind ging an ihm vorbei zur Reling. Ihr Schweigen und der ihm zugewandte Rücken sollten Antwort genug sein.

Vasquez kicherte. »Lass dich von ihm nicht zum Narren halten, *chérie*. Er ist ein Pirat, ein übler Schurke, der Kegel eines Adligen mit einer Hafendirne. Am Ende wird er genauso hängen wie wir alle.«

Rosalind ignorierte ihn. Wie seltsam, dass sie erst gestern voller Angst zugesehen hatte, wie Black Angel sich ihrem Schiff näherte. Heute hingegen bedeutete der Anblick Alexandres, der groß und dunkel in seiner eleganten Jacke am Bug stand, ausschließlich ihre Rettung. Rosalind zupfte an den Perlen an ihrem Hals und wünschte, sie könnte *L'Etoile du Matin* noch schneller zu sich heranziehen.

Die Segel der *Etoile du Matin* kamen näher, und Alexandres Begleitschiff, die Schaluppe namens *Diabolique*, schnitt *La Fortuna* von der anderen Seite den Weg ab. Da nun beide Schiffe in Sicht waren, wuchs die Spannung an Bord der *Fortuna* spürbar. Die Mannschaft wurde zusehends hektischer. Der reichlich genossene Rum arbeitete gegen sie, verlangsamte ihre Bewegungen und brachte ihre Gedanken durcheinander. Und dem beinahe sicheren Tod ins Auge blickend, war die eben noch grölende, ausgelassene Mannschaft plötzlich vollkommen still.

Rosalind war übel vor Angst, aber sie riss sich mit aller Kraft zusammen. Sie musste Beatrice aus Vasquez' Kajüte holen, was schwierig werden könnte. Als Vasquez abgelenkt war, nutzte sie die Gelegenheit und schlich die Treppe hinunter.

Kapitel 12

Alexandre stand am Bug und genoss den Salzgeschmack des sprühenden Wassers, als *L'Etoile du Matin* in Gefechtsposition ging. Mit seinem Fernrohr suchte er das Gewimmel an Vasquez' Deck ab und fand Rosalind auf dem Achterdeck mit Vasquez. Das oberschwesternhafte blaue Kleid mit den albernen kleinen Schleifen war weg, und stattdessen trug Rosalind einen knappen Fetzen aus leuchtend roter Seide, der ihre Arme entblößt ließ und jede ihrer Kurven betonte. Die Sonne brannte auf sie herab, so dass ihr goldenes Haar wie Honig leuchtete, die helle Haut an ihrem Hals und ihren Schenkeln wie Alabaster. Alexandre spürte ein tiefes, rohes Verlangen in sich. Rosalind verkörperte alles, was sich ein Mann nur wünschen konnte. Und diese kleine Milchmagd weckte in ihm Gefühle, wie er sie noch bei keiner Frau je empfunden hatte. Dass sie mit Vasquez allein dastand, bewies wieder einmal, wie klug sie ihre Situation bisher meisterte.

Alexandre betrachtete sie weiter, unfähig, den Blick von diesem verführerischen Bild abzuwenden. Die saubere, anständige, englische Lady war all ihrer Würde beraubt und zu einer in Seide gewandeten Göttin geworden, zum Traum eines jeden einsamen Seemanns. Er sehnte sich danach, über die zarte Haut ihrer Schenkel zu streicheln, die der Wind gerade entblößte. Rosalind schlang eine Perlenkette um ihre Finger, und goldene Armreifen hingen ihr wie Fesseln an den Handgelenken. Obwohl unruhig und nervös, schien sie Alexandre für einen Augenblick direkt ins Gesicht zu sehen. Diese Verzweiflung und Sehnsucht in ihren Augen … Alexandres Herz pochte, sein Blut rauschte heiß und wild in seinen Adern. Rosalind würde ihn willkommen heißen, dessen war er sich gewiss. Und zwar nicht bloß, weil er sie aus den Klauen von Vasquez befreite.

Alexandre drehte sich zu seinen Offizieren um. »*Monsieur le Docteur.* Grüßt die Schweine und sagt ihnen, sie sollen sofort das Mädchen aushändigen. Falls sie sich weigern, werden wir sie bis auf den letzten Mann niedermetzeln.«

Gingras gab *La Fortuna* entsprechende Flaggenzeichen und wiederholte Alexandres Worte auf Spanisch. Vasquez' Mannschaft antwortete mit wüsten Beschimpfungen in mehreren Sprachen. Ihr Kapitän warf seine Zigarre weg und packte Rosalinds Zopf, den er ihr um den Hals wand und nach oben riss, so dass sie auf Zehenspitzen stehen musste, um noch Luft zu bekommen.

»Du willst sie, du lächerlicher Franzosengeck?«, grölte er in seinem abscheulichen Französisch. »Komm und hol sie dir! Es wird dich jeden Mann auf deinem Schiff kosten!«

Alexandre lächelte. Dies war der Zeitpunkt, die Kanonen abzufeuern und so viele Löcher in den Rumpf der *Fortuna* zu brennen, dass sie wie ein Stein unterging. Er hob sein Fernrohr. Rosalinds Wangen waren gerötet. Sie reckte das Kinn, um gegen das Würgen ihres eigenen Zopfes zu kämpfen. Und in ihren blauen Augen erkannte Alexandre weniger Angst als vielmehr Wut und Trotz. Nein, Vasquez hatte sie noch nicht gebrochen.

Alexandres Männer beobachteten ihn und standen mit brennenden Lunten an den Kanonen bereit. Auf sein Kopfnicken hin würden sie die Kanonen zünden und *La Fortuna* vernichten. Was hatte die kleine Milchmagd noch gesagt, als sie ihm vorhielt, ein Feigling zu sein? Sie hätte gehört, *L'Ange Noir* wäre groß genug, um Gnade zu zeigen, wo Gnade angebracht war. Nun denn. Sollte Rosalind sehen, dass *L'Ange Noir* seinem Ruf gerecht wurde.

»Monsieur Gingras«, sagte er. »Seid so gut und sagt den Männern auf dem Flachboot, dass ich zu meinem Wort stehe. Wenn sie mir das Mädchen unverzüglich aushändigen, werde ich Gnade walten lassen. Das ist ihre letzte Chance.«

Gingras übersetzte. Einige Männer von Vasquez wirkten unsicher und blickten finster zum Achterdeck. Alexandre ließ sich seinen Triumph nicht anmerken. Wenn er die Hunde zur Meuterei anstacheln konnte, würde er Rosalind zurückbekommen, ohne dass ein einziger Schuss abgefeuert werden musste.

Vasquez bellte in aufgeregtem Spanisch und fuchtelte mit seiner Pistole.

»Er erzählt ihnen, dass Ihr der Teufel seid«, erklärte Monsieur Gingras, »und Franzose noch dazu. Ihr würdet ihnen die Herzen herausschneiden, ganz gleich was sie tun.«

Alexandre lachte.

La Fortunas Heckkanonen feuerten, allerdings flogen die Kugeln heulend über den Bug der *Etoile du Matin* hinweg ins Wasser. Hätte Vasquez gewartet, bis die Wellen ihre Schiffe auf gleiche Höhe brachten, wären wenigstens ein paar Segel zerfetzt worden. Und nun, da er das Feuer eröffnet hatte, durfte Alexandre sich verteidigen.

»Versenkt seine Kanonen, schießt ihm die Masten weg, bis er hilflos im Meer treibt!«

Die Befehle wurden von Mann zu Mann weitergegeben, und die Kanonenmannschaft jubelte. Zuerst feuerten die Kanonen im Unterdeck auf Vasquez' Wasserlinie. Salzwasserfontänen stoben auf, fluteten die Kanonenluken und die Rohre der schussbereiten Waffen, die damit außer Gefecht gesetzt waren. Die *Diabolique* könnte von der anderen Seite feuern, aber *L'Etoile du Matin* war nicht mehr in unmittelbarer Gefahr. Sie mussten nur noch längsseits gehen und das Enterkommando hinüberschicken.

»*Mon Capitaine!*«, rief Monsieur Gingras. »Seht!«

Er zeigte auf den Hauptmast der *Fortuna*. Alexandre hob sein Fernglas. Sechs von Vasquez' Männern standen jeweils zu zweit an den Querholmen und reichten sich Rosalind nach oben zu. Sie hatten ihr Taue um Hände und Füße geschnürt, an denen sie sie hielten.

Alexandre fluchte. »Feuer einstellen! Jetzt, verdammt!«

Auf der *Diabolique* luden sie ihre leichteren Kartätschen, die den Hauptmast zerstören sollten. Alexandre musste sie aufhalten, bevor sie Rosalind ebenfalls in Stücke rissen. Er rannte zum Achterdeck und griff nach den Signalflaggen, aber es war zwecklos, denn die Segel seines Schiffes versperrten der Schaluppe die Sicht.

L'Etoile du Matin ging längsseits zur *La Fortuna*, auf der Vasquez' Mannschaft sie bereits mit Pistolen und Entermessern erwartete. Sie wussten, dass es ein Kampf würde, den sie schon jetzt verloren hatten, und so versteinert wie ihre Gesichter aussahen, machte es keinen Unterschied mehr, ob das Schiff unter ihnen bereits in Flammen stand oder nicht.

»Enterkommando!«, rief Alexandre. »Ich will das Mädchen! Fünfzig Dukaten für den Mann, der sie mir lebend bringt!«

Seine eigenen Leute reihten sich entlang der Reling auf, bewaffnet und gefechtsbereit. Alexandre nahm sich einen kurzen Augenblick, jedem von ihnen ins Gesicht zu sehen. Und wie immer fragte er sich, wer wohl nicht zurückkehren würde.

»*Bonne chance, mes amis*«, murmelte er. Es war Zeit, den Befehl zu geben, der einige von ihnen in den Tod schicken würde. »Enterkommando, los!«

Rosalinds Arme schmerzten. Das grobe Tau stach ihr in die Haut, und ihr eigenes Körpergewicht zerrte an ihren Schultern. Der Mast schwankte mit jeder Bewegung des Schiffes beängstigend weit hin und her, so dass ihr zu allem Überfluss auch noch übel wurde. Nun, da Alexandres Kanonen feuerten, konnte sie nur noch abwarten, bis eine den Hauptmast fällte. Sie erinnerte sich zu gut, wie sicher Alexandres Leute zielten.

Doch plötzlich stellte *L'Etoile du Matin* das Feuer ein.

»*Chérie!*« Vasquez stand unten am Mast und sah lachend zu ihr nach oben. »Du bist der beste Glücksbringer, den ich je hatte! Siehst du wie *L'Ange Noir* bei dem Gedanken zittert, er könnte dich verletzen?«

Bei aller Übelkeit und Angst konzentrierte Rosalind sich einzig auf Alexandre und sah nur ihn. Er wirkte verbittert, nicht mehr so selbstsicher wie eben noch, als er seine Bedingungen nannte. Ja, Black Angel schien nachgerade verzweifelt. Konnte das sein? Sorgte Alexandre sich wirklich so sehr um sie? Das würde Sinn ergeben, wenn er es wie Vasquez auf ein Lösegeld abgesehen hatte, aber Alexandre hatte keine Ahnung, wer sie war. Warum lag ihm dann so viel an ihrer Sicherheit?

»Ich muss dich unbedingt behalten!« Vasquez brüllte einen Befehl, worauf Pedro und ein Dutzend weitere Piraten sich mit Entermessern und Pistolen bewehrt um den Mast postierten. Vasquez wollte sie offenbar auf keinen Fall ausliefern. Sie wurde beinahe ohnmächtig vor Angst.

Rosalind beobachtete, wie die *Etoile du Matin* längsseits kam und Alexandres Männer *La Fortuna* enterten. Stahlklingen klirrten aneinander, als Vasquez' Piraten gegen Alexandres kämpften und ein paar von ihnen wieder über Bord warfen. Aber Alexandres Leute hatten die erste Verteidigungslinie schnell durchbrochen und strebten energisch gen Hauptmast. Überall auf dem Schiff wurde gekämpft. Unten am Mast schlugen Pedro und seine Gefährten wie verrückt auf Alexandres Männer ein, um sie auf Abstand zu halten. Die aber umringten die Piraten mit militärischer Präzision, legten ihre Pistolen an und feuerten. Vier von Vasquez' Leuten fielen, und mit Entermessern und Dolchen drängten Alexandres Männer weiter vor.

Pedro und drei andere Piraten ließen ihre Waffen fallen und rannten das Tauwerk hoch wie Spinnen an einem Netz. Pedro hatte sich seinen Dolch zwischen die Zähne geklemmt. Einer der anderen Piraten hielt Rosalind fest, während Pedro sie vom Mast abschnitt. So abscheulich wie sie es auch fand, von diesen Ungeheuern berührt zu werden, verhielt Rosalind sich dennoch vollkommen still. Wenn sie sich nämlich wehrte und die Männer sie fallen ließen, landete sie geradewegs in den Klingen der Piraten unten am Mast. Wenn sie Glück hatte, würde sie über Bord gehen, aber auch ein Aufprall auf das Wasser aus dieser Höhe könnte tödlich sein.

Die beiden verbliebenen Piraten fertigten ein Geschirr aus Tauen, das sie Rosalind über die Arme legten und hinten zwischen ihren Schultern festzurrten. Dann schlangen sie das Tauende an eines der schweren Seile, die vom Mast hinunter zum Bug führten. Pedro knurrte ihr etwas auf Spanisch zu und machte eine schwingende Bewegung mit seiner freien Hand. Rosalind verstand nicht, ob es eine Anweisung oder eine Warnung sein sollte. Grobe Hände legten ihre Arme um einen dicken Nacken. Die Piraten stritten sich in barschem Spanisch, dann ruckte das Tau schmerzhaft an Rosalinds Schultern. Der Wind rauschte an ihr vorbei, während sie an den Piraten geklammert am Tau nach unten glitt.

Sie landeten unsanft mit den Füßen voran an Deck, und noch ehe Rosalind sich halbwegs gefangen hatte, zerrte der Pirat sie weiter. Rufe, Schreie und Pistolenschüsse hallten überall um sie herum. Die Luft war von Schießpulverqualm und kupferähnlichem Blutgeruch erfüllt. Als die Piraten sie schließlich wieder auf die Beine stellten, öffnete Rosalind die Augen und fand sich auf dem Achterdeck wieder. Vasquez erwartete sie bereits. Sein Hemd war zerrissen und befleckt von Schießpulverruß und Blut. Außerdem lief ihm frisches Blut aus einer Wunde über dem einen Auge.

»*L'Ange Noir* nimmt vielleicht mein Schiff ein, aber nicht dich. Diesen Schatz werde ich ihm ein für alle Mal rauben!« Vasquez drehte sich zur *L'Etoile du Matin*. »Hörst du mich, du eitler französischer Hund! Sie gehört mir!« Vasquez entriss sie Pedro. »Diese feine englische Lady ist *mein!*«

Rosalind war entsetzt. Ohne lange zu überlegen, versetzte

sie Vasquez eine Ohrfeige. Der explodierte beinahe vor Wut, packte mit beiden Händen ihren Hals und schrie sie auf Spanisch an. Rosalind wehrte sich gegen ihn, verzweifelt bemüht, ihn wegzustoßen, obwohl er sie so heftig würgte, dass sie fast erstickte. Pedro zog an Vasquez' Armen und gestikulierte wie wild. Vasquez knurrte ihn an und warf Rosalind zu Boden. Dann holte er ein Messer aus seinem Stiefel, griff Rosalind ins Haar und zerrte sie auf die Knie.

»*L'Ange Noir* wird nichts als eine Leiche zurückbringen«, zischte er ihr ins Ohr. »Und Vasquez' Name wird in dein englisches Herz geritzt sein!«

»Alexandre!«, rief Rosalind. »Helft mir! Helft mir!«

Der blutige Tumult war undurchschaubar. Überall an Deck lagen Tote, und über den noch Kämpfenden waberten Rauchschwaden aus den Kanonen und Pistolen. Da die Piraten auf beiden Seiten bunt gekleidet waren, konnte Rosalind nicht erkennen, welche Seite gewinnen würde. Sie schrie und schlug nach Vasquez' Händen.

»Rosalind!«, hallte Alexandres Stimme über das Schiff. Er stand nahe dem Bug, ein Schwert in der rechten und eine Pistole in der linken Hand. »Bringt mir das Mädchen!«

Alexandre kämpfte sich einen Weg durch die Piraten, so schnell es die Schlacht zuließ.

Ein breitschultriger Mann, dessen Körper massig und stabil wie eine schwere Eichentür wirkte, stürzte sich unter französischen Flüchen auf Vasquez. Der schnappte sich eine Pistole von einem seiner Männer und schoss. Sein Angreifer torkelte rückwärts und fiel um. Ehe Rosalind sich außer Reichweite bringen konnte, packte Vasquez die Perlenkette und riss Rosalind daran zu sich.

»Rosalind!« Alexandre streckte die spanischen Piraten nieder, die sich ihm in den Weg stellten.

»Alexandre!« Rosalind versuchte, sich Vasquez zu entwinden, indem sie an der Kette zerrte.

»Zu spät!«, brüllte Vasquez. »Du bist zu spät, *L'Ange Jaune!*«

Vasquez zerrte Rosalind zurück in seine Kajüte. Sie fiel gegen die Wand neben der Hängematte, in der Beatrice immer noch schlief. In ihrem Fieber schien sie nichts wecken zu können. Vasquez fingerte an seiner Hose und packte mit der anderen Hand Rosalinds Arm, um sie an sich zu ziehen. Er biss ihr in den Hals und die Schultern. Kreischend vor Wut und Ekel, schlug und trat Rosalind nach ihm. Vasquez stieß einen bestialischen Laut aus und schlug Rosalind mit einem Fuß die Beine weg. Sie stürzte rücklings zu Boden und schlug dabei mit dem Kopf auf, so dass sie für einen kurzen Moment das Bewusstsein verlor. Vasquez warf sich auf sie und drückte sie mit seinem Gewicht herunter.

Im nächsten Augenblick wurde die Kajütentür aufgeworfen. Da stand Alexandre, in jeder Hand eine Pistole. Seine Augen funkelten wie dunkle Sterne, und seine edle weinrote Kleidung an dem imposanten Körper schien Rosalind wie das Gewand der Rechtschaffenheit schlechthin. *L'Ange Noir* war zum Racheengel geworden.

Vasquez' Züge verformten sich zum Grinsen eines Wahnsinnigen, als er den Dolch aus seinem Gürtel zog. Im selben Augenblick feuerten Alexandres Pistolen. Der Lärm in dem winzigen Raum war ohrenbetäubend. Rosalind hörte nichts, sondern sah nur, wie Vasquez von der Wucht der Kugeln gegen die Spundwand geschleudert wurde, dort zusammensackte und sich nicht mehr rührte.

Rosalind hielt sich die Ohren zu und rollte sich zitternd und schluchzend auf dem Boden zusammen. Nein! Es reichte! Sie konnte keinen Lärm, kein Blut, keine Leichen mehr verkraften! Tränen liefen ihr übers Gesicht und mit ihnen brachen sich all die Trauer, der Kummer und die Verzweiflung Bahn, die sie zurückgehalten hatte, seit dieser Alptraum begann.

Sanfte Hände hoben sie hoch und wickelten sie in etwas Schweres, Warmes und Weiches. Eine tiefe Stimme flüsterte tröstende Worte, aber es dauerte eine Weile, bis der Schreck und die Angst hinreichend verklangen, um sie verstehen zu lassen, was geschah. Dann aber blickte sie, eingehüllt in Alexandres weinrotes Samtjackett, hinauf in diese dunklen Augen, die ihr wie die schönsten Juwelen erschienen.

»Ich bin hier, *ma belle*«, flüsterte er. »Ihr seid in Sicherheit.«

Rosalind klammerte sich an Alexandre. Er war hier, und er hatte sie gerettet! Einen kostbaren, glorreichen Moment lang zählte nichts anderes. Er war immer noch ein Pirat, immer noch ihr Feind, aber jetzt war sie mehr als froh, dieses bessere zweier Übel hinzunehmen. Durch ihren Tränenschleier sah sie ihn an und konnte ihn partout nicht als etwas Übles wahrnehmen. Dieser Mann war wunderschön, freundlich und sanft. Seiner Mannschaft gegenüber mochte er der harte Piratenkapitän sein, aber allein mit ihr war er ein gänzlich anderer Mann.

»Könnt Ihr stehen, *ma belle?*«, fragte er. »Es tut mir leid, dass ich Euch drängen muss, aber das Schiff sinkt.«

»Beatrice …« Rosalind zeigte matt mit einer Hand auf die Hängematte in der Ecke.

Alexandre stellte Rosalind behutsam hin, umfasste aber

sicherheitshalber ihre Taille, um sie zu stützen. Dann sah er zu Beatrice und rief durch die offene Kajütentür.

»Eric!« Ein großer, stämmiger Pirat kam herbeigeeilt. »Nimm Mademoiselle Beatrice und gib gut acht auf sie. Sie ist krank.«

»*Oui, mon Capitaine.*« Eric beugte sich über die Hängematte und hob Beatrice mit einer Leichtigkeit hoch, als wäre sie ein Baby.

Alexandre führte sie zurück an Deck. *La Fortuna* lag bereits sehr tief im Wasser, tief genug, dass alle Kanonenluken versenkt waren. In Windeseile schafften Alexandres Männer alle Ladung von unter Deck herauf und brachten ihre Verwundeten hinüber auf die *Etoile du Matin*. Eric trieb sie alle mit Beatrice in den Armen vor sich her. Als Rosalind ihnen folgen wollte, hielt Alexandre sie zurück, indem er ihr sanft einen Arm um die Taille legte.

»Und jetzt zu Euch, Mademoiselle.« Alexandre lächelte sie an und hatte einen Anflug von Schalk in den Augen. »Nach all der Mühe, die mich unsere Wiedervereinigung kostete, bestehe ich darauf, Euch höchstpersönlich auf mein Schiff zu geleiten.« Er hob sie in seine Arme. »Haltet Euch fest, *ma belle.* Dies ist nicht der Zeitpunkt für einen weiteren Schwimmversuch.«

Rosalind gehorchte mit Freuden. Sie schlang die Arme um seinen Hals und schmiegte ihre Wange an seine Brust. Alexandre rief seinen Männern an Bord der *Etoile du Matin* etwas zu, worauf sie eine Planke von einem Schiff zum anderen schoben. Alexandre wanderte darüber, ohne die geringste Mühe zu haben, den Wellengang auszugleichen, der beide Schiffe bewegte. Er trug sie geradewegs in seine Kajüte und legte sie auf seinen smaragdgrünen Überwurf.

»Und nun.« Alexandre schmiegte beide Hände an ihre Wangen. »Werdet Ihr Euch ausruhen.«

Sie griff nach seinen Händen. »Bitte, *mon Capitaine.* Beatrices Fieber ist schlimmer geworden. Sie ist wahrscheinlich sehr krank. Ich bitte Euch, könntet Ihr Eurem *Monsieur le Docteur* sagen, er möge nach ihr sehen?«

»*Immédiatement, ma belle.*« Er küsste sie sanft auf die Stirn. »Jetzt muss ich gehen. Ich sehe später nach Euch.«

Er stand auf und wandte sich zum Gehen. Rosalind klammerte sich an seine Hand. Als er zu ihr hinabsah, eine Augenbraue fragend gelüpft, umspielte ein Lächeln seine Lippen.

»*Oui, ma belle?* Was ist?«

Rosalind wollte ihm etwas sagen, ihrer ungemeinen Erleichterung darob, dass er sie aus den Klauen Vasquez' und seinen ungeheuerlichen Plänen mit ihr befreit hatte, eine Stimme verleihen. Vor allem aber wollte sie Worte finden, ihm zu erzählen, wie ihr Herz aufging, als er auf *La Fortuna* die Kajütentür aufstieß und mit gezogenen Pistolen dastand. Aber es war zu viel. All das waren zu viele Gedanken – und zu viele Gefühle.

»Ich würde es als eine überaus großzügige Gefälligkeit erachten, könntet Ihr mir ein wenig Wasser schicken lassen, um mich frischzumachen«, sagte Rosalind und strich angewidert über die fleckige rote Seide, die sie immer noch trug. »Ich würde mich gern so weit erfrischen, wie es die Umstände zulassen.«

Während sie seine Antwort abwartete, starrte sie wie gebannt auf einen Flecken in Höhe ihres Knies. Würde Alexandre die Situation ausnutzen, um sich für ihren schmählichen Hinweis von gestern zu revanchieren, dass er ein Bad bräuchte?

Er strich ihr sanft über die Wange. »Für mich seid Ihr so frisch und lieblich wie ein Frühlingsbeginn.«

Rosalind sah ihn an. Das sonst so strenge Gesicht zeigte sich in einer ungekannten Sanftheit. Und erstmals haftete dem Lächeln seiner wunderschönen Lippen kein Anflug von Zynismus an, wie auch die dunklen Augen erstaunlich ruhig schienen. Rosalind überkam ein plötzliches Verlangen, die Arme um ihn zu schlingen und Zuflucht in seiner Umarmung zu suchen. Sie hielt seine Hand an ihre Wange und sank mit einem Seufzer auf das Kissen.

»Merci beaucoup, mon Capitaine.«

Kapitel 13

Alexandre stand vor seiner Kajütentür und war recht zufrieden mit sich. *L'Etoile du Matin* hatte kaum etwas abbekommen, und die wenigen Schäden waren vor allem dem Sturm zuzuschreiben. Mit der Ladung aus Vasquez' Luken und der aus der *Bird of Paradise* hatte er ziemlich viel Gewinn gemacht für zwei Tage Arbeit. Und nicht zuletzt, vielmehr zuallererst, war da Lady Rosalind Hanshaw, die nun sanft und sicher in seinem Bett schlief. Alexandre lächelte selbstzufrieden. Sie brauchte ihren Schlaf, und wenngleich er kaum mit den Gedanken bei der Sache bleiben konnte, überwachte er das Stauen der Ladung. Währenddessen malte er sich aus, wie sehr er ihre Wiedervereinigung genießen würde.

Die *Diabolique* jagte mit gerefften Segeln in nord-nordöstlicher Richtung auf Jamaika zu. *L'Etoile du Matin* folgte einem ähnlichen Kurs, um die Strömung und die Passatwinde vor Jamaika zu nutzen, die sie wieder östlich nach Martinique brachten. Dort konnten beide Schiffe sicher ankern und weitere Reparaturen vorgenommen werden. Alexandre sah zu seiner Mannschaft, die immer noch mit der Ladung und dem Flicken der Segel beschäftigt war. Die Leute waren müde und brauchten dringend ein wenig Erfrischung. Er schuldete ihnen ein Fest, weil sie Rosalind zurückgeholt und kaum Männer verloren hatten.

Alexandre blickte zur *Diabolique* und fragte sich, welche Reaktion seine Nachricht hervorrufen würde. Murdocks Agenten in Kingston rechneten nie im Leben damit, dass Lady Rosalind Hanshaw in die Hände von *L'Ange Noir* fiel. Ach, die Gesichter der fetten Engländer zu sehen, wenn sie erfuhren, dass der Mann, den sie wie einen bezahlten Diener behandelten, wie einen unwichtigen Lakaien, das Leben der Verlobten ihres Arbeitgebers in Händen hielt! Natürlich wusste er bereits, was passieren würde. Die Agenten würden prompt antworten, seine Forderung annehmen und ein Treffen vereinbaren. Alexandre hatte ein paar Tage zusätzlich eingeplant, was immer klug war. Das Wetter konnte ein Hindernis sein, oder der Hauptagent war womöglich gerade nicht da, und den brauchten sie, um die verlangte Anzahl an Pistolen bereitzustellen. Vor allem aber verschaffte Alexandre sich so mehr Zeit mit Rosalind, in der sie sich näherkämen und er sie in eine ihr unbekannte Sinnlichkeit einführen würde, die ihn unvergesslich für sie machen würde. Nie war ein Racheplan süßer gewesen als dieser.

Er musste die wenigen Tage, die ihnen blieben, bestmöglich nutzen, bis er seine kleine Milchmagd für immer ihrer Wege schickte. Schon jetzt lenkte Rosalind ihn zu sehr ab. In diesem Moment beispielsweise sollte er mit Yves zusammensitzen, die Verteilung der Beute besprechen und wie sie diese am besten über die Agenten seines Vaters loswurden. Es war höchste Zeit, dass sie auf der weniger erschlossenen Seite Martiniques Unterschlupf suchten, in Alexandres Lieblingsbucht. Dort konnten sie sich alle ausruhen, während ihre Ladung ihnen ein Vermögen einbrachte, welches nicht mit Blut und Schießpulver hatte bezahlt werden müssen. Bis dahin allerdings sollte er sich dem Piratengeschäft widmen, auch wenn ihm überhaupt nicht der Sinn danach stand. Viel zu sehr freute er sich über seinen Sieg – über Vasquez und über die kleine Engländerin, die immer noch glaubte, sie könnte *L'Ange Noir* entkommen.

Alexandre erlaubte seinen Gedanken, noch eine Weile zu Rosalind abzuschweifen. Er dachte daran, wie lieblich ihre Lippen schmeckten, wie weich sich ihr goldenes Haar anfühlte und wie sehnsüchtig er den Augenblick erwartete, an dem er sie auf dem Höhepunkt der Ekstase erlebte. Je mehr Alexandre über ihre Wiedervereinigung nachdachte, umso ungeduldiger wurde er. Anstand und Vernunft geboten, dass er Rosalind vorerst in Ruhe schlafen ließ. Stark und dickköpfig wie sie war, hatte sie sich weit mehr zugemutet, als manch ein Mann durchgestanden hätte. Und sie wäre keine geeignete Partnerin für das, was ihm vorschwebte, wenn sie nicht einmal lange genug wach bleiben konnte, um die Ekstase gebührend zu genießen. Er überlegte derweil Strategien für die formvollendete Verführung. Warum war er plötzlich so unentschlossen? Diese trotzige kleine Engländerin schaffte es tatsächlich, dass er zaudernd vor seiner Kajüte herumstand, statt zu handeln! Mit einem leisen Fluch stieß er die Tür auf und marschierte hinein.

Rosalind lag auf seinem Bett. Sie trug ein typisches englisches Nachthemd, das mit seinen vielen Metern an dichtem Leinenstoff nicht gerade das Richtige für die Tropen war. Trotzdem oder weil das Gewand so sehr sittsam wirkte, vergrößerte es noch Alexandres Verlangen. Er stellte sich die zarte Haut und die bezaubernden Kurven vor, die sich unter dem Stoff verbargen, und machte einen Schritt auf das Bett zu. Dabei stieß er mit dem Fuß gegen einen der goldenen Armreifen, der quer durch den Raum glitt. Er bückte sich, um den anderen Armreifen und die Perlenkette genauer anzusehen. Das Gold war nicht schlecht, die Perlen indes nur minderwertig, stumpf und kreidig, ohne jenen besonderen Schimmer, der Perlen so wertvoll machte. Es passte zu Vasquez, dass er solchen Plunder besaß. Das Seidenkleid stank nach abgestandenem Rauch und verschüttetem Rum, wie die Dirnen, die solche Sachen gewöhnlich anzogen. Alexandre biss die Zähne zusammen. Wäre Vasquez nicht schon tot, er würde ihn mit Freuden noch einmal umbringen. Was für ein Jammer, dass das Schwein ihn gezwungen hatte, die Sache so abrupt zu beenden. Ihn unter seinen Schiffskiel zu versenken wäre eine angemessene Strafe für die Erniedrigung Rosalinds gewesen, und natürlich dafür, wie er sie fast mit ihrem eigenen Zopf erwürgt hatte.

Alexandre legte sich vorsichtig neben Rosalind aufs Bett, stützte den Kopf auf einen Ellbogen auf und betrachtete sie. Im Schlaf sah sie vollkommen ruhig und zufrieden aus, frei von den Sorgen, die sie belasteten, und dem Misstrauen, in das sie sich sonst wie in einen Mantel hüllte. Die Karibiksonne hatte ihrer Haut eine leichte Röte verliehen, die ihr sehr gut stand. Zarte Augenbrauen wölbten sich über den dichten Wimpern, die ihre wunderschönen blauen Augen umrahmten. Ihre Nase war gerade, nur die Spitze ein klein wenig nach oben gebogen. Alexandres Blick verweilte auf ihren Lippen, tiefrosa und rund, mehr als rund. Ihre Wangen und das Kinn waren so fein geformt, wie es makellose Schönheit überhaupt sein konnte. Auf einer Gemme, einem Porträt, auf jedem meisterhaft gefertigten Kunstwerk würde Rosalind atemberaubend aussehen. Sie war der Inbegriff von Schönheit und dazu noch mutig, tugendhaft und von jungfräulicher Reinheit.

Alexandre stellte mit Schrecken fest, dass Rosalind jünger war, als er anfangs vermutet hatte. Achtzehn vielleicht, und doch schon von einem Ernst, der sie bisweilen wie eine doppelt so alte Frau wirken ließ. Lady Rosalind Hanshaw war durch Pech oder Intrigenspiel Edward Murdock versprochen. Sie wäre klug, die Gunst der Stunde zu nutzen und *L'Ange Noir* zu gestatten, ihr jene Gipfel der Sinnlichkeit zu zeigen, wie sie eine Frau in den Armen eines Mannes erreichen konnte, der sie wirklich zu schätzen wusste. Diese Chance hätte sie bei Murdock nicht. Und der erste Mann zu sein, der das Erblühen ihrer Leidenschaft erlebte, der mit ansah, wie sich ihr stolzes Wesen in wilde Verzückung und Hingabe wandelte …

Er strich mit der Fingerspitze über ihre Wange. Was hatte sie an Bord der *Fortuna* erlitten? Schwester Beatrice schien es nicht schlechter zu gehen, abgesehen von ihrem Fieber, das sie noch zerbrechlicher und stiller machte. Wie hatte Rosalind es geschafft, sie vor den Misshandlungen zu bewahren, die Frauen an Bord eines solchen Schiffes erwarteten? Alexandre fiel ein, was für ein Talent Rosalind im Spinnen kluger Lügen besaß. Was immer sie Vasquez erzählt hatte, musste nachgerade von meisterlicher List gewesen sein, dass es selbst ihn zur Zurückhaltung bewegte. Vasquez war ein dummer Unmensch, doch er hatte herausgefunden, dass Rosalind sich vorher auf der *Etoile du Matin* befunden hatte. Alexandres Geheimhaltung hatte er zu Recht so gedeutet, dass dieser Rosalind für sich behalten wollte. Das allein hatte gereicht, um Vasquez zu einer Racheorgie zu verleiten.

Doch wieder einmal hatte die kleine Milchmagd gesiegt. Offensichtlich war sie imstande gewesen, nicht nur ihre Unschuld, sondern auch die von Beatrice zu schützen. Das allerdings beunruhigte Alexandre mehr als dass es ihn tröstete. Rosalind war gefährlich, und zwar in vielerlei Hinsicht. Sie hatte *L'Ange Noir* angestiftet, für sie zu töten, nachdem er sie erst einen Tag kannte. Das war unheimlich. Vasquez verdiente den Tod, seit langem schon, doch erst als Rosalind erschien, war es Alexandre wichtig geworden, Vasquez zu finden und ihm den Garaus zu machen. Ihn überkam eine finstere Vorahnung. Ja, Rosalind war eine englische Lady, und ja, sie war die Verlobte von Murdock, dem arroganten Schwein. War sie klug genug, um noch mehr als das zu sein? Die Engländer würden alles tun, um *L'Ange Noir* loszuwerden, ihm sogar Spione auf den Hals hetzen. Es bestand durchaus eine entfernte Möglichkeit, dass Rosalind als Köder in einer geschickten Falle fungierte, die Murdock persönlich aufgestellt hatte.

Aber solche unschönen Gedanken verdrängte Alexandre gleich wieder. Rosalind war hier bei ihm, sicher, wohlbehalten und lieblicher denn je. Ihr schmaler Hals unter dem hohen Kragen reizte ihn, sie als ein Geschenk zu sehen, das ganz allein für ihn bestimmt war. Er nahm ein Ende des Bands zwischen Daumen und Zeigefinger und zog behutsam daran, bis sich die Schleife löste und der Kragen auffiel. Dann erschrak er. Die samtige cremefarbene Haut, die Alexandre erst kürzlich mit Küssen bedeckt hatte, war zerkratzt und gerötet. Der Anblick bestätigte seine Befürchtungen und ließ sein Blut erneut vor Wut kochen. Was für Male von Misshandlungen würde er noch finden?

Rosalind regte sich und öffnete die Augen. Sie sah ihn mit dem verständnislosen Blick der soeben Erwachenden an. Alexandre erinnerte sie an ein zerzaustes Kätzchen, und fasziniert beugte er sich zu ihr, um mit seinen Lippen über ihre zu streichen.

»Bonsoir, ma belle«, murmelte er. »Wollt Ihr weiterschlafen, oder sollen wir ein bisschen reden?«

Rosalind setzte sich auf und rieb sich die Augen. »Ich denke, es ist besser, wenn wir reden, *mon Capitaine.«* Sie gähnte und hielt dabei die Hand vor den Mund. »Aber zuerst muss ich wissen, wie es Beatrice geht.«

»Ich kann Euch versichern, dass Eure kleine Schwester in guten Händen ist. *Monsieur le Docteur* sagte mir, an ihrem Zustand wären vor allem Erschöpfung und Wassermangel schuld.«

»Wie schlimm ist es?«

»Nicht so schlimm, dass es sich mit etwas frischem Wasser und Ruhe nicht kurieren ließe. Sie wird bald wieder wohlauf sein.«

Alexandre war froh, Rosalind sichtlich erleichtert zu sehen.

»Wo ist Mr. MacCaulay?«, fragte sie.

Nun kam der Moment, den er aufzuschieben gehofft hatte. »Er ist nicht mehr an Bord.«

Rosalind hob den Kopf. »Was habt Ihr mit ihm gemacht? Ihr habt ihn doch nicht auf der Insel zurückgelassen, oder?« Ihre blauen Augen funkelten vor Wut. »Er wollte uns retten! Er hat sich zwischen uns und diese schmutzigen, bösen Untiere gestellt, die uns zu Vasquez geschleppt haben! Wo wart Ihr, *mon Capitaine*? Wo wart Ihr, als wir Euch brauchten?«

Alexandre seufzte. Er hätte wissen müssen, dass es nicht genügte, Rosalind zu befreien. Jetzt musste er auch noch ihre Gunst zurückgewinnen.

»Wo wart *Ihr*, Mademoiselle? Hatte ich Euch nicht befohlen, im Pavillon zu bleiben, wo Ihr in Sicherheit wart?«

»Es ist unerheblich, wo ich war, *mon Capitaine*. Wo ist Mr. MacCaulay? Was habt Ihr mit ihm gemacht?«

»Monsieur Gingras entfernte eine Pistolenkugel und nähte ihm die Wunde an der Schulter. Anschließend haben wir ihn auf die *Diabolique* gebracht, die in diesem Moment nach Jamaika segelt. Dort wird er weitere medizinische Behandlung bekommen.«

Rosalind starrte ihn sprachlos an. Lächelnd strich Alexandre ihr ein paar goldene Locken über die Schulter.

»Seid Ihr überrascht, *ma belle?*«

»*Mais oui, mon Capitaine*. Gnade kommt bei Piraten schon selten genug vor, aber Mitgefühl ... Das habe ich noch nie gehört.«

»Euer Aufenthalt auf *La Fortuna* dürfte Euch vielleicht gezeigt haben, dass es nicht nur eine Sorte von Piraten gibt.«

»Aber am Ende sind alle Piraten gleich, *mon Capitaine*. Sie leben davon, Unschuldige auszurauben.«

»Die Engländer sind nicht unschuldig, was ihr Verhalten den Franzosen gegenüber betrifft, schon seit langem nicht mehr.«

Rosalind neigte den Kopf zur Seite und sah ihn an, so dass Alexandre das ungute Gefühl hatte, abgeschätzt und für fehlerhaft befunden zu werden.

»Sagt mir, *mon Capitaine*, gehen Euch jemals die Entschuldigungen für das aus, was Ihr tut?«

»Ich brauche keine Entschuldigungen, Mademoiselle«, erwiderte er empört. »Ich brauche nur ein schnelles Schiff und das weite Meer.«

»Habt Ihr da nicht etwas vergessen, *mon Capitaine?*«

»Als da wäre, Mademoiselle?«

»Einen Feind, der Euch so weit unterlegen ist, dass Ihr Euch neben ihm heroisch ausnehmen könnt.«

Alexandre spürte, wie er langsam, aber unaufhaltsam zornig wurde. Rosalind hatte ihn wieder und wieder beleidigt, seit sie an Bord der *Etoile du Matin* gekommen war, aber das hier übertraf alle bisherigen Schmähungen.

»Seid vorsichtig, Mademoiselle«, sagte er leise. »Viele Männer hätten Angst, in diesem Ton mit mir zu sprechen.«

Rosalind starrte ihn an. Wut, Verzweiflung, Verachtung, sogar Trauer spiegelten sich in ihren Zügen. Sie wurde blass.

»*Pardonnez-moi, mon Capitaine.* Ein wenig Ruhe, dann werde ich meine Rolle in dieser Komödie wieder aufnehmen.«

Sie drehte ihm den Rücken zu. Alexandre saß da und blickte auf ihren goldenen Zopf. Wie konnte er sich bloß so erklären, dass Rosalind ihm nicht nur glaubte, sondern ihn auch akzeptierte? Yves würde ihn einen kolossalen Narren nennen, wüsste er, was Alexandre vorhatte. Diese Schlacht erforderte mehr Strategie als seine letzten drei Beutezüge. Und der Erfolg des Plans hing einzig davon ab, ob er Rosalinds Gunst gewann oder nicht. Angesichts der Klugheit seiner Milchmagd wäre die Wahrheit wohl am zweckdienlichsten.

»Mademoiselle, Ihr habt allen Grund, das Schlechteste von mir zu denken. Ich habe Euch und Eure Freundin entführt, Euer Leben durcheinandergebracht und Euch meinen Willen aufgezwungen.« Er stand auf und begann, in der Kajüte auf- und abzugehen. »Ich bin ein Pirat. Ich bin bekannt dafür, sehr gut in dem zu sein, was ich tue. Sollte ich mich in einigen speziellen Häfen blicken lassen, würde der Henker mir sogleich ein Stelldichein geben.«

Alexandre wartete und hoffte, Rosalinds Neugier wäre so weit geweckt, dass sie sich ihm wieder zuwandte. Tatsächlich hörte er das Rascheln der Bettdecke, drehte sich um und sah Rosalind in die Augen. Zu seiner heimlichen Genugtuung errötete sie und griff nach dem Kragen ihres Nachthemds. Er senkte die Stimme, worauf aus Zerknirschung Verführung wurde.

»Jedes Schiff, das ich als Beute auswähle, braucht lediglich die Flagge einzuziehen und sich zu ergeben. Und dass *ich* gefangen werde, ist sehr unwahrscheinlich.«

Er kniete sich neben das Bett.

»Ich bin kein Narr, und doch kann ich zu meiner Entschuldigung nichts anderes als größtmögliche Narretei anführen. Als Vasquez ankam, war ich innerlich entflammt und mein Verstand so geblendet vom Glanz Eurer Schönheit, dass ich nicht klar denken konnte.« Er nahm Rosalinds Hand und rieb sie an seiner Wange. »In meiner Ungeduld wollte ich Vasquez wie alle anderen Ablenkungen einfach nur so schnell wie möglich loswerden.«

Wieder machte er eine Pause und versuchte zu ergründen, was in ihr vorging. Er konnte ihren Puls fühlen, und ihre Wangen waren immer noch gerötet. Als er fortfuhr, sprach er noch leiser, zärtlich flüsternd.

»Ich wollte Euch, *ma belle.* Mehr als alles andere. Ich konnte nichts anderes mehr denken.«

Rosalind wollte ihre Hand wegziehen, doch er hielt sie fest und küsste ihre Innenfläche.

»Urteilt nicht zu hart über mich, *ma belle.* Ich kam Euch doch holen, oder nicht? Ich ließ mich durch nichts davon abhalten, nicht einmal durch den Sturm, der mir die Segel von den Masten zu reißen drohte.«

Rosalind betrachtete ihn trotzig. »Wollt Ihr mich etwa glauben machen, dass Ihr meint, unsere Errettung könnte Eure erste Untat aufwiegen?«

Alexandre hatte Mühe, sich zusammenzunehmen, aber er sprach leise weiter. »Nehmt es als Beweis meiner Kultiviertheit, *ma belle.* Nur ein Narr hätte *La Fortuna* bis auf die andere Seite von Jamaika verfolgt und Vasquez mit seinen zwanzig Kanonen angegriffen. Jeder andere Pirat hätte Euch Vasquez überlassen und darüber noch gelacht.«

»Und dennoch tatet Ihr es nicht. Warum nicht, *mon Capitaine?* Kann *L'Ange Noir* wirklich so verrückt nach einer englischen Milchmagd sein?«

Alexandre stand auf und wandte ihr den Rücken zu, ehe er die Beherrschung verlor. So gern er auch mitangesehen hätte, wie Lady Rosalind Hanshaw ihre selbstgerechte Entrüstung aus dem Gesicht gewischt wurde, dies war nicht der richtige Zeitpunkt, ihr sein Wissen um ihren wahren Namen zu enthüllen. Vielleicht wäre die Rache an Murdock umso größer, wenn er ihm diese Meerjungfrau lebend und wohlauf zurückschickte. Nein. Alexandre zwang sich, bei seiner Strategie zu bleiben. Er wollte sie gewinnen. Er wollte Rosalind dahin bringen, dass sie verzweifelt wäre, wenn er sie schließlich nach Hause schickte.

»Ich konnte den Gedanken nicht ertragen, Euch in den Klauen dieses Schurken zu wissen. Deshalb riskierte ich mein Schiff und meine Männer, um Euch zu retten.« Mit gesenktem Kopf stand er da. »Verdiene ich dafür nicht eine gewisse Begnadigung in Euren Augen, *ma belle?* Oder bin ich auf ewig verdammt, ohne Hoffnung auf Erlösung?«

Stille. In seiner Büßerpose verharrend, wartete er, bis Rosalind schließlich sprach.

»Ich finde es seltsam, den Teufel selbst um Gnade bitten zu hören.«

Etwas an ihrem Ton machte Alexandre aufsehen. Ihr Gesichtsausdruck war genauso wachsam wie in jenem Moment, als er ihr von seinem Achterdeck aus sagte, sie könnte sich ihm zu ganz besonderen Bedingungen ergeben. Alexandre kniete sich wieder neben das Bett, nahm erneut ihre Hand und hob sie an seine Lippen.

»Ich habe meine Torheit zugegeben, Rosalind. Kein Mann hat je ein solches Geständnis von mir gehört. Werdet Ihr mir gnädig sein?«

Rosalind seufzte. Ihre Hand fühlte sich schwach an, schwer vor Ermattung. Alexandre wusste, dass es grausam von ihm war, sie so zu strapazieren, aber er brauchte wenigstens ein kleines Zeichen der Gnade von ihr, eine Andeutung von Waffenruhe zwischen ihnen.

»Meine Gnade und Vergebung erlangt Ihr, indem Ihr uns nach Jamaika, vorzugsweise nach Kingston bringt und dort freilasst.«

»Wollt Ihr mich so schnell Eurer Gesellschaft berauben, *ma belle?* Nach allem, was ich getan habe, um uns wieder zusammenzubringen?« Alexandre schenkte ihr das Lächeln, das einst eine Bardame auf der Stelle in Ohnmacht fallen ließ.

Rosalind schloss die Augen und wandte sich ab. »Bitte, *mon Capitaine*, ich bin zu müde für Tändeleien.«

»Dann werde ich Eure Kraft nicht an so geringe Vergnügungen verschwenden.«

Alexandre beugte sich vor und küsste Rosalind zärtlich auf den Hals. Von dort bewegten sich seine Lippen weiter den offenen Ausschnitt ihres Nachthemds hinab, bis er mit der

Wange ihre Brust berührte. Rosalind rang hörbar nach Atem. Der weiße Leinenstoff schmiegte sich an ihren Körper, so dass Alexandre genau erkennen konnte, wo sich die rosa Spitzen ihrer Brüste unter dem Stoff aufrichteten. Er bedeckte eine mit dem Mund. Nach ihrem Bad schmeckte Rosalind nach Süßwasser, Flieder und ihrer ganz eigenen Note. Alexandres Verlangen wuchs und wuchs. Er sehnte sich danach, sie überall zu kosten und zu genießen, wie er das süßeste Marzipan genießen würde.

Er schob die Hände behutsam unter ihre Waden und zog sie weiter zu sich, wobei ihr Nachthemd über ihre Schenkel nach oben rutschte. Das Leinen wellte sich über ihrem flachen Bauch und gab jenen Schatz frei, den Alexandre so sehnlichst begehrte. Goldene Löckchen verhüllten ihre zarten Tiefen. Bevor Alexandre jedoch ihren jungfräulichen Honig kosten konnte, drehte Rosalind sich weg und entwand sich ihm. Sie lehnte sich gegen die Spundwand, die Wangen tief gerötet. Ihre Brust hob und senkte sich unter ihren schweren Atemzügen.

»Ich bin nicht so erschöpft, dass ich mich nicht wehren kann, *mon Capitaine.*«

Alexandre ballte die Fäuste in der Decke, um das unbändige Verlangen zu unterdrücken, ihr das Nachthemd herunterzureißen und nichts anderes mehr zu hören als ihre Lustschreie. Noch schwerer fiel es ihm, der grausamen Versuchung zu widerstehen, ihr zu beweisen, wie wehrlos sie eigentlich war. Er wusste, dass er sie mit Leichtigkeit so lange küssen konnte, bis sie sich ihm freiwillig hingab, und sie anschließend in eine Welt neuen Hungers und Verlangens zurückführen. Am Ende würde sie seinen Namen schreien, ihn anflehen, ihr die allergrößte Lust zu bereiten. Rosalind hockte in der Ecke, die Beine angezogen und das Nachthemd sicher darumgewickelt. »Ich gratuliere Euch zu dem hübschen Profit, den Ihr gemacht habt. Die Ladungen von drei verschiedenen Schiffen, die Befriedigung, Vasquez getötet zu haben, und nun auch noch die letzte Belohnung, sobald Ihr uns absetzt.«

Alexandre sah sie streng an. Was hatte sie diesmal wieder gehört? »Meint Ihr ein Lösegeld, Mademoiselle? Eurem eigenen Bekunden nach seid Ihr doch nichts wert. Wie könnte ich da ein Lösegeld für Euch fordern?«

»Wie, *mon Capitaine?*« Sie zeigte auf die Armreifen und die Perlen, die auf dem Boden verteilt lagen. »Ihr werdet die auch wollen.«

»O nein, Mademoiselle«, sagte Alexandre und stand auf. »Die sind rechtmäßig Eure.«

»Nach welchem Recht?«

»Ihr wart die Erste auf dem Beuteschiff. Den wenigen Gesetzen zufolge, die ich anerkenne, gehören sie Euch.« Alexandre hob den Schmuck auf und hielt ihn ihr in den flachen Händen hin. »Ihr seid eine erstaunliche Frau, Rosalind. Ich bin noch nie einer solchen Courage begegnet.«

Tränen liefen über Rosalinds Wangen, und sie schlug ihm den Schmuck aus der Hand, dass er wieder über den Boden kullerte. »Ich will das nicht!«

Erschrocken ob dieses plötzlichen Gefühlsausbruchs, streckte Alexandre die Hand aus, um die Perlen aufzuheben. Während seine Finger sich um die glatten, runden Formen schlossen, wanderte sein Blick wieder zu den Rötungen an Rosalinds Hals, die nun von ihrem Kragen bedeckt wurden.

»*Mon Dieu …*« Kalte Wut packte ihn. »Hört mir zu,

Rosalind. Ich wünschte von ganzem Herzen, ich könnte Vasquez noch einmal töten. Ich würde ihn mit fünfzig Peitschenhieben für jedes Mal bezahlen lassen, dass er Euch zugefügt hat.«

Rosalind wischte sich die Tränen ab, rutschte ans Fußende des Bettes und beugte sich herab, um die Armreifen aufzuheben. »Ihr sagt, die gehören mir. Nun gut, *mon Capitaine*. Ich biete sie Euch als Bezahlung für meine und Beatrices Überfahrt. Das Gold dürfte auch genügen, Euch für die Vorräte zu entschädigen, die wir bis Kingston verbraucht haben.«

Alexandre staunte. Bei aller Erschöpfung oder Verzweiflung war Rosalind entschlossen, wenigstens den Anschein von Würde zu wahren. »Und was ist mit unserer ursprünglichen Vereinbarung, Mademoiselle? Was ist mit den Bedingungen, die Ihr selbst aufgestellt habt?«

Alexandre richtete sich zu seiner vollen Höhe auf. Er überragte Rosalind, die sich kaum auf den Beinen halten konnte, um einiges, und dennoch ließ sie sich nicht einschüchtern. Die Armreifen waren genug wert, um ihre neuen Bedingungen akzeptabel zu machen. Vielleicht sollte er jetzt nachgeben. Sie waren noch auf seinem Schiff, mitten in der Karibik. Und er hatte vor, in Martinique an Land zu gehen, ehe er sich auch nur in die Nähe von Kingston wagte. Das hieß, ihm blieben noch viele Tage, so viele Tage wie er wollte. Und gönnte er Rosalind diesen kleinen Sieg, könnte er sie damit milder stimmen, was seinen Plänen entgegenkäme.

»Wie Ihr wünscht.« Alexandre hielt die Hand hin und lächelte verhalten. »Wisset, Mademoiselle, dass ich sie nur mit der größten Enttäuschung annehme.«

»Ihr seid ein Filou, *mon Capitaine.*«

»Ich wurde schon Schlimmeres genannt, *ma belle*, und zwar von Euch.«

Alexandre hob die Perlen auf. Bei dem Anblick wurde Rosalind bleich und wandte sich ab. Am liebsten hätte er sie in die Arme genommen, um alle Erinnerungen an Vasquez und das, was er ihr angetan hatte, zu vertreiben. Allerdings war auch Alexandre selbst nicht ganz unschuldig. Sein erster Fehler war der gewesen, diese großartige Frau zu unterschätzen.

Wie gern würde er Rosalind einmal in ihrem elegantesten Kleid sehen – vielleicht für einen Ball im Haus seines Vaters. Seine Mutter, die allzeit fröhliche Veronique, wäre begeistert von Rosalinds wachem Verstand und ihrer trotzigen Art. Eine plötzliche Traurigkeit überkam Alexandre bei dem Gedanken daran, was er alles gezwungen gewesen war, hinter sich zu lassen. Er verdrängte die Gedanken, verschloss sein Herz und seinen Geist vor jener Sehnsucht, die ihn doch über kurz oder lang wieder einholen würde. Wenn er sich nicht gleich zu Anfang gegen den Kummer stählte, peinigte er ihn über Tage.

»Und nun, *ma belle*, habe ich Euch lange genug wach gehalten.« Sein Gespür für Taktik sagte ihm, er sollte sich würdevoll zurückziehen. Er küsste Rosalind sanft auf die Stirn. »Ruht solange Ihr wollt.«

»Aber … ich kann wohl schlecht hierbleiben.«

»Dies ist die beste Unterkunft, welche ich einer Lady anbieten kann, die mich in Gold bezahlt. Es sei denn, Ihr zieht eine Hängematte unter Deck vor.«

Als sie zögerte, hob Alexandre sie in seine Arme und legte sie aufs Bett. »Muss ich wieder anfangen, Euch Befehle zu erteilen, *ma belle?* Wo wir doch gerade so gut miteinander auskommen?«

Rosalind klammerte sich für einen Moment an seine Schultern und machte ihm schon Hoffnung, sich zu ihr legen zu dürfen, doch dann fragte sie schmeichelnd: »Darf ich später zu Beatrice?«

»Natürlich. Schlaft jetzt. Alles wird gut.«

Sie lächelte und kuschelte sich unter die Decke. Alexandre stand da und sah sie an, bis ihr Atem tief und regelmäßig ging und er wusste, dass sie fest schlief. Immer noch ging ihm der Gedanke durch den Kopf, was Veronique von Rosalind halten würde, und neckte ihn mit unmöglichen Phantasien. Er schüttelte den Kopf. Es gab andere Pläne, die er verwirklichen musste. In diesen Tagen galt sein Leben allein der Rache.

Kapitel 14

Als Rosalind erwachte, malte das Sonnenlicht, das durch das Heckfenster hineinfiel, rötlich goldene Streifen auf die Spundwand. Die Tropenhitze wurde ein wenig erträglicher, also musste es später Nachmittag sein. Die erste Schiffswache? Sie hatte einige Stunden geschlafen, warm, sicher und ungestört, und nicht einmal die Schiffsglocke gehört. Sie lag da und klammerte sich an die wenigen Augenblicke des vollkommenen Friedens. Ihre Gedanken wanderten sogleich zu dem Rätsel, das ihr Alexandres plötzliche Veränderung aufgab. Wie verwandelt war er gewesen, hatte sich selbst einen Narren genannt, war vor ihr auf die Knie gefallen und hatte sie nachgerade angefleht, ihm gnädig zu sein. Was für ein auffallender Kontrast zu dem mächtigen Piratenkönig, der sich vor seiner gesamten Crew einen Spaß mit ihr gemacht hatte.

Alexandre hatte die Armreifen angenommen, schien die neue Vereinbarung zu akzeptieren, aber die bitteren Ereignisse der letzten Monate hatten Rosalind gelehrt, realistisch zu bleiben. Sie war nach wie vor an Bord der *Etoile du Matin* gefangen, meilenweit entfernt von einem Hafen, in dem sie freundlich aufgenommen würde. Alexandre war Black Angel, Feind der Engländer, und an Bord seines Schiffes tat er, was ihm gefiel. Im Moment gefiel es ihm, Rosalind glauben zu machen, er wäre ein Gentleman und gewillt, sein Wort zu halten.

Und sie musste auch für Beatrice Sorge tragen. Eine Woge von Schuldgefühlen vertrieb ihre neue wohlige Ruhe. Sie hätte längst aufstehen und sich darum bemühen müssen, dass Beatrice die bestmögliche Betreuung bekam, die Doktor Gingras ihr zukommen lassen konnte. Rosalind warf die Bettdecke beiseite. Wenn schon sonst nichts, konnte sie zumindest den Schein wahren, indem sie sich kleidete, wie es sich für eine Lady ziemte. Für einen kurzen Moment erschrak sie vor ihren eigenen Gedanken. Warum sollte sich eine alleinstehende Lehrerin wie eine junge Lady kleiden? Alexandre würde es bemerken und gewiss nicht wortlos hinnehmen. Rosalind sah zur Tür und zog eine Grimasse. Sie könnte ihm sagen, es wären abgelegte Kleider von einer wohlhabenden Schwägerin.

Sie öffnete ihre Seetruhe und nahm ein Kleid aus pfirsichgelbem Satin heraus, das sie auf dem Bett auslegte. Es folgten Korsett, Unterröcke, Strümpfe und weiße Ziegenlederschuhe. Was für ein Jammer, dass sie keine Zofe bei sich hatte. Beatrice hätte ihr helfen können, ihr Haar richtig aufzustecken. Andererseits hatte Alexandre sie schon weit schlimmer gesehen – frisch aus dem Meer gepflückt in zerrissenen Resten von Unterkleidern. Er hatte sie in dem widerwärtigen Dirnenkostüm gesehen, in das Vasquez sie nötigte. Sollte Black Angel sie nun ruhig als Miss Rosalind Brooks sehen, eine junge, anständige und eigenständige Frau.

Es war eine Wohltat, wieder richtige Kleidung anzuziehen – noch dazu saubere und trockene. Mit jedem Stück, das sie anlegte, fühlte Rosalind ihr Selbstvertrauen zurückkehren. Die Hitze wurde durch die vielen Schichten Kleidung fast erdrückend, aber der Abend stand bevor und würde ein wenig Abkühlung bringen. Rosalind löste ihren Zopf. Dann tauchte sie tief in ihrer Seetruhe nach dem Elfenbeinkamm, den Thomas ihr von einer seiner Überseereisen mitgebracht hatte. Ein paar verirrte Haarnadeln fielen ihr in die Hände, die sie gut gebrauchen konnte. Sie setzte sich aufs Bett, beugte sich vor und ließ ihr langes Haar offen herab. Dann kämmte sie es sorgfältig und löste geduldig alle Knoten. Der Rhythmus der Kammstriche wirkte beruhigend auf ihre angegriffenen Nerven und ließ sie klarer denken. Als Erstes würde sie nach Beatrice sehen. Dann würde sie Doktor Gingras suchen und sich anhören, was er über Beatrices Zustand sagte. Gewappnet mit diesem Wissen würde sie Alexandre ein weiteres Mal bitten, sie auf schnellstem Weg nach Jamaika zu bringen. Vasquez war eher parallel zu der Insel gesegelt als von ihr weg. Sie könnten also nur einen oder zwei Tage von den Häfen entfernt sein.

Die Kajütentür ging auf. Da stand Alexandre, gekleidet in eines seiner losen weißen Hemden und eine leichte Baumwollhose. Selbst seine Stiefel hatte er aufgrund der Tageshitze ausgezogen. Sein langes Haar war zu einem Zopf streng nach hinten gebunden. Er sah so jung, so sorglos aus. Beschämt merkte Rosalind, dass sie ihn anstarrte, und sprang auf. Aus Gewohnheit warf sie ihr noch offenes langes Haar über ihre Schulter nach hinten. Es fiel ihr in goldenen Wellen über den Rücken, über die Hüften bis hinab zu ihren Schenkeln. Alexandre starrte sie an. Seine dunklen Augen nahmen jeden Millimeter ihrer Erscheinung auf. Und sein normalerweise strenger Gesichtsausdruck wich einem von sanftem Erstaunen und Verzücken.

»*Oui, mon Capitaine?*«, fragte Rosalind.

Alexandre trat ein paar Schritte näher, bis er vor ihr stand. Seine Fingerspitzen berührten Rosalinds Schläfen, glitten nach hinten in ihr Haar und von dort in ihren Nacken. Die Sanftheit, die Faszination und die Ehrfurcht, die aus Alexandres Berührung sprachen … Rosalind stand ganz still da, unfähig, sich seiner zu erwehren. Sie war viel zu gebannt von dem, was sie in seinen Augen erkannte. Dann waren da wieder seine Hände, die in ihr Haar tauchten und ihr Gesicht umfassten. Er beugte den Kopf und umfing ihre Lippen mit seinen. Sie lehnte sich an ihn, und seine dünne Kleidung ließ sie alle Konturen seines muskulösen Körpers erfühlen.

Alexandre strich mit den Händen durch ihr Haar, streichelte und liebkoste es mit den Lippen. Er berührte sie wie ein Mann, der sie aus tiefstem Herzen würdigte und verehrte. Was für ein Mann, was für ein wunderschöner, leidenschaftlicher, aufregender Mann … Ihre Lippen öffneten sich, ihre Hände hoben sich von allein, ihn zu umarmen. Alexandre seufzte, während er ihre Zunge mit seiner liebkoste und in seinen Mund lockte. Er schmeckte herrlich würzig und süß zugleich, nach einer Mischung aus Rum, seinem Pfeifentabak und Salzwasser. Die langen, eleganten Finger tauchte er immer noch in ihr Haar, und entgegen Rosalinds Erwartungen, nahm er sich keine weiteren Freiheiten. Er hielt sie einfach nur fest und streichelte ihr Haar.

»Ihr seid eine Vision, *ma belle.*« Er küsste sie auf die Schläfe und betrachtete fasziniert ihr Haar, das mit seinen Fingern verwoben war. »Nie habe ich einen solche Glanz gesehen.«

»*Merci, mon Capitaine.*« Rosalind wich zurück, denn Alexandres Gesichtsausdruck und Tonfall verstörten sie und sprachen doch eine deutlichere Sprache als all seine hübschen Komplimente. »Wolltet Ihr mir etwas sagen?«

»Was auch immer es war, es kann warten.«

Alexandre schloss die Tür, nahm Rosalinds Hände und drehte sie herum. Rosalind musste beinahe lachen, war es doch fast wie der Tanz, den sie sich ausgemalt hatte. Er wirbelte sie mal in die eine, mal in die andere Richtung, so dass ihr Haar herumflog und im Sonnenlicht blinkte. Als er sie wieder herumdrehen wollte, stolperte Rosalind zurück und hielt sich eine Hand an den Kopf.

»Ich bitte Euch, *mon Capitaine!* Ihr gebärdet Euch ja wie ein kleiner Junge mit einem Kreisel, so wie Ihr mich herumdreht.«

Aus der staunenden Bewunderung in Alexandres Blick wurde kecker Charme. »Und Ihr, *ma belle*, seid die Art Spielzeug, mit der nur größere Jungen spielen dürfen.«

Rosalind mühte sich um ein bisschen Würde. »Ich bin kein Spielzeug, *mon Capitaine.*«

»Das sagt Ihr nur, weil noch nie *richtig* mit Euch gespielt wurde.«

Alexandre hob Rosalind mit beiden Armen hoch und wirbelte sie herum. Ihr blieb nichts anderes übrig, als sich an ihn zu klammern. Als die Kajüte aufhörte, um sie herumzufliegen, stellte Rosalind voller Schreck fest, dass sie auf dem Bett lagen.

»Ich spiele eigentlich nicht mit Puppen«, sagte Alexandre, »aber es würde mir sehr viel Spaß machen, Euch an- und auszukleiden.« Er zupfte spielerisch an der Spitze auf ihrer Brust.

Rosalind versetzte ihm einen leichten Klaps auf die Hand.

»*Mon Capitaine!* Muss ich Euch daran erinnern, dass Ihr Euch Eurem Alter gemäß verhalten solltet?«

Alexandre grinste, und beim Anblick seiner vollen Lippen wurde Rosalind ängstlich und erregt zugleich.

»Wie Ihr wünscht, *ma belle*. Ich werde keine kindischen Witze mehr machen und tun, was ein Mann meines Alters tun würde.«

Er legte ein Bein über ihres und stützte sich mit einem Arm auf dem Kissen neben Rosalind auf. Nun war sie unter ihm gefangen. Rosalind stieß einen empörten Schrei aus. Ihre Hände lagen wie gefangen zwischen ihren beiden Körpern, und sie riss sie beiseite, damit sie Alexandre gegebenenfalls von sich stoßen konnte. Er aber nahm sie beide mit seiner linken Hand und drückte sie über Rosalinds Kopf aufs Kissen. Mit seiner rechten bedeckte er ihren Busen, dass die Wärme durch den Satin und Batist drang.

»Sagt mir, *ma belle*, durch wie viele Schichten edler englischer Wäsche muss ich mich arbeiten, bevor ich an Eurem jungfräulichen Gestade lande?«

Rosalind wandte das Gesicht ab und errötete bei dem Gedanken daran, dass er wohl kaum mehr scherzte. Sie bemühte sich, möglichst kalt und überlegen zu wirken, als sie erwiderte: »*Mon Capitaine*, ich muss darauf bestehen, dass Ihr Euch sofort von mir erhebt. Ihr macht mir das Kleid ganz kraus.«

»Ach ja?« Alexandre blickte mit gespieltem Erstaunen auf seine Hand. »Ich hätte gedacht, es bräuchte mehr, Satin kraus zu machen. Das vielleicht?«

Er drückte ihren Busen sanft und sinnlich. Verwirrung, Wut und Verlangen regten sich in Rosalind und entluden sich in einem tiefen Stöhnen.

»Ich kann Euch nicht hören, Mademoiselle. Seid so freundlich und sprecht lauter.« Er liebkoste ihre Brüste weiter, worauf sich ihm Rosalind unwillkürlich entgegenbog.

»*C'est bon.* Fahren wir fort.« Alexandre hob seine Hand von ihrem Busen. »Ich sehe hier keine Falten im Stoff, Mademoiselle. Vielleicht sind es die kleinen festen Stellen hier, die den Schaden anrichten.« Sein Daumen und Zeigefinger schlossen sich um eine Brustspitze und rollten sie ganz sacht hin und her.

»Hört auf!« Rosalind wand sich unter ihm und versuchte, ihn von sich zu stoßen.

Alexandre gab einen kehligen Laut von sich. »Vorsichtig, Mademoiselle. Wie ich Euch bereits an dem Tag sagte, als wir uns erstmals begegneten, könnte ich es als Aufforderung deuten, wenn Ihr Euch auf diese lüsterne Weise an mir reibt.«

Rosalind erstarrte in der wütenden Gewissheit, dass sie in der Falle saß.

»Möglicherweise sorgt Mademoiselle sich um ihren Rock.« Alexandre griff in den Satin und entblößte Rosalinds rechten Schenkel. »Was machen wir nur mit Mademoiselles Rock?«

Auf einmal lag er nicht mehr auf ihr. Bevor Rosalind sich jedoch rühren konnte, flogen Rock und Unterrock über ihren Kopf. Sie kreischte vor Scham und Wut und schlug nach dem Stoff, um sich zu befreien.

»Mademoiselle ist besorgt um ihr Kleid.« Alexandre murmelte die Worte gegen die dünne Leinenschicht, die sie nun noch schützte. »Also muss ich mich davon fernhalten.« Die Hitze seines Atems auf der empfindsamen Haut ihres Innenschenkels lähmte Rosalind geradezu. »Mademoiselle hat sich solche Mühe mit ihrer Toilette gegeben, da darf ich ihr nicht zumuten, dass alles ruiniert wird.«

Die Tropenhitze war nichts gegen das lodernde Feuer in Rosalinds Innerem. Es raubte ihr den Atem. Sie schob die Stofflagen weg, um Alexandre wütend anzusehen. Er lehnte seinen Kopf auf ihren Schenkel. Sein Gesicht war gerötet, und die dunklen Augen funkelten unter seinen halbgeschlossenen Lidern. Er lächelte.

»Es sei denn«, sagte er, »Mademoiselle bittet mich persönlich darum.«

»Mademoiselle hat nicht vor, dergleichen zu tun«, erwiderte Rosalind schnippisch. »Und jetzt seid so freundlich, Euch von mir wegzubegeben!«

Alexandre rieb seine Wange an ihrem Schenkel und bewegte sich dabei langsam weiter nach oben. Er sah so selbstzufrieden aus, sich seiner Sache gänzlich sicher. Allein das machte Rosalind maßlos zornig. Schlimmer aber noch war, dass ihr verräterischer Körper kein bisschen wütend auf ihn reagierte. Er schien Alexandres Nähe an einer so intimen Stelle vielmehr zu genießen.

»Ich warne Euch, *mon Capitaine*. Entfernt Euch, augenblicklich!«

»Und wenn ich es nicht tue?« Alexandre drückte mit der Fingerspitze auf eine Satinschleife an ihrem Unterrock und strich mit sanften, langsamen Bewegungen darüber. Rosalind erbebte unter seiner Berührung.

»Also gut, *mon Capitaine*. Ihr lasst mir keine Wahl.«

Rosalind stemmte ihren rechten Fuß gegen Alexandres Brust. Doch ehe sie ihn wegstoßen konnte, ergriff er ihren Knöchel und schob das Bein über seine Schulter. Zu spät erkannte Rosalind ihren Fehler. Sie versuchte, ihr Bein zu befreien, aber es war vergebens. Alexandre hielt ihren Unterschenkel auf seiner Schulter fest. Mit den Zähnen packte er den Saum ihres Unterrocks und zog ihn höher, so dass er noch mehr Haut entblößte. Sein Atem liebkoste sie und weckte in Rosalind den Wunsch nach mehr. Er bedachte die zarte Haut oben an der Innenseite ihres linken Schenkels mit unzähligen sanften, kleinen Küssen, die sie ein bisher ungekanntes Verlangen spüren ließen. Ihr Körper sehnte sich nach seinen Zärtlichkeiten, aber ihr Verstand weigerte sich aufzugeben.

»Nein! Bitte, ich flehe Euch an!«

»Was ist das? Lady Wildkatze bittet mich um Gnade?«

Alexandre drückte einen verharrenden Kuss auf die weichen weizenblonden Locken. Er neckte sie, indem er mit der Zunge in ihre zarte, feuchte Tiefe vordrang. Rosalind schrie auf, hin- und hergerissen zwischen dem Drang, ihm zu entfliehen, und dem noch viel größeren, sich ihm hinzugeben. Sie versuchte, sich von ihm wegzudrehen, aber Alexandre hielt sie und nutzte ihre hilflosen Bewegungen, um sie weiter mit seiner Zunge zu erkunden. Rosalind fiel auf das Kissen zurück, schwindlig von der Hitze, die in ihr wütete.

Alexandre strich mit der Fingerspitze über die flachsfarbenen Locken, die feucht waren von seinen Küssen. »Werdet Ihr betteln, *ma belle?* Werdet Ihr mich anflehen, Euch zu lieben und der erste Mann zu sein, der Euch unter sich erbeben fühlt, wenn Ihr die Wonne kostet, die er Euch bereitet?«

Rosalind lag ganz still, vollkommen gebannt von dem sanften Streicheln seines Fingers. Alexandres Stimme hatte etwas Hypnotisierendes. Mit demselben Verlangen, mit dem sie sich danach sehnte, in den Klang seiner Worte einzutauchen, wollte sie sich in seinen samtig dunklen Augen verlieren.

»Habt Ihr mir nichts zu sagen, *ma belle?*« Alexandre seufzte in gespieltem Verdruss. »Nun gut. Wenn ich Euch foltern muss, werde ich es tun.«

Rosalind holte Atem, um etwas zu sagen. Dann jedoch berührten sie seine Lippen, und seine Zunge drang tief zwischen ihre Schenkel. Er küsste sie dort mit derselben Gründlichkeit, mit der er ihren Mund erkundet hatte. Rosalind stöhnte tief. Dann fand seine Zunge jenen kleinen Punkt und liebkoste ihn, bis Rosalind fürchtete, jeden Augenblick zu ersticken.

»Alexandre! Bitte, ich … ich kriege keine Luft …«

In heißen Wellen überkam sie ein unbeschreibliches Hochgefühl, und ihr Körper übernahm. Ihre Hüften bewegten sich, ihr Atem ging in kurzen, flachen Stößen, ihr Rücken bog sich nach oben, ihr Kopf fiel in die Kissen zurück. Alle Empfindungen, die Alexandre in ihr weckte, vereinten sich zu einem heißen, festen Knoten. Rosalind schrie auf und ballte die Hände in der Bettdecke zu Fäusten. Dann wurde ihre Welt in einer plötzlichen, strahlenden Explosion von Freude erschüttert. Das Strahlen durchfuhr sie wieder und wieder, während sie nach Atem rang und stumm vor Staunen war angesichts des wilden Pulsierens, das sie erfüllte. Sie sank atemlos auf das Bett zurück. Alexandre legte ihre Beine sanft wieder zurück und bedeckte sie mit ihren Kleidern. Dann streckte er sich neben ihr aus, den Kopf aufgestützt auf einen Ellbogen.

Rosalind schwebte auf einer Wolke von Wohlgefühl. Sie fühlte eine wunderbare Leichtigkeit. Kaum jedoch ebbte das Hochgefühl ein wenig ab, wandte sie sich Alexandre zu. »Werdet Ihr nicht – werdet Ihr Eure Überlegenheit nicht ausnutzen, *mon Capitaine?*«

»Würde Euch das gefallen, *ma belle?*«, flüsterte er heiser. »Wollt Ihr, dass ich Euch nicht alles zeige, obwohl ich für Euch brenne?« Er nahm ihre Hand und führte sie zu seinen Hüften, wo er sie auf die harte Wölbung seines Verlangens drückte. »Ihr seid bereit, meine liebliche Rose. Es wird einen kurzen Moment weh tun, das stimmt, aber Ihr werdet es schnell vergessen.« Er strich sanft mit seinen Lippen über ihre. »Ihr werdet Euch an nichts als das Paradies erinnern.«

Das Paradies. Black Angel bildete sich einiges darauf ein, all seinen Frauen einen Vorgeschmack aufs Paradies zu geben. Wie viele Frauen gab es? Wie viele hatte es gegeben? Rosalind riss ihre Hand zurück, setzte sich auf und schüttelte ihr Haar nach hinten.

»Nein danke, *mon Capitaine.* Diese Rose weigert sich, zu einer weiteren verwelkten Blüte in Eurer Piratenvase zu werden.«

Sie schwang die Beine vom Bett und stand auf. Kalte Entrüstung dämpfte ihre sündige Hitze. Um die Fassung wiederzufinden, ging sie auf Abstand zum Bett und begann, ihr langes Haar zu einem Zopf zu flechten. Sie wand ihn sich hastig zu einem Knoten, den sie mit ihren wenigen Haarnadeln feststeckte. Als sie sich wieder umdrehte, sah sie Alexandre, der sie mit einem Ausdruck zwischen Staunen und Verärgerung beobachtete.

»Ihr seid eine Närrin, Rosalind. Dies könnten die glücklichsten Augenblicke Eures Lebens sein.«

Etwas an seiner Stimme irritierte sie. Fort waren das Scherzhafte, die Albernheit, aber der Befehlston des Kapitäns fehlte ebenso. Alexandre war vollkommen ernst, beinahe als wollte er sie vor irgendetwas warnen. Er stand auf und kam zu ihr, so dass sein Atem beim Sprechen über ihren Nacken fächelte.

»Wollt Ihr Eure verstockte englische Art zwischen Euch und dem wahren Glück stehen lassen?«

»Ihr irrt Euch, *mon Capitaine.* Nicht jeder setzt die Befriedigung seiner Lust mit wahrer Freude gleich.«

»Vielleicht nicht, *ma belle.* Aber es ist ein sehr guter Anfang.«

Er fasste ihre Schultern und drehte sie zu sich herum. Rosalind erschrak, als sie die Entschlossenheit in seinen Zügen erkannte. »Ihr habt nur einen winzigen Tropfen der Wonnen gekostet, die ich Euch bescheren kann.«

»Bitte, *mon Capitaine.*« Rosalind wandte das Gesicht von der glühenden Leidenschaft ab, die sich in seinen dunklen Augen spiegelte. »Ich muss Beatrice sehen. Das arme Kind braucht mich.«

»Und was ist mit dem, was Ihr braucht, *ma belle?* Ihr denkt nie an Euch. Selbst jetzt, da Euer Leib nach größerer Erfüllung schreit, wollt Ihr fortlaufen und die Krankenschwester spielen.«

»Verzeiht mir, *mon Capitaine*, wenn ich Pflichtgefühl höher bewerte als Selbstsucht.«

Alexandre atmete aus und fuhr sich mit einer Hand durchs Haar. »*Très bien, Mademoiselle.* Spielt nur die kalte, stolze Lady, ganz gleich wie viel es Euch kostet.«

Rosalind zuckte zusammen. Wieder nannte er sie eine Lady. Wusste er es? Hatte er es irgendwie herausbekommen? Sie gab sich trotzig und hoffte, dass Alexandre ihre Reaktion als Kränkung ob seiner Zurechtweisung nahm.

»Bisher komme ich bestens zurecht, *mon Capitaine.* Und jetzt braucht Beatrice mich.«

»*Mais oui.*« Alexandre ließ sie los und trat zurück. »Eure kleine Freundin ruft nach Euch. Das zu sagen, war ich hergekommen.«

»Ich gehe sofort zu ihr.«

»Selbstverständlich.«

Rosalind sah zu ihm auf und suchte in der Tiefe seiner dunklen Augen nach einer Spur von Wahrheit. Alexandre konnte charmant sein, so sehr sogar, dass es ihr den Verstand raubte und sie hilflos machte. Selbst wenn er wie jetzt nur vor ihr stand, war er gefährlich. Seine Nähe, seine Wärme, der Puls an seinem Hals, der Duft von Salzwasser und Pfeifentabak in seiner Kleidung, alles verstörte sie. Sie sehnte sich danach, ihn zu berühren, wieder in seinen Armen zu liegen und sich in der Wonne seiner Umarmung zu verlieren. Er hatte ihr eine Ekstase gebracht, die jenseits von allem lag, was sie kannte. Und nun, da sie sie einmal entdeckt hatte, drängte ihre neu entdeckte Sinnlichkeit sie, auch die größeren Freuden zu genießen, die Alexandre ihr schenken könnte.

Sie war so müde und sehnte sich unendlich nach einem sicheren Hafen, nach jemandem, der alles wiedergutmachte. Könnte sie doch nur endlich frei von der Angst sein, die ihr ständiger Begleiter geworden war! Hier vor ihr stand ein Mann, der ihr all das bieten konnte, wäre da nicht die unausweichliche Tatsache, dass er ein Pirat war – und nicht nur irgendein Pirat. Er war Black Angel, Feind der englischen Handelsschifffahrt und mit jenen Piraten verbrüdert, die ihre Familie zerstörten.

Alexandre lächelte. »Ihr seid so wunderschön, Rosalind.

Ich kann gar nicht genug davon bekommen, Euch anzusehen.«

Wieder diese sanfte Schlichtheit. Sprachlos neigte Rosalind ihren Kopf vor dem Anblick dessen, was tief in Alexandres Augen aufflammte. An der Echtheit seines Verlangens bestand kein Zweifel, ob sie seine Gründe dafür nun glaubte oder nicht.

»Darf ich jetzt gehen, *mon Capitaine?*«

»*Oui*. Auf Anraten meines Arztes sitzt das junge Mädchen jetzt auf dem Achterdeck. Dort könnt Ihr Euch zu ihr gesellen.« Er öffnete ihr die Tür und trat zur Seite.

Kapitel 15

Beatrice saß auf der windzugewandten Seite des Achterdecks und fächelte sich mit geflochtenen Palmblättern Luft zu. Dünner, blasser und erschöpfter denn je, schien sie das Elend in Person, woran auch ihr festliches Brautjungfernkleid nichts zu ändern vermochte.

»Beatrice!« Rosalind eilte zu ihr und umarmte sie.

»Rosalind!« Beatrice klammerte sich mit aller ihr verbliebenen Kraft an Rosalind. Es tat Rosalind weh, sie so geschwächt zu sehen. »Ich habe mir solche Sorgen um Euch gemacht, als der böse Mensch Euch in dieses entsetzliche Kostüm steckte. Wie geht es Euch?«

Rosalind wandte den Blick ab. »Mir geht es ganz gut.«

Beatrice nahm Rosalinds Hände. »Arme Rosalind. Ihr habt so viel durchlitten, und alles nur meinetwegen. Ich stehe auf ewig in Eurer Schuld.«

»Unsinn, Beatrice. Du schuldest mir nichts. Was ich getan hab, war nichts als das, was der gemeine menschliche Anstand gebietet.«

»So gemein wohl kaum«, erwiderte Beatrice und lächelte freundlich. »Ihr seid großartig, Rosalind. So klug und stark. Ich hoffe, ich werde Euch noch häufig sehen, wenn wir erst in Jamaika sind.«

Rosalind schloss die Augen. Beatrice klang so hoffnungsvoll, dass Rosalind sich ermahnte, stark zu sein, durchzuhalten und ihre Angst wie ihren Kummer im Zaum zu halten, bis sie eine bessere Lösung für ihre Lage gefunden hatte.

»Wo ist Mr. MacCaulay?«, fragte Beatrice. »Ich habe mich nach ihm erkundigt, aber niemand sagt mir etwas.«

»Der Captain hat ihn an Bord des kleineren Piratenschiffes nach Jamaika geschickt.«

»Dann ... ist er in Sicherheit?«

»Oder wird es sehr bald sein.«

»Ich weiß nicht, was ich glauben soll«, sagte Beatrice. »Eric behauptete, Black Angel hätte das andere Piratenschiff halb um Jamaika herumgejagt, und das nur, weil er Euch zurückwollte! Stimmt das?«

»Ja, offensichtlich schon.«

»Aber warum? Warum sollte der Captain solche Mühe aufwenden, um Euch wieder gefangen zu nehmen?«

»Ich weiß es nicht, Beatrice. Dieselbe Frage stelle ich mir auch.«

Beatrice beugte sich vor und flüsterte: »Irgendetwas hier ist sehr merkwürdig. Mr. MacCaulay meinte, das sei gar kein richtiges Piratenschiff.«

»Und was wäre es seiner Meinung nach sonst?«

»Mr. MacCaulay sagte, der Captain und die Crew verhielten sich wie auf einem gewöhnlichen Handelsschiff oder auf einem dieser Marineschiffe, die Handelsschiffe durch gefährliche Gewässer eskortieren. Was glaubt Ihr, Rosalind? Sind diese Männer wirklich Piraten?«

Rosalind überlegte und wünschte, sie könnte das Rätsel lösen. Aber in dem Bild, das sich ihr vermittelte, klafften überall große Lücken, so dass es kein Ganzes ergeben wollte. Wer war

Black Angel? Was war er gewesen, bevor er sich der Piraterie verschrieb? Ein so eleganter und herrischer Mann konnte unmöglich an Bord eines Schiffes aufgewachsen sein. Er hatte die Manieren eines Gentleman wenn nicht gar dessen Zartgefühl.

»Eric sagte, der Captain wäre ganz wild darauf gewesen, das andere Piratenschiff anzugreifen. Er glaubt, der Captain weiß etwas über Euch, dass es für ihn lohnend machte, Euch zurückzuholen.« Wieder senkte Beatrice die Stimme zu einem Flüstern. »Er weiß es nicht, oder? Wer Ihr seid?«

»Nein. Er kann es unmöglich herausgefunden haben. Es sei denn … O nein.« Eisige Angst durchfuhr Rosalind. Sie hatte Vasquez aufgehalten, bevor er ihren Titel herausbrüllen und verraten könnte, dass sie mit Edward Murdock verlobt war, aber sie erinnerte sich auch noch, wie entsetzlich Vasquez Captain Bellamy zu foltern drohte, um ihm zu entlocken, was er wusste. Vielleicht hatte Alexandre Ähnliches mit Captain Harris getan. »Einzig Captain Harris kannte meinen vollen Namen. Black Angel könnte ihn von ihm erfahren haben.«

»Glaubt Ihr? Dann glaubt Ihr, er weiß es?«

Rosalind dachte nach und rief sich alles ins Gedächtnis, was Alexandre gesagt hatte – alle die blumigen Entschuldigungen und Schmeicheleien. Warum sollte Alexandre sich derart anstrengen, sie zu gewinnen und von seiner ehrbaren Seite zu überzeugen? Er hätte seinen Charme weiter an der kleinen englischen Milchmagd erproben können, um seine Arroganz zu befriedigen und sich zu amüsieren. Aber wenn er wusste, dass sie dem englischen Hochadel entstammte, wäre es da für Black Angel nicht eine glorreiche Rache gewesen, sie einem Monster wie Vasquez auszuhändigen? Alexandre hatte gesagt, jeder andere Pirat hätte sie Vasquez überlassen und noch darüber gelacht.

»Nein«, antwortete Rosalind. »Nein, ich bin sicher, dass er es nicht weiß. Er würde mich nicht halb so nett behandeln, wenn er es wüsste.«

»Dann wird bald alles vorbei sein? Er bringt uns nach Kingston, wo wir an Land gehen und alles wieder gut wird?«

Trotz ihrer Bedenken lächelte Rosalind. »Ja. Eine kleine Weile noch, dann wird alles wieder gut.«

Für einen Moment wurde ihr wirklich leichter ums Herz. Vielleicht wurde am Ende tatsächlich alles gut. Sie musste Alexandre nur dazu bringen, sie baldmöglichst im Hafen von Kingston abzusetzen. Ein Blick auf Beatrices blasses Gesicht und die eingefallenen Wangen sollte ihn überzeugen. Eine plötzliche Verzagtheit überschattete Rosalinds Zuversicht. Sie waren immer noch weit weg von zu Hause. Rosalind war keine begnadete Kartenspielerin, auch wenn sie sich im Piquet recht gut hielt, wann immer ihre Mutter sie zu einer Partie überreden konnte. Jetzt aber war sie gefordert, ihre Karten zu zählen, ihre Spielzüge zu planen und inständig zu hoffen, dass es ihr irgendwie gelang, Black Angel höchstpersönlich zu übertrumpfen.

»Du solltest dich ein wenig ausruhen«, sagte Rosalind. »Hat Doktor Gingras einen geeigneten Platz für dich?«

»Er sagte, ich sollte hier oben ein wenig die frische Luft genießen. Die Krankenunterkunft ist voller Männer, von denen einige sehr schwer verwundet sind.«

Rosalind erschrak. Natürlich. So verbissen, wie Vasquez' Leute gekämpft hatten, musste es ja Verwundete geben. Womöglich sogar Tote. Sie wandte sich ab, bevor Beatrice ihre

Betroffenheit bemerkte. Die Schiffsglocke schlug viermal. Rosalind versuchte, die Matrosen zu zählen, als sie über das Hauptdeck und hinauf in die Takelage schwärmten, um ihre Plätze für die zweite Schiffswache einzunehmen. Es waren so viele, dass sich schwer sagen ließ, ob es weniger waren als gestern. Der zweite Maat Remy stand beim Steuermann. Alexandre war nirgends zu entdecken.

Als sie gerade an ihn dachte, hörte sie seine Stimme über sich. Rosalind sah hinauf. Er hockte weit oben auf dem Hauptmast und rief etwas hinunter. Sein makelloses Französisch hallte durch die warme Luft. Nachdem er eines der Taue festgezurrt hatte, rollte Alexandre sich mit geübter Leichtigkeit vorwärts von der Rahe und landete mit seinen bloßen Füßen auf der Zeising, dem Tauende unter ihm. Er kletterte zurück an Deck. Seine Bewegungen waren von eleganter Lässigkeit, und Rosalind konnte den Blick nicht von den Muskeln an Schultern und Rücken wenden, die sich rhythmisch spannten und dehnten. Ihre Hände kribbelten bei der Erinnerung daran, wie sie über die festen Rippen und Schulterblätter strichen. Rosalind wusste nur zu gut, wie stark er war, stark genug, um sie festzuhalten, während er sie …auf sehr unanständige Weise küsste. Ein Rest jener wilden, flammenden Freude erfüllte noch ihren Körper, und der Anblick Alexandres mit bloßem Oberkörper half nicht, die Hitze zu mildern, die in ihr aufzulodern drohte. Er landete leichtfüßig auf dem Deck und präsentierte ihr seine entblößte Brust, dann lachte er über etwas, was einer der Piraten sagte, so dass seine weißen Zähne in der Sonne blinkten. Alexandre war entspannt, ganz Herr seines Schiffes. Der Sieg hatte seine düstere Stimmung vertrieben und seinen natürlichen Charme hervorgezaubert.

Ja, er war zweifellos ein sehr charmanter Mann, wenn er wollte.

Rosalind wandte sich wieder Beatrice zu und nahm ihre Hände. »Komm, Beatrice. Wir sollten nach unten gehen. Die Tropensonne ist zu grell für uns.«

Beatrice stand auf, und Rosalind führte sie zur Luke, die hinter Alexandre war. Er sah die beiden Frauen kommen und beobachtete sie gelassen. Rosalinds Herz begann zu pochen, sie errötete. Alexandre lächelte. Der Schurke! Er wusste genau, welche Wirkung er auf sie hatte. Er streckte die Schultern durch, als wollte er sie lockern, dabei ging es ihm einzig darum, Rosalind noch mehr zu verunsichern. Sie blickte starr geradeaus, als sie an ihm vorbeiging.

»Einen Moment, Mademoiselle.«

Rosalind ging weiter, Beatrice sanft vor sich herschiebend. Da legte sich Alexandres Hand um ihren Ellbogen.

»Solche Eile, Mademoiselle? Man könnte beinahe glauben, Ihr wollt nicht mit mir sprechen.« Alexandre sah zu Beatrice und fuhr auf Englisch fort: »Alles in Ordnung, Kleine? Geht es dir wieder besser?«

Beatrice lief dunkelrot an und sah auf ihre Hände. »Ja, Captain. Vielen Dank.«

»Wie bald werden wir in Kingston ankommen, Captain?«, fragte Rosalind, ebenfalls auf Englisch. »Wie Ihr seht, braucht Beatrice bessere medizinische Versorgung, um sich von dieser Strapaze zu erholen.«

»Im Augenblick dürften wir etwa zwei Tage von Kingston entfernt sein.«

»Wunderbar! Wann werden wir dort anlegen?«

Alexandre zog die Augenbrauen zusammen. »Wir legen

weder dort noch in einem anderen großen Hafen an. Auf meinem Kopf ruht ein hoher Preis, wie Ihr Euch gewiss vorstellen könnt.«

»Und wie soll Beatrice dann die Fürsorge erhalten, die sie so dringend braucht? Captain, Ihr müsst wirklich …«

Alexandre hielt eine Hand in die Höhe. »Doktor Gingras ist einer der besten Ärzte in der Karibik. Er sagte, die Kleine braucht frische Luft und gutes Essen. Beides steht ihr hier zur Verfügung.«

»Aber Ihr plant doch gewiss, uns irgendwann an Land zu bringen, Captain.«

»*Irgendwann*, ja. Bis dahin erlaubt mir das Vergnügen Eurer Gesellschaft. Es kommt nicht häufig vor, dass ich so unterhaltsame Passagiere an Bord habe.«

Seine spöttische Galanterie verärgerte Rosalind. »Aha. Wir sind also Gefangene Eures Willens, wenn schon nicht Eurer Ketten.«

Alexandre schien kurz davor, ernstlich erbost zu sein. »Ich bitte Euch, Mademoiselle. Ihr seid meine Gäste.« Er zog sie von Beatrice weg. »Und nun, Kleines, solltest du dich ausruhen, bis das Abendessen serviert wird.« Mit Blick auf den Horizont fügte er hinzu: »Den Wolken nach zu urteilen, werden wir einen ausgesprochen schönen Sonnenuntergang bekommen.«

Beatrice sah ängstlich zu Rosalind. »Bitte, Captain, darf Rosalind mit mir kommen? Eric ist sehr freundlich, aber ich würde die Gesellschaft einer Dame vorziehen.«

»Die Gesellschaft dieser Dame ziehe ich ebenfalls vor, Kleines. Du siehst sie beim Abendessen wieder.« Alexandre sprach freundlich, aber bestimmt.

Folgsam ging Beatrice zur Luke. Zwei Piraten erschienen neben ihr, die sich wie bärtige Zofen ihrer annahmen. Eric ging voraus in die Luke hinunter und reichte Beatrice die Hände, um ihr hinabzuhelfen.

»Euer Befehl, *mon Capitaine?*«, fragte Rosalind.

Alexandre nickte. »Wir wollen nicht, dass das junge Mädchen zu Schaden kommt. Sie ist schwach und krank, deshalb darf sie nicht allein gelassen werden.«

Er führte Rosalind zu seinem Privatbereich auf dem Achterdeck. Die sinkende Sonne badete ihn in ihrem magischen Licht und ließ seine bronzene Haut schimmern. Er schien noch stärker und mächtiger als sonst. Rosalind wich zurück, bis sie mit den Schultern an die Wanten stieß. Alexandre stützte sich zu beiden Seiten von ihr an den Tauen ab. Dann beugte er sich vor, so dass Rosalind zwischen seinen Armen wie in einer Höhle stand. Er war ihr ganz nahe, und Rosalind bemerkte, dass seine dunklen Augen im Sonnenlicht in bezauberndem Zimtbraun leuchteten.

»Vielleicht seid Ihr gar nicht so erpicht darauf, in das Leben zurückzukehren, aus dem ich Euch entführt habe.«

»Ich bitte Euch, *mon Capitaine.*« Rosalind hatte Mühe, ihre Stimme ruhigzuhalten. »Ihr könnt Euch nicht vorstellen, was ich alles täte, um von diesem Schiff herunterzukommen und wieder heimzukehren.«

»Soll ich Euch sagen, was ich denke, *ma belle?*«

Alexandre griff nach hinten, löste das Band in seinem Haar, und schüttelte es, als er sich weiter vorbeugte, so dass seine schwarzen Locken einen ebenholzfarbenen Vorhang um sie beide herum bildeten.

»Ich glaube, Ihr wisst gar nicht mehr genau, was Ihr wollt.«

Seine Lippen strichen über ihre Schläfe. »Hier in der Karibik habt Ihr entdeckt, wie wild und gefährlich das Leben sein kann, wie voll von all den Dingen, vor denen man Euch gewarnt hat.« Er malte eine Spur von Küssen über ihre Wange bis hinunter in ihren Mundwinkel. »Ihr habt einen Schiffsuntergang überlebt, seid den Haien entkommen und saht Euren Feind tot zu Euren Füßen landen.« Er küsste ihren Hals und flüsterte ihr ins Ohr: »Vor allem aber kennt Ihr jetzt Freuden, wie sie ein anständiges englisches Mädchen sich niemals erlauben würde.«

Scham, Wut und sündiges Verlangen fochten einen erbitterten Kampf in Rosalinds Innerem und trieben ihr die Röte auf die Wangen. Sie musste dieser gefährlichen Wahrheit entkommen, ehe sie vollends verloren war. Sie stieß Alexandre von sich, worauf er seinen Arm um ihre Taille legte, mit einer Hand über ihre Hüften strich und mit der anderen in ihr Haar griff. Er drückte sie so an sich, dass sie seinen festen Körper spürte. Regungslos stand sie da.

»Lasst mich los, *mon Capitaine.*«

Alexandre schnalzte mit der Zunge. »Ihr könnt nicht vorgeben, so unschuldig zu sein, wie Ihr wart, *ma belle.* Ich habe Euch Wonnen gezeigt, von deren Existenz Ihr nicht einmal wusstet. Ist solch ein Feuer erst einmal entfacht, lässt es sich nicht mehr aufhalten.«

»O doch, das lässt es sich sehr wohl«, sagte Rosalind. »Manche Menschen sind in der Lage, sich zusammenzunehmen, *mon Capitaine.* Es gibt sogar welche, die es voller Stolz und Überzeugung tun.«

»Es ist leicht zu meiden, was man nie kannte.« Alexandre glitt mit den Fingerspitzen über Rosalinds goldenes Haar.

»Aber Ihr, *ma belle,* die Ihr lediglich einen winzigen Tropfen des himmlischen Nektars wahrer Leidenschaft gekostet habt, wollt Ihr mir sagen, Euch dürstete es nicht nach mehr?«

Er hob ihr Kinn, so dass sie ihn ansehen musste. In seinen Augen glühte jenes innere Feuer, das sie schon gesehen hatte, als sie in seinen Armen lag. In eben den Armen, die sie jetzt umfingen, und deren bronzene Haut sich über Sehnen und Muskeln spannte. Ein plötzliches, wildes Verlangen überkam Rosalind, ihre Hände über seinen Rücken und in sein Haar wandern zu lassen. Wie herrlich wäre es, sich in ihm zu verlieren, sich in die seidige schwarze Masse zu hüllen und sich für immer darin vor der Gegenwart zu verstecken, die sie quälte, und der Zukunft, die sie fürchtete.

»Ihr habt Glück, *mon Capitaine.*«

»Und warum das, *ma belle?*«

»Manche von uns, die sich nach Wein sehnen, müssen mit Wasser vorlieb nehmen.«

Alexandre betrachtete sie eine Weile schweigend. Alles Spielerische auf seinen Zügen wich echter Verwunderung. »Unsinn, *ma belle.* Eine Frau von Eurem Glanz verfügt über die seltensten Jahrgänge.«

»Ihr versteht nicht!« Rosalind wehrte sich gegen ihn, bis er sie schließlich losließ. »Ihr wisst nichts über mich oder mein Leben, *mon Capitaine.* Und ich wäre Euch dankbar, wenn Ihr mir Eure Schmeicheleien ersparen könntet. Was den kostbaren Nektar betrifft, von dem Ihr spracht, geht und ertränkt Euch darin!«

Sie rannte die wenigen Stufen zum Hauptdeck hinunter, vorbei an den verdutzten Gesichtern der Piraten. Die Luke war vor ihr. Sie verfing sich mit einem Fuß in einem aufgewickelten Tau, das vor der Luke lag, und wäre um ein Haar der Länge nach hingeschlagen, hätten sie nicht im letzten Augenblick ein Paar kräftige Hände abgefangen und wieder aufgerichtet. Zu ihrem Verdruss fand sie sich im nächsten Moment Yves gegenüber, der sie mit seinen blassblauen Augen musterte.

»Seid vorsichtig, Mademoiselle. Ihr könntet jemanden verletzen.«

Rosalind raffte ihren letzten Rest Würde zusammen. »*Merci*, Monsieur Yves.«

»Der *Capitaine* hat angeordnet, dass das Abendessen auf dem Achterdeck serviert wird, Mademoiselle. Er erwartet Euch und Eure *petite soeur* in einer halben Stunde.«

»Ach ja?« Rosalind drehte sich wütend zum Achterdeck um. »Ich glaube, ich habe den *Capitaine* für einen Tag hinreichend unterhalten.«

»Mademoiselle, Ihr könnt Euch nicht weigern, mit ihm zu speisen.«

»Und ob ich das kann.« Rosalind stellte einen Fuß auf die oberste Sprosse der Leiter, die hinabführte. »Seid so freundlich und erinnert den *Capitaine* daran, dass ich für meine Reise in Gold bezahlt habe. Wenn er Hofnarren oder tanzende Bären erwartet, muss ich ihn enttäuschen!«

Kapitel 16

Beatrice rieb sich die Wange. »Mr. Lawrence lebt auf einer Plantage. Morgen um Morgen an Feldern. Wie ruhig es dort sein wird.« Sie warf einen bedauernden Blick auf das stete Lärmen über ihnen, dann lehnte sie ihren Kopf an Rosalinds Schulter und schloss die Augen. Kurz darauf schlief sie ein.

Sie saßen nahe dem Bug des Schiffes auf einem Haufen Leinenstoff. Es war der bequemste Platz, der sich ihnen bot. Ihr gegenwärtiges Quartier war außerdem recht luftig, da aus der Vorderluke eine leichte Brise hereinwehte. So beladen, wie die Frachträume der *Etoile du Matin* waren, konnte man schon beinahe von einem Wunder sprechen, dass sie überhaupt noch einen Platz gefunden hatten.

Rosalind legte Beatrices Kopf behutsam in ihren Schoß und strich ihr über das Haar. Beatrice rollte sich zusammen wie ein Kind. Ihre Haut fühlte sich immer noch fiebrig an, und Rosalind betrachtete sie sorgenvoll. Monsieur Gingras müsste doch mehr für sie tun können! Rosalind stieß einen leisen, verärgerten Laut aus.

Stimmen näherten sich ihrem kleinen Unterschlupf, dann erschienen zwei Piraten, die sauberer und gepflegter waren als die meisten anderen, und von keinem Geringeren als Yves selbst angeführt wurden.

»Mademoiselle.« Yves fuhr sich müde mit der Hand übers Gesicht. »Ihr sagtet, dass Ihr gewillt wärt, meinen Rat anzunehmen. Seid so gut und tut es jetzt.«

Rosalind wandte das Gesicht ab. »Ich sagte Euch ebenfalls, dass ich nicht vorhabe, dem *Capitaine* heute Abend noch mehr an Unterhaltung zu bieten. Welcher Art auch immer«, fügte sie hinzu.

Yves betrachtete sie stumm, dann setzte er sich neben sie. »Mademoiselle, soll ich Euch sagen, was geschieht, wenn ich dem *Capitaine* Eure Weigerung überbringe? Er wird selbst hier herunterkommen, Euch über seine Schulter werfen, hinauf aufs Achterdeck tragen und befehlen, dass man Euch an Euren Stuhl bindet.«

Rosalind verschränkte trotzig die Arme vor der Brust. »Das darf er gern versuchen.«

Yves blickte finster. »Mademoiselle, wisst Ihr, wie viele Männer der *Etoile du Matin* heute gestorben sind?«

Rosalind zuckte zusammen und schüttelte den Kopf.

»Zwanzig. In einer Schlacht wie dieser gelten so wenige Opfer als geringer Verlust. Für mich sind sie es nicht.« Yves' Stimme nahm einen unheimlich eisigen Ton an. »Das waren Menschen, Mademoiselle, Franzosen. Meine Kameraden und Freunde.«

Rosalind verschränkte die Arme noch fester vor der Brust und versuchte, dieses schmerzliche Wissen zu verdrängen. Yves machte es viel zu persönlich, und sie glaubte, jeden einzelnen Tod vor sich zu sehen und mitzufühlen.

»Diese Männer gaben ihr Leben, um Euch zu retten, Mademoiselle. Weil sie loyal gegenüber dem *Capitaine* waren, der glaubte, Ihr wäret den Preis wert.«

»Offensichtlich teilt Ihr seinen Glauben nicht.«

»Ich verrate Euch, was ich glaube, Mademoiselle. Falls Ihr auch nur einen Funken Anstand besitzt, werdet Ihr das Andenken der Männer ehren, die heute starben. Ihr werdet Euch auf der Stelle nach oben aufs Achterdeck begeben. Ihr mögt nichts von dem *Capitaine* halten, aber Ihr könntet wenigstens dem Rest von uns Eure Dankbarkeit zeigen.«

Zum ersten Mal sah Rosalind Yves als einen Mann, einen Mitmenschen, jemandes Sohn, Bruder, vielleicht sogar Vater. Sie blickte die beiden Piraten an seiner Seite an. Auch sie waren Menschen, und sie hatten mit den anderen gekämpft, die sie vor Vasquez retteten. Inzwischen wusste sie, dass sie nicht bloß Piraten waren. Sie hatte echte Piraten an Bord von Vasquez' Schiff gesehen, üble Kerle, die nur der Erscheinung nach Menschen waren.

»Ich danke Ihnen, *Messieurs*. Ich verdanke Ihnen mein Leben. Und Ihre Verluste tun mir ehrlich leid.«

»Beweist es, Mademoiselle«, sagte Yves. »Haltet den *Capitaine* bei guter Laune. Provoziert ihn nicht mehr.«

Rosalind stand auf. »Ihr habt mich überzeugt, Monsieur Yves. Seid so freundlich und tretet beiseite, damit ich die Dankbarkeit zeigen kann, die Ihr Euch von mir wünscht.« Mit hocherhobenem Haupt ging Rosalind voraus, kletterte durch die Luke nach oben und schritt zum Achterdeck.

Alexandre stand an der Reling und blickte zum Horizont. Ein paar Wolken zogen über den ansonsten tiefblauen Tropenhimmel. Sie fingen die Strahlen des Sonnenuntergangs ein und formten sie zu einem Lichtfächer, während ihre unteren Ränder in leuchtenden Rosa- und Orangetönen schimmerten. In diesem Licht blinkten die Wellen beinahe silbern.

Alexandre drehte sich um, und Rosalind blieb fast das Herz stehen, bevor es sogleich wie verrückt zu rasen begann. Seine lässige Kleidung von vorhin war verschwunden. Nun trug er grünen Samt, ein Jackett und eine Hose, die ebenso elegant gearbeitet waren wie sein burgunderrotes Ensemble, aber zusätzlich mit Goldspitze bestickt. Sein strahlendweißes Hemd wies eine Halsbinde und ein Jabot auf. Dazu Strümpfe, deren makelloses Weiß durch die schwarzen Lederschuhe mit silbernen Spangen noch betont wurde. Wie immer verzichtete Alexandre sowohl auf den Hut als auch auf die Perücke. Stattdessen umrahmte sein glänzend schwarzes Haar das strenge Gesicht. Vor dem Hintergrund des herrlichen Abendhimmels hatte Alexandres Erscheinung etwas Dramatisches, Kraftvolles und Einschüchterndes. Eine ganze Weile blickte er Rosalind nur stumm in die Augen. Schließlich formten sich seine vollen Lippen zu einem Lächeln, das die Schönheit seiner Gesichtszüge zutage brachte.

»*Bonsoir, Mademoiselle.*«

»*Bonsoir, mon Capitaine.*« Rosalind wandte sich zu Yves um, der unmittelbar hinter ihr stand und keine Miene verzog. Sie machte ein paar Schritte auf Alexandre zu und legte ihre Hand sanft in seine. »Ich vermute, das hier ist ein Sieges-Diner, mit dem wir die Courage Eurer Besatzung würdigen.«

»Ja, so ist es, Mademoiselle.« Alexandre zog ihre Hand in seine Ellbogenbeuge.

»Mademoiselle.« Yves stellte sich neben Beatrice und bot ihr seinen Arm an.

Beatrice zögerte, weil sie ihm offensichtlich keine solche Vertrautheit gestatten wollte. Erst auf Rosalinds Nicken hin nahm Beatrice Yves' Arm und ließ sich von ihm zu ihrem Platz neben Rosalind führen.

Acht feingedrechselte Stühle standen um einen eckigen Tisch herum. Doktor Gingras und drei Offiziere standen wartend da, jeder hinter seinem Stuhl. Der Tisch war mit Porzellantellern, Silberbesteck und Leinenservietten gedeckt. Schimmernde silberne Kelche ragten neben den Tellern auf. Bei Rosalinds Ankunft verstummten alle und sahen sie an.

»Meine Damen.« Alexandre sprach Englisch und lächelte Beatrice zu. »Erlauben Sie mir, Ihnen die Offiziere meines Schiffes vorzustellen. Unseren guten Doktor kennen Sie ja bereits.«

Doktor Gingras verbeugte sich. Alexandre zeigte auf einen kleineren Mann zu Rosalinds Rechten.

»Als Belohnung für seine Brillanz, mit der er uns trotz des Sturms auf Kurs hielt, Mademoiselle, habe ich *Monsieur le Navigateur* zu Eurer Rechten platziert.«

»Monsieur.« Rosalind reichte ihm die Hand. Der Navigationsoffizier beugte sich elegant darüber.

»Neben ihm findet Ihr den klugen Mann, der *La Fortuna* auf den Meeresgrund beförderte. Darf ich vorstellen, *Monsieur le Canonier.*«

Rosalind nickte dem Kanonier höflich zu. Dieser Mann also war verantwortlich für die beeindruckenden Prisen, die Black Angel mit einer solchen Geschwindigkeit und zerstörerischen Akkuratesse vornehmen ließ. Doch wenngleich Rosalind diese Scharade beinahe übertrieben fand, wandte sie sich lächelnd dem Kanonier zu: »Eure Präzision rettete mir das Leben, besonders als *Capitaine* Vasquez so geschmacklos war, mich als zweite Galionsfigur zu benutzen.«

Alexandre und Doktor Gingras lachten leise, der Navigationsoffizier lächelte kurz und der Kanonier überlegte einen Augenblick, bevor er laut lachte.

»*C'est bon, Mademoiselle!* Ich bin froh, Euch wieder an Bord der *Etoile du Matin* zu sehen, wo Ihr hingehört.«

Rosalind fand seine Wortwahl befremdlich, doch ehe sie darüber weiter nachdenken konnte, lenkte Alexandre ihre Aufmerksamkeit auf einen Mann, der links von Doktor Gingras stand. Sein Jackett hing ihm seltsam schräg von den Schultern und beulte sich über dem Brustkorb, als trüge er einen dicken Verband auf den Rippen. Es war derselbe Bär von einem Mann, der sich zwischen Rosalind und Vasquez gestellt hatte.

»Ihr!«, rief Rosalind überrascht aus. »Aber … aber ich habe gesehen, wie Vasquez auf Euch schoss! Ich dachte, Ihr wäret tot!«

»Ah«, sagte Alexandre. »Wie es scheint, genießt du die größte Hochachtung von Mademoiselle. Gut gemacht, *Monsieur le Maître d'Equipage.*«

Der Bootsmann. Natürlich. Als er versuchte, Alexandres Lob mit einem Achselzucken zu quittierte, fuhr er vor Schmerz zusammen. Er litt um ihretwillen, und Rosalind konnte nicht anders, als um den Tisch herum zu ihm zu eilen.

»*Merci beaucoup, Monsieur le Maître d'Equipage.* Es tut mir leid, dass Ihr meinetwegen Schmerzen habt.«

Der Bootsmann lächelte. »Ihr habt Euch für nichts zu entschuldigen, Mademoiselle.«

Rosalind hielt ihm die Hand hin, und er verzog kaum merklich das Gesicht, als er sich darüber beugte und ihr einen scheuen Handkuss gab.

»Wenn ich schon nicht für mein Land sterben kann, bin ich

glücklich damit, im Dienst einer so wunderschönen und couragierten Lady zu sterben.«

»*Messieurs.*« Rosalind blickte in die Runde. »Die unglücklichen Umstände, in denen ich mich befinde, erweisen sich als überaus lehrreich. Ich erkenne nun, dass ein Pirat vieles sein kann und ganz unterschiedliche Männer zu Piraten werden können. Sie alle sind für mich weniger Piraten, sondern vielmehr *chevaliers de la mer.*«

Die Offiziere schienen erfreut. Alexandre kam um den Tisch herum, nahm Rosalinds Hand und lächelte dem Bootsmann freundlich zu.

»*S'il vous plaît, Mademoiselle.* Wenn Ihr meine Männer mit noch mehr Lob überschüttet, werden sie noch so stolzgeschwellt, dass keiner mehr durch die Luken hindurchpasst!«

Sein Ton war wieder von der für ihn typischen Ironie gefärbt, aber als Rosalind ihn ansah, erblickte sie nur Zärtlichkeit und süßen, jungenhaften Charme. Sie hatte offenbar mehr getan, als ihn nur erfreut. Ja, sie musste ihn glücklich gemacht haben.

Piraten kamen herbei und servierten frischen Fisch, Geflügel und Muscheln in köstlichen Saucen. Einer der Schiffsjungen brachte einen Eimer, in dem drei Weinflaschen standen. Alexandre suchte eine aus und spießte einen schmalen Dolch in den Korken. Mit einer geschickten Handbewegung entkorkte er den Wein. Nachdem er allen großzügig eingeschenkt hatte, stand Alexandre auf und erhob seinen Kelch, so dass sich das Licht des Sonnenuntergangs in seinem Silber spiegelte. Die anderen Männer erhoben sich ebenfalls.

»*Messieurs.*« Alexandre lächelte in die Runde. »Worauf wollen wir trinken?« Sein Blick verharrte auf Rosalind, und ein schelmisches Lächeln huschte über seine Lippen. »Ah, ich weiß! Trinken wir auf die Courage, die bewundernswerteste aller Tugenden.«

Rosalind bewies auf seine Schmeichelei hin eine weitere bewundernswerte Eigenschaft: Gelassenheit. Alexandre hatte eindeutig vor, wieder eine seiner Vorstellungen zu geben. Als sich ihre Blicke trafen, erkannte Rosalind eine Andeutung von Intimität in seinen Augen, bei der sie sofort Herzklopfen bekam. Wegzusehen wäre ein Affront gewesen, doch wenn sie diesem Blick länger standhalten musste, würde ihr Verstand aussetzen.

»Au courage, ma chère Mademoiselle.«

»Au courage«, sagte Yves.

Die anderen Offiziere stimmten ein und prosteten Rosalind zu. Ihr pfirsichfarbenes Satinkleid fühlte sich auf einmal so heiß und erdrückend an, als wäre es aus schwerem Wollstoff. Sie zwang sich, ganz still dazusitzen und sich nichts anmerken zu lassen.

Die Männer tranken. Als Rosalind an ihrem Kelch nippte, tat Beatrice es ihr gleich. Beatrice verzog das Gesicht, und Rosalind musste unweigerlich lächeln. Der exzellente Madeira war ziemlich stark. Sie würde darauf achten, nur eine winzige Menge davon zu trinken. Für eine Weile verstand Beatrice wenig von dem, was Alexandre sagte, bis sie vertrautes Englisch hörte.

»Ich hätte da eine Frage an dich, Kleine.«

Beatrice schrak zusammen. »An mich, Captain?«

»Ja. Was unterrichtest du?«

Beatrice fingerte nervös an der Serviette auf ihrem Schoß. »Nun, Captain, ich unterrichte Lesen und Schreiben, ein bisschen Nähen und ein wenig Sticken.«

»Du bist doch noch ein Kind. Wie kommt's, dass deine Eltern dich nicht bei sich zu Hause behalten haben?«

»Ich bin aus freiem Willen weggegangen, Captain.« Beatrice sprach ruhig und ernst. »Ich muss tun, was ich kann, um meine Familie zu unterstützen.«

Alexandres Lächeln bekam für einen kurzen Moment etwas Sanftes, Freundliches. »Wie ich sehe, ist Mademoiselle Rosalind nicht die einzige Lady hier, die sich der Couragiertheit rühmen darf.«

Ein eisiger Schauer lief Rosalind über den Rücken. Wieder nannte er sie eine Lady! Sie legte ihre Gabel ab, da ihr schlagartig der Appetit vergangen war. Alexandre *konnte* es nicht wissen, das war unmöglich. Ein Mann wie er, mit seinem feurigen Temperament, würde sich auch nicht auf Andeutungen beschränken. Nein, Alexandre würde sein Wissen in die Welt hinausposaunen und sich ohne Unterlass über sie lustig machen.

Beatrice sah zu Rosalind. »Keine Courage, Captain. Ich tue lediglich, was getan werden muss.«

Rosalind unterdrückte ein Schmunzeln. Wie hervorragend Beatrice sich vor Alexandre hielt – das gute, mutige, ehrliche Mädchen!

»Vielleicht seid Ihr so freundlich und verratet uns, auf welchem Gebiet Ihr besonders firm seid, Mademoiselle«, wandte Alexandre sich nun an Rosalind.

Sie fand sich erneut im Mittelpunkt von Alexandres Interesse. So wie er sie ansah, konnte Rosalind zunächst nicht klar denken. Nach und nach verstummte das leise Klimpern von Besteck, und alle Offiziere am Tisch warteten auf ihre Antwort. Alexandre lehnte einen Ellbogen auf den Tisch, stützte das Kinn in die Hand und lüpfte eine schwarze Braue. Rosalind kam die Rolle zu, das gespannte Schweigen zu brechen. Also seufzte sie leise und erklärte: »Ich unterrichte Musik, Captain.«

»Welches Instrument spielt Ihr?«

»Das Piano, das Cembalo und ein wenig Harfe.«

»Ich würde Euch gern spielen hören. Singt Ihr auch?«

»Leider nicht gut.«

»Unsinn. Wenn Ihr sprecht, klingt Eure Stimme klar und kräftig, also bin ich gewiss, dass Ihr vorzüglich singt.«

Da war kein ironischer Unterton. Er schien es ernst zu meinen, hörte sich sogar fast ein bisschen wehmütig an. Das verunsicherte Rosalind umso mehr. Sie spürte, wie sie errötete, deshalb spießte sie rasch eine Jakobsmuschel auf und tunkte sie in die cremige Sauce.

»Ihr macht Euch über mich lustig, Captain.«

Alexandre neigte den Kopf. »Ein wenig vielleicht.«

Dann wandte er sich wieder seinem Essen zu, so dass auch alle anderen weiterzuessen wagten. Nach dem Hauptgang kamen die Schiffsjungen, räumten alles ab und trugen eine Auswahl kleinerer Platten mit Käse, Nüssen, Orangen und Limonen herbei.

»Esst, trinkt und seid fröhlich … ist das Euer Motto, *mon Capitaine?*«, fragte Rosalind.

Alexandre nickte. »Genau das ist es, Mademoiselle. Wir könnten morgen sterben, fürwahr. Also müssen wir das Heute genießen bis zum letzten Tropfen Freude, den wir ihm entringen können.«

Seine melodische Stimme verwirrte Rosalind und weckte Sehnsüchte in ihr, die sie gerade erst in sich entdeckt hatte.

Doch diese Sehnsüchte regten sich hartnäckig und wollten sich partout nicht leugnen lassen. Alexandre hatte recht. Rosalind war nicht mehr die, die sie gewesen war, bevor sie ihre Reise auf der *Bird of Paradise* angetreten hatte. Vielleicht war die Gesetzlosigkeit der Piraten ansteckend und gab ihr einen Vorwand, all dem Kummer und der Bedrängnis zu entfliehen, die ihr Leben zu Hause bestimmten. Alexandre betrachtete sie mit einem sanften, offenen, sie wollte fast glauben, mitfühlenden Blick. Rosalind wandte sich ab und bemerkte, dass Yves sie beobachtete. Er wirkte verstimmt, was seltsam war.

»Stimmt Ihr dem zu, Monsieur Yves?«, fragte sie ihn.

»Dass wir sterben können? Gewiss, Mademoiselle. Wir fordern den Tod jeden Tag heraus.« Yves sah zu Alexandre. »An jedem Tag, den wir für keinen guten halten.«

Rosalind stutzte. »Ich fürchte, ich verstehe Euch nicht.«

»Nein, Mademoiselle. Könnt Ihr auch nicht.«

»Hört nicht auf ihn.« Alexandre lehnte sich mit einem Glas Brandy in der Hand zurück. »Yves hatte schon in der Wiege ein finsteres Gemüt.«

Rosalind fragte sich, wie viel Yves wusste und was er ihr über Alexandre erzählen könnte, wenn es ihr gelänge, ihn auf die richtige Weise anzusprechen. Sie blickte zum Sonnenuntergang, dessen glühende Farben nun rapide zu einem warmen Zwielicht verblassten. Das gedämpfte Licht machte sie traurig. Eben noch eine solche Pracht, und nun verschwand sie. Die Dunkelheit würde weit länger bleiben. Und mit ihr stieg die Trauer in Rosalind auf, die sie mittels purer Willenskraft unterdrückte. Ihre Augen begannen zu brennen. Sie wollte herunter von diesem Schiff und Thomas suchen, damit sie wenigstens für einen kurzen Augenblick seine muntere Gesellschaft genießen konnte, bevor sie ihm mitteilte, was ihm sicher das Herz brechen würde.

»Mademoiselle? Rosalind? Seid Ihr noch bei uns?«

Der Klang seiner Stimme schreckte sie aus ihren Gedanken, und sie stellte fest, dass alle sie ansahen.

»Geht es Euch gut?«, fragte Alexandre.

Rosalind wollte am liebsten auf der Stelle in Tränen ausbrechen, und entsprechend antwortete sie ein wenig gereizt: *»Mais non, mon Capitaine,* mir geht es nicht gut. Ich würde mich sehr gern entschuldigen.« Sie stand auf. Stühle schabten über das Deck, als alle Herren sich mit ihr erhoben.

»Ihr habt sehr wenig gegessen«, sagte Alexandre. »Vielleicht liegt es daran. Setzt Euch, Mademoiselle, und esst noch einen Bissen. Ihr müsst Eure Kräfte wiederherstellen.«

Rosalind blieb stehen. *»S'il vous plaît, mon Capitaine.* Wie Ihr sagt, ich muss mich erholen.«

»Das könnt Ihr weit besser hier oben an der frischen Luft als unten, wo kaum Raum ist, sich umzudrehen.« Alexandre nickte zu ihrem Stuhl. »Setzt Euch bitte, Mademoiselle.«

Einen Augenblick noch blieb Rosalind trotzig stehen, dann sank sie auf ihren Stuhl, wo sie mit besonders geradem Rücken dasaß, um ihr Missfallen auszudrücken.

Alexandre wandte sich an seine Offiziere. *»Messieurs*, vielleicht wärt ihr so gut, Mademoiselle Rosalind und mir ein wenig Privatsphäre zu gestatten. *Monsieur le Docteur*, wenn Ihr freundlicherweise Mademoiselle Beatrice eskortiert?«

Beatrice zögerte kurz, dann straffte sie die Schultern und sagte: »Captain, wenn Ihr erlaubt, Miss Brooks hat sich sehr verausgabt, als sie mich umsorgte. Ich bitte Euch, lasst uns gemeinsam nach unten gehen.«

Rosalind lächelte. Das war fürwahr couragiert! Alexandre schürzte die Lippen, sah Beatrice eine ganze Weile schweigend an und antwortete schließlich: »Zum gegenwärtigen Zeitpunkt glaube ich nicht, dass Mademoiselle Rosalind weiß, was das Beste für sie ist.« Er sprach über Beatrices Kopf hinweg mit Doktor Gingras. »Sie steht unter Schock und ist erschöpft. Ich werde nicht gestatten, dass sie unter Deck geht, um Trübsal zu blasen. Yves erzählte mir, dass sie heute beinahe in eine Luke gestürzt wäre.«

Alexandres höfliche Maske war verrutscht. Jetzt saß da Black Angel, Herr seines Schiffes und aller sich darauf befindenden Personen. Beatrice sah hilflos zu Rosalind. Die hob kaum merklich die Schultern. Ihnen blieb nichts anderes übrig als zu gehorchen.

»Falls du irgendetwas brauchst«, sagte Alexandre zu Beatrice, »lass es den Doktor wissen. Er kümmert sich darum. Ich wünsche dir eine gute Nacht.«

»Ich danke Euch für das Abendessen, Captain. Es war ausgezeichnet.«

Alexandre lächelte. »Wenn ich dir damit eine Freude machen konnte, Kleines, sind alle meine Hoffnungen erfüllt.«

»Gute Nacht, Captain.« Beatrice blickte wieder ängstlich zu Rosalind. »Kommt bitte bald nach, ja?«

»Ich bin gewiss, dass der Captain auf meine Müdigkeit Rücksicht nehmen wird.« Rosalind warf Alexandre ein gekünsteltes Lächeln zu. »Er weiß nur zu gut, was wir alle durchgemacht haben.«

Beatrice verließ das Achterdeck in Begleitung von Doktor Gingras. Die übrigen Herren wünschten Rosalind einer nach dem anderen eine gute Nacht. Sie sah ihnen nach, wie sie auf ihre Posten gingen, und wünschte, sie könnte sich von den unsichtbaren Ketten befreien, die sie an ihren Platz fesselten.

»Soll ich nachsehen, wie weit die Reparaturen gediehen sind, *mon Capitaine?*«, fragte Yves.

»*Oui.*« Alexandre betrachtete den Himmel mit geübtem Auge. »Wir sollten diesen Kurs noch für zwei Stunden halten können. Der Wind scheint stet genug.«

Mit einer leichten Verbeugung zu Rosalind machte Yves sich auf den Weg zurück aufs Hauptdeck. Rosalind faltete die Hände in ihrem Schoß und fügte sich in ihre Rolle als Tanzbärin.

Kapitel 17

Alexandre streckte seine langen Beine aus und überkreuzte die Knöchel. Acht Glockenschläge erklangen, und die Matrosen der ersten Schiffswache begaben sich unter der strengen Aufsicht von Yves auf ihre Positionen. Alles war gut. Dies war Alexandres Lieblingstageszeit. Das grelle Sonnenlicht wich den sanfteren Abendschatten. Der Sonnenuntergang war wunderschön gewesen, aber das warme, tropische Zwielicht gefiel ihm von allem am besten. Er trank seinen Brandy, genoss das leichte Brennen in der Kehle und betrachtete Rosalind. So wie er die Stimmungen seines Schiffes an der Spannung der Takelage abzulesen vermochte, konnte er Rosalinds Stimmung an ihrer Körperhaltung erkennen. Gewandet in die Farbe frischer, reifer Pfirsiche und mit dem langen goldenen Haar, das an den Haarnadeln zog, saß sie auffallend steif und mit gefalteten Händen da.

Ihre blitzenden blauen Augen sprachen Bände. Darin erkannte Alexandre nichts als Trotz. Er vermutete, die Ursache war ein Gefühlsdurcheinander, das sich irgendwann in einem Orkan Bahn brechen würde. Ja, in der steifen Lehrerin, die Rosalind zu sein vorgab, loderte das Feuer einer Piratenkönigin. Sie konnte damit umgehen, dass sie ihn beinahe erschossen hatte. Sie hatte das gefährliche Spiel an Bord der

Fortuna überzeugend gespielt. Aber sie konnte unter keinen Umständen zulassen, dass er ihr Hochgenüsse bereitete. Wenn Rosalind doch bloß die Chance annahm, die ihr das Schicksal schenkte! Sie war ohnehin schon viel zu weit gegangen, um wieder in das Leben zurückzukehren, das sie vorher geführt hatte. Und jede Anstrengung in diese Richtung würde ihr nichts als Schmerz bereiten.

Aber darüber wollte Alexandre nicht weiter nachdenken. Das gute Essen und die hochprozentigen Getränke stimmten ihn freundlich. Da war eine gepflegte Unterhaltung mit einer wunderschönen Frau genau das Richtige. Vielleicht konnte er Rosalind dazu bringen, mit ihm zu sprechen, ohne jedes Wort mit Missachtung zu tränken.

»Die Kleine sieht schon sehr viel wohler aus«, sagte er. »Eine ungestörte Nachtruhe sowie die gute Küche hier an Bord, und es wird ihr bessergehen als zu dem Zeitpunkt, da wir sie fanden.«

»*Fanden?* So drückt Ihr es also aus, *mon Capitaine?*«

»Ja. Ihr wurdet schließlich nicht mit vorgehaltener Pistole von der *Bird of Paradise* geholt.«

»Wären wir aber, *mon Capitaine*, hätten wir uns nicht über Bord gestürzt und riskiert, von Haien gefressen zu werden.«

»Glaubt Ihr?«

Sie wandte den Kopf und sah ihm in die Augen. »Könnt Ihr allen Ernstes dasitzen und behaupten, Ihr hättet uns nicht gefangengenommen und uns zu Eurer Belustigung der Lächerlichkeit preisgegeben?«

»Natürlich nicht. Ich verrate Euch etwas: Ich gestatte meinen Männern nicht, weibliche Gefangene zu behandeln, als wären sie Dirnen, die man unter Deck versteckt.«

»Ja, wenn Ihr natürlich plant, sie in der Kapitänskajüte zu verstecken …«

Alexandre warf den Kopf in den Nacken und blickte hinauf zu den ersten Sternen, die am Abendhimmel blinkten. »Mademoiselle, Ihr seid offenbar wild entschlossen, mir diesen Abend zu verderben. Ich bat Euch bereits um Nachsicht, die Ihr mir gewähren wolltet, also seid so freundlich und zäumt Eure Zunge, ehe Ihr damit lebensgefährlichen Schaden anrichtet.«

Er setzte sich auf, trank den Rest seines Brandys und griff nach der Flasche. Rosalind blickte zur Flasche, dann hinunter auf ihre Hände. Darauf nahm Alexandre ein sauberes Glas vom Tablett, schenkte ein wenig Brandy hinein und stellte es ihr hin. Sie wandte das Gesicht ab.

»Ihr könnt unmöglich verlangen, dass ich das trinke. Nicht nach dem – nach dem, was passiert ist.«

Ihr schnippischer Ton ärgerte Alexandre, doch er ließ sich nichts anmerken. »Seht mich an, Rosalind.«

Der Kommandoton verfehlte nie seine Wirkung. Sie sah ihn an. In ihren Augen blitzte ein Aufbegehren, und ihr kerzengerader Rücken war der Inbegriff von Widerstand. Alexandre streckte die Hand aus, um ihre Wange zu streicheln, während er mit leiser, sanfter Stimme fortfuhr.

»Schließen wir Frieden, wenn auch nur für heute Abend. Bitte, Rosalind, unterhaltet Euch einfach ein wenig mit mir.«

Sie betrachtete ihn eine Weile regungslos, dann wurden ihre Züge weicher. Sie hob ihr Brandyglas und starrte hinein.

»Es gibt einen Trinkspruch, den mein Vater sehr mochte.« Ihre Stimme war so leise, dass Alexandre sich weit vorbeugen musste, um sie zu verstehen. Sie sah ihm in die Augen. »Verwirrung unseren Feinden.«

Alexandre lachte und stieß mit ihr an. Sie tranken, wobei Rosalind lediglich nippte. Er beobachtete, wie sich ihre Lippen an das Glas legten, und erinnerte sich an den Geschmack von Brandy in ihrem Mund. Wie süß sie gewesen war, wie weich, warm und willig. Könnte er sie doch bloß wieder in jenen Zustand versetzen, in dem sie sich sanft in seine Arme schmiegte, sein Haar streichelte und seinen Namen flüsterte. Sie war eigentlich nur ein junges Mädchen, unschuldig, trotz all ihrer Kratzbürstigkeit. Sie zu verführen, wäre ein Leichtes, jetzt, da sie von den übergroßen Freuden der Sinnlichkeit gekostet hatte. Ihr ungezähmtes Herz wäre nicht imstande, ihn ein drittes Mal abzuweisen.

Plötzlich überkam Alexandre eine tiefe Bitterkeit. Es war Murdocks Schuld, dass Alexandre gezwungen war, diese großartige Frau als ein bloßes Pfand in seinem endlosen Rachefeldzug gegen die Engländer zu nutzen. Wäre er Rosalind unter anderen Umständen begegnet, auf einem von Veroniques eleganten Gartenfesten vielleicht, dann hätten sie *bon mots* austauschen können anstelle von Zynismus. Er wäre mit Rosalind durch den Blumengarten geschlendert, zur kleinen blumenumrankten Laube, die dort fast verborgen lag und in der süßlicher Blütenduft die Luft schwer und berauschend machte. Das war ein idealer Ort für unschuldige Umarmungen.

»Was führt Euch nach Jamaika?«, fragte er.

»Familiäre Angelegenheiten.« Ihre knappe Antwort warnte ihn davor, mehr zu fragen.

»Ich bin schon erstaunt, auch nur eine allein reisende Engländerin zu sehen, und nun finde ich derer gleich zwei an Bord desselben Schiffes. Was für Narren leben dieser Tage in England, dass sie zwei unschuldige Mädchen allein und ungeschützt in die Karibik schicken.«

»Captain Harris und seine Männer waren unser Schutz.«

»Ihr saht ja selbst, wie viel er Euch nutzte.«

Rosalind funkelte ihn verärgert an. *»Pardonnez-moi, mon Capitaine.* Wir rechneten nicht damit, von *L'Ange Noir* überfallen und verschleppt zu werden. Hätten wir das befürchten müssen, versichere ich Euch, dass wir mit einem Kriegsschiff und mindestens drei Fregatten gesegelt wären!«

Alexandre schob seinen Stuhl zurück, marschierte um den Tisch herum, packte Rosalind bei den Armen und zog sie hoch. »Hört mich an Rosalind. Ich habe mich bemüht, für Euch den Gentleman zu spielen. Ich habe versucht, höfliche Konversation zu machen und Euch wie Eurer kleinen Freundin alle Freundlichkeit zukommen zu lassen, die mein Leben zulässt. Das ist es doch, was Ihr von mir verlangt, oder nicht?«

Rosalind hob an, etwas zu sagen, blieb jedoch stumm. Dann sah sie zur Seite und nickte.

»Antwortet mir, Mademoiselle. Ging ich nicht auf Eure Bedingungen ein?«

»Oui, mon Capitaine.«

Er war so wütend und enttäuscht, dass er sie am liebsten geschüttelt hätte. »Warum besteht Ihr dann darauf, die schüchterne kleine Lehrerin zu mimen? Wir beide wissen, dass Ihr weit mehr seid als das.«

Ihre Arme verkrampften sich spürbar. Ihm war auch nicht entgangen, dass sie jedes Mal ein wenig blasser wurde, wenn er sie als eine Lady bezeichnete. Sie musste sich fragen, ob er Bescheid wusste, wer sie war, und wenn ja, woher. Kein Wunder, dass sie bisweilen so abwesend und so nervös war. Dann blickte Rosalind ihm in die Augen.

»Und *was* bin ich, *mon Capitaine?*« Ihre Stimme bebte leicht. »Was genau, glaubt Ihr, bin ich?«

War dies der Moment, ihre Scharade zu beenden?, fragte sich Alexandre. Nein. Sie erst ins Bett zu locken, sie vollkommen zu erobern und dann seinen absoluten Sieg zu erklären, das wäre der größte Triumph.

»Ich glaube, Ihr tragt Eure Selbstgerechtheit wie eine Maske, hinter der sich Euer ungezähmtes Wesen verbirgt. Ich glaube, in Eurem anständigen kleinen englischen Leben ist kein Platz für all die Dinge, die Ihr in diesen letzten Tagen zu tun gezwungen wart. Das Schicksal hat Euch eine Seite Eurer selbst gezeigt, von deren Existenz Ihr nicht einmal geträumt habt. Und jetzt versucht Ihr zu bleiben, was Ihr wart!?«

Rosalind atmete langsam aus. »Trefflich formuliert, *mon Capitaine.* In meinem Leben ist kein Raum für Schiffbruch, Piraten oder schlau eingefädelte Verführung. Ich bin eine schlichte, gewöhnlich Engländerin mit einem schlichten, gewöhnlichen Leben.«

Die Trauer, die in ihren Worten mitschwang, deutete auf einen tiefen Kummer hin. Alexandre mochte zwar die Ursache nicht kennen, die Symptome jedoch waren ihm nur zu vertraut. Was hatte Rosalind das Herz gebrochen? Was zerstörte sie so, dass sie sich nicht gegen die Kräfte zu wehren vermochte, die ihr Leben bestimmten? Nachdem Alexandre gesehen hatte, mit welcher Entschlossenheit Rosalind kämpfte, um Beatrice zu schützen, konnte er sich kaum vorstellen, dass irgendetwas Rosalinds Willen zu brechen vermochte. Er strich mit den Händen über ihre Arme und legte sie an ihre Taille.

»Sagt mir, *ma belle,* ist es das, was Ihr wollt?«

Rosalind schloss die Augen. Eine Träne kullerte ihr über die Wange, dann noch eine und noch eine. »Bitte, *mon Capitaine*, stellt mir nicht solche Fragen.«

»Wie kann eine Frau wie Ihr sich dem ausliefern, was sie doch so offensichtlich fürchtet? Ihr habt es geschafft, die beiden größten Gefahren der Karibik zum offenen Kampf zu zwingen und als Siegerin hervorzugehen! Wovor könnt Ihr denn noch Angst haben?«

Rosalind schüttelte den Kopf. Tränen strömten ihr über das Gesicht und tropften auf die feinen Rüschenaufschläge seines Hemds.

»Wenn Ihr es mir nicht sagen wollt, kann ich nur raten.« Alexandre hielt sie auf Armlänge und betrachtete sie. »Es muss Heirat sein. Die ist oft der Grund. Vielleicht ist da kein Mann, was ich mir allerdings schwerlich vorstellen kann. Selbst wenn Ihr unvermögend sein solltet, seid Ihr zu schön, als dass nicht irgendein reicher Lord ein Auge auf Euch werfen würde.«

Rosalind wollte sich ihm entwinden, allerdings war ihre Gegenwehr so schwach, dass Alexandre sie daraufhin noch näher zu sich heranzog und sie in seine Arme schloss.

»Deshalb *muss* es ein Mann sein, aber er ist der Falsche, *non?* Er gefällt Euch nicht. Vielleicht passt Ihr auch nicht zu ihm, doch er will Euch trotzdem.« Rosalinds Tränen befeuchteten ihm das Hemd. Viel mehr Beweis dafür, dass er recht hatte, brauchte es nicht. »Segelt Ihr nach Jamaika, um diesen Mann zu treffen, *ma belle?* Oder um ihm zu entfliehen?«

Murdock weilte zurzeit noch in England, also musste es der zweite Grund sein. Alexandre grinste vor sich hin. Wie vorzüglich und passend, dass Murdocks Verlobte ausgerechnet in seine Arme floh! Er strich Rosalind übers Haar und war versucht, an den wenigen Nadeln zu ziehen, die den Knoten hielten, und zuzuschauen, wie ihr die goldene Pracht bis zu den Hüften fiel. Stattdessen nahm er Rosalinds Hände und führte sie zu seinem Nacken. Rosalind lehnte sich an ihn, bebend unter ihren stummen Schluchzern.

»Vergesst ihn, *ma belle*. Wenn er ein solcher Schwachkopf ist, dass er Euch allein in diese Gewässer reisen lässt, verdient er Euch nicht.« Alexandre küsste sie aufs Haar. »Wie konntet Ihr Euch mit einem derartigen Idioten verloben? Eine Frau wie Ihr ist doch viel zu heißblütig für irgendeinen englischen Bürger. Ihr braucht einen Mann vom Kontinent.«

Rosalind beugte den Kopf zurück und sah ihn an. »Einen Mann wie Euch?«

Das sanfte Zwielicht, ihre Melancholie und die glitzernden Tränenspuren verliehen Rosalinds Zügen eine neue Vollkommenheit. Zum ersten Mal fühlte Alexandre sich hilflos der Zärtlichkeit erlegen, die ihn erfüllte. Er wollte diese Frau trösten und beschützen. Rosalind hatte in den letzten zwei Tagen mehrmals ihr Leben riskiert, ohne mit der Wimper zu zucken, während sie bei dem Gedanken an ihre ungewollte Heirat vor Verzweiflung und Angst zu zittern begann. Warum erkannte sie nicht, dass sie stark genug war, sich gegen die unselige Verbindung zu wehren?

Alexandre war geradezu überwältigt von der Tiefe der Gefühle, die ihn überkamen. Er hatte den Eindruck, darin zu ertrinken wie in einem riesigen Ozean, und konnte nicht anders, als Rosalind zu küssen. Es war nur ein federleichter Kuss, bei dem sich sein Atem mit ihrem mischte. Dann aber vertiefte Rosalind den Kuss und mehr brauchte es nicht, um

Alexandre zu entflammen. Die Spur von Brandy in ihrem Mund erinnerte ihn an die Satinhaut ihrer Brüste, und damit war es um seine Beherrschung geschehen. Er umfing sie noch fester und tauchte mit einer Hand in ihr Haar. Rosalind erschauderte, schmiegte sich an ihn und öffnete die Lippen. Das Scheue, das unendliche Süße an ihr machte ihn rasend vor Leidenschaft. All seine Willenskraft musste er aufbringen, um langsamer zu machen, als er eine Haarnadel nach der anderen herauszog und beiseite warf. Dann endlich ergoss sich Rosalinds Haar wie ein golden glitzernder Strom über seine Hände, dass er sich danach sehnte, seine Kleider abzustreifen und seinen nackten Körper darin einzuhüllen.

Rosalind löste sich aus dem Kuss und wandte atemlos das Gesicht ab. Alexandre presste seine Lippen auf ihren Hals, wo er ihren rasenden Puls fühlte. Zweifellos weckte er die Sinnlichkeit in ihr und machte sie für eine Ekstase empfänglich, die sie nie gekannt hatte. Er war in diesem Moment ihr Herr und Gebieter, der ihren Körper beherrschte, sie dazu brachte, sich an ihn zu klammern und seine Leidenschaft auf ihre unschuldige Weise zu erwidern. Er strich mit den Lippen über ihren Mund und malte die betörenden Rundungen mit seiner Zungenspitze nach, bis ihn die Übermacht seines Verlangens packte und ihn tief in ihren honigsüßen Mund vordringen ließ. Was für ein exquisites Vergnügen erwartete ihn als der erste Mann, der ihr vollkommene Erfüllung schenken durfte!

Alexandre unterbrach den Kuss. »*Ma belle*, könnt Ihr mich jetzt immer noch abweisen?«

Rosalind blinzelte zu ihm auf und schüttelte den Kopf. Für einen Moment glaubte Alexandre, die Schlacht wäre vorbei. Rosalinds Hände glitten auf seine Brust und stemmten sich gegen ihn. Dann trat sie einen Schritt zurück und kehrte ihm den Rücken zu.

»Ihr versteht nicht.«

Sein Herz raste so, dass Alexandre kaum denken konnte. Wieder fasste er Rosalinds Taille und zog sie zurück zu sich.

»Ich verstehe, dass ich Euch mehr begehre als ich jemals eine Frau begehrt habe. Ich verstehe, dass Ihr Euch aus einem wahnwitzigen Ehrgefühl heraus gebunden habt und damit allen Freuden entsagt. Schuldet Ihr Euch selbst nicht ein wenig mehr Freundlichkeit, *ma belle?* Nach allem, was Ihr erlitten habt, wollt Ihr da nicht Hilfe annehmen, wenn sie Euch angeboten wird?«

Sie stand regungslos da. »Ich habe eine höhere Schuld zu begleichen.«

»*Je ne comprends pas.* Wessen Schuld müsst Ihr begleichen?«

»Beatrice und ich haben eine Menge gemein.« Rosalind senkte den Kopf. »Auch ich muss meine Familie unterstützen. Der Mann, der mich heiraten will, und den Ihr lächerlich macht, ohne ihn zu kennen, ist die Rettung für meine Familie. Ich muss ihn heiraten, denn nur dann wird alles wieder gut.«

Alexandre überlegte. Was hatte Murdock Rosalinds Familie angetan, dass sie dadurch zu seiner Geisel wurde? Dass das Monster sich an Rosalind vergriff, machte Alexandre rasend vor Wut und sein Hass auf Murdock wurde noch größer. Ja, seine Rache würde andauern, nur wurde sie jetzt noch um einiges süßer. Er würde Rosalind Zärtlichkeit und höchste Wonne schenken, und das nicht allein, um Murdock zu treffen, sondern um sie als eine Frau zu würdigen, die jedwede Hochachtung und Rücksicht verdiente.

»Das kann nicht wahr sein.« Er hielt sie fest und rieb die

Wange an ihrem Haar. »Wenn dieser Mann der wäre, der er sein sollte, wäret Ihr nicht hier, in meinen Armen.«

»Das stimmt«, schluchzte Rosalind. »Es ist alles allzu wahr.«

»Ach, Rosalind, Ihr seid für dieses Spiel um vorteilhafte Vermählungen nicht geschaffen. Euch ist es bestimmt, mit Blumen im Haar einen sonnigen Strand entlangzuschlendern. Ihr wurdet für die Freude geschaffen, *ma belle*, nicht für diese entsetzliche Anständigkeit, die Ihr wie ein Schild vor Euch hertragt.«

»Für mich gibt es keine Freude, *mon Capitaine*. Nicht mehr.«

»Warum nicht?«

Rosalind schluchzte, dass ihre Schultern bebten. Als sie wieder sprechen konnte, war ihre Stimme von einer bleiernen Ruhe, die Alexandre bis ins Mark erschütterte.

»Mein Vater ist tot. Meine Mutter ist am Boden zerstört, und mein Bruder weiß von alldem noch nichts. Meine Familie ist ruiniert, meine Zukunft finster, und meine persönlichen Wünsche oder Bedürfnisse sind bedeutungslos.« Sie wischte sich die Tränen von den Wangen. »Ihr seht also, *mon Capitaine*, woher die selbstmörderische Courage kommt, die Ihr zu bemerken glaubtet. Ich habe nur noch sehr wenig zu verlieren.«

Sie drehte sich zu ihm um, so dass Alexandre ihr Gesicht im Mondschein sah. In diesem Licht konnte es ebenso aus reinstem weißen Marmor sein – eine Büste stoisch ertragener Niederlage.

»Die Begegnung mit *L'Ange Noir* war das, was noch zu meinem Untergang fehlte. Sollte ich England je lebend wiedersehen, wird mein Verlobter mich verstoßen und damit bestätigen, dass meine Reputation irreparablen Schaden genommen hat. *Merci beaucoup, mon Capitaine*, dass Ihr das zerstört habt, was von meinem Leben noch übrig war.«

Ihre Bitterkeit verschlug Alexandre die Sprache. Für sie war er die Vervollkommnung ihres Unglücks! Er ließ sie los und trat zurück. Dann verbeugte er sich spöttisch vor ihr.

»Ich würde Euch unterwürfigst um Verzeihung bitten, Mademoiselle, wenn ich glaubte, ich hätte Euch echten Schaden zugefügt. Wäret Ihr anderen Piraten in diesen Gewässern begegnet, ich versichere Euch, dann wäre jetzt weder von Euch noch von der kleinen Beatrice etwas übrig, das die Bezeichnung ›menschlich‹ verdiente.«

Er war froh, als Rosalind sichtlich wütend wurde und wieder etwas Farbe in ihre aschfahlen Wangen zurückkehrte.

»Ja, ich nahm Euer Schiff ein«, fuhr er fort. »Ihr wusstet nicht, dass *L'Ange Noir* niemals die Misshandlung von Frauen dulden würde, deshalb sprangt Ihr über Bord. Ich rettete Euch, Mademoiselle, und sobald ich erkannte, dass Ihr von dem üblen Vasquez entführt worden wart, eilte ich Euch zur Hilfe.«

»Soll ich mich erneut bei Euch bedanken, *mon Capitaine?* Soll ich Euch wieder und wieder für diese Farce, diesen Alptraum danken, für das endlose Warten und nicht Wissen, ob wir je wieder nach Hause kommen werden?«

Alexandre atmete langsam und tief ein, um sein Temperament im Zaum zu halten. »Sagt mir eines, Mademoiselle. Warum verdammt Ihr Euch dazu, elend zu sein? Ihr seid an Deck eines großartigen Schiffes, das in der Karibik segelt. Und Ihr genießt den Mondschein mit einem Mann, der Euch bewundert, der Euch begehrt und der Euch weit besser kennt als Euer Verlobter.«

Rosalind wandte ihm den Rücken zu. »Ihr kennt mich nicht.«

Alexandre lächelte und war ein weiteres Mal versucht, ihr zu enthüllen, wie viel er über sie wusste. Noch nicht. Er musste sie erst wieder in seine Arme locken, in sein Bett. Erst wenn sie ihm willentlich ihre Jungfräulichkeit geschenkt hatte, würde er seinen Triumph besiegeln, indem er sie bei ihrem richtigen Namen nannte. Er trat hinter sie, dicht genug, dass sie seine Nähe spürte.

»Ihr habt mir, *L'Ange Noir*, getrotzt, als Ihr noch dachtet, es könnte Euren Tod bedeuten. Ihr habt ein verachtenswertes Monster überlistet, das Euch leicht binnen einer Stunde auf seinem Schiff hätte zu Tode foltern können. Ihr habt alles aufs Spiel gesetzt, und das nicht um Euretwillen, sondern für die Sicherheit des kleinen Mädchens unter Deck.«

Er legte ihr sacht die Hände auf die Schultern. Rosalind stand mit vor der Brust verschränkten Armen da, als müsste sie sich selbst Halt geben.

»Ich weiß, wer Ihr wirklich seid, *ma belle.* Ich weiß, welcher Mut, welche Leidenschaft und welch bewundernswerte Kraft in Eurem Herzen wohnt. Weiß Euer Verlobter etwas davon? Würde er auch nur eines davon zu würdigen wissen?«

»Nein«, flüsterte Rosalind. »Nein, das würde er nicht.«

»Vergesst ihn! Solch ein Mann ist kein Mann! Er ist ein blutleeres Monstrum, das Euch seinem Besitz einverleibt wie eine weitere Kutsche oder eine Taschenuhr.« Alexandres wachsender Zorn auf Murdock ließ seine Stimme rasiermesserscharf werden. »Hässlich, dumm, brutal, ohne Sinn für feinere Regungen. Als Liebhaber könnt Ihr ihn vollständig abschreiben. Solch ein Mann hat nichts als Eiswasser in seinen Adern und nichts als Staub in seinen Lenden.«

Rosalinds Wangen färbten sich tiefrot. Sie wich zurück und hielt sich die Hände über die Ohren.

»Genug!«, rief sie. »Hört auf!«

Alexandre nahm ihre Hände, wild entschlossen, sie diesmal zum Nachgeben zu bringen. Rosalind wehrte sich und befreite ihre Hände aus seinen mit der Kraft der Verzweiflung. Dann streckte sie einen Zeigefinger wie ein Schwert nach ihm aus.

»*Ihr* habt kein Recht, von irgendjemandem in solchen Worten zu sprechen!« Sie rannte zum Tisch und nahm einen Silberkelch auf. »Ihr wisst, wie man den Tisch deckt wie für einen Gentleman.« Sie knallte den Kelch zurück auf den Tisch und hielt ihr Brandyglas in die Höhe. »All die Gänge, all die Getränke. Wo habt Ihr das gelernt?« Sie kam zu ihm und drückte ihm den Zeigefinger auf die Brust. »Was wart Ihr, *mon Capitaine?* Was wart Ihr, bevor Ihr alles wegwarft und zum Piraten wurdet? Ihr sagt, Ihr wisst, wer ich bin? Ich weiß, wer Ihr *wart!*«

Die üblichen Geräusche an Bord waren verschwunden. Alexandre blickte sich finster um. Alle Mann an Deck hatten ihre Arbeit eingestellt, um zuzuhören, wie diese kleine englische Milchmagd *L'Ange Noir* mit Spitzen attackierte, die der Wahrheit viel zu nahe kamen.

»Vorsicht, Mademoiselle«, raunte er. »Ihr bewegt Euch auf gefährlichem Terrain.«

Mit derselben Courage, mit der er bei ihr zu rechnen gelernt hatte, widersprach sie ihm auch jetzt noch. »Ich habe mir Eure Mutmaßungen angehört, *mon Capitaine,* jetzt werdet Ihr die Güte haben, Euch meine ebenfalls anzuhören. Ihr seid in höherem Stand geboren. Für Euch war Großes vorgesehen. Etwas ist geschehen, etwas so Schreckliches, dass es Euch veranlasste, Euch mit diesem wahnwitzigen Hass gegen die Engländer zu wenden. Was immer Ihr tatet, es zwang Euch, in die Karibik zu fliehen. Und jetzt lasst Ihr Euren Hass unter diesem absurden *nom de guerre* an englischen Schiffen aus.«

»Das reicht, Mademoiselle.« Alexandre wandte sich ab und schenkte sich mehr Brandy ein. Er hoffte, seiner Mannschaft damit zu zeigen, wie wenig ihn die scharfsinnigen Vermutungen Rosalinds anfochten.

»Oder was, *mon Capitaine?* Werdet Ihr mich schlagen? Werdet Ihr mich wieder in Ketten legen oder mich endlich über Bord werfen?« Vor Wut hatte Rosalind wieder eine erstaunlich feste Stimme. »Wir alle wissen um Euer gefürchtetes Temperament. Ohne Euren Jähzorn könntet Ihr gewiss überallhin gehen und alles sein, was Ihr wollt. Aber nein. *L'Ange Noir* muss es gestattet sein, seinen Wutausbrüchen freien Lauf zu lassen, wann und wo immer es ihm gefällt.«

Das Brandyglas zersplitterte in Alexandres Hand. Branntwein und Blut tropften aufs Deck. Er drehte sich um und sah Rosalind so wütend an, dass sie eigentlich ohnmächtig vor Angst werden müsste. Stattdessen reckte sie ihr bebendes Kinn noch weiter in die Höhe.

»Sagt mir, *mon Capitaine*, haltet Ihr Euch einen Vorrat an Engländern, für den Fall, dass Ihr mitten in der Nacht aufwacht und Euch nach einem Tobsuchtsanfall ist?«

Alexandres Blut kochte, allerdings war diesmal nicht der Wunsch nach Sinnlichkeit der Grund, sondern der nach Gewalt. Mit allergrößter Anstrengung schaffte er es, ruhig zu bleiben. Wieder und wieder erinnerte er sich, was er verlor, wenn er diese schreiende kleine Furie den Haien zum Fraß vorwarf.

In einer abschließenden Geste der Verachtung wickelte Rosalind ihr langes Haar auf und hielt es mit einer Hand im Nacken zusammen. »Ihr habt kein Recht, über irgendeinen Mann noch irgendeine Frau zu urteilen. Was auch immer Ihr wart, *mon Capitaine*, Ihr habt Euer Leben aus freiem Willen weggeworfen.«

Alexandres Zorn war nicht mehr zu bändigen. Er stieß einen dröhnenden Schrei aus und wischte mit den Armen über den Tisch, dass sämtliche Teller und Gläser auf dem Deck landeten und zu Scherben zerfielen. Rosalind wich zurück und hielt sich an der Reling fest. Nun bekam sie Angst. Und sie würde schon noch lernen, was richtige Angst war, diese anmaßende, dreiste Kleine. Er hatte sein Bestes für sie getan, hatte sein Leben für sie riskiert …

Jemand schoss an ihm vorbei. Yves. Er stellte sich vor Rosalind und schirmte sie mit seinem Körper ab. Selbst in seiner äußersten Rage würde Alexandre nicht so weit gehen, die Hand gegen seinen teuersten Freund zu erheben. Zitternd vor Wut stand er da.

Yves schob Rosalind Richtung Hauptdeck. »Geht nach unten, Mademoiselle. Sofort!«

Ohne ein Wort floh Rosalind. Alexandre sah ihr nach, immer noch rasend vor Zorn. Nur Yves hatte es vermocht, ihn aufzuhalten. Jeden anderen hätte Alexandre kurzerhand über Bord geschleudert. Und wäre Rosalind ein Mann gewesen, er hätte sie auf der Stelle erschlagen. Die Milchmagd hatte ihn in so lauten Tönen erniedrigt, dass es bis zur Bugsprit hörbar gewesen sein dürfte. Weil sie aber eine Frau war, nicht irgendeine, sondern Rosalind, hatte er seine Hand beherrscht. Und nun war ihm übel, weil er keine Satisfaktion für die Beleidigungen fordern durfte, für die unverschämte Beleidigung seiner Ehre wie seines Prestiges.

Alexandre warf sich in seinen Stuhl und griff nach der Rumflasche. Er zog den Korken und trank einen großen Schluck. Erst da bemerkte er, dass Yves noch an der Reling stand.

»Was ist?«

»Soll ich die Jungen zum Aufräumen schicken, *mon Capitaine?*«

»Ja, aber sie sollen schnell machen.«

Binnen Minuten war alles Chaos beseitigt. Yves stellte eine frische Flasche Rum in Alexandres Reichweite.

»Du hältst mich für einen Narren, *mon ami*, nicht wahr?«, fragte Alexandre.

»Nur ein Narr würde diese Frage beantworten, *mon Capitaine.*«

Alexandre starrte in den Himmel hinauf, an dem nun unzählige Sterne funkelten. »Ich hab's versucht, Yves. Ich habe versucht zu tun, was sie wollte.«

Yves seufzte. »Was hat sie Euch jetzt wieder getan?«

»Nur ihre Augen als Spiegel benutzt, um mir zu zeigen, wozu ich freiwillig geworden bin.«

»Sie ist ein kleines Ding mit einer scharfen Zunge. Nehmt sie, gebt ihr ein paar hübsche, billige Schmuckstücke und jagt sie davon.«

Alexandre schüttelte den Kopf. »Das wird bei dieser Frau nicht funktionieren.«

»Dann schlagt sie in Eisen oder füttert sie an die Haie. Lasst nicht zu, dass sie Euch das antut!«

Alexandre trank noch einen großen Schluck Rum. »Nur die Ruhe, alter Freund. Ein paar Tage noch, dann sind wir sie los. Ich kann sie nicht einfach über Bord werfen, wo mir der große Lord Murdock doch auf ewig dankbar sein wird, weil ich ihren hübschen kleinen Hals gleich zweimal gerettet habe.«

»Dieser englische Bastard wird noch Euer Tod sein. Denkt Ihr immer noch, *Ihr* benutzt *ihn?* Er hat Euch schon so weit, dass Ihr seine Küsten patrouilliert wie ein persönlicher Diener. Jetzt sammelt Ihr schon verirrte Kinder für ihn ein! Wo soll das hinführen?«

Alexandre bedachte ihn mit einem wütenden Blick. »*Sacre Dieu!* Wirst du jemals aufhören zu nörgeln? Schlimm genug, dass mich die kleine Göre peinigt. Wofür brauche ich noch eine Ehefrau, wenn du dauernd an mir herumnörgelst?«

Yves verschränkte die Arme vor der Brust. »Ist es Zeit, dass wir an Land gehen? Habt Ihr endlich genug von diesem Leben?«

Alexandre schloss die Augen und lehnte den Kopf zurück. »Nein. Ich kann nicht zurück. Noch nicht.«

Yves stieß einen angewiderten Laut aus. »Hört mir zu, Alexandre. Ihr wollt sie, weil sie Euch zurückweist. Habt Ihr sie erst gehabt, werdet Ihr sie vergessen. Dann ist die Jagd vorbei. Tut uns allen einen Gefallen und beendet die Jagd.«

Alexandre schüttelte den Kopf. »Ach, Yves. Sie sagte, ich wäre kaltherzig, aber du bist aus Eis.« Er trank wieder, warf die leere Flasche über Bord und griff nach der neuen. »Ich werde hier sitzen und trinken, bis ich niemanden mehr umbringen will. Dann ziehe ich mich in meine Kajüte zurück. Es steht ihr frei, dahin zurückzukehren. Sorg nur dafür, dass sie nicht zu Schaden kommt.«

»Ich schickte sie nach unten, damit sie nicht zu Schaden kommt, *mon Capitaine.*«

Alexandre seufzte. »Und?«

Yves beugte sich zu ihm und sagte leise: »Was hättet Ihr mit ihr gemacht, wäre ich nicht dazwischengegangen?«

Alexandre nahm noch einen Schluck Rum. »Die Frage ist ungefähr so sinnvoll wie die, was ich in einer Schlacht täte, wenn der Wind aus einer anderen Richtung weht.«

»Statt Eurem Impuls zu folgen, solltet Ihr eine sorgfältige Strategie wählen«, warf Yves ein.

»Hier ist durchaus eine Strategie vorhanden, *mon ami.* Dessen versichere ich dich.«

»Wieder glaubt Ihr, Euren Feind in der Hand zu haben. Gebt acht, Alexandre. Diese Schelmin steckte von der ersten Minute an voller Überraschungen.«

Alexandre blickte Yves in die kalten grauen Augen. Die Niedergeschlagenheit, die jedem Zornesausbruch folgte, machte sich allmählich bemerkbar und drohte, ihn in schwarze Tiefen zu ziehen. »Du hast vollkommen recht, wie immer. Das ist eine überaus verdrießliche Angewohnheit, *mon ami.* Ich wünschte, du würdest mir auf meinem eigenen Schiff ein wenig mehr Selbstachtung gestatten.«

Wieder sah er zu den Sternen hinauf, deren Konstellationen ihm nach den Jahren vertraut waren. Nur sie blieben immer gleich. Nur sie waren immer an ihren Plätzen und gewillt, ihm den Weg zu weisen. Er nahm noch einen großen Schluck Rum und wünschte, es wäre Brandy und er könnte einen Mundvoll davon in einem Kuss mit Rosalind teilen, nach dem sie ohnmächtig in seine Arme sänke.

»Sie ist eine würdige Gegnerin, Yves. Sie weckt eine unbändige Leidenschaft in mir. Ich habe nie so viel gefühlt, weder in der Liebe noch im Krieg.«

»Vielleicht ist *Mademoiselle,* da sie Euch nun von der schlechtesten Seite erlebte, bereit, künftig auf mich zu hören, wenn ich ihr rate, Euch nicht zu provozieren.«

»Hört sich an, als würdest du nicht daran glauben.«

»Das tue ich auch nicht, *mon Capitaine.*« Yves stand auf. »Ich kann nur hoffen, dass Eure Strategie aufgeht. Nehmt Euch die Königin. Beendet das Spiel. Das ist mehr als ein Geplänkel. Sie bedeutet Euch zu viel.«

Während Yves davonging, nickte Alexandre vor sich hin. Der Rum konnte die grausame Wahrheit nicht verdrängen. Rosalind bedeutete ihm zu viel, viel mehr als es irgendeiner kleinen englischen Milchmagd zustünde.

Kapitel 18

Rosalind sackte zu einem Häufchen Elend zusammen. Die Hängematte, die für die Nacht ihr Bett sein sollte, fühlte sich wie ein Wäschesack an. Die schweren Falten ihres Satinrocks lagen verdreht um ihre Beine, ihre Unterröcke schoben sich von ihren Hüften ab nach oben. Hier war kein Platz, sich auszustrecken, nicht mal zum Aufstehen, um die Kleider auszuschütteln. Beatrice lag in der Hängematte neben ihr, zusammengerollt und die Hände wie ein Kind unter ihrer Wange.

Erics Anwesenheit machte es für Rosalind um nichts besser. Er lag auf der anderen Seite in einer Hängematte und schnarchte so laut, dass die Ratten vom Schiff geflohen wären, gäbe es hier welche. Außerdem hatte Rosalind ja bis in den Nachmittag hinein geschlafen, was ihr das Einschlafen jetzt umso mehr erschwerte. Sie lag da und erinnerte sich in ihrem Verdruss, wie komfortabel Alexandres Bett gewesen war – solange er sich woanders aufhielt. Hier unten indes konnte sie nicht einmal richtig atmen, weil sie von den Unmengen von Schiffsladung geradezu umzingelt waren. Doch wie sehr sie sich auch nach frischer Luft und mehr Raum sehnte, sie wagte es nicht, sich noch einmal an Deck sehen zu lassen. Sie hatte Black Angel in rasende Wut versetzt und wollte ihm heute Nacht gewiss nicht mehr über den Weg laufen.

Tausend Fragen gingen Rosalind durch den Kopf. Was sagte die entsetzliche Szene oben über Alexandre aus? Dass sie recht hatte, was seine Vergangenheit betraf. Alexandres Wut bestätigte ihre Vermutungen. Sie kannte die Einzelheiten nicht, aber sie ahnte weit mehr als zuvor.

Yves hatte sie gewarnt, Alexandre nicht zu provozieren. Als seine rechte Hand kannte er die Grenzen von Black Angels Temperament besser als irgendjemand sonst an Bord. Und was bedeutete es, dass Yves eine Frau, eine Engländerin, vor seinem teuren *Capitaine* schützte? Wenn Yves' Erscheinen auf dem Achterdeck auch keine Meuterei gewesen war, dann doch etwas, das dem recht nahe kam.

Beatrice gab im Schlaf einen leisen Laut von sich und katapultierte Rosalind wieder in die Gegenwart zurück. Sie streckte die Hand aus und strich Beatrice übers Haar. Das Fieber war leicht zurückgegangen. Rosalind seufzte und dankte Gott. Ihre größte Sorge nun sollte die sein, Black Angel zu überzeugen, dass Beatrice schnellstmöglich an Land gebracht werden musste. Beatrice war ein unschuldiges Opfer, zur falschen Zeit am falschen Ort gewesen. Wenn Black Angel sich unbedingt an den Engländern rächen wollte, sollte er sich mit Rosalind begnügen. Vielleicht war es an der Zeit, ihm weiszumachen, dass er sie mit seinem Zorn eingeschüchtert hatte. Nach allem, was sie bisher beobachten konnte, versetzte ihn nichts in bessere Stimmung als das Gefühl, er hätte gewonnen. Und damit war sie wieder bei dem, was Yves ihr gesagt hatte. Vor lauter Verärgerung wollte sie am liebsten in die Planken neben sich treten.

Beatrice drehte sich um und schlug die Augen auf. Sie sah Rosalind, worauf ihr Gesicht buchstäblich aufleuchtete. »Ihr seid hier! Ich dachte, er würde Euch nicht bei mir bleiben lassen.«

Rosalind tätschelte ihr die Hand. »Ich denke, der Captain hatte für heute genug von meiner Gesellschaft.«

»Ist etwas passiert?«

»Er glaubte, er könnte sich über mich und meine Heiratsabsichten lustig machen. Ich machte ihm klar, wie wenig mich seine Reden amüsierten.«

»Ich verstehe nicht. Der Captain verhält sich, als könnte er ohne Euch nicht leben, redet aber so, als würdet Ihr ihm nichts bedeuten. Ich könnte mir vorstellen, dass Mr. Murdock es nicht erwarten kann, Euch wiederzusehen.«

Rosalind hätte beinahe gelacht. »Er wird sich eher um die *Bird of Paradise* und die verlorene Ladung sorgen.«

»Ach, Rosalind, das dürft Ihr nicht sagen. Er will Euch heiraten.«

»Nein«, erwiderte Rosalind und dachte an Captain Bellamy, der sich angehört hatte, als wäre sie bereit Murdocks Verlobte. »Er will, dass *ich* ihn heirate.«

»Arme Rosalind.« Nun war es an Beatrice, Rosalind die Hand zu tätscheln. »Gefällt er Euch denn nicht?«

»Das scheint ohne Belang. Ich gefalle ihm, und es gefällt allen anderen, dass wir zusammenpassen.« Sie fingerte an der Spitze auf ihrer Brust. »Wenn Vater doch nur noch wäre! Er war glücklich damit, mich daheim zu haben, wo ich gern war. Er hatte viele junge Mädchen gesehen, die zu früh verheiratet wurden.«

»Das ist so traurig.«

»Ich hatte mir von der Ehe mehr versprochen.«

Rosalind war nicht sicher, ob sie es laut ausgesprochen hatte. Aber das war auch egal. Was zählte, war, dass sie sich selbst endlich die Wahrheit gestand. Sie hatte sich mehr erhofft. Edward Murdock mochte eine gute Partie sein, aber er war nicht das, was sie sich von einem Mann wünschte. Er ließ sie kalt, langweilte sie zu Tode und behandelte sie auf seine dezente Art vollkommen gefühllos. Er hätte sie niemals der Courage gerühmt, weil sie einem Piraten die Pistole wegriss und ihn niederschlug, um anschließend Black Angel höchstpersönlich damit in Schach zu halten. Wäre sie so dumm, ihm davon zu erzählen, würde Mr. Murdock ihr die Hand tätscheln und eine lehrmeisterhafte Bemerkung fallenlassen.

Rosalind starrte nach oben. Über ihr war die Kapitänskajüte. Ob Alexandre da oben war und seinen verletzten Stolz kurierte? Sie hatte ihn schlimm getroffen, das war offensichtlich. Was für ein Jammer, dass sie nicht sicher sein konnte, ob sie richtig geraten hatte.

Eric bewegte sich in seiner Hängematte. Einen Augenblick später setzte sein ohrenbetäubendes Schnarchen wieder ein. Rosalind stöhnte laut.

»Ich glaube, ich muss an Deck und frische Luft atmen.«

»Oh, Rosalind, ist das klug?«, fragte Beatrice.

Rosalind bewegte sich sehr vorsichtig und konnte aus der Hängematte steigen, ohne Beatrice dabei umzukippen. »Er wird mir nichts tun.«

»Wie könnt Ihr da so sicher sein?«

»Wenn er mir etwas tun wollte«, sagte Rosalind bestimmt, »hätte er es längst getan.«

Ein weiterer Schnarcher zerriss die Dunkelheit.

»Ich ertrag's nicht, hier unten auch nur eine Minute länger eingesperrt zu sein. Beatrice, bitte, mach dir keine Sorgen. Es wird alles gut.«

Rosalind stieg die Leiter hinauf zum Hauptdeck. Die ersten Wachen murmelten sich verwundert zu, als sie erschien. Eine Stimme war etwas lauter, und auch wenn Rosalind die Worte nicht verstand, erkannte sie doch am Ton, dass man sich über sie lustig machte. Gleich darauf vernahm sie einen Knall wie von einer Peitsche und gedämpftes Fluchen. Rosalind drehte sich um und sah den Bootsmann, der über einem Piraten nahe der Steuerbordreling stand. Der Bootsmann hielt ein Tau in der Hand, mit dem er dem anderen Piraten gerade eine hässliche Strieme auf den bloßen Rücken geschlagen hatte. Der Bootsmann verbeugte sich vor Rosalind.

»Bonsoir, Mademoiselle.«

»Bonsoir, Monsieur le Maître d'Equipage.«

Der Bootsmann blickte streng zu den Piraten, die sie beobachteten, sich jetzt aber alle wieder ihrer Arbeit zuwandten. Rosalind bedankte sich bei ihm mit einem scheuen Lächeln. Als sie zum Achterdeck sah, erkannte sie dort den Steuermann sowie Yves und den Navigationsoffizier, die sich über ein paar Papiere beugten. Von Alexandre war nirgends etwas zu sehen. Rosalinds Blick fiel auf die geschlossene Tür seiner Kajüte. Lag er in diesem Augenblick auf seinem breiten Bett, aalte sich in seiner Wut und plante, wie er sich auf furchtbare Weise seiner Gefangenen entledigte?

Rosalind eilte zum Bug. Es war ihr sehr angenehm, dass die Piraten sie mieden. Auch sie gab sich Mühe, ihnen so weit wie möglich aus dem Weg zu gehen. Hinter ihr hörte sie sie raunen, manche leise lachen und einige sogar angewiderte Laute ausstoßen. Rosalind fragte sich, wie viel Geld wohl beim Wetten verloren und gewonnen worden war, während die Piraten ihr zusahen, wie sie ihren geliebten Captain herunterputzte.

Sie stellte sich ganz vorn an den Bug, dessen Spitze voller Kisten und Fässer stand. Am liebsten wäre sie hinaus auf das Bugspriet geklettert.

Genüsslich atmete sie die frische Meeresluft tief ein, die ihr klarer zu denken erlaubte. Black Angel war ein Dieb, ein Unhold und ein Mörder, der zahllose Unschuldige auf dem Gewissen hatte. Dennoch hatte er in einer Sache vollkommen recht gehabt. Es wäre schwierig gewesen, zu ihrem Leben nach London zurückzukehren, nachdem sie Thomas die Nachrichten überbracht hatte. Das Leben musste weitergehen, ganz gleich, wie schmerzlich es war und wie unangenehm es wäre, Mr. Murdock wiederzusehen. Das alles jedoch wäre nachgerade einfach im Vergleich zu den Gerüchten, die kursieren würden, wenn bekannt wurde, dass sie eine Begegnung mit dem berüchtigten Black Angel überlebt hatte. Jeder wusste, was Piraten mit Frauen machten. Keiner würde ihr glauben, dass sie verschont worden war – Lösegeld oder nicht. Man würde tuscheln und die Nase rümpfen, und die Hanshaws würden als finanziell und gesellschaftlich Entehrte geschnitten. Von da ab würde alles nur noch schlimmer werden. Es war gut möglich, dass Rosalind sich Arbeit als Lehrerin oder Gouvernante suchen müsste, damit ihre Mutter ein Dach über dem Kopf hatte.

Sie erschauderte unter der Wucht ihres Kummers und presste die Handrücken auf die Augen, um ihre Tränen aufzuhalten. Dann sah sie hinauf zu den Sternen. Hier, unter dieser fremden Konstellation, war sie zu einem anderen Menschen geworden. Sie war nicht mehr Lady Rosalind Hanshaw, die umsichtige und korrekte Tochter aus gutem Hause. Hier war sie Miss Rosalind Brooks, eine Lehrerin, die keine Angst hatte, mit

Haien zu schwimmen, Piraten zu entwaffnen und sogar *L'Ange Noir* persönlich an den Haaren zu reißen! Wie konnte sie beide Frauen auf einmal sein? Vor allem aber, wie konnte sie je wieder die anständige, würdevolle junge Frau sein, die an Bord der *Bird of Paradise* gegangen war?

Rosalind lehnte sich an die Reling und blickte auf die Stelle, an der das Mondlicht auf die Wellen fiel. *L'Etoile du Matin* segelte ruhig und schnell. Es herrschte so wenig Wellengang, dass hier und da sogar Spiegelungen der Sterne zu erkennen waren. Hinter und über Rosalind ging die Mannschaft ihrer Arbeit nach, immer noch darauf bedacht, Abstand zu Rosalind zu halten. Sie schloss die Augen und erspürte den Rhythmus des Schiffes durch das Holz unter ihr. *L'Etoile du Matin* war ein eigenständiges Ganzes, auf dem Fleisch und Knochen dem Holz und Segeltuch Leben einhauchten. Dieses Leben entsprang einem einzelnen Herzen, dem von Alexandre. Wie seltsam, dass sie ihn sich als das Herz der *Etoile du Matin* dachte, nicht als deren Geist. Alexandre war ein intelligenter Mann, aber in ihm dominierte die Leidenschaft den Verstand. Er würde immer erst aus dem Herzen heraus handeln und als Zweites die Vernunft bemühen. Das zeigte sich in allem, was sie bisher mit ihm erlebt hatte.

Was für ein Jammer, dass sie sich nicht auf einem Ball in London begegnen konnten. Wie gut stünde dem großen, eindrucksvollen Piratenkönig das edle Gewand eines französischen Adligen – die Spitze, die Goldstickerei und der fließende Satin. Rotbraun oder Mitternachtsblau wären gute Farben für ihn. Alexandre würde zweifellos mit überlegener Eleganz tanzen, weil ihm sein Leben auf See eine geschmeidige Beweglichkeit verliehen hatte, die alle Landmänner in den Schatten stellte.

Und bei aller Eleganz seiner strahlenden, förmlichen Gewandung wäre Alexandre immer noch von der Aura der Gefahr umgeben, die aus dem Glühen in seinen dunklen Augen sprach. Wie wunderbar wäre es gewesen, ihm in einem Ballsaal zu begegnen und zu wissen, dass sich unter der vornehmen Sprache, dem höflichen Gebaren jene Kraft verbarg, die ihn veranlasste, einen rivalisierenden Piraten durch einen Sturm zu verfolgen, um die Frau zurückzuholen, die er als sein Eigentum betrachtete.

Dieser Gedanke riss Rosalind aus ihren Traumphantasien. War es nicht genau das, was Alexandre getan hatte? Er sah Rosalind als *seine* Frau. So sehr sein, dass er den Mann umbrachte, der sie ihm weggenommen hatte. Während sie darüber nachdachte, erfüllte sie eine wohlige Wärme, ähnlich der des Brandys, wenn auch stärker, einnehmender und verwirrender. Wie phantastisch Alexandre ausgesehen hatte, als er auf Vasquez' Schiff stand. Der göttliche Zorn in Person. Und kurz darauf war er die Sanftheit selbst gewesen, hielt Rosalind in den Armen und tröstete sie. Rosalind verschränkte die Arme, hin- und hergerissen zwischen zwei sehr unangenehmen Gedanken. Auch wenn Mr. Murdock sie nicht aus rein geschäftlichen Gründen heiraten wollte, hatte er bisher noch nicht einmal ihre Hand geküsst. Alexandre indes begehrte sie genug, um für sie zu töten.

Und sie wollte ihn.

Das machte ihr Angst. Alexandre hatte behauptet, sie hätte eine wilde Seite, und er hatte sie ihr gezeigt. Eine Leidenschaft nach der anderen schleuderte er ihr entgegen, sei es Zorn, Verachtung oder Verlangen. Und sie konnte dem nur begegnen, indem sie mit gleicher Intensität konterte. Nun, da ihre Wildheit einmal entfesselt war, wie konnte Rosalind sie da jemals wieder leugnen, wegschließen und so tun, als hätte es die Tage mit Black Angel nie gegeben? Nachdem sie den explosiven Genuss seiner Küsse gekostet hatte, nachdem er sie auf den Armen vom Deck eines Piratenschiffs zum anderen getragen hatte, nachdem Black Angel ihr auf Knien sein Verlangen gestanden hatte, wie könnte sich Rosalind je mit der Eintönigkeit abfinden, die sie als Mr. Murdocks Frau erwartete?

»So nachdenklich, Mademoiselle? Ich frage mich, woran Ihr denkt.«

Rosalind fuhr erschrocken herum. Alexandres Stimme berührte sie beinahe wie seine langen, eleganten Finger, die sie zärtlich streichelten. Sie brauchte einen Moment, bis sie ihn in der Dunkelheit ausgemacht hatte. Dann schließlich sah sie seine große, breitschultrige Silhouette, die am Hauptmast lehnte. Woher war er gekommen? Sie würde es doch gewiss nicht überhören, wenn ihn seine Mannschaft auf Deck begrüßt hätte. Rosalind sah hinauf in die Takelage.

»*Exactement, Mademoiselle.* Ihr habt mich auf den Mast geschickt, also bin ich raufgeklettert.«

Er neckte sie schon wieder, indem er auf die üblichen Bestrafungen für kleinere Vergehen auf See anspielte. Ob er ganz oben auf dem Hauptmast gewesen war? Rosalind überlegte. Dass ein Mann seiner Größe und Breite sich lautlos durch die Betakelung bewegen konnte und dann auf dem obersten Yard des Hauptmastes sitzen … Andererseits hatte sie ihn am Nachmittag genau das tun sehen.

»Ich erinnere mich nicht, Euch Erlaubnis erteilt zu haben, wieder herunterzukommen.« Sie kehrte ihm den Rücken zu, denn sie hatte genug von seiner Launenhaftigkeit.

Alexandre lachte leise. »Ich konnte nicht widerstehen. Ihr steht hier wie eine lebende Galionsfigur, in Mondschein gebadet und meine Mannschaft mit Eurem Liebreiz quälend.«

»Es tut mir leid, dass ich Eure Männer ablenke.«

»Das stimmt nicht.« Seine Schritte näherten sich, bis er unmittelbar hinter ihr stand. »Jede Frau hört gern, wie schön sie ist.«

Rosalind drehte sich um, sah ihn an und erwiderte nicht minder zynisch: »Gehe ich recht in der Annahme, dass Ihr nicht mehr wütend auf mich seid, *mon Capitaine?*«

Sein Gesicht lag ihm Schatten, als er die Hände hob. »Wollen wir uns auf einen Waffenstillstand einigen, *ma belle?* Wie ich zu meinem Schaden feststellen musste, feuern Eure Kanonen aus zwei Läufen gleichzeitig.«

Was für ein Spiel veranstaltete er jetzt mit ihr, dass er sich auf ein Wortgeplänkel einließ? Was es auch war, wenn Alexandre liebenswürdig sein wollte, spielte sie am besten mit. Schließlich wollte sie ihn überreden, schnellstmöglich in Kingston anzulegen. Sie legte ihre Hand auf seine.

»Sehr wohl, *mon Capitaine*. Frieden.«

Seinen feinen Anzug vom Abendessen hatte er abgelegt und trug jetzt ein schlichtes weißes Hemd und Baumwollhosen wie am Nachmittag. Erst auf den Hauptmast zu klettern und nun noch diese schlichte Erscheinung … Das ließe sich beinahe als Demut deuten.

Alexandre lehnte sich neben ihr an die Reling und sah ihr in die Augen. »So förmlich. Ihr kennt meinen Namen, *ma belle.*«

»*L'Ange Noir*. Wie seid Ihr eigentlich darauf gekommen?«

»Das ist eine Geschichte, die man einer Lady gewöhnlich nicht erzählt.«

»Aber ich bin keine Lady, *mon Capitaine*. Ich bin eine ehrenamtliche Piratin.«

»Ja, das seid Ihr tatsächlich.« Alexandre blickte auf die dunklen Wellen. »Die Hafendirnen in Port Royal sahen eines Tages die *Etoile du Matin* einlaufen, und sie alle riefen sich etwas zu. Sie meinten, ich hätte das Gesicht eines Engels, und sie liebten mein langes Haar.«

Rosalind versuchte, schockiert auszusehen, aber ihr Lachen verriet sie. »Die Engländer fürchten Euch wie den Teufel selbst, und dabei habt Ihr Euren Namen von ein paar Dirnen, die Euch hübsch fanden?«

Alexandre schien ein wenig beleidigt. »Ihr raubt der Geschichte ihren ganzen Charme, aber ja, es stimmt.«

»Wie entzückend, wenn man bedenkt, dass Ihr zuerst als Liebhaber berühmt wart, nicht als …« Das harte Wort blieb ihr im Hals stecken.

»Als was, *ma belle?*«

»Als Pirat.«

Sein Blick sagte ihr, dass das nicht das Wort war, was sie ursprünglich verwenden wollte. Sie beide wussten, dass Männer seinetwegen ihr Leben verloren hatten, doch in diesem Augenblick wurde alles Zerstörerische seines Rufes vom silbernen Mondlicht und dem Plätschern der Wellen vertrieben.

»Was hättet Ihr einmal werden sollen, *ma belle?* Bevor Euer Leben so schwierig wurde.«

Er fragte so sanft und so empfindsam. Rosalind überlegte, wie sie darauf antworten sollte.

»Ich sollte glücklich werden. Ich sollte einen Mann heiraten, den ich lieben und respektieren kann und dessen Kinder ich voller Stolz unter dem Herzen tragen würde. Mir war ein anständiges, respektables Leben bestimmt, in dem ich zufrieden alt werden könnte.«

Alexandre nickte. »*Très bien, ma belle.* Ein gutes Leben, um das Euch viele Frauen beneiden würden.«

»Ich schätze ja.«

Alexandre sah sie an. »Und dennoch hegt Ihr Zweifel?«

»Ich kann nicht umhin zu denken, dass diese Art von Leben schon Tausende von Malen geführt wurde. Es ist eben das, was man tut, und mehr nicht.«

»*Vraiment.* Und träumt Ihr vielleicht von einem anderen Leben?«

Das hatte sie nie getan, bis sie das Schicksal in die Arme von Black Angel warf. »*Mon Capitaine*, diese Frage segelt zu nahe am Wind, wie Ihr das nennen würdet.«

»Ich nenne das keine Antwort.«

»Dann, *mon Capitaine,* nehmt es als Hinweis.«

Alexandre betrachtete sie eine Weile nachdenklich, dann strich er ihr mit der Fingerspitze über die Wange. »Ihr wollt Euch nicht einmal dieser Frage stellen, nicht wahr? Ist sie so schmerzlich, *ma belle,* die Vorstellung eines glücklicheren Lebens?«

Rosalind sehnte sich danach, sich bei ihm anzulehnen, von ihm in die Arme geschlossen zu werden und ihre Wange an seine Brust zu schmiegen. Als hätte er ihre Gedanken gelesen, breitete Alexandre die Arme aus. Rosalind machte einen Schritt auf ihn zu. Sie legte die Arme um seine schmale Taille und lehnte die Wange an seine warme, entblößte Brust, wo das Hemd auffiel. Sein Herz klopfte stet und stark, und das leise Pochen lullte sie buchstäblich ein.

»Ich weiß, *ma belle* ich weiß. Wer ein wildes Herz besitzt, kann kein ruhiges Leben führen.«

»Ich wusste gar nicht, dass ich ein wildes Herz habe.«

»Doch, das wisst Ihr, *ma belle,* das wisst Ihr sehr wohl.« Lachen brachte seinen Brustkorb zum Vibrieren. »Ach, ich denke gerade an Henris Gesicht, als er bemerkte, dass Ihr ihn mit seiner eigenen Pistole niedergeschlagen habt!«

Seine Fingerspitzen malten den Bogen ihrer Augenbraue nach, die Rundung ihrer Wange und ihres Kinns. Dann rieb er sacht mit dem Daumen über ihre Unterlippe. Die zarte Berührung und die Art, wie er ihrer Lippe von einer Seite zur anderen folgte, wirkte fast hypnotisierend.

»Ihr wäret verschwendet in der Rolle irgendeiner englischen Bürgersfrau«, sagte Alexandre. »Eine Frau von Eurem Stil und nichts, was sie beschäftigt, als Dinnerpartys, Ausflüge zum Schneider oder ein verlässliches Kindermädchen zu finden? Pah!« Er wedelte den Gedanken mit einer Handbewegung davon. »Ihr verdient mehr als das, *ma belle.*«

Seine Stimme umgab Rosalind wie eine warme Welle und brachte sie dazu, sich ebenso an ihn wie an seine Worte zu klammern. Zugleich regte sich eine leise Furcht in ihr. »Eine kleine englische Milchmagd? Jetzt macht Ihr Euch über mich lustig, *mon Capitaine.* Wie sollte ich denn ein solches Leben führen?«

Alexandre legte eine Hand unter ihr Kinn und brachte sie dazu, ihn anzusehen. »Ich spreche von dem, was Ihr verdient, *ma belle.* Und ich glaube, Ihr verdient weit mehr als das, was Ihr Euch ausgesucht habt.«

Rosalind starrte ihn an. »*Merci*, Alexandre«, flüsterte sie. »*Merci beaucoup.*«

Zusammen standen sie da und beobachteten das Tänzeln des Mondlichts auf den Wellen. Rosalind schloss die Augen und hielt sich an diesem Augenblick fest. Sie wollte alle Eindrücke für immer bewahren – das feste Leinen von Alexandres Hemd, das sich über seinem Rücken und seinen Schultern spannte, die Nachtluft auf ihrer Haut, die angenehme Wärme, die endlich die Hitze des Tages ablöste, den Duft von Salzwasser, feuchtem Segeltuch, Tabak und Pökellake. Vor allem aber wollte sie nie das Gefühl von Alexandres Haut und die entfernte Rumnote in seinem Atem vergessen.

»Und Ihr?«, fragte Rosalind. »Was hättet Ihr werden sollen?«

Alexandre verkrampfte sich spürbar, und Rosalind fühlte das Stirnrunzeln, das sich einer Gewitterwolke gleich über seine Züge legte. Sie bekam plötzlich Angst, als sie ihren Fehler erkannte, und versuchte zurückzuweichen.

»*Pardonnez-moi, mon Capitaine.* Ich wollte unseren Streit von vorhin nicht neu entfachen.«

Als er sie nicht losließ, wandte sie das Gesicht ab und wappnete sich für den kommenden Wutausbruch. Alexandres Arme schlossen sich fester um sie und zogen sie sanft näher. Und dann sprach er, die Stimme nur noch ein heiseres Flüstern.

»Ich hätte in die Fußstapfen meines Vaters treten und mein eigenes Schiff führen sollen, ein Schiff unserer Flotte.« Wieder verkrampfte er sich, und sein Atem ging unregelmäßig. Sein Herz hämmerte in seiner Brust. »Wir verloren alles an dem Tag, als drei Piratenschiffe das Schiff angriffen, auf dem ich diente. Nur eine Handvoll von uns überlebten.«

»Wie entsetzlich!«

Rosalind lehnte sich etwas zurück, um zu ihm aufzusehen.

Er blickte hinaus in die Nacht, sein wunderschönes Gesicht kalt und versteinert wie eine Marmormaske. Er hatte sich zurückgezogen – von ihr, von seinem Schiff und von der Welt, die er sich selbst aufgebaut hatte. Und nun fügte sich ein weiteres Puzzlestück zu dem Bild.

»Die Piraten«, hauchte Rosalind. »Sie waren Engländer, nicht wahr?«

Alexandre nickte. »Sie hätten uns niemals besiegen dürfen. Es war Wahnsinn, Unglück, pure, blinde Dummheit …«

Er schob Rosalind von sich, wandte ihr den Rücken zu und hielt sich an den schweren Tauen fest, die vom Hauptmast zum Bugspriet verliefen. Seine Schultern hoben und senkten sich unter den schweren Atemzügen.

Rosalind griff nach der Reling, um sich Halt zu verschaffen. War es Kummer oder Zorn, der jetzt Alexandres Temperament anheizte? Sie blickte sich um, aber es schien niemand in der Nähe zu sein. Die Mannschaft hatte sich vom Vorschiff zurückgezogen und wagte sich nicht näher heran als bis zur Mitte des Hauptdecks. So ungern sie es auch täte, sie wünschte sich, sie könnte Yves herbeirufen. Er schien zu wissen, wie man mit Alexandre umging, wenn er in eine seiner seltsamen Stimmungen verfiel.

»Vielleicht …«, begann Rosalind zögernd.

Alexandre hob den Kopf.

Angst schnürte Rosalind die Kehle zu. Sie schluckte und versuchte es noch einmal. »Vielleicht sollte ich lieber nach unten gehen.«

Ehe Rosalind noch einen Schritt zurück machen konnte, drehte Alexandre sich zu ihr um und griff nach ihrer Hand.

»*Mais non, mademoiselle.*« Wieder verbargen Schatten sein

Gesicht. »Ihr wart mutig genug, mich vor meiner Crew zur Rede zu stellen.« Seine Stimme klang kalt, klar und gelassen. »Werdet Ihr jetzt feige, wo Ihr doch die Wahrheit erfahren könntet?«

Er hielt ihre Hand weiter und blickte hinaus aufs Meer. »Das war der schlimmste Tag meines Lebens. Nein, er war vielmehr das Ende meines Lebens. Jetzt bin ich hier, weit fort von zu Hause, jage kleine englische Boote und erschrecke Lehrerinnen.« Er schüttelte den Kopf und murmelte etwas. »Auch ich verdiene Besseres. Aber die Zeit dafür ist noch nicht gekommen.«

Er fuhr sich mit den Fingern durchs Haar, die Zähne zusammengebissen und die Augen fest geschlossen. Dabei sah er so unglücklich aus, dass Rosalind ihm behutsam eine Hand auf die Schulter legte.

»Wie seltsam, dass uns etwas so Tragisches miteinander verbindet. Piraten versenkten das Schiff, das den Schlüssel zum Vermögen meiner Familie bedeutete. Als es unterging, versank meine Zukunft mit ihm.« Sie sah hinaus aufs Wasser. »Die *Dover Lady* war auf ihrem Weg nach Jamaika.« Sie lachte, kalt und bitter. »Wie es scheint, bringt die Karibik unserer Familie kein Glück.«

Alexandre drehte sich zu ihr und sah sie an. Sie konnte seinen Gesichtsausdruck nicht deuten. War das Besorgnis, Verlegenheit oder etwas Dunkleres und Undurchschaubares?

»Meiner bringt sie Glück«, sagte er. »Aber nur, weil ich dafür gesorgt habe.« Er rieb sich übers Gesicht und schien damit seine Verzweiflung und Traurigkeit wegwischen zu wollen. Sogar ein zaghaftes Lächeln zeigte sich, als er Rosalinds Hand an seine Lippen hob. »Vielleicht habt Ihr den bösen Zauber gebrochen, *ma belle.* Zweimal seid Ihr Piraten begegnet und habt über sie triumphiert.«

Rosalind musste ihm bis zu einem gewissen Grade Recht geben. Sie hatte überlebt. Sie hatte für Beatrices Sicherheit gesorgt. Sie hatte einen weiteren Tag durchgestanden, ohne ihre Unschuld oder ihr Leben zu verlieren. Ihre Sinne waren neu geschärft für den schwülen Glanz der Nacht. Sie war an Bord der *Etoile du Matin*, stand mit Black Angel persönlich am Bug, und verspürte das wahnwitzige Verlangen, ihre Haare frei im Wind wehen zu lassen und zu lachen, bis sie außer Atem war.

Neben ihr blickte Alexandre in den Himmel hinauf. Mondlicht schien ihm ins Gesicht, und das blass-silberne Licht vertrieb die dunklen Schatten. Darunter kam der sorglose Jugendliche zum Vorschein, der er gewesen sein musste, ehe die Tragödie sein Leben veränderte. Rosalind hatte ihn wütend, amüsiert, zärtlich und zornig erlebt. Jetzt, in dieser nachdenklichen Stimmung, war seine Schönheit mehr als betörend. Sie holte vorsichtig Luft und stieß einen leisen Seufzer aus.

»Man sagt, aller guten Dinge sind drei.«

Alexandre sah sie an, als suchte er nach etwas, und sie hoffte, dass er es fände. Schließlich zog sich sein einer Mundwinkel nach oben, und ein Grübchen erschien auf seiner Wange.

»Kommt, *ma belle.* Es wird Zeit, dass wir beide ins Bett gehen.« Dann ließ er ihre Hand los und trat von der Reling weg. »Ich biete Euch den Komfort meiner Kajüte an. Falls Euer Anstandsgefühl verlangt, dass Ihr unten schlaft, sei es so.«

Alexandres weiches, warmes Bett war der schaukelnden Hängematte und Erics unerträglichem Schnarchen unbedingt vorzuziehen. Rosalind zögerte, hin- und hergerissen zwischen Müdigkeit und dem Widerwillen, ihm in die Höhle des Löwen zu folgen.

»Was ist Eure Vorstellung von ›Komfort‹, *mon Capitaine?*«

Er lächelte. »Eine gute Matratze, feines Leinen, genügend Decken und ein daunengefülltes Kissen. Was hattet Ihr denn gedacht, das ich meine, Mademoiselle?«

Da war wieder die bekannte Verspieltheit. Rosalind wusste es allerdings besser, als ihm in dieser Stimmung zu vertrauen. »Und wo werdet Ihr liegen? Auf dem Fußboden?«

»Kaum. Aber habt keine Angst, *ma belle*. Stellt Euch mich einfach als eine ziemlich große Wärmepfanne vor.«

Rosalind lachte. Es sprudelte einfach so aus ihr heraus wie melodiöse Wellen. Als ihr Lachen schließlich verebbte, war sie außer Atem. Alexandre beobachtete sie grinsend, dann streckte er ihr die Hand hin. Sie nahm sie und machte einen Knicks vor ihm.

»Ich nehme Euer überaus großzügiges Angebot mit Freuden an, *mon Capitaine.*« Sie hielt kurz inne. »Aber nicht mit *zu* viel Freuden.«

Nun war es an Alexandre zu lachen. Er führte sie über das Deck zu seiner Kajüte. Rosalind spürte die Erleichterung der Piraten um sie herum. Sie wurden wieder lauter, lachten und sangen auf ihren Posten. Yves hatte recht. Die gesamte Crew fürchtete sich vor Alexandres Temperament. Und jetzt, da sie ihn wieder in eine bessere Stimmung versetzt hatte, waren sie alle umso froher. An der Kajütentür blieb Alexandre stehen.

»Braucht Ihr Hilfe bei Eurem Kleid?« Sein Lächeln war beinahe so vertraulich wie ein Kuss. »Ich gebe eine armselige Zofe ab, aber ich habe ein bisschen Erfahrung mit solchen Verschlüssen.«

Das Angebot brachte Rosalinds Puls zum Rasen. Sie schüttelte den Kopf. »*Merci, mon Capitaine*. Ich schaffe es allein.«

»Wie Ihr wünscht.« Er öffnete die Tür und trat beiseite, damit sie hineingehen konnte. »Ich bin hier draußen. Klopft, wenn Ihr bereit seid.«

Mit diesen Worten schloss er die Tür. Rosalind starrte verwundert auf die schweren Eichenplanken. Black Angel, der berüchtigte Pirat, der Feind ihrer Landsleute, war offensichtlich gewillt, sein Bett zu nichts als zum Schlafen mit ihr zu teilen. Er bot sogar an, ihr beim Umkleiden zu helfen, bevor er sie allein ließ. Was konnte das bedeuten? Wollte Alexandre sie erst mal in Sicherheit wägen, um sie später zu bedrängen? Rosalind schüttelte den Kopf. Das sah ihm nicht ähnlich. Vielmehr war es möglich, dass er sich wie ein Gentleman benehmen und sich letztlich doch noch an ihre Vereinbarung halten wollte.

Kapitel 19

Eine kleine Lampe auf Alexandres Sekretär tauchte die Kajüte in ein gedämpftes Licht. Alles war aufgeräumt und das Bett gemacht worden. Rosalind legte eilig ihr Kleid und das Korsett ab. Die Unterröcke versteckte sie unter dem pfirsichfarbenen Satin. Dann zog sie sich ihr Nachthemd über den Kopf. Sobald sie ihr Haar gekämmt und wieder zu einem losen Zopf geflochten hatte, schlug sie die Bettdecke zurück. Nachdem sie dreimal an die Tür geklopft hatte, schlüpfte sie hastig unter die Decke, ehe Alexandre eintreten konnte.

Im schwachen Licht wirkte Alexandre größer, breiter und dunkler. Selbst seine Stimme kam Rosalind tiefer vor. »Habt Ihr es bequem, *ma belle?* Wünscht Ihr noch etwas, ehe wir uns zur Nacht zurückziehen?«

Rosalind horchte nach dem ironischen Tonfall, aber er sah sie mit unschuldigster Fürsorglichkeit an. »*Non, mon Capitaine.*«

Er lüpfte eine Augenbraue. »Da wir nun unter uns in meiner Kajüte sind, *ma belle,* dürft Ihr mich gern bei meinem Taufnamen nennen.«

»Wenn Ihr es wünscht, Alexandre.«

»Es bereitet mir größte Freude, Eure Lippen zu sehen, wenn Ihr meinen Namen aussprecht.« Er klang trügerisch ruhig, während seine Augen etwas vollkommen anderes sagten. »Einen Moment, *ma belle,* dann bin ich bei Euch.«

Alexandre wandte sich ab, streifte sich das Hemd ab und warf es auf die Truhe am Fußende seines Bettes. Dann bückte er sich, um seine Stiefel auszuziehen. Rosalind betrachtete das Spiel seiner Schultermuskeln. Als Nächstes griff er nach hinten und löste das Zopfband aus seinem Haar. Die schwere schwarze Masse breitete sich über seinen Schultern und auf seinem Rücken aus. Er kam zum Bett, stieg hinein und zog die Bettdecke zurück, immer noch in seiner Baumwollhose. Rosalind wollte schon ihre Verwunderung äußern, als ihr einfiel, dass er die Hose zu ihrer Beruhigung anbehielt. Alexandre blieb auf seiner Hälfte des Bettes, legte sich auf die Seite und stützte den Kopf auf. Groß wie er war, schaffte er es dennoch, einen schmalen Streifen Matratze zwischen ihnen freizulassen.

»Macht es Euch bequem, *ma belle.* So fest eingewickelt wie Ihr seid, könnt Ihr bestimmt nicht einschlafen.«

Rosalind lockerte die Bettdecke ein wenig. Jetzt wurde Alexandres Lächeln ein wenig neckender. Das Feuer in seinen Augen war nach wie vor da, auch wenn er es unter Kontrolle zu haben schien. Rosalind legte sich etwas bequemer hin und schmiegte den Kopf in das weiche Kissen. Alexandre hatte recht, was die Wärmepfanne betraf. Er strahlte eine Hitze ab, welche die Bettdecke schnell in einen warmen Kokon verwandelte. So spät in der Nacht war es kühl genug, um diese Wärme als angenehm und entspannend zu empfinden. Rosalind seufzte. Sie wusste, dass sie auf der Hut bleiben sollte, aber das war unmöglich. Sie war immer noch so müde, so erschöpft von den jüngsten Ereignissen.

»Habt Ihr jemals einen Delphin gesehen?«, fragte Alexandre. »Niedliche Geschöpfe. Verspielt und immerzu lächelnd. Sie folgen den Schiffen, indem sie in den Bugwellen mitschwimmen. Seeleute glauben, dass sie ihnen Glück bringen.«

Rosalind lächelte. Alexandres Stimme hatte etwas Wärmendes und hüllte sie angenehm ein. »Und? Bringen sie Glück?«

Alexandre zuckte mit den Schultern. »Seefahrer haben so viel Aberglauben wie die Bäume Blätter haben.«

»Mein Vater hatte stets eine Gemme meiner Mutter bei sich, wenn er in See stach. Er sagte immer, auf diese Weise konnte er sicher sein, wieder heimzukommen.« Rosalind lächelte bei der Erinnerung daran, auch wenn ihr Herz schmerzte. »Heute macht mein Bruder es ebenso.«

»Eure Familie ist sehr liebevoll.«

»Ja, das stimmt.« Sie sah ihn an. »Sie werden mich vermissen.«

»Nicht mehr lange, *ma belle*. Wenn wir in Jamaika sind, solltet Ihr unbedingt die Muschelsuppe kosten. Ein wunderbares Gericht. Das Leben in der Karibik birgt manche Gefahren, aber das Essen ist oft superb.«

Rosalind schmunzelte, und ihre Augenlider wurden schwer. »Gute Nacht, Alexandre.«

Sie wollte sich von ihm wegdrehen, doch er hielt sie davon ab, indem er sie sacht an der Schulter berührte. Dann beugte er sich über sie, dass sein schwarzes Haar auf ihren Busen fiel.

»Erlaubt Ihr mir vielleicht, Euch einen Gutenachtkuss zu geben, *ma belle?*«

Er sah ihr in die Augen, und die Hitze in seinem Blick brachte das Feuer in ihr zum Lodern. Die Macht ihres Verlangens ängstigte und erregte Rosalind gleichermaßen. Offenbar nahm er ihr Zögern als Angst und legte eine Fingerspitze auf ihre Lippen.

»Das ist alles, worum ich bitte.«

Rosalind hob eine Hand, um Alexandre das Haar aus dem Gesicht zu streichen. Er wandte den Kopf und küsste ihre Handinnenfläche, dann beugte er sich wieder hinab und berührte ihre Lippen mit seinen. Sie verharrten dort in samtiger Süße, ohne den Kuss zu vertiefen. Alexandres Zurückhaltung schien Rosalind erst recht hilflos zu machen und das Feuer in ihr noch zu schüren. Seine Nähe war überwältigend. Sie wollte die Arme um seine Schultern legen, sich an ihn schmiegen, um seine fest Brust auf ihrem Busen zu spüren. Ihre Hand berührte seine nackte Schulter. Sie streichelte die bronzene Haut und genoss es, die kräftigen Muskeln zu fühlen. Ihre Finger wanderten nach oben, über Alexandres Hals und in sein Haar.

Als ihre Lippen sich unter seinen öffneten, hob Alexandre den Kopf. In seinen Augen funkelte ein unmissverständliches Verlangen. Rosalind hielt den Atem an. Ihre Haut kribbelte, so ungeduldig erwartete sie seine Zärtlichkeiten. Alexandre erkannte es und lächelte lustvoll.

»*Bonne nuit, ma belle*. Süße Träume.«

Dann legte er sich zurück und wandte sein Gesicht ab. Rosalind wollte schreien vor Wut. Wie typisch für ihn, in ihr den Wunsch nach mehr zu wecken, ganz gleich wie sehr sie auf die Einhaltung ihrer Vereinbarung gepocht hatte. Er war fürwahr ein Teufel! Sie starrte in die Dunkelheit und war so enttäuscht, dass es schon schmerzte. Sie wollte Alexandre, verzehrte sich nach ihm, auch wenn sie ihre innere Stimme zu einem Rest von Anstand ermahnte und sie warnte, dass es falsch wäre, diesem Piraten zu erlauben, dass er sie verführte und deflorierte. Da war allerdings noch eine andere, tiefere Stimme, die dagegenhielt, wie maßlos enttäuschend es wäre, sich für einen Ehemann aufzusparen, der sie nicht liebte und sie nicht um ihretwillen zur Frau wollte.

Einsamkeit nagte an Rosalind. Der Tod hatte ihr den Vater genommen, und sie war weit weg von ihrer Mutter, von Thomas und von allen ihren Freunden. Die zusehends komplizierte Beziehung zu Alexandre trennte sie nun außerdem von Beatrice. Und zu allem Überfluss entfernte sie ihr Anstandsgefühl von dem Mann, dessen Bett sie teilte, was ihr nichts als Verdruss bescherte – noch dazu, wo sein Leben doch auf beinahe dieselbe Weise ruiniert worden war wie ihres. Seltsam, dass sie gerade das gemein hatten. Sie beide waren durch Ereignisse zusammengeführt worden, die jeweils mit einem Piratenüberfall begannen. Rosalind glaubte nicht an so etwas wenig Greifbares wie Schicksal, aber ihre Begegnung mit Black Angel war gewiss etwas Mächtigerem als bloßem Zufall geschuldet. Sie dachte an ihre Unterhaltung, allein im Mondschein mit all den Sternen, die auf sie herableuchteten. Sie waren nur ein Pirat und eine Lehrerin gewesen, zwei Menschen, verloren in der Karibik. Zwei Fremde, die sich zueinander hingezogen fühlten und ein harmloses Geplänkel miteinander austauschten. Wie schön es war, wie kostbar! An diese Gedanken klammerte sich Rosalind, während sie einschlief.

In den Tiefen ihres unruhigen Schlafs gehorchte Rosalind einem überwältigenden Zwang. Sie suchte, rannte, schaute sich überall um. Sie eilte durch die ruhigen Straßen um den Londoner Grosvenor Square, vorbei an ihrer eigenen Haustür. Dann rannte sie am Hafen entlang, suchte jedes Deck auf jedem Schiff nach einem bestimmten Gesicht ab. Wo war er? Sie musste ihn finden, ehe es zu spät war.

Zwei unerwünschte Gesichter tauchten wieder und wieder auf: Mr. Murdock und Vasquez. Mr. Murdock redete. Rosalind konnte die Worte nicht verstehen, aber der Tonfall war ihr allzu vertraut. Geduldig, verständnisvoll, quälend höflich und rücksichtsvoll. Rosalind stand wie erstarrt da, während Mr. Murdock sie mit einem Seil umwickelte wie eine Spinne ihre Beute. Dabei redete er ohne Pause weiter. Als die Worte klarer wurden, überkam Rosalind eine entsetzliche Ahnung. Mr. Murdock war empört, nicht so viel für sie zu bekommen, wie er sich erhofft hatte, nach all den Mühen, die er in diese Arrangements investiert hatte. Es war zu ihrem eigenen Besten. Mit der Zeit würde sie die Ehefrau werden, die er eigentlich brauchte, die tat, was man ihr sagte. Wenn sie ihm nur zuhören würde, wenn sie nur zu Hause geblieben wäre und es ihm überlassen hätte, Thomas zu benachrichtigen …

Plötzlich stand Rosalind vor Vasquez an Bord der *Fortuna*. Er warf Mr. Murdock, der in der Nähe stand, einen Beutel Münzen hin. Mr. Murdock trug Vasquez' Reitmantel und rauchte eine von dessen stinkenden Zigarren. Vasquez packte Rosalind an ihrem Zopf und begann, sie hinab zum Kielraum zu schleifen. Er würde sie in Ketten legen und sie von seiner gesamten Mannschaft missbrauchen lassen. Zu ihrem Entsetzen stellte Rosalind fest, dass Vasquez tot war. Seine Männer kamen über die Schiffsreling gekrochen, triefend nass und von blutigen Wunden übersät, und sie alle grinsten Rosalind mit ihren toten Mündern an. Rosalind schrie. Sie zerrte an dem Seil, mit dem sie gefesselt war, wehrte sich gegen Vasquez' rauhen Griff an ihrem Zopf.

»*Rosalind!*«

Die grausigen toten Piraten grinsten und bluteten und streckten die Arme nach ihr aus.

»*Rosalind!*«

Sie zitterte am ganzen Leib, zitterte vor Furcht, vor Kälte, vor …

Rosalind öffnete die Augen. Alexandre hielt sie und drückte ihre Arme herunter. Sie lagen in seinem Bett, auf der *Etoile du Matin*. Die Decke war um ihre Beine verschlungen. Sie atmete erleichtert auf und brach in Tränen aus, das Gesicht an Alexandres Brust. Er hielt sie in seinen Armen und hob sie behutsam hoch, um ihren Zopf zu befreien, der unter ihrer Schulter verklemmt war.

»Schhh, *ma belle*. Ganz ruhig. Alles ist gut.«

Rosalind schüttelte vehement den Kopf und atmete stoßweise zwischen ihren Schluchzern. »Sie waren tot! Alle von ihnen! Sie wollten mich angreifen, jeder Einzelne!«

»Wer war tot? Könnt Ihr es mir erzählen?«

»Vasquez. Seine Männer. Alle tot!«

Alexandre hielt sie noch fester. »*Ma petite fleur*. Armes, liebliches Mädchen. Natürlich. Ihr habt ja noch nie eine solche Schlacht mitangesehen.«

»Mr. Murdock – er hat mich *verkauft!* An sie! Damit sie … damit sie …« Ihre Stimme versagte. Sie schüttelte den Kopf, um den entsetzlichen Schrecken zu vertreiben.

Alexandre wiegte sie in den Armen, küsste sie auf die Stirn und murmelte beruhigende Worte auf Französisch und Englisch. »Wer ist dieser Mr. Murdock?«

»Der Mann, den ich heiraten soll.«

»Ach ja. Euer Verlobter.«

Trotz ihres Schreckens entging Rosalind nicht, in welchem Ton Alexandre sprach. Sie lehnte sich an seine Schulter und sah ihn an. Er versuchte, seine Gedanken zu verbergen, aber inzwischen kannte sie ihn gut genug, um zu wissen, was es bedeutete, wenn sein Kinn so angespannt aussah und seine Augen ganz leicht zugekniffen waren. Er sah aus, als hasste er Mr. Murdock. Doch so hart sein Gesichtsausdruck auch war, blieb seine Stimme ganz sanft.

»Würde er so etwas tun?«

»Mich verkaufen? An Piraten? Selbstverständlich nicht!«

»Und dennoch hat er Euch nicht vor ihnen gerettet, oder?«

»Nein.« Rosalind klammerte sich an Alexandre, an die Wärme seiner Haut und die festen Muskeln darunter, an das Klopfen seines Herzens und an die Geborgenheit seiner Umarmung. Als sie ihn ansah, erkannte sie hinter der Piratenfassade, die er angenommen hatte, den Mann, der Alexandre war. Dieser Mann hatte sie nicht verletzt, nahm sie wahr und sprach mit ihr, als hielte er sie einer vernünftigen Unterhaltung für fähig. Dieser Mann war so charmant und verführerisch wie die Worte, mit denen er ihr erklärt hatte, wie sehr er sie begehrte.

»Jetzt habt Ihr mich zweimal vor ihnen gerettet.« Plötzlich hatte Rosalind eine Vision von endlosen leeren Tagen und Nächten, die mit höflicher Konversation, hübschen kleinen Dinnerpartys und Kartenspielen gefüllt wurden. Vielleicht sogar mit Kindern. Aber eigentlich konnte Rosalind sich nicht vorstellen, dass Mr. Murdock sich mit etwas so Lästigem wie einem Baby abgab. Er würde Erben wollen, doch deren Empfängnis wäre so kalt und blutleer wie Mr. Murdocks Geschäfte. Rosalind wurde erneut von Schluchzern geschüttelt.

»Bitte, Alexandre! Rettet mich! *Rettet mich!*«

Alexandre legte beide Hände an ihre Wangen. »Schhh, ganz ruhig. Seht mich an.«

Rosalind biss sich auf die Unterlippe, um weitere Schluchzer zu unterdrücken, und blinzelte die Tränen weg. Alexandre betrachtete sie mit aufrichtiger Sorge. Ja, er sorgte sich tatsächlich um sie!

»Wie kann ich Euch retten? Sagt mir, was ich tun soll.«

Die volle Stimme, die Augen wie dunkle Juwelen, die Schönheit seiner Züge und sein majestätischer Körper … Sie würde nie wieder einem Mann wie Alexandre begegnen. Ihre wilde, ungezähmte Seite meldete sich. Dieses eine Mal, nur dieses eine Mal wollte sie alle Vernunft um ihrer selbst willen in den Wind schlagen. Ihr Verhalten hätte einen Preis, den sie nicht einzuschätzen vermochte, aber es war ihr egal. Das Einzige, was zählte, war, dass sie sich diese *eine* Nacht nahm. Sie entwand sich Alexandres Umarmung, legte sich aufs Kissen zurück und griff nach dem Band, das den Kragen ihres Nachthemds zusammenhielt. Sie zog daran und ließ den Kragen oben auseinanderfallen.

Alexandre starrte sie an. Als er sprach, war seine Stimme rauh vor Erstaunen. »Seid Ihr sicher? Wollt Ihr das wirklich?«

Rosalind sah ihn an. Er war voller Mitgefühl und Sorge. Bei Mr. Murdock hatte sie solche innigen Gefühle niemals gesehen, nur höfliches Interesse oder bevormundende Aufmerksamkeit. Alexandre hingegen zeigte echte Besorgnis und echte Hochachtung. Sie legte die Hände auf Alexandres Brust, fühlte die Hitze seiner Haut und das Klopfen seines Herzens. Ihre Hände bewegten sich langsam nach oben, in seinen Nacken und in sein Haar. Sie schloss die Augen und ließ ihre Finger durch die rabenschwarze Seide gleiten.

»Dies ist das dritte Mal«, hauchte sie. Sie öffnete die Augen wieder und sah Alexandre an. Das Feuer in seinen Augen loderte noch stärker, nun, da er ihre Berührungen fühlte. »Als Erstes habt Ihr mich vor dem Ertrinken gerettet, als Zweites vor Vasquez und als Drittes …«

»Als Drittes, *ma belle?*« Alexandre strich mit seinen Händen über ihre Arme, bis sie genau unter ihren Brüsten waren.

Rosalind holte tief Luft. »Und als Drittes rettet Ihr mich vor mir selbst.«

Alexandre sah sie an. Zweifellos erkannte er ihre Entschlossenheit. Er beugte sich hinab, küsste ihr die Tränen von den Wangen und folgte der feuchten Spur zu ihrem Hals. Dies war kein Traum, keine müßige Phantasie. Alexandre war die Männlichkeit in Person, voller wilder Energie, die in seinem wundervollen Körper eingesperrt war. Rosalind gab sich seufzend seiner Umarmung hin.

Alexandre küsste sie leidenschaftlich, während er zugleich ihr Haarband löste und begann, ihren Zopf zu entflechten. Dabei ging er so langsam und behutsam vor, dass Rosalinds Körper vor Ungeduld erbebte. Als ihr Haar auf dem Kissen ausgebreitet war, tauchte Alexandre beide Hände hinein und hielt Rosalind fest. Gleichzeitig glitt er mit der Zunge über ihre Lippen, bis Rosalind sie ihm öffnete und seinen Kuss erwiderte.

Seine Hände glitten über ihren Rücken bis zu ihrem Po, und er presste ihre Hüften gegen seine. Die lose Baumwollhose verbarg nicht, wie groß sein Verlangen nach ihr war, und Rosalind, die in ihrer neuen Entschlossenheit geradezu draufgängerisch wurde, traute sich, die Wölbung seiner Männlichkeit mit den Fingerspitzen zu erkunden. Alexandre stöhnte, drückte sie noch fester an sich und rieb sich an ihr. Rosalind wurde von einer heißen Flut erfasst, die sie dahinschmelzen ließ. Diesen köstlichen Druck dort zu spüren, genau da, wo ihr Verlangen nach ihm am tiefsten war und die Erinnerung an seine Küsse sie immer noch vor Wonne erschaudern machte …

»Ihr erstaunt mich, *ma belle.* So kalt, so vernünftig und dennoch ein solches Feuer.« Alexandres Wangen waren gerötet, seine Augen glänzten und er hatte wieder dieses vielsagende Lächeln. »Erinnert Ihr Euch, wie ich Euch küsste, *ma belle?*«

Mit einer Hand zog er ihr Nachthemd hoch, bis ihre Schenkel entblößt waren. Dann streichelte er über die Innenseite, weiter und weiter nach oben. Schließlich tauchte seine Finger in die seidigen Locken ein. Rosalind rang hörbar um Atem, jeder Muskel gespannt vor Erwartung.

»O ja …«

»Ihr erinnert Euch, wie ich Euch dort küsste, genauso wie ich Euch jetzt küsse?«

Sein Mund bedeckte ihren, seine Zunge drang zwischen ihre Lippen und umspielte ihre mit langsamen Bewegungen. Währenddessen glitt ein langer, schmaler Finger in ihre feuchte Hitze und über jenen einen besonderen Punkt. Rosalind bog sich ihm entgegen, ihre Brüste schwer und warm von der Wollust, die sie durchfuhr. Er neckte sie, indem er seinen Finger im selben Rhythmus kreisen ließ wie seine Zunge und sie so in einen wahren Sinnesrausch versetzte. Dann stieß seine Zunge tiefer in ihren Mund vor. Zugleich drang sein Finger langsam und behutsam in sie ein. Rosalind erstarrte, überwältigt von einer neuen Welle von Empfindungen. Wo war der Schmerz, von dem sie wusste, dass er dazugehörte? Sie fühlte nichts als

Lust, süßes, quälendes Verzücken. Atemlos löste sie sich aus dem Kuss.

»Erinnert Ihr Euch, *ma belle*«, flüsterte Alexandre, »an die Sanftheit meiner Zunge hier in Euch?«

Rosalind nickte. Ihre Wangen glühten, ihr Herz pochte wie wild, und sie bekam kaum noch Luft.

»Ist sie nicht noch besser, diese Härte, diese Länge, die tiefer dringt und Euch noch viel mehr zu geben vermag?« Er drehte seine Hand, so dass sein Finger zur vollen Länge in sie eindrang und sein Daumen auf jener vollkommenen Stelle lag. Wieder erstarrte Rosalind. Zu viel. Das war zu viel. Sie sank auf das Kissen, zu schwach, um zu widersprechen.

»*Mais non, ma belle.* Ihr könnt jetzt nicht aufgeben.«

Er beschleunigte seine Bewegungen, streichelte sie an ihren geheimsten Stellen, berührte sie dort, wohin noch kein Mann jemals vorgedrungen war. Sein Daumen bewegte sich ebenfalls schneller und jagte heiße Wonnespiralen durch Rosalinds Körper. Gerade als sie fürchtete, ohnmächtig zu werden, überwältigte sie der Höhepunkt der Verzückung. Sie warf den Kopf zurück und stieß einen Lustschrei aus.

Als sie wieder halbwegs zu sich gekommen war, bemerkte Rosalind erstaunt die ungeheure Zärtlichkeit und schlichte Freude in Alexandres Gesicht.

»Nun, *ma petite fleur, mon ange, ma belle Anglaise*, lasst mich Euch in Eurer ganzen Schönheit sehen.«

Er schob das Nachthemd über ihre Hüften, höher und höher, zog es ihr über den Kopf und schleuderte es beiseite. Rosalind schüttelte ihr Haar nach hinten und zeigte ihm, was er sehen wollte. Fasziniert nahmen seine Augen alles in sich auf, während er mit den Fingerspitzen der Wölbung ihrer Schulter, der Linie ihres Schlüsselbeins und der Rundung ihrer Brust bis zur Spitze folgte, die sich rosa und fest aufrichtete wie eine geschlossene Rosenknospe. Bei der leichtesten Berührung verlangte Rosalinds Stöhnen nach mehr.

»Ihr seid mehr als wunderschön, Rosalind«, flüsterte er voller Ehrfurcht und Faszination. »Ihr seid göttlich.«

Schüchtern und kühn zugleich nahm Rosalind Alexandres Hände und presste sie auf ihre Brüste. Das Feuer in seinen Augen war kalte Asche gewesen im Vergleich zu dem Inferno, das nun darin aufloderte.

»Wie ich sehe, zeigt sich Eure wilde Seite auch hier, *ma belle.*«

»*Oui, mon cher Capitaine.*«

Von einem köstlichen Gefühl der Unbekümmertheit erfasst, streichelte Rosalind die enorme Wölbung seiner Erektion. Alexandre griff mit seiner Hand nach ihrer, atmete tief ein und hob sie an seine Lippen.

»Ihr erweist mir eine große Ehre, Rosalind. Ich werde mein Bestes tun, mich ihrer würdig zu zeigen.«

Rosalind lächelte. Alexandre drehte sich zur Bettkante, stand auf und zog sich seine Hose aus. Rosalind starrte ihn an, wie gebannt von der Pracht seines nackten Körpers. Die langen, muskulösen Schenkel, die schmalen Hüften und vor allem, das Objekt ihrer Erkundung, seine beeindruckend große Männlichkeit. Wenn er sie göttlich nannte, dann war er allemal gottgleich.

Alexandre kniete sich wieder aufs Bett und beugte sich über sie. Er küsste ihre Schenkel und bewegte den Kopf vor und zurück, um sie sanft auseinanderzudrängen. Sein langes schwarzes Haar fiel über die empfindliche Haut der Innenschenkel.

Das leichte Kitzeln steigerte Rosalinds Erregung noch. Sie öffnete ihm die Schenkel mit einer Mischung aus Neugier und Furcht.

Alexandre blickte zu ihr auf. »Ich sehe Sorgen den blauen Horizont Eurer Augen bewölken, *ma belle*. Von mir habt Ihr nichts zu befürchten.«

»Das ist nicht wahr, *mon Capitaine.*«

Rosalind lächelte, weil sie es im Scherz meinte. Alexandre aber huschte ein Schatten übers Gesicht, beinahe wie Bedauern. Ehe sie ihn fragen konnte, was ihn bedrückte, war sein Kopf zwischen ihren Schenkeln. Seine Zunge sank in die feuchten Tiefen und trug Rosalind höher und höher auf eine neue Welle der Verzückung. Ein langer Atem, teils Seufzer, teils Stöhnen, entwand sich ihrer Kehle.

Alexandre stützte die Hände seitlich von ihr auf und glitt ihren Körper hinauf, ganz langsam, damit sie seine Haut, seinen Atem und das Gewicht seiner Muskeln und seines Oberkörpers spürte. Schließlich lag er auf ihr, die Brust an ihren Busen gepresst, seinen nackten Bauch an ihrem, und den langen, harten Beweis seines Verlangens zwischen ihren Schenkeln. Er drückte genau an die Stelle, wo Rosalinds Sehnsucht nach ihm am tiefsten ging. Sie seufzte wieder und entspannte ihren Körper in vollkommener Hingabe. Sie war Alexandres Gefangene, seine Geisel, ganz und gar seiner Gnade ausgeliefert. Konnte ihr irgendjemand vorwerfen, dass sie unfähig war, ihm zu widerstehen, diesem gefürchteten Piratenkönig? Sie streichelte seine Schultern und Arme und tauchte mit beiden Händen in sein seidiges Haar.

»Habt Erbarmen, Alexandre. Wenn Ihr diesen Schatz nehmt, ist er für immer fort.«

»Umso kostbarer also.«

Er küsste sie sanft und zärtlich, während seine Hände hinunter zu ihren Schenkeln glitten und sie zu beiden Seiten ein wenig hinaufzogen, neben seine Hüften. Dann glitt er mit einer Hand zwischen ihre Körper und liebkoste aufs Neue Rosalinds empfindsamste Stelle, bis er sie in einen weiteren atemlosen Rausch versetzt hatte. Erst jetzt drang er ganz behutsam in sie ein, sehr langsam. Früher am Abend hatte Alexandre auf ihre Courage getrunken. Nichts, was Rosalind bisher getan hatte, erforderte so viel Courage wie still dazuliegen und ihm zu vertrauen. Und dennoch konnte sie nicht still liegen. Ihr Wunsch, die harte, seidige Pracht zu fühlen, die darauf wartete, sie ganz und gar auszufüllen, entzündete ein Funkenfeuerwerk der Lust in ihr, das ihren gesamten Körper erfasste. Ihre Schenkel packten seine Hüften und sie bog sich ihm entgegen, so sehr verlangte es sie danach, ihn in sich zu spüren. Alexandre stöhnte. Er vergrub das Gesicht an ihrem Hals und brachte sie zu einem weiteren, alles verschlingenden Höhepunkt. Auf dem Gipfel der Sinnenlust beugte er die Hüften und drang in sie ein. Da war ein winziges Brennen, dann versank er ganz in ihr. Der köstliche Druck von ihm, wie er sie ausfüllte, katapultierte Rosalind auf eine neue Ebene der Ekstase.

Alexandre liebkoste ihre Brüste, sog und knabberte zärtlich daran. Dabei stieß er wieder und wieder tief in sie hinein, womit er ihr Schrei um Schrei entlockte. Mit jedem Mal umfing Rosalind ihn fester, als wollte sie ihn noch weiter in sich aufnehmen. Erst als ihre Hände zu beiden Seiten hinabfielen und sie vollkommen erschöpft dalag, hob er den Kopf und sah ihr in die Augen.

»Das ist mein Erbarmen, *ma belle*. Ich sagte Euch, ich bin

kein geduldiger Mann, aber für Euch zwang ich mich zu warten.«

Rosalind strich ihm über die Wange, dann zog sie seinen Kopf hinunter und küsste ihn. Seine Zunge drang zwischen ihre Lippen, während er tief in sie hineinstieß. Sie klammerte sich an ihn, trunken vor Glück, als sie miterlebte, wie er seiner Lust endgültig nachgab.

»*Ma belle, ma petite fleur* …« Seine Hüften bewegten sich zweimal, dreimal, bevor sein Kopf auf ihre Schulter sackte.

Langsam wich die Spannung aus Alexandres Armen und seinem Rücken. Er lag auf Rosalind, und seine Wärme und sein Gewicht fühlten sich wunderbar ein. Als er den Kopf wieder hob, lag ein glückliches Lächeln auf seinem Gesicht. Sie hatte ihn niemals so wunderschön gesehen, so bezaubernd, und sie musste ihn einfach küssen. Er verlängerte den Kuss zu einem tiefen, langsamen, der seine Zufriedenheit besser ausdrückte, als es alle Worte der Welt könnten. Dann rutschte er zur Seite und zog die Decke über Rosalind, die sich dankbar hineinschmiegte.

»Ihr seht recht zufrieden aus, *ma belle.*« Alexandre streckte sich neben ihr aus und öffnete die Arme für sie. Rosalind kuschelte sich hinein und legte den Kopf an seine Brust. »Geht es Euch gut?«

Sie war ein wenig steif von der Anstrengung, fühlte sich aber kaum wund. Das erstaunte sie. Bei seiner Größe war sie sicher gewesen, dass alle ihre Befürchtungen begründet wären. Wie einfühlsam war es von ihm, sich solche Mühe damit zu geben, sie bereit zu machen. Sie nickte schläfrig. Er lachte leise und strich ihr das Haar aus dem Gesicht.

»Gönnt mir etwas Ruhe, *ma belle,* und wir werden herausfinden, wie viel Ihr von dieser neuen Vergnügung aushaltet.«

»Was, all das *noch einmal?*«

Alexandre lächelte mit halbgeschlossenen Augen. »*Mais oui, ma belle.* Für Euch könnte ich in alle Ewigkeit weitermachen, glaube ich.«

Rosalind drehte den Kopf leicht und küsste seine Schulter, bevor sie nur noch seinem Herzschlag lauschte. Bis zum Morgengrauen konnte es nicht mehr lange sein. Die Sonne würde aufgehen und ein neuer Tag beginnen. Sie war keine Jungfrau mehr. Das war der erste unumkehrbare Schritt, den sie getan hatte. Sie seufzte wehmütig.

»Nicht nachdenken, *ma belle.*« Alexandres Stimme klang sanft und schläfrig. »Lasst heute heute sein. Morgen kommt noch früh genug.«

Sie nickte noch einmal und schloss die Augen.

Kapitel 20

Rosalind schwebte in einer Welt der Zufriedenheit. Mit geschlossenen Augen und ruhig atmend befand sie sich im süßen Zustand zwischen Schlafen und Wachen. Als sie sich umdrehte, rutschte die Decke herunter, und sie erschrak. Sie lag splitternackt da, in nichts als ihr eigenes Haar gehüllt. Er hatte gewonnen. Black Angel hatte gewonnen! Selbst nachdem sie ihn auf seinem eigenen Achterdeck attackiert und vor seiner Mannschaft mit Vorwürfen überschüttet hatte, hatte er sein Ziel, sie in sein Bett zu locken, nicht aus den Augen verloren. Sie zog die Decke hoch und hüllte sich ein. Was würde der mächtige Black Angel nun von ihr halten, nachdem er sie wie so viele Frauen zuvor erobert hatte?

Rosalind spannte die Schultern. Das Klügste war, so zu tun, als wäre nichts geschehen. Ein lächerlicher Gedanke zwar, aber der Schein war alles, was ihr noch blieb. Sie musste sich waschen und anziehen, dann nach Beatrice sehen. Sie musste versuchen, in Erfahrung zu bringen, wie viel näher das Schiff über Nacht der Insel Martinique gekommen war. Sie musste alles tun, was sie konnte, um Black Angel auf dem Kurs zu halten, den zu nehmen er versprochen hatte.

Nach ein paar Minuten kräftigen Schrubbens war Rosalind so sauber, wie es ohne ein Vollbad überhaupt möglich war. Mit der Konzentration eines Kriegers, der sich auf die Schlacht vorbereitet, wählte Rosalind sorgfältig ihre Unterröcke, frische Strümpfe und ein Kleid aus leichtem grünen Musselin. Es war ein Sommerkleid, kaum das Richtige für eine trauernde Tochter, aber es war schlicht und bequem und passte viel besser an Bord eines Schiffes als der pfirsichfarbene Satin.

Anständig gekleidet, das Haar geflochten und aufgesteckt und ihre Würde bestmöglich wiederhergestellt, atmete Rosalind tief durch und trat hinaus an Deck. Das Erste, was ihr auffiel, war, dass die Sonne falsch stand. Sie war hinter dem Schiff und ging noch auf. Das bedeutete, *L'Etoile du Matin* segelte nach Westen. Martinique lag im Nordosten, viele Meilen hinter ihnen, Jamaika war ein grüner Flecken am nördlichen Horizont, steuerbords gerade noch zu sehen. Rosalind bekam Panik. Alexandre segelte offensichtlich nicht nach Jamaika. Er war nicht einmal auf dem Weg nach Martinique! Wohin führte ihn sein launenhaftes Temperament jetzt?

Als Rosalind sich umdrehte und auf das Hauptdeck zuging, ertönte hinter ihr ein gellender Pfiff. Sie blickte sich um und sah den Steuermann mit zwei Fingern im Mund. Alles an Deck verstummte und sämtliche Augen richteten sich auf sie. Rosalind quittierte das Starren mit einem Ausdruck unverhohlener Missachtung, hielt sich besonders gerade und gab sich stolz. Es bestand immerhin noch die entfernte Möglichkeit, dass sie nichts von dem Erfolg wussten, den Alexandres jüngster Verführungsversuch gehabt hatte.

Remy, der zweite Offizier, fiel plötzlich vor ihr aus der Takelage. Atemlos und die dunklen Locken vom Wind zerzaust, strich Remy sich hastig die dunkelblaue Jacke glatt, wischte sich mit der Hand über den Mund und verbeugte sich.

»*Bonjour, Mademoiselle.* Wünscht Ihr irgendetwas?«

»*Mais oui.* Ich wünsche eine Antwort. Warum segeln wir von Jamaika und Martinique weg? Wohin hat Euer allmächtiger *Capitaine* diesmal beschlossen zu reisen?«

»Wir sind immer noch auf unserem Kurs, Mademoiselle. Soll ich Christophe rufen? Er holt Euch aus der Kombüse, was Ihr möchtet.« Er wandte den Kopf und rief über die Schulter: »Christophe!«

Der Bootsmann und seine Matrosen trugen den Ruf weiter zur nächsten Luke. Christophe erschien und klopfte sich etwas von der Hose, was wie Mehl aussah. Er nickte Remy kurz zu und verbeugte sich formvollendet vor Rosalind.

»*Bonjour, Mademoiselle*«, sagte Christophe. »Der *Capitaine* bedauert sehr, heute Morgen nicht anwesend sein zu können, aber er hat sich um Geschäftliches zu kümmern.« Er ging an Rosalind vorbei, um ihr die Kajütentür zu öffnen. »Wenn Mademoiselle bitte drinnen warten wollen, dann bringe ich Euch ein Tablett aus der Kombüse. Und während Ihr Euch erfrischt, frage ich den *Capitaine*, wann Ihr ihn sehen könnt.«

Rosalind kochte vor Wut und Erniedrigung. Nun denn, Black Angel hatte seine Lust befriedigt und jetzt keine Zeit mehr für sie, bis er wünschte, wieder mit seiner kleinen englischen Puppe zu »spielen«.

»Lasst nur.« Rosalind ging an Remy vorbei und huschte die Treppe zum Hauptdeck hinunter. »Ich denke, ich werde den *Capitaine* selbst ansprechen.«

Remy sprang hinter Rosalind herunter und legte ihr eine Hand auf den Arm – sanft, aber bestimmt. »Mademoiselle, der *Capitaine* hielt es für das Beste, dass Ihr heute in seiner Kajüte bleibt.«

»Ach ja?«, erwiderte Rosalind betont unbekümmert. »Und sagte der *Capitaine* auch, warum er glaubt, dass ich mich ausruhen müsste?«

Rémy sah zu Christophe, der energisch den Kopf schüttelte, um Remy zu bedeuten, dass er nicht mehr sagen dürfe. Also wussten sie es. Rosalind entwand sich Remys Griff.

»*Messieurs*, Sie haben die Wahl. Sie können mich zum *Capitaine* bringen oder ihn zu mir. Sollten Sie versuchen, mich in seine Kajüte zu sperren, müssten Sie mich schon hintragen. Und das wird keine leichte Aufgabe, so viel verspreche ich.«

»Mademoiselle …«, begann Christophe.

Rosalind stürmte an den beiden vorbei zur Ladeluke am Achterdeck. Als Remys Hand ihre Schulter streifte, warf sie ihm einen warnenden Blick zu. Dann raffte sie ihre Röcke und stieg die Leiter hinunter. Unten blieb sie stehen, um ihr Kleid und ihr Haar wieder glattzustreichen. Über ihr stritten sich die Männer.

»*Imbécile!*«, schimpfte Christophe. »Jetzt haben wir sie verärgert, und dafür schikaniert uns der *Capitaine* einen ganzen Monat lang!«

»Und sie glaubt, wir segeln in die falsche Richtung.« Remy fluchte in einem Gemisch aus Französisch, Spanisch und einer anderen, kehligen Sprache. »Musste er sich unbedingt so eine Oberschlaue aussuchen? *La Belle Tempêtueuse.*«

Rosalind sah wütend nach oben und wünschte, sie könnte die beiden über Bord werfen. »Die stürmische Schöne« hatten sie sie genannt. Wie typisch für die Piraten, auch noch Salz in ihre Wunden zu streuen! Dass Alexandre sich so von ihr distanzieren konnte, indem er seine Männer als Mauer zwischen sich und ihr benutzte … Diese Mauer würde gleich einstürzen.

Sie war ein Passagier an Bord des Schiffes, mehr nicht. Ein Passagier, der in Gold bezahlt und sich damit das Recht erkauft hatte, genau zu wissen, wohin sie segelten. Sie eilte vorwärts zwischen den Bergen von Ladung hindurch. Als sie die Luke mittschiffs erreichte, hörte sie Alexandres Stimme.

»Ist es euch Idioten nicht möglich, eine Engländerin zu beschäftigen, bis ich die Zeit habe, nach ihr zu sehen? Gebt ihr einfach, was sie will. Ich bin gleich da.«

Rosalind ging um einen großen Kistenstapel herum. Da stand Alexandre, den Rücken zu ihr gewandt, die Hände in die Hüften gestemmt und wies seine Männer zurecht.

»Was ich will, *mon Capitaine*«, sagte sie, »ist mit Euch sprechen. Jetzt gleich, *s'il vous plaît.*«

Alexandre senkte den Kopf, fuhr sich mit einer Hand durchs Haar und zischte seinen Männern etwas zu. Sie huschten davon. Dann seufzte Alexandre und drehte sich zu ihr um. Er sah schmutzig und müde aus, die Hände und das Hemd streifig. Sein Haar war zerzaust und das Band darin heruntergerutscht, so dass sich ein paar widerspenstige Strähnen aus dem Zopf gelöst hatten. Aus unerfindlichen Gründen rührte es Rosalind, ihn so zu sehen – kein bisschen großartiger als seine Männer. Er war hier unten in der Luke gewesen, hatte Kisten und Fässer gestapelt und mit den anderen zusammengearbeitet. Folglich war er kein eitler Narr, der auf seinem Achterdeck posierte, während die Matrosen die schwere Arbeit allein verrichteten.

»*Bonjour, mon Capitaine.*« Rosalind blieb förmlich und distanziert. »Warum segeln wir in diese Richtung? Mit jeder Stunde entfernen wir uns weiter und weiter von Jamaika und Martinique.«

Alexandre legte seine Hände auf ihre Schultern, neigte den

Kopf leicht zur Seite und betrachtete sie lächelnd. »Wie geht es Euch, *ma belle?* Es tut mir leid, dass ich nicht bei Euch sein konnte, als Ihr aufwachtet.«

Die Wärme in seinem Blick, die leise, tiefe Stimme, das Liebevolle in seinem Verhalten insgesamt … Rosalind mühte sich, eine gewisse Distanziertheit zu wahren, aber ihr rebellischer Körper sehnte sich danach, seine Arme um sich zu spüren.

»Bitte antwortet mir, *mon Capitaine.* Wir müssen schnellstmöglich nach Kingston. Ihr wisst, wie dringlich es ist.«

»Ich würde gern erst Eure Antwort hören, *ma belle.*« Er hielt sie auf Armeslänge von sich und betrachtete ihr Kleid. »Gestern wart Ihr eine tropische Blüte. Heute seid Ihr eine Ozeanelfe, angesichts deren Schönheit die meisten wunderschönen Meerjungfrauen vor Neid erblassen.«

Rosalind ignorierte seine Schmeicheleien. »Mir geht es gut, *mon Capitaine.* So. Werdet Ihr mir jetzt sagen, warum Ihr diesen Kurs festgelegt habt?«

»Werdet Ihr aufhören, Euch wie irgendjemandes jungfräuliche Tante zu benehmen und mir eine ehrliche Antwort geben?« Alexandre schloss sie in seine Arme, küsste sie sanft auf die Schläfe und rieb seine Wange an ihrem Haar. »Ihr seid jetzt eine richtige Frau, *ma belle.* Das ist eine große Veränderung, die ein wenig beängstigend sein kann.«

Es irritierte Rosalind noch mehr, dass er sie so leicht durchschaute. Doch obwohl sie zu gern Trost in seiner Umarmung gesucht hätte, blieb sie distanziert.

»Macht Ihr es Euch zur Gewohnheit, Jungfrauen zu deflorieren, *mon Capitaine*, dass Ihr derart gut wisst, wie sie sich am nächsten Tag fühlen müssen?«

Rosalind hatte erwartet, dass Alexandre die Stirn runzelte, verärgert reagierte und sich an ihrem Ton oder ihrem Verhalten störte. Stattdessen lächelte er.

»*Non*, so ist es nicht. Ich meide Jungfrauen sogar, wenn es irgend geht, denn ich habe für Unwissenheit nicht viel übrig, weder auf meinem Schiff noch in meinem Bett.«

Ehe Rosalind darauf etwas erwidern konnte, brachte Alexandre sie mit einem Kuss zum Schweigen. Rosalind erbebte unter der süßen Zärtlichkeit, und gleichsam von selbst glitten ihre Hände über Alexandres Brust und in seinen Nacken, wo sie das Zopfband lösten, um ganz in sein Haar eintauchen zu können. Es fiel wie Seide über seine Schultern.

Alexandre hob den Kopf und grinste. »Ich mache gelegentlich Ausnahmen.«

»Aus welchen Gründen?«

»Schönheit, Leidenschaft, Courage, eine natürliche Fähigkeit, solche Genüsse auszukosten und offenen Herzens zu geben.«

Alexandre beugte sich vor, um ihren Hals zu küssen und dann ihr Dekolleté. Sein Haar fiel nach vorn über ihre Schultern, und Rosalind spürte, wie jene gefährliche Freude erneut in ihr aufstieg, ihr den Verstand vernebelte und den Atem raubte. Am liebsten wollte sie ihm das Hemd herunterreißen und seinen entblößten Oberkörper mit Küssen übersäen. Allein die Erinnerung daran, wie es sich angefühlt hatte, ihn in sich aufzunehmen, überwältigte Rosalind. Ihre Haut brannte, ihre Brüste kribbelten und jene andere, neu entdeckte Stelle pochte, dass Rosalinds Puls zu rasen begann.

Alexandre hob sie hoch und setzte sie auf einen Kistenstapel. Unzählige Küsse regneten auf ihren Busen herab, so dass sich ihre Brustspitzen aufrichteten und nachgerade schmerzlich verlangten, von seinen Lippen berührt zu werden. Er stand zwischen ihren Schenkeln und lehnte sich mit dem ganzen Gewicht genau da an, wo ihre Sehnsucht nach ihm am stärksten war. Während er sie endlos weiterküsste, war sie hilflos der Macht ihres eigenen Verlangens ausgeliefert. Seine Finger umfassten ihre Fesseln, glitten unter ihrem Rock ihre Beine hinauf. Als sie seine Hand auf der Innenseite ihres Schenkels fühlte, kam Rosalind wieder zur Vernunft.

»*Non!*« Sie richtete sich kerzengerade auf und schob Alexandre von sich. Wütend und außer Atem sah sie ihn an und versuchte zu vergessen, was er soeben in ihr entflammt hatte. »Ich dulde keine weiteren Ablenkungen mehr!«

Dann stieg sie von dem Kistenstapel und strich sich die Röcke glatt. Alexandre stand schwer atmend da. In seinen dunklen Augen funkelte es gefährlich, und er sah wild und ungestüm aus.

»Ihr sagt, Ihr duldet keine weiteren Ablenkungen, *ma belle?* Ihr habt *mich* abgelenkt.« Er machte einen Schritt auf sie zu und hielt ihr eine Hand hin. »Lasst mich Euch eine andere Form zeigen, Rosalind. Die gefällt Euch vielleicht noch besser.«

Rosalind machte ein paar Schritte zurück. »Ihr antwortet mir, *mon Capitaine,* und zwar jetzt. Warum segeln wir in die falsche Richtung?«

Alexandre atmete aus und rieb sich die Hände übers Gesicht. »Mademoiselle, Ihr sitzt wieder einmal der irrigen Annahme auf, Ihr könntet mir auf meinem Schiff Befehle erteilen.«

»Ich habe Euch in Gold bezahlt, *mon Capitaine,* Gold, für das ich beinahe mit meinem eigenen Blut zahlte.« Als er zusammenfuhr, nickte Rosalind. »Ich dachte, wir hätten eine neue Vereinbarung. Ich dachte, Ihr wolltet mir beweisen, dass Ihr über ein ausgeprägtes Ehrgefühl verfügt.«

»Und ich dachte, ich hätte Eure scharfe Zunge ein wenig besänftigt.« Alexandre schüttelte den Kopf. »Yves sagt mir die ganze Zeit, was für ein Narr ich bin, und eins ums andere Mal bestätige ich ihn.« Da war wieder die bekannte, steinerne Maske. »Wenn Ihr dann fertig damit seid, mich anzuschreien, Mademoiselle, erzähle ich Euch mit Freuden, warum wir in die bestmögliche Richtung segeln.«

Rosalind setzte sich auf eine Kiste in ihrer Nähe und zupfte sich die Röcke zurecht. »Nun gut, *mon Capitaine.* Ich höre Euch zu.«

»Ihr wisst einiges über Schiffe, das habt Ihr bereits bewiesen. Aber Ihr wisst rein gar nichts über Navigation. Wir müssen uns nach den Passatwinden richten, und die wehen auf dieser Seite von Jamaika aus Nordosten nach Südwesten. Wenn wir die andere Seite der Insel erreichen, bringen uns die Passatwinde nach Martinique. Glaubt mir, Mademoiselle, dies ist der schnellste und sicherste Weg.«

Rosalind verstummte, weil ihr ihre Unwissenheit peinlich war und sie sich ärgerte, nichts mehr zu haben, was sie ihm vorhalten könnte. Das Gefühl vollkommener Ohnmacht trieb Rosalind dazu, sich in Zynismus zu flüchten.

»Sagt, *mon Capitaine,* hat Euch Eure gesamte Crew zu Eurem großen Sieg gratuliert? Haben sie auf Euch angestoßen und die Kraft Eurer Männlichkeit gefeiert, weil Ihr *La Belle Tempêtueuse* erobert habt?«

Alexandres Miene verfinsterte sich bedrohlich. »Wurde einer von ihnen Euch gegenüber ausfallend?«

»*Non*. Sie haben hinter meinem Rücken über mich gelacht, nachdem ich ihnen entkam und nach unten ging.«

»Die stürmische Schöne.« Alexandre sagte es auf Englisch. »Das ist ein Kompliment, *ma belle*. Ein Hoch auf Eure Schönheit ebenso wie auf Eure Weigerung, Euch erobern zu lassen.«

»Es ist nichts dergleichen! Vielmehr klingt es wie ein unglücklich gewählter Schiffsname. Ist es das, was Ihr von mir denkt, *mon Capitaine?* Dass ich Euch und Euren Männern Unglück bringe?«

Es war die Frage eines beleidigten Kindes, und dennoch ließ Alexandres Schweigen keinen Zweifel an der unangenehmen Wahrheit.

»Ist es wirklich von Belang, Mademoiselle, was ungehobelte französische Piraten denken?«

Wieder hatte Alexandre diese sanfte, traurige Stimme, die in Rosalind den Wunsch weckte, zu ihm zu gehen, ihn in die Arme zu nehmen und ihn ganz fest zu halten. Es war ihr gleich, was die Mannschaft von ihr dachte. Sie würden ohnehin das Schlimmste vermuten, weil sie es am amüsantesten fanden. Aber Alexandre …

Alexandre kniete vor Rosalind und ergriff ihre Hände. Er sah ihr in die Augen, als fände er darin die Lösung des größten Rätsels von allen. Dann lächelte er. »Meine arme, couragierte Milchmagd. Der Verlust Eurer Jungfräulichkeit verdrießt Euch nicht halb so sehr wie das Gefühl, unterlegen zu sein.«

Rosalind schloss die Augen. Sie war voller Wut darüber, dass er mal wieder recht hatte.

»Ihr glaubt, Ihr hättet verloren, nicht wahr?«, fragte Alexandre. »Ihr glaubt, indem Ihr der Leidenschaft in Euch nachgabt, wäre Euch jeder Vorteil verlorengegangen, den Ihr besessen haben könntet.«

Statt wütend, wie sie es vorhergesehen hatte, wirkte Alexandre zärtlich, ein wenig amüsiert und fast liebevoll.

»In meinen Augen habt Ihr nichts verloren, Rosalind. Wenn überhaupt, habt Ihr einen noch größeren Einfluss auf mich gewonnen.« Er küsste sie leicht auf die Stirn, die Augenlider, die Wangen und die Lippen. »Ich betrachte die letzte Nacht als eine einzigartige Ehre, die ich um nichts in der Welt besudeln möchte.«

»*Merci*, Alexandre.« Rosalind hob eine zitternde Hand und strich ihm über die Wange. Für ihn war sie nicht bloß eine Dirne von vielen, nicht nur eines der vielen englischen Mädchen, die er verführt und danach verlassen hatte. Er würde sich an sie erinnern. Was auch geschehen mochte, er würde sich an sie erinnern. Dieses Wissen beruhigte sie. Und so konnte sie sich wieder den Dingen zuwenden, die ihr besonders am Herzen lagen.

»*Mon Capitaine,* ich muss Euch nochmals auf Beatrices angegriffene Gesundheit hinweisen. Sie kann nicht an Bord dieses Schiffes dahinsiechen, während Ihr und Eure Mannschaft Tage oder Wochen braucht, um alle Reparaturen durchzuführen.«

Alexandre stöhnte und runzelte die Stirn. »In diesen Gewässern gibt es wenige Heilkundige, die meinem Schiffsarzt überlegen sind. Sie könnte an Land keine bessere Fürsorge erfahren.«

Rosalind stand auf. »Nun gut. Wenn sich Euer Mitgefühl darin erschöpft, wird es genügen müssen.« Mit diesen Worten raffte sie ihre Röcke und wandte sich ab, um zum Bug zu gehen.

Alexandre aber legte einen Arm um ihre Taille, drückte sie an sich und liebkoste die zarte Haut hinter ihrem Ohr. »Vorsichtig, *ma belle!* Provoziert Ihr mich noch einmal mit diesem kecken Tonfall, und ich könnte mich genötigt fühlen, Eure schönen Lippen dazuzubringen, um Gnade zu betteln.«

»*Mon Capitaine.*« Rosalind stand stocksteif da. »Ich bin nicht irgendeine Hafendirne, die willig ist, es jederzeit wie ein Tier zu treiben, wenn es sie überkommt.«

»Ihr täuscht niemanden mit Eurem zimperlichen Gebaren.« Alexandre schwang sie herum und fing sie mit seinen Armen auf. »Ihr seid ebenso heißblütig wie ich, *ma belle divine.*«

»Mit allem gebührenden Respekt, *mon Capitaine,* darf ich Euch darauf hinweisen, dass Ihr schmutzig, unrasiert und nicht eben wohlriechend seid. Vielleicht finden Euch Eure üblichen Gespielinnen in diesem Zustand umso männlicher, mich indes zieht er weniger an.«

Wie sie gehofft hatte, machte Alexandre dieser Angriff auf seine Eitelkeit sprachlos. Und Rosalind nutzte den Augenblick seiner Verblüffung, um sich von ihm loszureißen und zur nächsten Luke zu rennen. Sie kletterte die Leiter so hastig hinauf, dass sie sich beinahe die Röcke zerriss.

Die Piraten oben an Deck mieden sie, was Rosalind in ihrer gegenwärtigen Stimmung sehr recht war. Sie wollte allein sein, ganz allein, meilenweit weg von allen menschlichen Wesen. Als sie über das Hauptdeck ging, hörte sie Beatrices Lachen, das von irgendwo vorn am Bug zu ihr wehte. Tatsächlich, Beatrice stand an der Reling und blickte über die Seite ins Wasser hinab. Eric war neben ihr. Er zeigte auf etwas unten im Wasser. Neugierig, den Grund für ihre glücklichen Gesichter zu erfahren, gesellte Rosalind sich zu ihnen.

»Ihr seht fröhlich aus.«

Beatrices Wangen waren vom Wind und der Sonne gerötet, ihre Augen leuchteten. »O Rosalind! Wir sehen den Delphinen zu, die auf der Bugwelle mitschwimmen. Sie kommen immer mit dem Schiff mit!«

»Mais oui, mademoiselle.« Eric nickte. »Delphine bringen Glück.«

»Ich frage mich, wem?«

Bei Rosalinds verbittertem Ton erstarb Beatrices Lächeln sogleich. »Ach, Rosalind, vergebt mir. Da plappere ich von Fischen, wo ich mir doch solche Sorgen um Euch machte!« Sie winkte zur Schiffsglocke. »Diese schrecklichen Glocken haben mich geweckt, als es draußen noch dunkel war. Wo wart Ihr, Rosalind?«

Ehe Beatrice auf eine Antwort drängen konnte, teilte Rosalind ihr die schlechte Nachricht mit.

»Der Captain weigert sich, uns nach Kingston zu bringen. Er will nicht riskieren, auf Küstenpatrouillen zu treffen. Wie er sagt, folgen wir den Passatwinden um Jamaika herum und zurück nach Martinique.«

»Aber …« Beatrice hielt sich die Hand vor den Mund. »Wenn die *Bird of Paradise* ohne mich in Kingston ankommt, werden sich die Lawrences gewiss eine andere Gouvernante suchen!«

Rosalind nickte. »Und mein Bruder wird denken, ich sei ertrunken.«

»Wie entsetzlich!«, rief Beatrice. »Ich brauche diese Stelle! Mutter hat eine halbe Ewigkeit gesucht, bis sie eine fand, die ihr zusagte.«

»Beatrice, bitte.« Rosalind legte einen Arm um Beatrices

bebende Schultern. »Du darfst nicht gleich verzweifeln. Dafür bist du zu krank.« Sie sah zu Eric. »Bringt den Doktor her, bitte.«

»*Oui, Mademoiselle.*«

Wenige Minuten später näherten sich schwere Schritte hinter Rosalind über das Deck. Doktor Gingras kam mit Eric herbeigeeilt.

»*Oui, Mademoiselle?*«, fragte Doktor Gingras. »Ihr habt nach mir geschickt?«

»*Merci, Monsieur le Docteur.* Wie Ihr seht, ist Mademoiselle Beatrice sehr blass.«

Doktor Gingras fühlte Beatrices Puls und sah sie sich genau an. »Mademoiselle, was beunruhigt Euch? Vor nicht einmal einer Viertelstunde sah ich Euch noch lächeln und fröhlich sein.«

Beatrice weigerte sich, etwas zu sagen, und verbarg ihr Gesicht an Rosalinds Schulter.

»*Monsieur le Docteur*«, begann Rosalind. »Gibt es irgendeine Möglichkeit, dem *Capitaine* begreiflich zu machen, dass wir das Mädchen sofort an Land bringen müssen? Er ist fest entschlossen, in Martinique anzulegen, wohin es noch volle drei Tage sind! Gott allein weiß, was bis dahin noch alles geschehen kann!«

Doktor Gingras nickte. »Ich verstehe Euch, Mademoiselle, aber ich fürchte, der *Capitaine* wird sich kaum dazu bewegen lassen, den Kurs zu ändern.«

»Warum nicht?«

»Der *Capitaine* hat eine Vielzahl von Gründen, in Martinique anzulegen.«

Offensichtlich rangierte Beatrices Leben nicht unter den

ersten dieser Gründe. Rosalind wandte sich von Doktor Gingras ab, bevor sie vollends die Beherrschung verlor.

»Eric, bitte bringt Beatrice nach unten. Sie muss sich ausruhen.«

»*Oui, Mademoiselle.*« Eric legte einen Arm um Beatrice und führte sie behutsam zur vorderen Luke.

Rosalind blickte hinunter ins blaugrüne Wasser, vorbei an der weißen Gischt, die den Schiffsrumpf entlangsprudelte. Gleich unter der Wasseroberfläche erschienen zwei oder drei helle, schlanke Formen, graue Körper, die sich weich schlängelnd mit dem Schiff bewegten und anscheinend mühelos mit dem Tempo mithielten. Einer von ihnen durchbrach die Wasseroberfläche, flog ein Stück voraus und tauchte wieder unter.

»Was für strahlende Augen«, sagte Rosalind. »Und wie sie lächeln …«

»Seht Ihr, Mademoiselle?« Doktor Gingras lächelte. »Wie leicht kann man sie für Meerjungfrauen halten!«

»Landmenschen halten uns Seeleute für vereinsamte Narren, weil wir alle möglichen Tiere des Meeres für liebliche Frauen halten.«

Rosalind schloss die Augen. Alexandres Stimme war unmittelbar hinter ihr. Woher kam er jetzt wieder? Ihre Finger umfassten die Reling fester.

»Ah, *mon Capitaine*«, sagte Doktor Gingras. »Mademoiselle hat die Delphine entdeckt.«

Für einen Augenblick war Alexandre still. Rosalind wappnete sich, aber als er wieder sprach, klang er merkwürdig gedämpft.

»Ich hätte sie ihr sehr gern gezeigt, hätte sie mich nur darum gebeten.«

»Sie sind allerliebst, *mon Capitaine*«, sagte Rosalind. »Genau so, wie Ihr es beschriebt.«

»Ich bin hocherfreut, Mademoiselle, dass wir ausnahmsweise einmal einer Meinung sind.«

Seine ironische Bemerkung ließ Rosalinds Wut erneut aufflammen. *»Mon Capitaine*, bitte hört Euch an, was *Monsieur le Docteur* über Mademoiselle Beatrices gegenwärtigen Gesundheitszustand zu sagen hat.«

»Seid so gut und seht mich an, wenn Ihr mit mir sprecht, Mademoiselle.«

Rosalind mühte sich, die Fassung zu wahren, und drehte sich zu Alexandre um. Er stand mit bloßem Oberkörper da, tropfnass, und rieb sich mit einem Handtuch das Meerwasser aus dem langen Haar. Alle Spuren von Schmutz waren fort, und er trug wieder die leichte helle Baumwollhose, die durchnässt an seinen Hüften und Schenkeln klebte, so dass nicht nur Rosalinds Phantasie angeregt wurde. Sie errötete und wandte sich rasch wieder zur Reling.

Doktor Gingras räusperte sich verlegen. »Soll ich, *mon Capitaine?*«

»Unbedingt.«

»Das *jeune fille* ist derzeit in einem Zustand nervöser Erschöpfung, der ihre Genesung in einem gewissen Maße verzögert.«

»Mon Capitaine.« Rosalind hatte Mühe, richtig zu atmen und ruhig zu sprechen. »Ihr sagt, wir werden frühestens in drei Tagen in Martinique anlegen. Ich sage Euch, bis dahin könnte Beatrice tot sein.«

»Diese Sorge dürfte unbegründet sein, *mon Capitaine*«, sagte Doktor Gingras und warf Rosalind einen strengen Blick zu.

»Mit Verlaub, bei der zarten Konstitution des jungen Mädchens kann ich nicht alle Möglichkeiten ausschließen. Aber dass sie stirbt, Sir, scheint mir überaus unwahrscheinlich.«

»Merci, Monsieur le Docteur.« Alexandre blickte ebenfalls streng zu Rosalind. »Als dann, Mademoiselle. Ich habe gehört, was *Monsieur le Docteur* zu sagen hat. Damit dürfte das letzte Wort in dieser Angelegenheit gesprochen sein. Seid so gut und nörgelt nicht weiter herum.«

Rosalind starrte ihn an. Das war es? Alexandre weigerte sich, der Gesundheit und dem Wohlergehen einer Gefangenen jene Sorge zukommen zu lassen, die der menschliche Anstand verlangte? Nichts war geeigneter, sie daran zu erinnern, dass er eben Black Angel war, der eingeschworene Feind aller Engländer.

Kapitel 21

Zwei Tage später umrundete *L'Etoile du Matin* den östlichsten Zipfel von Martinique und ankerte in *L'Anse du Paradis*. »Paradiesbucht« war ein sehr treffender Name. Sanfte Wellen rollten auf einen weißen Sandstrand, der von Palmen und Sträuchern umrahmt war. Der Wind war hier weit ruhiger als draußen auf dem Meer. Rosalind stand mit Beatrice am Bug, genoss die frische Luft und versuchte, niemandem im Weg zu sein. Derweil rannten die Piraten hin und her, brachten ein paar Fässer und Kisten aus den Luken nach oben und ließen ein Boot zu Wasser.

Rosalind beobachtete das geschäftige Treiben mit zunehmender Angst. Auf See galt Black Angel allgemein als außerordentlich gefährlich. Wie viel mehr wäre er es hier, in französischen Gewässern, auf französischem Boden? Sie widmete ihre Aufmerksamkeit lieber wieder Beatrice. Die sah deutlich wohler aus, ihre Augen leuchteten, und sie schien insgesamt wacher. Ihr Fieber war noch nicht vollständig abgeklungen, aber Doktor Gingras versicherte ihnen, dass das Schlimmste überstanden war. Für Beatrices Krankheit mochte das durchaus zutreffen, aber Rosalind war nicht sonderlich zuversichtlich, dass für sie beide auch sonst das Schlimmste vorbei war.

Schwere Stiefel näherten sich ihnen. Es war Eric, der sich

vor den beiden Frauen verneigte. »Das Boot ist bereit, Mesdemoiselles. Der *Capitaine* gestattet Ihnen, an Land zu gehen.«

»Handelt es sich um ein weiteres Picknick am Strand?«, fragte Rosalind, die vor ihrem eigenen Sarkasmus erschrak. Die furchterregende Aussicht, immer tiefer in unbekannte Gefilde vorzudringen, machte sie gereizt.

Eric blickte sich zum Achterdeck um, wo Alexandre mit Yves und dem Schiffszimmerer stand, dann trat er einen Schritt auf Rosalind zu. »Mademoiselle, *s'il vous plaît.*«

Rosalind überspielte ihre Verlegenheit, indem sie sich umdrehte und ebenfalls zum Achterdeck sah. Alexandre stand da mit einem Tau in jeder Hand und lehnte sich in den Wind, der ihm das lange schwarze Haar aus dem Gesicht blies. Die zwei Tage eisige Distanziertheit zwischen ihnen hatten den strengen Piratenkapitän wieder hervorgebracht, der sie damals einhändig aus dem Meer gefischt hatte.

Rosalind ging mit Beatrice zur Reling, wo wieder einmal die Strickleiter hing, über die sie ins Boot steigen sollten. Der Anblick ließ Rosalind zurückschrecken, weckte er doch die Erinnerung daran, was das letzte Mal geschehen war, als sie einen Fuß an Land setzte. Welche unvorhergesehenen Qualen erwarteten sie dieses Mal?

Ein langer Schatten fiel über sie. »Gibt es ein Problem, Mademoiselle?«, fragte Alexandre. »Ihr seid weiß wie Milch.«

Rosalind versuchte, sich zusammenzunehmen. »Vergebt mir, *mon Capitaine,* wenn ich nicht verzückt von der Vorstellung bin, gleich einem Sack spanischer Dublonen in eine Piratenhöhle geschleppt zu werden.«

»Was für ein betrübtes Gesicht, *ma belle!*« Alexandre hob sie in seine Arme. »Keine spanische Münze vermöchte je Euren

Wert aufzuwiegen, ganz gleich wie rein das Gold sein mag, aus dem sie geprägt wurde.«

Das Sonnenlicht tanzte in seinen dunklen Augen und zauberte einen Hauch von Wärme auf sein strenges Antlitz. Rosalind bedachte seine Schmeichelei mit einem kühlen Lächeln.

»*Merci, mon Capitaine.* Wie immer erweist sich Eure Zunge als äußerst schlagfertig.«

Alexandre beugte den Kopf, so dass sein Atem über ihren Nacken strich, als er ihr ins Ohr flüsterte: »Wer wüsste das besser als Ihr, *ma belle fleur?*«

Rosalind schloss die Augen, um seinem wissenden Blick auszuweichen. Ihre Wangen glühten, wie ihr insgesamt sehr heiß wurde. Falls sie früher nichts Ungezähmtes gehabt haben sollte, seit sie Black Angel begegnet war, hatte sie es ganz zweifellos.

Alexandre stellte sie auf die Beine, schwang sich über die Reling und kletterte die Strickleiter hinab. Dann wartete er unten auf sie, die Hände ausgestreckt, um sie beim Abstieg zu halten. »Kommt her, *ma belle.* Wir müssen die Flut nutzen.«

Rosalind stieg vorsichtig die Leiter hinunter und war froh, als sie Alexandres Hände in ihrer Taille spürte. Er hielt sie fest und setzte sich mit ihr auf dem Schoß hin, die Arme um sie geschlossen. Unter dem Vorhang seines weiten Hemdärmels legte er eine Hand auf ihre Brust. Er liebkoste sie und neckte die Spitze durch den Stoff ihres Kleides. Rosalind biss die Zähne zusammen, aus Angst, sie könnte einen verräterischen Laut von sich geben. Ihr blieb nichts anderes übrig, als sich an Alexandre zu lehnen, hilflos in seiner Umarmung. Sein Lächeln verriet, dass er nur zu gut wusste, was er mit ihr tat.

Als das Boot am Strand aufsetzte, sprangen die Piraten hinaus und zogen es weiter aus dem Wasser. Alexandre stand mit Rosalind in den Armen auf und stieg aus dem Boot auf den Strand. Hier und da lagen Treibholz und Seegras. Über ihnen ließen sich Seevögel vom Wind tragen. Palmenkronen raschelten in der leichten Brise. Alexandre sog die Luft tief in seine Lunge ein.

»Da wären wir, Mademoiselle. Dies ist der Ort, den der Schurke *L'Ange Noir* heute sein Zuhause nennt.«

Er ließ Rosalind hinunter, behielt aber einen Arm um ihre Taille und führte sie über den Strand auf den Dschungel zu. Rosalind blickte sich nach Beatrice um, die an Eric gelehnt folgte und das Gesicht hinauf in die Sonne hielt. Plötzlich bekam Rosalind Angst und zog sanft an Alexandres Arm.

»Vergebt mir, *mon Capitaine,* wenn ich zögere, Euch, Frankreichs berüchtigtstem Piraten, in einen Dschungel zu folgen, in dem alle möglichen Gefahren lauern.«

Er sah sie streng an. »Habt Geduld, Mademoiselle. Ihr werdet unser Ziel schon sehr bald sehen.«

Der Pfad führte eine Weile bergan in eine Hügelgruppe. Ein kleiner Turm stand auf dem Gipfel, auf dem eine Fahne wehte.

»Euer Wachturm, *mon Capitaine?*«

Alexandre nickte. »Man sagte mir, Schmuggler hätten diese Bucht benutzt, bevor wir hierherzogen.«

»Halten Eure Nachbarn Euren Zuzug für das geringere Übel?«

»Schwer zu sagen, *ma belle*. Bis zum nächsten Haus sind es viele Meilen.«

Hinter dem Hügel führte der Pfad ein wenig hinab auf ein

kleines Tal inmitten der Hügel zu. Als der Dschungel sich lichtete, blickte Rosalind in das Tal hinunter und stieß einen verwunderten Laut aus.

»*Merci, ma belle.*« Alexandre lächelte. »Willkommen in meinem Heim. Wir nennen es *Au Jardin.*«

Rosalind stand stumm vor Staunen da. Das Anwesen, das sich unter ihr ausdehnte, war atemberaubend. Den Mittelpunkt bildete ein wunderschönes weißes Herrenhaus mit dunkelblauen Akzenten hier und da. Es war umgeben von einem tropischen Blumengarten, bepflanzten Feldern und Weiden mit Rindern und Schafen. Außerdem gab es einen Pferdestall, neben dem ein edler Hengst auf einer Koppel trabte. Auf der Terrasse des Hauses standen große Terrakotta-Kübel mit unzähligen Tropenpflanzen in allen Regenbogenfarben. Ein Steinweg führte vom Garten zur Vorderseite des Hauses, wo sich noch eine Veranda nach Nordosten hinaus befand, die sich gewiss hervorragend eignete, um am Abend die kühlere Luft zu genießen.

Beatrice kam zu Rosalind. »Wie wundervoll! O Rosalind, ist das nicht herrlich?«

Rosalind nickte, viel zu überrascht, um sprechen zu können. Alexandre legte die Hände auf ihre Schultern.

»Ihr dachtet, ich würde Euch in irgendeine schmutzige Höhle bringen, nicht wahr? In ein entsetzliches kleines Loch, in dem Knochen verstreut liegen und es von Fledermäusen wimmelt?«

»*Mais non, mon Capitaine.* Nicht ganz so schlimm.«

Alexandre ging voraus den Pfad hinunter. Zwei Jungen kamen aus den Stallungen gelaufen. Sie begrüßten Alexandre mit aufgeregtem Winken und Rufen, dann rannten sie wieder hinein. Gleich darauf strömten aus sämtlichen Türen des

Anwesens Leute heraus und ein französisches Stimmengewirr hallte durch die Luft. Alle hießen die Männer willkommen und dankten Gott, dass ihr *Capitaine* wieder sicher zurückgekehrt war. Einige der Männer hinter Rosalind liefen an ihr vorbei und direkt in die offenen Arme der Frauen, die offenbar Dienstmägde auf dem Anwesen waren. Überall erklang fröhliches Lachen. Rosalind genoss es, diese Szene zu beobachten. Wie lange war es her, seit sie so viel Frohsinn erlebt hatte?

In der offenen Vordertür des Herrenhauses stand eine Mulattin wie eine große schwarze Statue. Ihr ehedem schwarzes Haar war größtenteils silbern. Sie trug ein Kleid aus schlichtem Kattun, geflickt und voller Flecken von Mehl und Fett. Nur ihre Hände waren blitzsauber.

»Maître de la maison«, begrüßte sie Alexandre mit einer Stimme wie heisere Tropenmusik. *»Bienvenu. Grâce à Dieu, mon Seigneur.«*

Sie breitete die Arme aus und strahlte vor Freude, Alexandre sicher wieder zu Hause zu sehen. Alexandre beugte sich zu ihr und umarmte sie. Rosalinds Verwunderung nahm kein Ende. Sie hätte nie erwartet, den mächtigen Black Angel zu sehen, wie er seine Köchin mit solchem Respekt begrüßte.

»Madame LeFèvre«, sagte Alexandre, »darf ich Euch Miss Rosalind Brooks vorstellen? Sie fiel mir auf ihrem Weg nach Jamaika zufällig in die Hände.«

Madame LeFèvre musterte Rosalind von oben bis unten. *»Bonjour Mademoiselle.«*

»Bonjour Madame.«

Madame LeFèvre sah Alexandre überrascht an. *»Anglaise?«*

»Oui, Madame. Die Lady ist Engländerin. Ebenso wie ihre Begleiterin.«

Alexandre winkte Eric zu, der mit Beatrice vortrat.

»Madame«, sagte Alexandre, »erlaubt mir, Euch Miss Beatrice Henderson vorzustellen, die an Bord desselben Schiffes war.«

Madame LeFèvre beäugte Beatrice mit einem wissenden Blick. *»Ma petite!«* Sie streckte Beatrice beide Hände hin. *»Ma pauvre jeune fille! Entrez, vite!«*

Sie zog Beatrice eilig über die Schwelle ins Haus.

»Rosalind!«, rief Beatrice. »Wo bringt sie mich hin?«

Rosalind sah ängstlich zu Alexandre. Bevor sie etwas sagen konnte, legte er einen Finger auf ihre Lippen.

»Ruhig, *ma belle*. Neben Doktor Gingras findet sich keine bessere Heilkundige auf der Insel als Madame LeFèvre.«

Alexandre schob Rosalind behutsam zur Haustür. Rosalind zögerte. So wunderschön das Herrenhaus auch war, sie würde darin gefangen sein, ohne zu wissen, wann sie das Tal je wieder verlassen dürfte.

»Mon Capitaine.«

»Oui, ma belle?«

Rosalind ging näher zu Alexandre und spielte mit einer Falte seines Hemds. »Ich frage mich, ob ich diesen glücklichen Augenblick nutzen darf, eine kleine Bitte zu äußern.«

Alexandre nahm ihre Hände und küsste sie. »Was immer Euer Herz begehrt, *ma belle*. Ihr braucht nur zu fragen.«

Rosalind holte tief Luft und befahl ihrem Herzen, ruhiger zu schlagen. Dann sah sie Alexandre in die Augen.

»Gestattet mir, meinem Bruder nach Kingston zu schreiben. Lasst mich ihm mitteilen, dass ich am Leben und wohlauf bin, damit ihm und meiner Mutter zusätzlicher Kummer erspart bleibt.«

»Schlaue kleine Milchmagd.« Alexandres gute Laune schien nicht getrübt, auch wenn sein Blick merklich strenger wurde. »Ist das eine List? Wollt Ihr ihm auf diese Weise sagen, wo Ihr Euch aufhaltet?«

»*Mais non, mon Capitaine!*« Rosalind schüttelte den Kopf. »Ihr könnt lesen, was ich ihm schreibe. Ihr dürft mir sogar jedes Wort diktieren. Aber bitte, *mon Capitaine,* ich möchte meiner Familie diesen Schmerz ersparen.«

Alexandre rief in die muntere Gruppe hinter ihnen, worauf zwei junge Frauen sich der Umarmung ihrer Piraten entwanden und zu ihnen geeilt kamen. Sie machten höflich ihren Knicks.

»Adèle, Sophie, bringt Mademoiselle auf ihre Zimmer. Ist das Gepäck schon da?«

»*Oui, mon Seigneur*«, antwortete die blasse Sommersprossige, die Adèle hieß.

»*Bien.* Sorgt dafür, dass Mademoiselle ein Bad bekommt und sich bis zum Abendessen ausruhen kann.«

»*Oui, mon Seigneur.*«

Alexandre wandte sich wieder an Rosalind. »Geht mit ihnen, Mademoiselle. Sie werden Euch bringen, was immer Ihr braucht.«

»Aber … *mon Capitaine!*« Als er Anstalten machte, wieder in den Garten zurückzugehen, packte Rosalind ihn beim Ärmel. »Ihr habt mir noch keine Antwort gegeben!«

Alexandre sah verärgert auf sie herab. »Das werde ich auch nicht tun, Mademoiselle, ehe ich nicht in Ruhe darüber nachgedacht habe.«

Rosalind blieb nichts anderes übrig, als schweren Herzens den beiden Zofen zu folgen.

Alexandre gönnte sich einige Augenblicke, das Glück seiner Leute zu genießen – seiner Mannschaft wie seiner Hausangestellten. Es tat gut, wieder einmal im sicheren Hafen zu sein, zu Hause, jedenfalls soweit dies jemals sein Zuhause sein konnte. Er suchte sich einen Schattenplatz unter einem Apfelbaum und setzte sich mit dem Rücken an den Stamm. Dann hob er einen heruntergefallenen Apfel auf und schälte ihn mit dem Messer aus seinem Stiefel.

Als sich eine vertraute Gestalt aus der fröhlichen Menge löste, gab Alexandre sich Mühe, möglichst unbekümmert auszusehen und sich nicht anmerken zu lassen, welche Sorgen ihn umtrieben. Er hatte seinen Kurs gewählt, nun musste er die Winde nehmen, wie sie kamen. Yves schritt auf ihn zu, und seinem Gesichtsausdruck nach erwarteten Alexandre Sturmwinde, wenn nicht Schlimmeres.

»*Mon Capitaine.*«

»*Oui, mon ami?*« Alexandre sah auf. »Wie kommt es, dass du an einem solchen Tag missgestimmt bist?«

»Wir müssen etwas bereden.«

Alexandre klopfte mit dem Messerknauf auf die Erde neben sich. »Setz dich.«

Yves hockte sich neben ihn. »Ich fürchte, wir werden nie wieder einen Tag wie diesen erleben.«

»*Exactement!*« Alexandre biss in seinen Apfel. »Umso mehr Grund, ihn zu genießen, solange er dauert.«

»Umso mehr Grund, dafür zu sorgen, dass wir lange genug leben, noch so einen genießen zu können.«

Alexandre gab es auf, Fröhlichkeit vortäuschen zu wollen. »Also raus damit. Wenn du mir unbedingt meine Stimmung vermiesen musst, dann lieber vor dem Abendessen als danach.«

»*Merci beaucoup, mon Capitaine.*« Bei Yves' förmlichem Ton grenzte seine Ironie an Ungehorsam. »Die *Diabolique* kam zwei Tage vor uns an. Etienne hat Murdocks Antwort überbracht.«

»Die üblichen Arrangements, nehme ich an?«

Yves schüttelte den Kopf. »*Mais non, mon Capitaine.* Er verlangt, dass Ihr die Engländerin sofort übergebt.«

»Er *verlangt?*« Alexandre lachte. »Glaubt er, er kann mir Angst einjagen und mich zum Gehorsam zwingen? Oder mich zu einer Trotzhandlung verleiten, die mich in Reichweite der britischen Marine bringt?«

»Es ist, wie ich befürchtete, *mon Capitaine*«, sagte Yves. »Das Mädchen bedeutet ihm nichts. Ihr habt ihn beleidigt, und er will, dass Ihr es einseht und Euch entschuldigt, andernfalls will er dafür sorgen, dass wir alle noch vor dem Winter hängen.«

Alexandre runzelte die Stirn. Er biss noch einmal in den Apfel und kaute nachdenklich. »Der Tag, an dem ich einen Engländer um Verzeihung bitte, ist der, an dem ich ins Irrenhaus verbannt werde.«

»Alexandre, es ist so weit. Schickt die kleine Milchmagd nach Hause und ihre kränkelnde Schwester gleich mit. Ihr habt zu mir gesagt, dass Ihr es vorhättet.«

»Müssen wir jetzt darüber reden?«

»*Mais oui*, Alexandre, wir müssen. Habt Ihr Euren Verstand verloren? Zwei Engländerinnen herzubringen, in den Zufluchtsort, den zu schaffen wir Jahre gebraucht haben?«

»Wovor hast du Angst? Zwei kleine Engländerinnen können uns nichts anhaben.«

»Die eine hat uns schon einiges an Schaden zugefügt, allein an verschossener Munition und verlorenen Leben.«

»Das war nicht ihre Schuld. Ich hatte reichlich Gründe, Vasquez und seine verderbte Mannschaft zu versenken.«

»Aber sie war der Grund, der es Euch letztlich lohnenswert erscheinen ließ.«

Alexandre nickte und schloss die Augen. Bald wäre Rosalind in ihrem Bad. Er stellte sich vor, wie die Seife langsam über die himmlischen Kurven ihrer nackten Brüste und ihren weichen Bauch hinunterglitt … Er lächelte.

»Nur die Ruhe, alter Freund. *La Belle Tempêtueuse* mag sich auf einem Schiff auskennen, aber sie versteht nichts von Navigation. Sie könnte die britische Navy ebenso wenig zu mir führen, wie sie zum Mond fliegen könnte.«

»Bleibt die Frage, was wir mit ihr und der Kleinen tun. Je länger sie hier sind, desto gefährlicher werden sie uns.«

Alexandre stieß einen ungeduldigen Seufzer aus. *»Eh bien*, Yves. Du weißt es am besten. Sag mir, was wir tun sollen.«

»Ihr solltet die beiden Murdock übergeben. Seine Männer werden uns die Kleine nicht überlassen, nicht wenn *La Belle Tempêtueuse* sie anfleht, sie mitzunehmen.«

»Ich *kann* sie diesem Mann nicht ausliefern.«

Yves schüttelte den Kopf. »Sie hat Euch verblendet, nicht wahr? Versteht Ihr nicht, *mon ami?* Uns bleibt kaum eine andere Wahl.«

Alexandre warf Yves einen feindseligen Blick zu. »Höre ich richtig? Willst du andeuten, dass die Zeit kommen wird, da wir zwei englische Mädchen töten müssen, um die Geheimnisse von *L'Ange Noir* zu schützen?«

Plötzlich schwand alle Verärgerung aus Yves' Zügen, und er wirkte verschlossen und erschöpft. »Ihr wisst, dass ich niemals die Waffe gegen eine Frau erheben würde.«

Yves sah hinüber zu den Paaren im Garten, von denen manche lachten, manche sich küssten. Seine Einsamkeit war ein Kreuz, das zu tragen er selbst gewählt hatte, aber bisweilen wog es grausam schwer. Als Yves sich wieder Alexandre zuwandte, wirkte er unendlich traurig.

»Die fürchterlichen Tragödien, die Ihr durchleben musstet, *mon ami*, tun mir leid. Niemand weiß besser als ich, wie viel uns solche Ereignisse kosten können. Und ein weiteres Unheil wartet am Horizont auf uns.« Er stand auf und bürstete sich Schmutz und Gras von der Hose. »Niemals zuvor ist es so weit gekommen, Alexandre. Ganz gleich was als Nächstes geschieht, ob Ihr es zugeben wollt oder nicht, aber Lady Hanshaw herzubringen bedeutet das Ende von *L'Ange Noir.*«

»Yves! *Morbleu!* Ist mir denn gar keine Ruhe vergönnt? Weder von ihr noch von dir?«

»Wenn Ihr Ruhe wolltet, *mon Capitaine,* hättet Ihr sie Vasquez überlassen sollen.«

»*Non!*«

Alexandre sprang auf. Das wäre sein neuester Alptraum geworden, Rosalinds Stimme, die ihn rief, während ihr goldenes Haar in den Wellen versank. Bei der Vorstellung wurde ein noch größerer Kummer in ihm wach, der ihn stets begleitete und jederzeit bereit war, seine Seele zu überfluten.

»Ich will *sie!*«, rief er. »England schuldet mir etwas, Yves, mehr als sie jemals zurückzahlen können! Ich werde sie behalten!«

»Hier?«

»Hier!«

»Für wie lange?«

»Solange es mir gefällt.«

Yves neigte den Kopf in gespieltem Gehorsam. »Wie Ihr wünscht, *mon Capitaine.* Ihr habt bloß eine Kleinigkeit vergessen.«

»Und die wäre?«

»*La petite Anglaise.* Soll sie ebenfalls Euch gehören?«

»Schwester Beatrice? Nein, natürlich nicht.«

»Und was fangen wir dann mit ihr an?«

»Sie bleibt, bis sie vollständig genesen ist. Dann bringen wir sie nach Jamaika und sorgen dafür, dass sie an ihrem Bestimmungsort ankommt.«

»Aha.« Yves schüttelte den Kopf. »*L'Etoile du Matin* und *Au Jardin* sind also beides Zufluchtsorte für verwahrloste Kinder und Schiffbrüchige geworden.«

Alexandre ballte die Fäuste und atmete tief durch. »Du bist der beste Freund, den ein Mann sich wünschen kann, *mon ami,* aber ich warne dich. Selbst du kannst zu weit gehen.«

Yves verneigte sich, blickte aber nach wie vor finster drein. »*Très bien, mon Capitaine.* Ihr seid es, der befiehlt.«

Kapitel 22

Rosalinds Schlafgemach war nicht weniger prunkvoll als irgendeines in London. Die vier Pfosten des Himmelbettes waren aus Mahagoni gedrechselt und oben und unten verziert mit Schnitzarbeiten in Form von Früchten – Äpfeln, Weintrauben und Granatäpfeln. Die Bettwäsche war aus feinstem Leinen, die Decken cremefarben und der Überwurf aus rosa Wolle. Ein Kleiderschrank für ihre Sachen stand gleich neben dem Frisiertisch mit passendem Bänkchen. Außerdem war da ein Bücherregal mit einer Auswahl von Romanen, Monographien und Heften. Neben dem Schlafzimmer befand sich ein Salon nach Osten, in dem mehrere Sessel und eine Couch standen sowie ein Schachtisch mitsamt Figuren. Vasen mit frischen Blumen zierten den Salon und das Schlafgemach, die alles mit einem herrlichen Duft erfüllten und es heimelig machten. Wäre Rosalinds Stimmung nicht von Alexandre getrübt worden, hätte sie sich in ihrer neuen Umgebung recht wohl gefühlt.

Eine der Zofen hüstelte. »Mademoiselle, der *Capitaine* sagte, wir sollen Euch ein Bad einlassen. Wann wünscht Ihr es?«

»Bitte gleich. Ich war fast drei Wochen auf See und wäre entzückt, mir das Salz von der Haut zu waschen.«

Die andere, Adèle, blickte Rosalind von oben herab an. »Halten Mademoiselle nichts vom Meer?«

Rosalind erwiderte ihren Blick. »Ich halte sehr viel davon, wenn es an seinem Platz bleibt, der jedoch ist weder in meinem Haar noch auf meiner Haut noch in meinen Kleidern.«

Sophie hielt sich die Hand vor den Mund, um ihr Kichern zu unterdrücken. Adèle indes sah Rosalind weiter herausfordernd an.

»*Très bien, Mademoiselle.* Es ist immer gut, wenn alle Dinge an ihrem Platz sind.«

»Ich bin sehr froh, dass Sie so denken, Adèle. Ein solches Verständnis steht jemandem in Ihrer Position gut zu Gesicht.«

Adèle kniff Lippen und Augen zusammen, sagte aber nichts. Sophie stupste sie diskret mit dem Ellbogen an, murmelte etwas und öffnete den Kleiderschrank. Rosalinds Kleider, Unterröcke und übrige Wäsche waren darin fein säuberlich auf Bügeln und in Borden verteilt. Aus dem Schrank wehte ihr ein Lavendelduft entgegen, den Rosalind genüsslich einsog. Sie dachte an ihr Zuhause und seufzte.

»*Merci, Mesdemoiselles.* Wenn Sie so gut wären, mir das Pfirsichfarbene herauszulegen. Das werde ich zum Abendessen tragen.«

Sophie war erstaunt. »*Pardonnez-moi, Mademoiselle.* Wollt Ihr nicht lieber etwas Dunkleres wählen, der Tageszeit angemessen?«

»Danke, aber nein. Ich trage das Pfirsichfarbene.« Rosalind lächelte Adèle zu. »Es ist das Lieblingskleid vom *Capitaine.*«

Rosalind badete besonders ausgiebig. Es handelte sich schließlich nicht bloß um die Reinigung der Haut. Falls Alexandre ihr weiterhin untersagte, Thomas zu benachrichtigen, würde sie alle ihr verfügbaren Mittel aufwenden, um ihn in ihrem Sinne umzustimmen. Und die erste und offensichtlichste Strategie bestand darin, ihn in jenen Zustand der Zufriedenheit zu versetzen, in dem er hinreichend verzückt von ihr war, um ihr nichts abschlagen zu können.

Mit diesem Gedanken legte sie ihre Rüstung an: die Seidenstrümpfe, die Strumpfbänder mit den blassrosa Rosetten, die Spitzenunterröcke und das pfirsichfarbene Kleid. Die Zofen hatten daran Wunder gewirkt, jede Falte beseitigt und es frischer denn je gemacht. In der Tropenhitze trocknete Rosalinds Haar sehr schnell, und nach der gründlichen Wäsche mit einer Kräuterzubereitung strahlten die goldenen Locken und dufteten betörend. Sophie schien das Bürsten richtig zu genießen. Ihre flinken Finger arrangierten alles zu kunstvollen Schleifen und Locken, die sich auf Rosalinds Kopf türmten.

Als auch die letzte Locke an ihrem Platz war, stand Rosalind von der Bank vor dem Frisiertisch auf, breitete die Arme aus und drehte sich einmal vor den Zofen herum.

»Bin ich vornehm genug für ein Abendessen im *Au Jardin* mit *L'Ange Noir?*«

»*Mais oui, Mademoiselle!*«, antwortete Sophie, die vor Begeisterung beinahe in die Hände klatschte. »Der *Capitaine* wird entzückt sein.«

»*Merci*«, sagte Rosalind mit einem freundlichen Nicken. Dann sah sie Adèle an. »Und was meinen Sie?«

Adèle neigte den Kopf zur Seite und betrachtete Rosalind, einen Finger auf ihre Lippen gepresst. »Ich denke, Mademoiselle, dass Ihr nicht wie die anderen seid.«

Die anderen? Rosalind mühte sich, unbekümmert zu klingen. »*Pourquoi?*«

Adèle zuckte mit den Achseln. »Es kommt mir nicht zu, etwas über die Gäste des *Capitaine* zu sagen.«

Sophie sah geradezu verzweifelt aus. Sie zischte Adèle etwas auf Französisch zu und sah sie streng an.

»*S'il vous plaît, Mademoiselle,* achtet nicht auf sie«, flehte Sophie. »Es kann hier recht einsam sein, wenn man niemand Neues zum Reden hat. Adèle vergisst sich manchmal.«

Rosalind setzte sich an den Sekretär, der genau zu dem in Alexandres Kajüte passte. Sie fand Papier, Feder und Tinte. Zumindest konnte sie so ihre Hände beschäftigen und deren Zittern verbergen.

»Komm, Sophie.« Adèle scheuchte Sophie zur Tür. »Der *Capitaine* wünscht, dass Mademoiselle vollkommene Ruhe hat.«

Rosalind stand auf. »Einen Moment.« Sie lächelte Sophie zu. »Wo ist *ma petite sœur*, die andere Engländerin?«

»Da sie nicht bei Euch ist, Mademoiselle«, antwortete Sophie, »muss *Maman* sie mit sich in die Küche genommen haben.«

»*Maman?*«

»Madame LeFèvre«, erklärte Sophie. »Sie ist für uns alle wie eine Mutter, deshalb nennt sie hier jeder *Maman*. Und sie sagt, es ist einfacher so.«

Im Stillen dankte Rosalind dem Himmel für so viel Glück. Sie hatte für Beatrice getan, was sie konnte, aber was das Mädchen vor allem brauchte, war eine Mutter.

»Seid so gut und sagt mir spätestens eine Viertelstunde, bevor der *Capitaine* mich erwartet, Bescheid. Ich habe festgestellt, dass es nicht gut ist, ihn warten zu lassen.«

Beide Zofen machten höfliche Knickse und gingen hinaus. Rosalind nahm die Feder auf.

Mein teuerster Thomas,

Du kannst mir glauben, wenn ich Dir schreibe, dass ich am Leben und wohlauf bin. Die Bird of Paradise *wurde von Piraten geentert. Beatrice Henderson und ich taten alles, was wir konnten, um während dieses Unglücks zusammenzubleiben. Bitte benachrichtige ihre Familie und die Lawrences in Kingston, dass sie ebenfalls wohlauf ist. Sie erholt sich gerade von einem Fieber, aber sie ist guter Dinge.*

Versuch nicht, mich zu finden. Reise nach London so schnell Du kannst. Dort erwarten Dich schlechte Neuigkeiten. Mutter braucht Dich mehr denn je. Richte ihr aus, dass ich sie liebe und so schnell wie möglich nach Hause zurückkehren werde.

Deine Dich liebende Schwester,
Rosalind

Rosalind las den Brief noch einmal durch. Sie wollte am liebsten den Kopf auf das Papier sinken lassen und weinen, bis die Tinte verlief. Aber sie beherrschte sich und zählte auf die neugewonnene Kraft, die sie durch die erste fürchterliche Nacht an Bord der *Fortuna* gebracht hatte. Und selbst wenn ihr Glück nun versiegte, war sie wenigstens auf dem Trockenen und irgendeine Form von Autorität nur ein paar Stunden entfernt. Das mochte eine französische Autorität sein, aber sollte dieses bizarre Abenteuer sie eines gelehrt haben, dann war es, sehr gut zu lügen.

Rosalind wedelte die Tinte trocken und faltete den Brief ordentlich. Sie würde ihn versiegeln, nachdem Alexandre seine Zustimmung gegeben hatte. Er konnte ihr kaum eine solch vage und harmlose Nachricht verweigern. Schließlich war es ja nicht so, dass die britische Marine darauf wartete, sämtliche Post von Martinique nach Jamaika abzufangen und zu überprüfen. Nachdenklich saß sie am Sekretär und sah zu, wie die Schatten länger wurden, die durchs Fenster hereinfielen, bis das Rascheln von Röcken hinter ihr sie aufschreckte. Sie drehte sich um.

Sophie stand in der Tür und machte einen unsicheren Knicks. »Kommt, Mademoiselle. Es ist Zeit.«

Kapitel 23

Sophie führte Rosalind auf die überdachte Veranda, wo Alexandre in einem Korbsessel saß, seine Pfeife rauchte und besorgt aussah. Als Sophie die Tür öffnete, blickte er nicht einmal auf.

»*Mon Capitaine*«, sagte Sophie leise. »Ich bringe Euch Mademoiselle.«

»*Merci.*«

Alexandre rührte sich immer noch nicht. Sophie ging rückwärts wieder hinaus und schloss lautlos die Tür.

Rosalind stand still da und betrachtete Alexandres Profil. Seine Brauen waren zusammengezogen, und die Mundwinkel bogen sich leicht hinab, während er an seiner Pfeife sog.

»Yves glaubt immer noch, ich hätte Euch Vasquez überlassen sollen.« Alexandre stand auf, und der Pfeifenqualm umgab seinen Kopf wie ein Heiligenschein. »Ich weiß nicht, was Ihr getan habt, um ihn zu verärgern, Mademoiselle, aber es scheint sich nicht wieder richten zu lassen.«

»Vielleicht solltet Ihr diese Frage Monsieur Yves persönlich stellen, *mon Capitaine*. Ich würde ebenfalls gern wissen, warum er mich hasst.«

»Er hasst nicht *Euch*, Mademoiselle. Das wäre ein zu großes Kompliment für Euch. Er hasst Eure Anwesenheit hier.«

»Warum? Glaubt Monsieur Yves, ich würde alles tun, was

ich kann, um sämtliche britischen Marineschiffe in der Karibik vor Eure Tür zu beordern, sollte ich auch nur die kleinste Chance dazu haben?«

Alexandre sah sie durch die dünnen Rauchwirbel hindurch an. »*Exactement*, Mademoiselle. Er glaubt, einzig die Vorfreude darauf, mich hängen zu sehen, hält Euch noch am Leben.«

»Er hat allen Grund, das anzunehmen.«

»Wirklich?«, fragte Alexandre verärgert und zaghaft zugleich. Im Zwielicht wirkte er weniger wütend als traurig. »Denkt Ihr immer noch so, *ma belle?*«

Rosalind seufzte. Mit seiner Wut, seinem Sarkasmus und seinem Stolz konnte sie umgehen, aber diese seltsame Verwundbarkeit machte sie hilflos.

»*Non*, Alexandre, so denke ich nicht.« Sie ging zu ihm, schlang die Arme um seine Taille und schmiegte den Kopf an seine Brust. Das entsprach ihrer Strategie, keine Frage, außerdem aber war es auch die reine Wahrheit.

Alexandre schloss sie in seine Arme und rieb die Wange an ihrem Haar. »Ach, *ma belle*. Es tut gut, Euch das sagen zu hören.«

Rosalind spürte, dass ihn noch etwas anderes belastete. »Was ist los, Alexandre? Was bekümmert Euch heute Abend?«

»Kummer, *mais oui,* das ist das richtige Wort. Ich finde eine Frau, die anders ist als alle, denen ich bisher begegnet bin, und zu meinem Pech ist sie mit dem einzigen Mann, den ich meinen Freund nennen darf, zerstritten.«

»Wenn er wirklich Euer Freund ist, dann will er nur das Beste für Euch.«

Alexandre nickte und drückte sie fester an sich. »Und er ist überzeugt, dass Ihr nicht das Beste für mich seid.«

Rosalind legte den Kopf in den Nacken und sah ihn an. »Stimmt Ihr ihm nicht zu?«

Alexandre strich mit den Lippen über ihre Stirn. »Nein. Ich glaube, ich werde nie wieder einer Frau begegnen, die so wunderschön, so mutig, so dickköpfig und so leidenschaftlich ist.«

Rosalind war wie gebannt von seinen Augen, in deren dunkler Tiefe sie zu versinken drohte. Zugleich erkannte sie darin etwas Zerbrechliches und Süßes, das ihr den Atem stocken ließ.

»Rosalind«, flüsterte Alexandre, *»ma petite fleur, ma belle divine …«*

Laute Schritte und Rufe drangen um die Hausecke. Dann klopften der Kanonier und der Bootsmann an die Tür.

»Mon Capitaine!«

»Vive la France!«

»Vive L'Ange Noir!«

Alexandre seufzte, legte beide Hände an Rosalinds Wangen und küsste sie sanft. »Wir werden diese sehr fesselnde Unterhaltung nach dem Abendessen fortsetzen. Vielleicht wärt Ihr dann so gut, mir zu verraten, was Euren Sinneswandel herbeiführte.«

»Sinneswandel in welcher Angelegenheit, *mon Capitaine?«*

»Mich hängen sehen zu wollen.«

Ehe Rosalind noch etwas sagen konnte, wandte Alexandre sich zur Tür um. Sie schwang auf, und der grinsende Bootsmann trat herein.

»Bonsoir, Mademoiselle.«

»Bonsoir, le Maître d'Equipage. Wie fühlt Ihr Euch.«

»Ziemlich gut in Form, Mademoiselle. Gott sei Dank!«

Draußen hatte sich eine große Menge von Piraten angesammelt, die geduldig scherzten und warteten. Alexandre betrachtete die Szene schmunzelnd. Dann bot er Rosalind seinen Arm an und führte sie mit großen Schritten hinaus. Sie gingen halb um das Haus herum, gefolgt von der rufenden und pfeifenden Menge. Hinter dem Haus war eine große Rasenfläche, auf der unzählige Tische und Stühle bereitstanden.

Alexandre geleitete Rosalind zu ihren Plätzen an einem langen Tisch in der Mitte. Die Gedecke waren aus edlem Porzellan und schimmerndem Silber. Weingläser, die zu zerbrechlich für die Benutzung an Bord wären, standen wie zarte kristallene Blumen neben jedem Teller. Alexandre bot Rosalind einen Stuhl an. Sie raffte ihre Röcke und setzte sich. Dann nahm Alexandre neben ihr Platz. Die Offiziere schwärmten zu ihren Stühlen an der großen Tafel aus, während sich an den übrigen Tischen alle gemäß ihren Rängen verteilten – bis hinunter zum jüngsten Schiffsjungen, der auf dem Schoß einer Frau hockte, die höchstwahrscheinlich seine Mutter war. Der Stuhl zu Rosalinds Linken war leer. Wer sollte diesen Ehrenplatz bekommen?

»Nun, *ma belle*«, sagte Alexandre, »werdet Ihr die feinste kulinarische Kunst dieser Gegend kennenlernen. Madame LeFèvre ist eine Meisterin ihres Handwerks.«

»Kochen und heilen, *mon Capitaine?* Madame scheint viele Talente zu besitzen.«

Alexandre grinste. »Madame LeFèvre hat einige vorzügliche Fähigkeiten, wenn es ans Heilen aller Arten von Wunden geht.« Er blickte zum Herrenhaus und nickte kurz. »Ihr werdet Euch selbst davon überzeugen können. Und Eure kleine Freundin kommt auch gerade von ihr.«

Eskortiert von Doktor Gingras näherte Beatrice sich dem Tisch. Doktor Gingras führte sie zu dem Platz neben Rosalind. Beatrices Augen leuchteten, ihre Wangen waren leicht gerötet und ihr verhaltenes Lächeln verriet, dass sich richtig glücklich war.

»Beatrice!« Rosalind stand auf und umarmte sie. »Du siehst viel wohler aus als vorher!«

»*Maman* ist sehr freundlich«, sagte Beatrice. »Sie gab mir etwas zu trinken, und danach fühlte ich mich gleich viel besser.«

»Na, seht Ihr?« Alexandre war ebenfalls aufgestanden, als Beatrice kam. Er legte einen Arm um Rosalinds Schultern und küsste sie auf die Schläfe. »Und Ihr dachtet, ich schleppe Euch zu einer Höhle, die nur von einem Lagerfeuer beleuchtet ist und nach vergossenem Rum stinkt.«

Rosalind musste lachen, hielt sich erschrocken die Hand vor den Mund und errötete.

Alexandre blickte ihr in die Augen. »Ich frage mich, *ma belle,* ob Ihr nicht doch ein klein wenig enttäuscht seid, dass wir nicht die Schurken sind, für die Ihr uns hieltet.«

Rosalind lächelte und strich ihm über die Wange. »Wisst Ihr, was ich denke, *mon Capitaine?* Ich denke, Ihr könntet mich niemals enttäuschen.«

Echte Verwunderung trat auf Alexandres Züge, und in seinen dunklen Augen leuchteten die ersten Anzeichen eines neuen und glücklichen Gefühls auf. Rosalind hatte davon bisher nur zarteste Andeutungen gesehen – in jenen sorglosen Momenten, in denen Alexandre ihr erlaubt hatte, hinter der Fassade von Black Angel den Mann zu erahnen, der er wirklich war. Er erwiderte ihre Liebkosung, indem er ihre Wange streichelte und mit dem Daumen über ihre Unterlippe glitt. Gerade als er Atem holte, um etwas zu sagen, gab es einen dumpfen Knall auf dem Tisch vor ihnen.

Da stand Adèle, die Platte, die sie gebracht hatte, vor sich auf dem Tisch. Die Garnelen mit Butter und Kräutern, die vorher so sorgfältig auf der Platte arrangiert worden waren, lagen nun in einem wirren Haufen auf der Silberplatte. Als Alexandre sie ansah, schaute Adèle betont freundlich und verwirrt.

»*Pardonnez-moi, mon Capitaine.* Ich bin gestolpert.«

Alexandre winkte sie mit einer kurzen, verärgerten Geste weg, und Adèle huschte davon, warf Rosalind allerdings noch einen giftigen Blick über die Schulter zu.

»Tollpatschige Kuh«, knurrte der Bootsmann Gaston zu Alexandres Linken. »Sie mag sich anziehen wie eine Dienstmagd, aber es gibt nur eines, wozu sie gut ist.«

»Vergiss sie, Gaston«, sagte Alexandre. »Ich will mir heute Abend nicht die Stimmung verderben lassen.«

»Wo ist Monsieur Yves?«, fragte Rosalind.

»Er hält in der Bucht Wache«, antwortete Alexandre.

Er bediente Rosalind selbst, häufte Garnelen auf ihren Teller und einen dunkelorangefarbenen Brei, den er »Süßkartoffeln« nannte, sowie eine Auswahl von Gemüse und ein köstlich aussehendes Seezungenfilet. Die Seezunge war leicht und sehr gut gewürzt, abgerundet mit einem Spritzer Limonensaft. Doktor Gingras füllte Beatrices Teller und gab ihr nur von den milderen Speisen. Während Rosalind jeden Bissen der scharf gewürzten Garnelen genoss, war sie froh, dass Beatrices Beschützer deren empfindlichen Magen berücksichtigte.

Obwohl alle mit ihrem Essen und angeregten Unterhaltungen beschäftigt waren, beäugten viele der Männer und Frauen Rosalind immer wieder neugierig.

Rosalind beugte sich zu Beatrice und flüsterte ihr ins Ohr: »Sieh nur, wie sie uns anstarren! Man könnte meinen, sie hätten noch nie zuvor Engländer gesehen!«

Beatrice schüttelte den Kopf. »Nicht uns, Rosalind. Euch. Sie wollen alles über Euch wissen. Als ich bei *Maman* in der Küche war, hörte ich, wie sich ein paar von ihnen unterhielten.«

»Ach ja? Und woher wusstest du, was sie sagten?«

»*Maman* hat für mich übersetzt.« Beatrice lächelte. »Diejenigen, die Euch noch nicht gesehen hatten, wollten wissen, wie Ihr ausseht, wie Ihr Euch kleidet, sogar wie Ihr geht.«

»Und was hat man ihnen erzählt?«

Beatrice lächelte. »Nun, sie sind zunächst einmal erstaunt, dass Ihr Engländerin seid. Es verwunderte allerdings keinen, dass Ihr so wunderschön seid. Der Captain würde nicht einfach *irgendeine* Frau mit nach Hause bringen.«

Rosalinds Freude wurde leicht getrübt. »Ach, aber das bin ich doch. Ich bin nur die Frau, die er im Moment favorisiert.«

Beatrice biss sich auf die Lippen und schüttelte den Kopf. »Das glaube ich nicht, Rosalind. So wie die Dienstmädchen sprachen, ist es höchst erstaunlich, dass er überhaupt eine Frau herbringt, noch dazu eine Engländerin.«

Rosalind legte ihre Gabel ab und tupfte sich den Mund mit der Serviette ab. Auf diese Weise gewann sie Zeit, bis ihre Stimme wieder fester war. »Warum, Beatrice? Wie kommst du darauf, dass sie das meinten?«

Beatrice knabberte an einem Stück frittierter Kochbanane.

»*Maman* sagte, der Captain käme so selten hierher, dass jeder sich genau an die Besuche erinnert. Und er hat noch nie zuvor eine Frau mitgebracht.«

»Bist du dir da sicher? Hat jemand das so gesagt?«

»O ja. *Maman* war begeistert, Euch bei ihm zu sehen. Sie meint, der Captain grübelt zu viel. Es ist schlecht für einen Mann wie ihn, zu lange ohne eine Frau zu sein.« Als wäre ihr erst jetzt klar geworden, was Madame LeFèvre damit meinte, errötete Beatrice. »Ich … ich glaube nicht, dass sie es böse meinte, Rosalind.«

Rosalind tätschelte ihr die Hand. »Natürlich nicht, Beatrice. Madame LeFèvre ist sehr freundlich.«

Ja, die Köchin war die Güte in Person, was man von Adèle eindeutig nicht behaupten konnte. *»Mon Capitaine«*, sagte Rosalind. »Sagt mir, habt Ihr oft Gäste hier? Dies ist eine so wundervolle Feier, dass Eure Bediensteten eine Menge Übung haben müssen.«

Alexandre schüttelte den Kopf. »Ganz und gar nicht, *ma belle*. Sie können von Glück sagen, wenn sie uns häufiger als zweimal im Jahr sehen. Wenn wir nach Hause kommen, ist es für sie alle wie ein Feiertag. Mehr Arbeit, zugegeben, aber auch mehr Fröhlichkeit.«

»Zweifellos.« Für manche jedoch mehr als für andere, wenn Rosalind nach den wehmütigen Blicken urteilte, die einige der Dienstmägde Alexandre zuwarfen. Ein merkwürdiger Impuls veranlasste Rosalind, noch eine Frage zu stellen. »Die Zofen, die Ihr mir zugeteilt habt, sind sehr geübt darin, den Bedürfnissen einer Dame gerecht zu werden. Sehr rücksichtsvoll von Euch, solches Personal für Eure weiblichen Gäste bereitzuhalten.«

Alexandre sah sie fragend an. »Worauf wollt Ihr hinaus, *ma belle?* So viel höfliche Konversation von Euch macht mich nervös.«

Wenngleich sie sich vor der Antwort fürchtete, die sie wahrscheinlich bekommen würde, lächelte Rosalind weiter und fragte unbekümmert: »Dies ist ein idealer Ort, um sich eine Geliebte zu halten, nicht wahr? Oder gleich einen ganzen Harem. Ich habe sehr befremdliche Geschichten darüber gehört, was die Sultane und Kalifen im Osten sich unter einer anständigen Ehe vorstellen.«

Alexandre zog eine Augenbraue hoch. »Ihr erstaunt mich mehr und mehr, Mademoiselle. Was für eine befremdlich weltliche Anschauung. Ihr sagt solche Dinge, als würden sie Euch nicht im Mindesten irritieren.«

Rosalind zuckte mit den Schultern. »Nur weil ich nicht die Geliebte oder die Sklavin im Harem sein muss. Ich bin eine Engländerin, stolz darauf, Seiner Majestät Untertanin zu sein.«

»Gefährliche Worte unter einem französischen Dach, *ma belle.*«

»Aber wir befinden uns nicht unter einem französischen Dach. Über uns sind der Himmel und die Sterne.«

Alexandre betrachtete sie eine Weile schweigend. »Ich weiß, dass Euch etwas durch den Kopf geht.« Er stellte sein Weinglas beiseite und drehte seinen Stuhl zu ihr. »Heraus damit, *ma belle*. Sagt mir, was Euch so bedrückt, dass Ihr Euch genötigt fühlt, Euch so unbekümmert zu geben.«

Rosalind konnte ihre Überraschung kaum verbergen. Woher wusste er? Wie konnte er ahnen, dass sie sich bei aller vorgetäuschten Sorglosigkeit danach sehnte, dessen sicher zu sein, von dem sie hoffte, dass es wahr war?

»Sehr wohl, *mon Capitaine*. Dies ist ein reizender Ort für eine amouröse Tändelei. Ich bin sicher, dass schon zahlreiche Damen ihren Aufenthalt hier genossen haben.«

Alexandre starrte sie weiter verständnislos an. Dann schien er zu begreifen. Einen Moment lang wirkte er erleichtert, amüsiert sogar. Dann aber verfinsterte sich sein Gesicht.

»Jemand war grausam zu Euch, stimmt's? Hat Euch jemand alles über die Eroberungen vom *Capitaine* erzählt? Dass ich niemals mit weniger als drei Frauen ins Bett gehe, dass ich ein Wilder bin, der eine Frau für alle anderen Männer verdirbt, und diesen ganzen Unsinn?«

Rosalinds Wangen glühten, so rot wurde sie. *»Non! Non, mon Capitaine*. Nichts dergleichen!«

Alexandre nickte. *»Mais oui*, etwas in der Art.« In seiner wachsenden Wut versteinerten sich seine Züge. Alexandre sprang auf und blickte sich unter den Leuten um.

»Ecoutez-moi!«, rief er. *»Immédiatement!«*

Im Garten wurde es ganz still. Dann wies Alexandre mit dem Finger auf Adèle.

»Du. Komm her.«

Adèle, die eben noch so feindselig geblickt hatte, wirkte plötzlich verängstigt. Sie stolperte vor und machte einen ungeschickten Knicks vor Alexandre.

»Oui, mon Capitaine?«

»Was hast du zu Mademoiselle gesagt?«

»N-nichts, *mon Capitaine!*«

Alexandre ging um den Tisch herum, stellte sich vor Adèle und blickte wütend auf sie herab. »Sag mir die Wahrheit, Adèle. *Sofort!*«

»Sie ist *Anglaise, mon Capitaine!*«, rief Adèle. »Die Engländer erzählen ihren Frauen, was für ein Monstrum Ihr seid! Das habt Ihr uns selbst gesagt!«

»Clevere Adèle.« Alexandre schüttelte den Kopf. »Immer ein bisschen zu clever.« Er schritt im Kreis um sie herum und sah dabei wütend in die Menge. »Mademoiselle ist mein Gast! Sie ist auf meinen besonderen Wunsch hier! Sie ist keine Hure!« Er sah Adèle mit eisiger Verachtung an. »Ebenso wenig ist sie eine dumme, hohlköpfige, gehässige kleine Schlampe aus den schlimmsten Pariser Gossen!« Wieder bedachte er die Anwesenden mit einem strengen Blick. »Habt ihr mich verstanden? Ist das klar?«

»*Oui, mon Capitaine!*« Kam die Antwort von allen Seiten.

»Es widert mich an, dass ich euch explizit darauf hinweisen muss. Von jetzt ab werdet ihr daran denken und Mademoiselle mit nichts als einem Höchstmaß an Höflichkeit begegnen. Adèle hier wird für ihre Gehässigkeit mit zehn Peitschenhieben bezahlen!«

Adèle schrie und fiel vor Alexandre auf die Knie. In gebrochenem Französisch und unter Tränen bettelte sie um Gnade. Obwohl die anderen erschraken, entdeckte Rosalind doch hier und da ein verhaltenes Lächeln und zustimmendes Nicken. Adèle schien auf dem Anwesen wenig Freunde zu haben.

»Gaston!«, sagte Alexandre.

Der Bootsmann stand auf. »*Oui, mon Capitaine?*«

»Bau mir ein Gitter. Dies ist eine exzellente Gelegenheit, der Mannschaft an Land zu zeigen, was es heißt, ausgepeitscht zu werden.«

»*Oui, mon Capitaine.*« Gaston trank seinen Wein aus und verließ die Tafel. Auf dem Weg winkte er ein paar seiner Männer zu sich.

Adèle kauerte zu Alexandres Füßen, ihre Arme um ihren Oberkörper geschlungen, weinend und zitternd vor Angst. Beatrice griff erschrocken nach Rosalinds Hand.

»Wird der Captain sie auspeitschen?«

Rosalind war sprachlos vor Entsetzen. Sie musste das verhindern. Bei Alexandres gegenwärtiger Stimmung war es blanker Wahnsinn, sein Urteil anzuzweifeln, aber sie konnte nicht einfach untätig dastehen und zusehen, wie Adèle die furchtbarsten Schmerzen zugefügt wurden.

Alexandre wandte sich zu Rosalind um. Er griff über den Tisch hinweg nach ihrer Hand und zog sie von ihrem Stuhl hoch. Sein Gesicht war eine Zornesmaske, die Augen zusammengekniffen und die vollen Lippen zu schmalen Linien gepresst.

»Seid Ihr damit zufrieden, Mademoiselle? Soll ich fünfzehn Hiebe daraus machen?« Er hob die Stimme. »Vielleicht *zwanzig?*«

Adèle schrie auf vor Angst.

»*Mon Capitaine.*« Rosalind sprach betont ruhig, um ihn zu beschwichtigen. »Ich beuge mich Eurer Autorität. Ich respektiere die Tatsache, dass Ihr unter Euren Leuten für Ordnung zu sorgen habt. Aber bitte, seid gnädig. Sie versuchte lediglich, eine Frau einzuschüchtern, die sie zweifellos für eine dumme Engländerin von vielen hielt.«

»Ihr seid mein Gast, *ma belle,* und ich dulde nicht, dass man Euch beleidigt.«

Das Glühen in seinen Augen, der Eifer in seiner Stimme … Für einen Moment wollte Rosalind glauben, sie entsprangen edleren Gefühlen als bloß Black Angels Entschlossenheit, seine Crew mit eiserner Hand zu führen. Er verteidigte sie, beschützte sie und ließ alle Anwesenden nachdrücklich wissen, wie hoch er sie achtete.

»*Merci, mon Capitaine,* aber versteht Ihr nicht? Adèle tat nichts anderes, als Eurem Beispiel zu folgen. Genau wie Ihr die Engländer verabscheut, tut sie es ebenfalls. Wie alle Eure Leute.«

Für einen Moment wirkte Alexandre brüskiert. Er stieß einen langgezogenen Seufzer aus. »Vielleicht habt Ihr recht. Aber der Befehl ist erteilt, und die Strafe wird ausgeführt.«

»Ihr seid der *Capitaine*«, sagte Rosalind. »Verschiebt den Befehl. Gebt mir die Schuld, wenn Ihr wollt. Sagt, die zartfühlende Engländerin kann es nicht ertragen, bei einer Auspeitschung zuzusehen. Ihr würde übel davon.« Sie sah Alexandre in die Augen. »Das ist nichts als die reine Wahrheit.«

Alexandre setzte eine mürrische Miene auf und dachte nach. Rosalind zog ihre Hand zurück und trat wieder zu Beatrice. Während sie Beatrice übers Haar strich, bedeutete sie Alexandre mit Blicken, was sie ihm nicht zu sagen brauchte: Falls er diesen barbarischen Akt vor den Augen eines Kindes wie Beatrice vollzog, hätte er kein Recht, sich einen Gentleman zu nennen.

Gaston kam mit seinen Männern wieder, die ein grob aus Holzbalken zusammengezimmertes Gitter trugen. Sie lehnten es an eine große Palme in der Mitte des Gartens. Alexandre betrachtete es und nickte.

»*Très bien.*« Mit einem letzten Blick zu Rosalind packte er Adèle beim Arm, zerrte sie hoch und schubste sie zu Gaston. »Jetzt macht sie am Gitter fest.«

Gaston rief die Befehle, worauf zwei seiner Männer Adèle an den Armen zum Gitter schleiften und mit den Händen an einen der Balken über ihrem Kopf fesselten. Gaston selbst brachte

Alexandre die rote Samttasche, in der sich die gefürchtete neunschwänzige Katze befand. Alexandre zog die Peitsche heraus. Mit einer Handdrehung entwirrte er die aufgewickelte Peitsche, dann hielt er eine ganze Weile inne, um Adèles Angst noch zu steigern.

»Auf den gnädigen Wunsch der Engländerin hin«, sagte er, »mildere ich die Strafe. Mademoiselle kann den Anblick einer Bestrafung, wie sie dem begangenen Vergehen angemessen wäre, nicht ertragen. Deshalb wird Jacques nur einmal zuschlagen, um der Ehre Genüge zu tun.«

Einer der Matrosen trat vor, und Alexandre übergab ihm die Peitsche. Adèle wimmerte und drängte sich fest an das Gitter. Jacques zog den Arm zurück und schwang die neunschwänzige Katze mit beachtlicher Geschicklichkeit, so dass die Peitsche lediglich Adèles Bluse zerriss. Adèle schrie auf. Als Rosalind die zerrissene Bluse sah und sich vorstellte, welche Wunden die Peitsche verursachen könnte, drehte sich ihr der Magen um. Sie presste sich ihre Serviette auf den Mund.

»Bringt sie weg«, sagte Alexandre. »Und denkt dran, alle: *L'Ange Noir* ist *L'Ange Noir*, ob an Land oder auf See!«

»*Oui, mon Capitaine!*«

Kapitel 24

»Und jetzt will ich keine langen Gesichter mehr sehen! Dies ist eine Feier!«

Alexandre klatschte zweimal in die Hände. Die Schiffsmusiker eilten herbei und begaben sich auf ihre Posten einige Meter von der Haupttafel entfernt. Ihre Instrumente waren eine Fidel, eine Concertina, eine Flöte und ein paar seltsame Trommeln, die Henri auf dem Markt in Kingston gefunden hatte. Sie warteten, bis Alexandre wieder auf seinem Platz saß und ihnen mit einem Nicken signalisierte, dass sie anfangen sollten. Dann stimmten sie kurz ihre Instrumente und begannen zu spielen. Ihre Musik tat unter den Piraten und Bediensteten ihre Wirkung, indem sie die Stimmung spürbar auflockerte. Einige Paare sprangen auf, um sich um die Musiker zu einem äußerst merkwürdigen Prozessionstanz zu gruppieren. Alexandre entspannte sich ein wenig. Seine Mannschaft verdiente ihre Freiheit, und er war froh zu sehen, wie sie sich amüsierten.

Er trank und sah dann zu Rosalind. Sie stand immer noch da und hielt die kleine Beatrice in den Armen. Es war Zeit, Rosalinds Rolle als Kindermädchen ein Ende zu setzen.

»Bist du erschöpft, Kleine? Möchtest du dich zurückziehen?«

Beatrice nickte. »Wenn Ihr gestattet, Captain. Ich fühle mich gar nicht gut.«

Alexandre blickte fragend zu Doktor Gingras.

»*Oui*«, sagte der Doktor. »Das wäre wohl das Beste.«

Alexandre nickte. »Dann bringt sie auf ihr Zimmer.«

Gingras erhob sich und rückte Beatrices Stuhl zurück, damit sie aufstehen konnte. Als sie auf das Haus zugingen, folgte ihnen Rosalind. Alexandre sprang auf und fing sie ab.

»*Non*, Mademoiselle. Ich bat nur *Monsieur le Docteur*, die kleine Beatrice zu begleiten. Madame LeFèvre wird sich um sie kümmern, also braucht Ihr Euch nicht um sie zu sorgen.«

Alexandre lächelte, sah Rosalind jedoch mit einem so direkten und unnachgiebigen Blick an, dass sie unwillkürlich einen Schritt zurückwich. Sie versuchte, ihre Haltung zu wahren und es so aussehen zu lassen, als wollte sie sich lediglich wieder hinsetzen.

»Selbstverständlich, *mon Capitaine.*«

»Eure Schönheit beschämt die Sterne selbst, *ma belle.*« Er setzte sich neben sie, nahm ihre Hand und küsste sie. »Nie bin ich einer Frau begegnet, die es mit Eurem Zauber aufnehmen könnte.«

Rosalind betrachtete ihn mit weit aufgerissenen Augen und bebenden Lippen. Sie schien zwischen Überraschung und Furcht zu schwanken.

»*Merci, mon Capitaine*«, flüsterte sie, biss sich auf die Lippen und sah weg.

Alexandre legte eine Hand unter ihr Kinn und zwang sie, ihn wieder anzuschauen. »Was bedrückt Euch, *ma belle?* Habe ich Euch beleidigt?«

»Nein! Das heißt, *mais non, mon Capitaine.*«

»Warum seid Ihr dann so beunruhigt?«

Er bemerkte, wie sie um ihre Beherrschung rang und sich

anstrengte zu verbergen, welches starke Gefühl sie gerade bewegte.

»Es ist schwer zu glauben, *mon Capitaine*. Ihr, der große *L'Ange Noir*, sagt solch extravagante Dinge zu einer einfachen englischen Lehrerin.« Sie blickte auf ihre Hände hinab. »Ihr könntet die schönsten Frauen der Welt haben.«

»Ich habe diese Frau jetzt neben mir.« Alexandre hob wieder ihr Kinn an. Dann beugte er sich und küsste sie sanft auf den Mund. Sie schmeckte köstlich nach dem Wein und den Früchten, die sie gegessen hatten, und nach ihrer ganz eigenen Süße. »Wie es nur einen *Ange Noir* gibt, kann es auch nur eine wie Euch geben, *ma belle divine.*«

Rosalind beugte den Kopf ein klein wenig zurück. »*Merci beaucoup, mon Capitaine.*« Ihr Atem liebkoste seine Lippen und weckte sein Verlangen.

»Wofür, *ma belle?* Dafür, dass ich nichts als die reine Wahrheit sage?« Alexandre lächelte. Dies versprach eine lange und herrliche Nacht zu werden. Wenn er sich nur erinnern könnte, wie er es bewerkstelligt hatte, jenes besondere Staunen in ihre Augen zu zaubern, nachdem sie sich zurückgezogen hatten …

Rosalind griff in ihr Dekolleté und holte ein gefaltetes Blatt Papier hervor, das sie Alexandre hinhielt. Er nahm es, verwundert angesichts ihres plötzlichen Schweigens. Von dem Papier stieg ihm ihr Duft entgegen, eine betörende Jasminnote. Alexandre faltete das Blatt auseinander. Während er zu lesen begann, zogen sich seine Augenbrauen zusammen.

»Was soll das? Seid Ihr Euch der Macht Eures Charmes so gewiss, dass Ihr meint, diesen Brief nur noch versiegeln und nach einem Boten rufen zu müssen?«

Rosalind seufzte und schien auf einmal wie erloschen. Sie lehnte sich mit gesenkten Schultern auf ihrem Stuhl zurück. »*Mon Capitaine*, ich zeige ihn Euch, damit Ihr ihn lesen und Eure Zustimmung geben könnt. Wenn Ihr es gestattet, kann die Nachricht morgen an meinen Bruder geschickt werden. Ich bitte Euch nur um diesen einen kleinen Gefallen, um diese eine Möglichkeit, meiner Familie mitzuteilen, dass ich nicht ermordet, ausgesetzt oder in die Sklaverei verkauft wurde.«

Alexandre sah sie nachdenklich an. Rosalind hatte so hart gekämpft, um ihre Fassade von Stärke und Entschlossenheit aufrechtzuerhalten, ganz gleich was ihr widerfuhr. Und sie blieb nicht nur um ihretwillen bei dieser Fassade, sondern auch und vor allem für die kleine Beatrice. Und nun, da jede andere Frau ihr Bestes täte, um ihn zu verführen und zu überzeugen, ließ Rosalind es zu, dass er eine Ahnung davon bekam, welche Angst und welcher Kummer sie plagten. Koketterie wäre etwas gewesen, dem Alexandre widerstehen könnte. Wut und Trotz könnten ihn nicht rühren. Aber Traurigkeit und der Wille, es weiter zu versuchen, egal wie aussichtslos die Situation war, das beeindruckte Alexandre doch sehr.

Er las die Nachricht durch. Rosalind hatte Wort gehalten und mit keiner Silbe erwähnt oder auch nur angedeutet, wo sie sich aufhielt. Stattdessen schrieb sie von Beatrice und bat nicht darum, selbst gerettet zu werden, sondern drängte ihren Bruder, nach London zu fahren und die Mutter vor den jüngsten Betrügereien Murdocks zu bewahren. Rosalinds Liebe und Sorge um ihre Familie, um Menschen, die noch nicht wissen konnten, was mit ihr geschehen war, beeindruckten Alexandre am meisten. Rosalind lagen der Trost und das Wohlergehen jener am Herzen, die sie überlebten, ohne dass sie daran dachte, welche Schuld sie an ihrer gegenwärtigen Situation trugen. Denn hätten sie sie nicht auf dieses Schiff geschickt, wäre sie nie in die Hände von Piraten gefallen.

»Remy!«, rief er.

Remy kam mitten aus dem munteren Treiben herbei. *»Oui, mon Capitaine?«*

»Bring diese Nachricht zum Schiff. Sag Yves, ich wünsche, dass sie sofort nach Kingston geschickt wird. Der Bote möge Sorge tragen, dass sie dem Mann ausgehändigt wird, an den sie adressiert ist. Verstanden?«

»Oui, mon Capitaine.«

Alexandre faltete den Brief wieder zusammen, nahm eine der Kerzen in der Nähe, tropfte Wachs auf den Brief und drückte es mit dem Kerzenstumpf fest. Das Ergebnis war ein flaches, vollkommen glattes Oval – anonym. Alexandre grinste und überreichte Remy den Brief. Der nahm ihn und lief damit in die Nacht hinaus.

»Remy!«, rief Alexandre ihm nach. »Der Bote soll auf eine Antwort warten!«

Remy salutierte und rannte weiter, zurück zu der Bucht, in der *L'Etoile du Matin* vor Anker lag.

»Es wird ein oder zwei Tage dauern, zurück vielleicht noch einmal so lange«, sagte Alexandre. »Mit ein bisschen Glück hört Ihr innerhalb einer Woche von Eurem Bruder.«

Als er sich umdrehte, starrte Rosalind ihn ungläubig mit ihren großen blauen Augen an.

»Eine – eine Antwort?«, fragte sie. »Ihr erlaubt, dass Thomas mir antwortet?«

»Aber selbstverständlich, *ma belle*. Ihr müsst doch gewiss sein, dass Eure Nachricht angekommen ist und verstanden wurde. Andernfalls bräuchte ich sie doch gar nicht erst zu schicken.«

Rosalind stand auf, machte einen langsamen Schritt auf ihn zu und legte die Arme um Alexandres Taille. Sie lehnte ihren Kopf an seine Schulter, und als sie sprach, war ihre Stimme kaum mehr als ein ersticktes Flüstern.

»Danke, Alexandre. Danke.«

Das Ausmaß ihrer sichtlichen Erleichterung verwunderte Alexandre. Er schickte ein stummes Dankgebet gen Himmel, weil sie es ernst gemeint hatte, dass sie ihrem Bruder in der Nachricht nichts Näheres enthüllen würde. Das allein erlaubte Alexandre, ihr die Bitte zu gewähren. Er umarmte sie und schmiegte seine Wange in ihr Haar.

»Ihr verdient Euch allemal ein wenig Rücksicht von mir.«

Für einen kurzen, kostbaren Augenblick drückte sie sich fester an ihn. *»Mon Capitaine,* wenn Ihr gestattet, würde ich mich gern zurückziehen.«

Er fragte sich, ob sie ihm einen zarten Hinweis zu geben versuchte, um ihn zu ermuntern, ihr bald zu folgen. Aber das war nicht Rosalinds Art.

»Ihr könnt jetzt nicht gehen, *ma belle.* Die Feier fängt gerade erst an!«

Rosalind lüpfte eine blonde Augenbraue. »Habt Ihr vor, mich den ganzen Abend hierzubehalten und wie eine Trophäe auszustellen?«

»Warum sollte ich nicht?« Alexandre ahmte ihren scherzhaften Tonfall nach. »Immerhin habe ich noch nie so bezauberndes Gold gesehen.« Er strich ihr übers Haar. »Und weder Seide noch Satin noch Samt vermögen, es mit dem besonderen Glanz Eurer zarten Haut aufzunehmen.« Wieder glitt er mit einem Finger über die Rundung ihrer Unterlippe. »Kein Wein kann mich berauschen wie ein Kuss von diesen Lippen.« Er lächelte sie an, während sein Verlangen ihn aufs Angenehmste entflammte. »Ihr seid ein Schatz, Rosalind. Ein Schatz, den ich gar nicht hoch genug bemessen kann.«

»Wie Ihr wünscht, *mon Capitaine*. Wenn Ihr mich aber schon nicht gehen lassen wollt, werdet Ihr dann wenigstens mit mir kommen, irgendwohin, weg von hier?«

Sie wollte mit ihm allein sein! Alexandre blickte sich um. Das Zwielicht nahm ab. Die Mannschaft entzündete Fackeln am Rand des Gartens. Viele von ihnen rauchten ihre Pfeifen, die zusätzlichen Qualm machten. Es wurde getanzt, überall gelacht und geplaudert. Kurz: Es war ein ausgezeichneter Augenblick, um unbemerkt zu verschwinden.

»Euch liegt nichts an Festivitäten, *ma belle?*«

»Pardonnez-moi, mon Capitaine, aber mir fällt es schwer, meine eigene Entführung zu feiern.«

Alexandre schmunzelte. Rosalinds schelmischer Tonfall konnte ihn nicht täuschen. Er beugte sich vor und flüsterte ihr ins Ohr: »Könnt Ihr mir versichern, dass Ihr immer noch so unglücklich seid, bei mir zu sein, wie an jenem ersten Nachmittag?«

Rosalind sah ihn errötend an. *»Non, mon Capitaine*. Ich bin nicht mehr unglücklich, bei Euch zu sein.«

Sie sprach leise, mit einem schlichten Ernst, der an Alexandres Herz rührte. In ihm schwoll ein Gefühl an, das stark genug war, um ihn keinen Moment länger hierzuhalten. Er umarmte Rosalind fester und atmete die süßen Düfte der Tropennacht ein. Seine Alpträume waren in weiter Ferne. Rosalinds strahlende Schönheit vertrieb sie.

»Vielleicht gefiele Euch ein Spaziergang entlang der Klippen, *ma belle.* Die Aussicht von dort oben müsste heute Nacht sehr reizvoll sein.«

»Die Klippen, *mon Capitaine?* Das klingt ziemlich gefährlich.«

Alexandre lachte. »Hier, in *Au Jardin*, gibt es nur eine Gefahr. *C'est moi.*«

Rosalind sah mit einem Anflug von Vorsicht zu ihm auf. »Ihr seid immer noch eine Gefahr für mich, *mon Capitaine.* Aber welcher Art?«

Alexandre strich ihr lächelnd das Haar aus der Stirn. »Möglicherweise stehle ich Euer Herz, *ma belle.* Dann müsst Ihr bei mir bleiben, bis ich es Euch zurückgebe.«

Für einen kurzen Augenblick glaubte er, einen Hoffnungsschimmer im tiefen Azurblau zu erkennen. Dann war die übliche Förmlichkeit wieder da.

»*L'Ange Noir* ist nicht bekannt dafür, Dinge zurückzuerstatten«, sagte Rosalind. »Sollte es Euch also gelingen, mein Herz zu stehlen, würdet Ihr es mir nie zurückgeben.«

Alexandre nickte grinsend. »*Exactement, ma belle.* Und damit habt Ihr auch Eure Antwort.«

Kapitel 25

Rosalind gestattete Alexandre, ihren Arm in seine Ellbogenbeuge zu ziehen. Sie gingen einen kleinen Pfad entlang, der sie aus der kultivierten Gartenanlage ins wildere Terrain des Dschungels führte. Schweigend gingen sie nebeneinander her, lauschten den Gesängen der Nachtvögel und dem leisen Rascheln kleiner Tiere, die sich durchs Unterholz bewegten. Schließlich sprach Alexandre wieder.

»Rosalind, ich habe eine Frage an Euch. Ich frage Euch im Ernst, also hoffe ich, dass Ihr mir auch eine ehrliche Antwort gebt.«

Rosalind sah ihn an. Tatsächlich sah er ernst aus, wenngleich die strenge, bedrohliche Maske *L'Ange Noirs* nicht zu sehen war.

»Ihr erzähltet mir von dem Leben, das Euch daheim in London erwartet. Falls Ihr mir die unverblümte Bemerkung erlaubt, ich halte es für das Schlimmste, was Ihr tun könnt, dorthin zurückzukehren und Euch in die Ehe mit diesem Mann zu fügen.«

Sie verkrampfte sich. »*Mon Capitaine* …«

»Schhh, hört Euch erst meine Frage an.« Alexandre führte sie um einige verschlungene Baumwurzeln herum. »Ich begreife, dass es für Euch notwendig ist, Euch gut zu verheiraten, um die

Zukunft Eurer Familie zu sichern. Ihr ahnt gar nicht, wie sehr ich diese Sorge achte.«

Er schwieg wieder, anscheinend um seine Gedanken zu sammeln. Rosalind fühlte sich seltsam unbehaglich. Es sah Alexandre nicht ähnlich, unsicher oder unentschlossen zu sein.

Er blickte hinauf in den Nachthimmel. Die Bäume standen hier weniger dicht, so dass das Mondlicht in Alexandres Gesicht schien. Wieder einmal betonte es seine edlen Züge aufs Schönste, und er sah schlicht göttlich aus.

»Auch ich muss an die Zukunft denken«, sagte er. »Ich bin kein junger Mann mehr, der auf seinem ersten Schiff fährt. Man behauptet von mir, ich würde mein Glück dem Leibhaftigen verdanken.« Er zuckte mit den Schultern. »Das mag sein. Wenn ja, dann kann ich davon ausgehen, dass meine Glückssträhne in einem höchst unpassenden Moment versiegt.«

Rosalinds Unbehagen wich allmählich echter Angst. Worauf wollte Alexandre hinaus?

Er griff nach hinten, löste sein Haarband und ließ die langen schwarzen Locken über seine Schultern fallen. Dann fuhr er sich ungeduldig mit den Fingern hindurch.

»Ich habe kein Talent für schöne Reden. Ich kann nur die simple Wahrheit sagen. Ich begehre Euch, Rosalind. Ich will *Euch.* Nie ist mir eine Frau wie Ihr begegnet. Ihr seid in so vielerlei Hinsicht entzückend, dass ich mir keine bessere Mutter für meine Söhne vorstellen könnte.«

Rosalind starrte ihn an. Ihr Herz schien kurzzeitig auszusetzen, bevor es umso heftiger weiterschlug.

»Ihr schmeichelt mir, *mon Capitaine*«, stammelte sie. »Wissend wie erfahren Ihr seid, nehme ich es als das größte Kompliment.«

»Überaus gern geschehen, *ma belle.*« Alexandre legte die Hände auf ihre Schultern. »Jetzt sagt mir, werdet Ihr hier bei mir bleiben? Werdet Ihr mein und mein allein sein?«

Rosalind war versucht, sich selbst zu kneifen. Das musste ein Traum sein. Machte der berüchtigte Pirat, dieser wunderschöne, bezaubernde Mann, ihr tatsächlich einen Antrag? Seine Augen funkelten im Mondlicht, und die Zeichnung seiner Gesichtszüge war deutlich sichtbar. Rosalind sehnte sich danach, sich in seine Arme zu werfen und laut hinauszurufen, dass sie seinen Antrag annahm. Doch es war unmöglich. Sosehr sie sich auch einen Ausweg wie diesen wünschte, es war nicht der Moment, auf das zu hören, was ihre neuentdeckte, ungestüme Sinnlichkeit ihr diktierte. Sie musste ruhig und klar denken.

»Mon Capitaine«, sagte sie sanft und hoffte, die Förmlichkeit könnte ein wenig Distanz schaffen. »Ihr kennt meine Lage. Meine verwitwete Mutter erwartet meine Rückkehr. Mein Bruder wird auf die Geschäftsverbindungen meines Ehemannes angewiesen sein, um das Familienvermögen wiederherzustellen. Es steht mir nicht frei zu tun, was ich gern würde.«

»Dann würdet Ihr es gern? Ihr würdet ja sagen, würdet Ihr Euch nicht anderweitig verpflichtet fühlen?«

»Meine Verpflichtungen sind nicht bloß *gefühlte, mon Capitaine.* Sie sind Tatsachen. Ihr wisst, was Pflicht bedeutet. Ich muss und werde meiner nachkommen.«

Alexandre zog sie weiter über die kleine Lichtung zu einem geschützten Flecken in der Nähe der Klippen. Der Boden war hier von Palmwedeln, Blättern und kleinen Weinranken bedeckt, die eine sehr komfortable Unterlage bildeten. Alexandre setzte sich im Schneidersitz darauf und hielt Rosalind die Hände hin. Sie nahm sie und ließ sich neben ihm nieder. Er sah sie an, als wollte er sich jede Einzelheit von ihr genauestens einprägen.

»Was kann ich sagen, um Euch zu überzeugen? Was kann ich tun? Verratet es mir, und es ist so gut wie geschehen.«

Rosalind lehnte den Kopf an seine Schulter und seufzte. »Könntet Ihr die *Dover Lady* ersetzen? Könnt Ihr meinen Vater wieder lebendig machen? Erst dann nämlich wäre ich frei zu tun, was mir gefällt.«

Alexandre legte den Arm um sie. »Wirklich? Würdet Ihr mich mit zu ihnen nach London nehmen und sagen, ›Da ist er, Mama, Papa. Dieser Abtrünnige, dieser Pirat, dieser *Franzose* wird der Vater meiner Kinder sein.‹«

Rosalind konnte nicht umhin zu lachen. »Dass Ihr Franzose seid, würde so viel nicht ausmachen. Ich glaube allerdings, wir müssten sehr vage sein, was die Herkunft Eures Vermögens betrifft.«

Alexandre nickte. »Das lässt sich leicht machen. Ich habe eine beträchtliche Summe beiseitegelegt, die ich investieren kann. Ich schätze, die Bankiers in London wären entzückt, das Geld wiederzusehen.«

Rosalind lächelte. »Zweifelsohne.«

Alexandre küsste sie auf die Stirn. »Ich meine es ernst, *ma belle*. Ich könnte Eurer Familie helfen, ihr Vermögen wieder aufzubauen.«

Für einen Moment schien sich der Himmel aufzutun und Rosalind eine Lösung anzubieten, in der Mr. Murdock nicht vorkam. Mit Alexandre an diesem wundervollen Ort zusammen zu sein, weit weg von London und den schmerzlichen Erinnerungen … Rosalind zwang sich, an die *Bird of Paradise* zu denken, als sie angegriffen wurde, an den Matrosen, der blutend in Beatrices Schoß stürzte. Sie mochte inzwischen mit Alexandres sanfterer Seite vertraut sein, aber für den Rest der Welt blieb er *L'Ange Noir*, der Todfeind der britischen Seeleute. Ein Anflug ihrer früheren Empörung regte sich. Sie wich aus Alexandres Umarmung zurück.

»Danke, *mon Capitaine*, aber nein danke. Zwar dürfen Bettler nicht wählerisch sein, doch ist meine Familie nicht verzweifelt genug, um so tief zu sinken, dass sie die Beute annimmt, die *L'Ange Noir* auf englischen Schiffen machte.«

Rosalind wollte aufstehen. Noch ehe sie sich ganz erhoben hatte, zog Alexandre sie auf seinen Schoß hinunter. Er wandte das Gesicht ab. Seine Zähne waren zusammengebissen. Ein Muskel in seiner Wange zuckte. Schließlich atmete er aus, sah Rosalind an, strich ihr über die Wange und malte ihren Mund mit seinem Daumen nach.

»Seht es als meine Art der Wiedergutmachung an.«

Rosalind schloss die Augen. Er hatte es ernstlich vor. Sie zu wollen war eine Sache, aber davon zu reden, einen Teil seines Vermögens in Hanshaw Shipping zu investieren, um beim Wiederaufbau zu helfen … Das konnte nicht sein. Es war einfach unmöglich, dass die Vorsehung ihr die Antwort auf all ihre Hoffnungen und Träume in Gestalt von Black Angel gab.

»Wir sollten an Eure Familie denken«, sagte sie. »Wie werden sie mich aufnehmen, Engländerin die ich bin?«

»Wenn Ihr der Grund für meine Heimkehr seid, kann ich

Euch ohne Zögern dort vorstellen, und sie werden Euch lieben wie eine eigene Tochter.«

»Wie könnt Ihr da so sicher sein?«

»Es würde sie sehr glücklich machen, dass ich dieses Leben aufgebe.«

Wieder huschte jener Ausdruck von Schmerz, von altem Kummer über Alexandres Gesicht und verlieh ihm eine tragische Schönheit, die Rosalind nur bestaunen konnte. Er sprach aus dem Herzen und erlaubte ihr, einen Blick auf den Schmerz darin zu erheischen.

»Aber was ist mit Monsieur Yves?«, fragte Rosalind betont unbekümmert. »Er mag mich nicht.«

»Stimmt.« Alexandre lachte. »Er mag mich auch nicht, meist jedenfalls nicht. Armer Yves. Er liebte einst eine Frau, aber sie brach die Verlobung und sein Herz. Keine andere Frau wird je seine Liebe gewinnen, also ernten sie alle seine Verachtung.«

»Ihr kennt ihn sehr gut.«

»Er ist mehr als ein Freund. Er ist mein Bruder, der einzige, den ich je hatte.«

»Dann wart Ihr ein Einzelkind?«

Alexandre schüttelte den Kopf. »Ich habe Schwestern, einen ganzen Haufen sogar. Ich bin der einzige Sohn.«

Ohne nachzudenken, setzte Rosalind sich auf und zog seinen Kopf auf ihre Schulter. »Armer Alexandre. Hier sitzen wir, zwei Schiffbrüchige, verdorben für das Leben, das wir in der normalen Gesellschaft hätten führen sollen.«

Alexandres Arme legten sich um sie. Rosalind streichelte ihm übers Haar und glitt mit den Fingern durch die seidigen schwarzen Locken. Wenn sie doch nur wirklich nichts weiter als eine einfache Lehrerin wäre! Dann könnten sie tun, was sie wollten.

Alexandre wandte den Kopf gerade genug, um ihr ins Ohr zu flüstern: »Ihr habt nicht geantwortet, *ma belle.* Zweimal rettete ich Euch vor dem Tod. Soll ich Euch ein drittes Mal retten, vor dem gelebten Tod, den Ihr Eure Zukunft nennt?«

Rosalind fuhr zusammen. Ein gelebter Tod. Die Bezeichnung traf so sehr zu, dass es sie erschütterte. Alexandre lehnte sich zurück, behielt allerdings die Arme um ihre Taille.

»Mache ich Euch Angst, Rosalind?«

»*Mais oui.* Was mir noch mehr Angst macht, ist die Vorstellung, Ihr könntet eines Tages nicht wiederkommen. Eine zielsichere Kanonenkugel, ein heftiger Sturm oder eine attraktive Frau. Eines dieser Dinge könnte Euch mir wegnehmen, jederzeit.« Rosalind raffte all ihren Mut zusammen, bevor sie ihren geheimsten Schmerz offenbarte. »Ihr nennt mich couragiert. Aber ich bin feige. Es fällt mir leichter, einer leeren Zukunft entgegenzublicken, als einer so voll von … von …«

»Von was?«

»Euch.«

Alexandre schloss die Augen und lehnte seine Wange an ihren Kopf. Dann atmete er sehr langsam und tief durch. Als er sie wieder ansah, erkannte Rosalind ein neues Glimmen in seinen Augen, eine neue Intensität, die um ein vielfaches größer war als alle vorherigen Gefühle, die er ihr gezeigt hatte. Sie wusste nicht genau, was es bedeutete, aber sie wusste, wohin es führte.

»Bitte, *mon Capitaine.* Wir sollten zurückgehen. Ich habe viel zu viel gesagt. Ich mag mir nicht einmal ausmalen, was Ihr jetzt von mir denkt.«

Alexandre drückte sie an seine Brust. Mit der freien Hand tauchte er in ihr Haar und streichelte ihren Nacken.

»Ich denke, *ma belle*«, hauchte er ihr auf die Lippen, »dass Eure größte Furcht die ist, zuzugeben, wie wild Ihr in Wahrheit seid. Ihr sehnt Euch danach, dem Leben zu entfliehen, vor dem Euch graut. Warum sonst solltet Ihr in die Karibik reisen?«

»*Non!* Ich kam her, um meinen Bruder zu sehen!«

Alexandre streifte mit den Lippen über ihre Wange und raunte: »Und das werdet Ihr, *ma belle*. Meiner Lady wird es an nichts mangeln. Euer Bruder wird erfreut sein, Euch gut versorgt zu sehen.«

Seine Lady, hatte er gesagt. Das war nicht dasselbe wie *seine Frau*. Er hatte die traditionellen Worte nicht ausgesprochen, sie nicht gebeten, ihn zu heiraten. Warum sprach er dann überhaupt davon, sie mit nach Hause zu nehmen, um sie seiner Familie vorzustellen? Vielleicht machte man es eben so, selbst in Piratenkreisen. Ebenso wenig hatte er auch nur ein einziges Mal das Wort »Liebe« gebraucht, um seine Gefühle für sie zu beschreiben. Er wollte eine Geliebte, eine Trophäe, ein Spielzeug. Wie entsetzlich naiv sie gewesen war! Diese Erkenntnis betrübte Rosalind im selben Maße, in dem sie sie wütend werden ließ.

»Wie könnt Ihr es wagen!« Sie stemmte die Hände gegen Alexandres Schultern und wollte sich gegen seinen eisernen Griff wehren. »Wie kommt Ihr darauf, Ihr wüsstet, wer ich bin und was ich will?«

Trotz der Wut, die ihr zusätzliche Kraft verlieh, hielt Alexandre sie mühelos in seinen Armen fest. »Ich weiß nur, was Ihr mir erzählt habt, Rosalind. Ihr seid eine unverheiratete Lehrerin. Zumindest behauptet Ihr das. Ist da vielleicht doch noch was anderes? Bitte, klärt mich auf.«

Angst überkam Rosalind und heizte ihre Rage noch an. Sie sprach durch zusammengebissene Zähne. »Die Familie jeder anständigen Engländerin wäre höchst unerfreut zu erfahren, dass sie nichts weiter geworden ist als die neueste Dirne eines berüchtigten französischen Piraten!«

Alexandre lächelt kühl. »Sagt mir, meine teure Mademoiselle, wie nennt man eine Frau, die in eine Ehe verkauft wird, um die Schulden ihrer Familie zu tilgen?«

Rosalind stand der Mund offen. Ihre Wut überwog ihre Angst bei weitem, und sie versetzte Alexandre eine Ohrfeige. Auf einmal sah er gar nicht mehr amüsiert aus. Seine Augenbrauen zogen sich zusammen.

»Ich habe Euch gewarnt, Mademoiselle.«

Rosalind hob das Kinn. Ihre Stimme bebte nur ganz leicht, als sie sagte: »Zeigt Euch ruhig von Eurer schlimmsten Seite. Ich habe nichts anderes von Euch erwartet, seit dem ersten Augenblick, als Ihr mich von Eurem Schiff aus anzüglich ansaht.«

Alexandre sah sie mit einem Blick an, der eine gefährliche Hitze offenbarte. »Eine solche Courage, solcher Trotz …, wo jede andere Frau mich anflehen oder hysterisch schluchzen würde.« Er nickte. »*C'est merveilleux*. Ich nehme Eure Herausforderung an.«

Rosalind, die mit Gewalt rechnete, verspannte sich in seinen Armen und streckte die Hände nach oben, um ihn abzuwehren. Alexandre lachte leise und schüttelte den Kopf.

»Aber zu meinen Bedingungen. Ihr verlangt nach dem Schlimmsten? O nein, *ma belle*. Eine so bewundernswerte Gegnerin verdient nichts Geringeres als das absolut Beste.«

Er presste seinen Mund zu einem leidenschaftlichen Kuss auf ihren, drang mit der Zunge wieder und wieder in die verborgene, samtige Tiefe ein. Rosalind machte sich ganz steif und versuchte, den Kopf abzuwenden. Aber seine Hand in ihrem Nacken hielt sie fest und zwang sie, sich seiner Leidenschaft zu unterwerfen. Gerade als Rosalind fürchtete, ohnmächtig zu werden, löste Alexandre den Kuss und beugte sich zu ihrem Hals. Das kurze Stechen seines Bisses mehrte die Vielzahl von Empfindungen, die Rosalind erfüllten.

»Ihr wollt mich«, raunte er. »Sagt es mir, meine hübsche kleine Milchmagd. Sagt mir, wie sehr Ihr mich in Euch wollt.«

Rosalind schüttelte den Kopf. »Nein!«

»O doch.« Alexandre drückte sie mit einem Arm an sich, während er mit seiner freien Hand an seinem Gürtel fingerte. »Ihr denkt, ich biete Euch nichts als einen Platz in meinem Bett für ein paar Wochen, vielleicht Monate? Glaubt Ihr wirklich, ich würde Euch, *ma belle divine,* wie eine gewöhnliche Dirne behandeln?«

Leidenschaft und Wut schwangen in seiner Stimme mit – und noch etwas anderes. Seine vorherigen Ausbrüche waren nichts im Vergleich zu dem, was ihn jetzt bewegte. Sie hatte ihn beleidigt, und er würde sie dafür bezahlen lassen.

»Vielleicht sollte ich Euch zeigen, wie ich eine Dirne behandle, damit Ihr endlich den Unterschied begreift.«

Alexandre warf sich nach hinten und zog Rosalind mit sich hinunter. Reflexartig setzte sie sich auf, stellte jedoch voller Schreck fest, dass sie rittlings auf seinen Hüften saß, die irgendwie nicht mehr von seiner Hose bedeckt waren. Sein Verlangen nach ihr, heiß und ungezügelt wie seine Stimme, presste sich dort gegen sie, an jener Stelle, wo ihr verräterisches Blut pochte.

Alexandres Hände glitten ihre Beine hinauf, hoben ihre Röcke und zogen sie unter ihr hervor, bis ihre entblößten Schenkel an seinen lagen.

»Von einer Frau, die ich bezahle, erwarte ich, dass sie genau das tut, was ihr gesagt wird. Ich erwarte, von ihr nichts zu hören außer den Lauten, die mir verraten, dass sie genießt, was wir zusammen tun. Und dann erwarte ich, dass sie geht, wenn die Zeit gekommen ist.«

Schamesröte stieg Rosalind in die Wangen. Sie hielt sich die Ohren zu. Alexandre aber nahm ihre Hände und zog sie wieder auf seine Brust hinunter. Er starrte sie an, und die Hitze seines Zorns drohte sie beinahe zu versengen.

»Vor allem aber erwarte ich, nichts für sie zu empfinden, weil es nicht mein Herz ist, sondern ein anderer Teil von mir, der von ihr befriedigt werden soll.«

Rosalind verbarg das Gesicht an seiner Brust, während sie unter ihren unterdrückten Schluchzern erschauderte. Das also war Black Angel. Das war der Mann, von dem sie so viel gehört hatte. Das war die Legende, der Schrecken und die Wahrheit.

Alexandre ließ ihre Hände los und vergrub die Finger in ihrem Haar. Er hob ihren Kopf, um ihr ins Gesicht zu sehen. Tränen kullerten Rosalind über die Wangen. Trotzdem begegnete sie seinem Blick gefasst, vorbereitet auf die Vergewaltigung, von der sie wusste, dass sie ihr bevorstand.

Alexandre betrachtete sie eine ganze Weile schweigend, bis er endlich sagte: »Wann habe ich Euch je so brutal behandelt? So ohne jedes Feingefühl?«

»Als Ihr die *Bird of Paradise* attackiertet.«

»Stimmt nicht. Ich hatte keine Ahnung, dass Ihr an Bord wart.«

»Als Ihr mich und Beatrice vor der gesamten Mannschaft lächerlich gemacht habt. Ihr zwangt mich, mich zu opfern, damit Beatrice verschont bliebe.«

»Stimmt auch nicht. Ihr wart es, die die Bedingungen stellte, Mademoiselle. Ich habe sie lediglich akzeptiert.«

»Ihr wusstet, was ich von Euch erwartete. Ich konnte nicht wissen, dass Ihr der galanteste Halsabschneider in der Geschichte der Piraterie seid!«

Alexandre lachte und ließ seinen Kopf nach hinten auf das Polster aus Blättern und Wein fallen. »Das muss ich Euch zugestehen, *ma belle*. Ihr seid auf die denkbar würdevollste Art in Eure eigene Verdammnis marschiert.« Er grinste. »Und wenn man dazu bedenkt, dass ich nichts weiter wollte, als in Ruhe zu Abend zu essen.«

Rosalind schäumte vor Wut. »Ihr seid nicht, was man mich glauben machte.«

»Und Ihr seid nicht, was man mich von Engländerinnen glauben machen wollte, die von Piraten bedrängt werden.« Er streichelte ihre Wange. »Wie hätte ich wissen können, dass das Herz in diesem verführerischen Busen weit ungezähmter schlägt als das irgendeines der anderen Engländer, die mir begegnet sind? Wie sollte ich wissen, dass ich in der fragilen Gestalt einer Frau einen Sinn für Ehre und Pflicht entdecken würde, der vielen tapferen Männern fehlt?«

»Spottet nur weiter!«

»*Mais non,* Rosalind. Ich sage nur die Wahrheit.« Alexandre sah sie prüfend an, und ein Anflug von Traurigkeit huschte über seine Züge. »Ich hätte nie gedacht, dass ich eine Frau mit solchen Qualitäten finden könnte. Ich erwartete gewiss nicht, sie ausgerechnet unter denselben Menschen zu finden, die ich zu hassen gelernt habe.«

Rosalind legte ihre Wange an seine Schulter. Ein merkwürdiges Gefühl schlich sich in ihr wehmütiges Herz. Eines, das sie seit Ewigkeit nicht mehr erlebt hatte: Glück. Erleichterung. Vielleicht sogar Hoffnung.

»Und ich hätte nie geträumt, *L'Ange Noir* persönlich kennenzulernen und festzustellen, dass der blutrünstige Pirat in Wahrheit ein Gentleman ist.«

Alexandres Hände glitten durch ihr Haar und lösten die aufwendige Frisur, bis sich die schwere goldene Masse durch seine Finger lockte. Rosalind lag ganz still und lauschte dem starken, regelmäßigen Schlag seines Herzens.

»Glaubt Ihr an das Schicksal, *ma belle?*«

»*Non*. Aber ich glaube an Glück.«

Alexandre nickte. »Nun denn, setzt Euch hin.«

Rosalind setzte sich auf. Als sie gerade ein Bein über ihn schwingen wollte, um sich an Alexandres Seite zu legen, hielten sie seine Hände an ihrer Taille zurück.

»*Ma belle*, würdet Ihr mich in solcher Not zurücklassen?« Er bog die Hüften nach oben und presste seinen harten Schaft an sie.

Rosalind rang nach Atem, gefangen zwischen dem plötzlichen Hochgenuss und dem beängstigenden Gefühl, dass sie mitten im Dschungel waren.

»Dies ist weder die Zeit noch der Ort!«

»Niemand weiß, wo wir sind, und inzwischen wird die Mannschaft zu betrunken sein, um sich dafür zu interessieren.« Alexandre hob die Hände und streichelte ihre Brüste. »Wo ist Eure Ungezähmtheit, *ma belle?* Erzählt mir nicht, dass Ihr es nicht wollt.«

Rosalind schob sich das Haar über die Schultern nach hinten. »Ich sagte Euch schon einmal, *mon Capitaine,* ich bin nicht irgendein Tier, über das Ihr herfallen könnt, wann und wo immer es Euch beliebt.«

Sie holte Luft, um fortzufahren, stieß sie allerdings sogleich wieder aus, als Alexandre unter ihr die Hüften bewegte und sie in einem Rhythmus wiegte, der nichts anderes als verführerisch genannt werden konnte.

»Rosalind«, schalt er sie sanft. »Seid Ihr nicht neugierig zu erfahren, wie es sich auf diese Weise anfühlt? Seht Ihr, selbst jetzt spiele ich noch den Gentleman. Mit Euch rittlings auf mir werdet Ihr Euer Kleid nicht verderben.«

Er glitt wieder mit einer Hand unter ihre Röcke, streichelte die zarte Haut ihrer Innenschenkel und wanderte höher, um die goldenen Locken dort zu necken. Rosalind biss sich auf die Lippen, um nicht zu stöhnen. Sie richtete sich auf die Knie auf, weil sie der köstlichen Qual entfliehen wollte. Ihr Mund öffnete sich. Und dann entwand sich ihr ein so tiefes Stöhnen, dass Alexandre zur Antwort brummte. Er war genau am Eingang ihrer weichen, feuchten, vor Verlangen schmerzenden Weiblichkeit, als Alexandre ihre Hüften umfasste und sie sanft auf sich herabzog. Er drang in sie ein, füllte sie aus und stieß tiefer denn je in sie hinein.

»O Rosalind«, stöhnte er. »Ah … *Oui, ma chère, ma fleur, mais oui …*«

Rosalinds Körper übernahm und wiegte sich nach dem Muster eines uralten Tanzes auf ihm. Sie sah Alexandre an.

Er lag da, gefangen unter ihrem Gewicht, ihrer Gnade ausgeliefert und das nur allzu willentlich. Es verzückte sie mitanzusehen, wie hilflos er vor Verlangen war. Sie stützte die Hände auf seine Schultern, bewegte sich fester und nahm ihn so tief in sich auf, wie sie konnte. Ein Triumphgefühl durchflutete Rosalind, während sie sich betont langsam wiegte, um jeden Augenblick voll auszukosten.

Alexandre lächelte mit der Gelassenheit vollkommensten Wohlgefallens. »Ihr seid eine Teufelin, *ma belle,* die gekommen ist, meine Seele zu stehlen. Nur zu. Nehmt sie! Aber versprecht mir bitte, jede Nacht wiederzukommen.«

Rosalind legte sich auf ihn, Bauch an Bauch, Brust an Brust, und presste ihre Lippen auf seine. Alexandre kam ihr entgegen und küsste sie voller Leidenschaft. Dabei legte er die Arme um sie, hielt sie ganz fest und übernahm das Liebesspiel. Rosalind bewegte sich mit ihm. Ihr Innerstes fing Feuer und schoss gleich einem Kometen auf die höchste Erfüllung zu.

Alexandre stöhnte laut, sein Rücken bog sich ihr entgegen und seine Hüften hoben und senkten sich wieder und wieder. »Sagt es mir, *ma belle*. Sagt es mir! Sagt mir, wie sehr …«

»Alexandre«, seufzte Rosalind. *»S'il vous plaît, mon chevalier du mer …«*

»Ma belle Anglaise, ma belle tempétueuse …«

Alexandre bewegte sich mit solcher Kraft, solcher Hemmungslosigkeit. Mit einer geschwinden Drehung rollte er sie auf den Rücken. Seine Brust erbebte unter seinen schweren Atemzügen, sein langes Haar war zerzaust, seine Augen glühten, und er sah aus wie ein heidnischer Gott auf dem Gipfel der Entrücktheit. Er zog sich zurück, verharrte vor dem nächsten Stoß. Seine Hüften arbeiteten gegen ihn, verlangten mehr von dem atemberaubenden Vergnügen.

»Sprecht zu mir, Rosalind. Sagt mir, wie sehr Ihr mich braucht!«

Rosalind stieß einen Schrei aus, der ein Flehen um Befriedigung war. Immer noch hielt Alexandre still. Sie griff mit beiden Händen nach seinem Hemd und zog sich zu ihm hinauf.

»Jetzt, Alexandre! *Jetzt,* oder ich sterbe!«

Rosalind wappnete sich für die Kraft, mit der Alexandre in sie hineinstoßen würde. Stattdessen verzögerten seine langsamen, gleitenden Bewegungen ihre Wonne und überfluteten sie mit neuen Wellen des Hochgefühls. Alexandres Arme umfassten sie noch fester. Er vergrub das Gesicht an ihrem Hals und bewegte die Hüften in kurzen, kräftigen Stößen. Rosalind überließ sich ganz dem Gefühl, das sie eine Spirale der Verzückung hinaufsteigen ließ.

»Rosalind …«, hauchte Alexandre mit einer vor Anstrengung rauhen Stimme. »Jetzt. Komm mit mir. *Jetzt!*«

Sie schrien auf, als sie gemeinsam den Höhepunkt erreichten.

»Rosalind!« Alexandres Leidenschaft durchbrach auch die letzte Barriere. Wieder und wieder und wieder drang er in sie ein. *»Mon amour … Mon amour unique …«*

Schließlich wurde er langsamer und lehnte ermattet seinen Kopf an ihre Schulter. Rosalind blickte hinauf in die Sterne und versuchte, die Sternbilder zu erkennen, die ihr Vater ihr vor langer Zeit beigebracht hatte. Dabei überkam sie eine Schläfrigkeit, die sie zu müde machte, um sich zu bewegen. Das war nicht schlimm. Hätte sie noch Kraft übrig gehabt, sie hätte sie ohnehin mit Weinen verschwendet.

Mon amour unique hatte Alexandre sie genannt. Meine einzige Liebe. Wenn das doch nur wahr wäre!

Kapitel 26

Alexandre blickte hinauf in die blasser werdenden Sterne. Am östlichen Horizont zeigte sich ein hellerer Lichtstreif, der den bevorstehenden Sonnenaufgang verkündete. Behutsam hob Alexandre die schlafende Rosalind in seine Arme. Wie sie geschrien hatte, ihn erst um mehr anbettelte, dann alles verlangte, was er ihr zu geben vermochte, alle Kraft, die er besaß. Genau das brauchte er von ihr, denn es war das Einzige, was seine verzweifelte Sehnsucht stillen konnte, Rosalind eingestehen zu hören, wie sehr sie ihn begehrte. Könnte er nur sicher sein, eine solche Harmonie jede Nacht zu erleben, dann würde er mit Freuden das Meer aufgeben und alles, was dazu gehörte.

Er trug Rosalind zurück zum Haus, wo Madame LeFèvre bei einer einzelnen Kerze in der blitzsauberen Küche auf ihn wartete. Sie öffnete ihm die Hintertür, sobald er die Verandatreppe hinaufkam.

»*Bonne nuit, mon Seigneur?*«, fragte sie ihn leise.

Alexandre grinste über ihre Neugier. »*Mais oui, Maman.*«

»Und jetzt?«

»Zu Bett.«

»Eures oder ihres, *mon Seigneur?*«

Alexandres erster Gedanke war, Rosalind in sein eigenes Bett zu tragen, dort zu warten, bis sie aufwachte, und dann dafür zu sorgen, dass sie aufs Neue angenehm schläfrig wurde. Wenn er allerdings an andere Morgen dachte, an denen sie mit der Erinnerung an ihre eigene Hemmungslosigkeit erwachen würde, wäre ihr ein wenig Zeit für sich vielleicht doch lieber. Rosalind sollte sich lieber in Ruhe wieder sammeln und über manches klar werden können.

»Ihr Zimmer.«

Madame LeFèvre nahm die Kerze und ging voraus durch die Flure zu Rosalinds Suite. Schweigend stand sie dabei, als Alexandre Rosalind auf ihr Bett legte.

»Soll ich mich um sie kümmern?«, fragte Madame LeFèvre leise.

Alexandre schüttelte den Kopf. »Überlasst das nur mir. Ich ziehe ihr das Nachthemd an und decke sie zu, sonst nichts.«

Nachdem er Rosalind umgekleidet und unter die Decken gelegt hatte, setzte er sich neben sie und sah sie an. Madame LeFèvre kam zu ihm und legte eine Hand auf seine Schulter.

»Ihr seid nicht wirklich glücklich, *mon Seigneur*. Wie kommt das?«

Alexandre senkte seufzend den Kopf. »Yves mag sie nicht.«

»Warum nicht?«

»Er glaubt, sie wird mein Ende sein. Das Ende von uns allen.«

»Ein kleines englisches Mädchen?«

»*Non.*« Alexandre schüttelte den Kopf. »Das ist Lady Rosalind Hanshaw, verlobt mit Edward Murdock.«

»*Mon Dieu!*« Madame LeFèvre schlug sich die Hand vor den Mund, um ihren Aufschrei zu dämpfen, dann griff sie nach dem winzigen Glücksbringerbeutelchen, das sie an einer Kette um den Hals trug. »Er ist der Bruder des Teufels.«

Alexandre stand auf, nahm Madame LeFèvres Ellbogen und führte sie in den Salon. »Ich habe Murdocks Agenten in Kingston eine Nachricht geschickt, in der ich ihre Freilassung gegen ein Lösegeld anbiete.«

»Was haben sie geantwortet?«

»Ich soll sie sofort ohne Bedingungen zurückbringen, sonst würde er mir sämtliche britischen Schiffe, vom Kriegsschiff bis zur letzten Barkasse, auf den Hals hetzen.«

»Spricht da seine Liebe zu seiner Verlobten?«

»Nein, da sprechen sein Stolz, seine Arroganz und seine Wut darüber, dass seine Frau in meinen Händen ist.«

Madame LeFèvre sah ihn prüfend an. »Ihr wollt sie also behalten?«

Alexandre ging im Zimmer auf und ab, strich sich das Haar nach hinten und wand das schwarze Band um den Zopf. »Ich hoffe, ich kann, aber es geht nur, wenn sie sich dafür entscheidet. Sie hat Verpflichtungen, denen sie unbedingt nachkommen will.«

»Wie zum Beispiel dieses *cochon* Murdock zu heiraten?«

»Oui.«

»Warum sollte irgendeine Frau, die bei Verstand ist, einen solchen Mann heiraten?«

»Um das Vermögen ihrer Familie wiederherzustellen. Er hat genug Geld dafür, Geld, das ich für ihn verdient habe, indem ich seine Konkurrenten vernichtete.«

Madame LeFèvre wirkte auf einmal sehr beunruhigt. »Diese englische Lady, in welcher Branche ist ihre Familie?«

»Schifffahrt. Hanshaw Shipping.«

»Und was hat ihr Geschäft ruiniert?«

»Eine Pechsträhne, die ihren Höhepunkt erreichte, als

eines der besten Schiffe ihrer Linie von Piraten gekapert wurde.«

Madame LeFèvre nickte. »Und wie hieß dieses Schiff?«

Alexandre kniff die Augen zusammen und überlegte. Es war spät, und Rosalind hatte ihm allen Wind aus den Segeln genommen. Das war angenehm gewesen, hatte allerdings zur Folge, dass er jetzt viel zu müde zum Nachdenken war.

»Ich erinnere mich nicht. Die englischen Schiffe mit ihren englischen Namen … Ich vergesse sie, sobald ich mit ihnen fertig bin.«

»War es nicht die *Dover Lady?*«

Der Name … Bei dem Namen kam Alexandre die Erinnerung an jene Nacht zurück, in der er mit Rosalind an Deck gestanden und sie über ihre schmerzlichsten Geheimnisse gesprochen hatte. Sagte sie nicht etwas Ähnliches vor ein paar Stunden? »Kommt mir bekannt vor.«

Madame LeFèvre murmelte etwas im Patois der Inselbewohner. Ihr Unbehagen schien einer tödlichen Gewissheit zu weichen.

»Erinnert Ihr Euch nicht, *mon Seigneur?* Nein, natürlich nicht. Ihr nehmt so viele Schiffe ein, was macht da schon eines mehr oder weniger?«

»Was meint Ihr damit, *Maman?*«

»Ihr habt das Schiff versenkt, *mon Seigneur*. Ihr habt es ausgeräumt, die Mannschaft in die Beiboote gesetzt und es geradewegs auf den Meeresgrund geschickt. Ich erinnere mich, weil ihr mir drei Ballen schönster englischer Baumwolle von diesem Schiff habt bringen lassen.«

»Warum war ich ausgerechnet bei diesem Schiff so gründlich?«

»Weil es das Schiff war, *mon Seigneur,* das Ihr in Murdocks Auftrag überfallen solltet.«

Als seine Erinnerung langsam zurückkehrte, stieß Alexandre einen leisen Fluch aus. Murdock hatte ihm eine Nachricht zukommen lassen, dass ein feines, vollbeladenes englisches Handelsschiff nach Kingston unterwegs war. Eine üppige Ladung, jede Menge Investoren, reichliche Beute für alle. Das Schiff selbst sollte zerstört werden. Was die Mannschaft betraf, machte Murdock keinerlei Angaben, was bei Alexandre den Eindruck erweckte, dass es ihm egal wäre, ob die Seeleute starben oder überlebten. Also hatten *L'Etoile du Matin* und die *Diabolique* Kurs auf die *Dover Lady* genommen. Es war ein glorreicher und profitabler Sieg gewesen.

Nun jedoch hinterließ er einen bitteren Nachgeschmack in Alexandres Mund. *L'Ange Noir* hatte Rosalinds Familie ruiniert. Er hatte das Schiff eingenommen, dem Unternehmen irreparablen Schaden zugefügt und letztlich den Zusammenbruch von Rosalinds Vater verursacht. Und indem er Rosalind ihren Vater raubte, hatte *L'Ange Noir* sie der Gnade dieser widerlichen Schlange ausgeliefert, Edward Murdock. Alexandre musste sich an einer Stuhllehne festhalten, sackte auf den Stuhl und stützte den Kopf in die Hände.

Madame LeFèvre eilte hinaus und kehrte kurze Zeit später zurück. »Hier, *mon Seigneur.* Trinkt das.«

Alexandre nahm gehorsam das Glas Brandy, das sie ihm reichte. Leider wurde ihm von dem Getränk nur noch übler.

»Es ist meine Schuld!« Er schlug mit der Faust auf die Stuhllehne. »Sie ist durch mein Verschulden hier, in den Händen von Piraten. Weil ich mein Exil abarbeiten will, indem ich diese englischen Bastarde zahlen lasse.«

»Mon Seigneur«, sagte Madame LeFèvre leise. »Warum grämt Ihr Euch so? Sie ist nur eine englische Untertanin von vielen. Sie stammt von der Insel, die Ihr verachtet.«

»Nein!«, rief Alexandre. »Sie ist alles – schön, freundlich und couragiert. Sie ist alles …«

»Dennoch, was kümmert es Euch, dass dieses englische Mädchen gezwungen ist, den Engländer zu heiraten? Warum verschwendet *L'Ange Noir* überhaupt einen Gedanken daran?«

»Wie kann ich zulassen, dass Murdock sie bekommt? Wie kann ich eine so bezaubernde Frau in die Hölle schicken?«

»Und doch, *mon Seigneur,* schuldet Ihr ihr nichts. Sie ist lediglich eins von vielen englischen Opfern, das unter Eurer Rache zu leiden hat.«

Alexandre sprang aus dem Stuhl. »Niemals! Niemals war sie in irgendeiner Form mein Opfer. Ich rettete sie vor dem Ertrinken, ich rettete sie vor Vasquez, und bei *le bon Dieu,* ich werde sie auch vor Murdock retten!«

Madame LeFèvre kam zu ihm und nahm seine Hände. *»Mon cher Capitaine,* wisst Ihr, was Ihr da sagt? Begreift Ihr, weshalb Ihr Euch genötigt fühlt, diese Sache zu richten?«

Verwirrt starrte Alexandre sie an. In seinem Kopf herrschte ein heilloses Durcheinander von Gedanken, Erinnerungen und Gefühlen. »Sie … sie ist alles … für mich.«

»Und was bedeutet das?«

Alexandre stand grübelnd da. Als er langsam verstand, erfüllte ihn eine Freude, die ihn bis in die Tiefen seiner Seele veränderte.

»Ich liebe sie. Ich liebe dieses freche, wutentbrannte kleine Ding!«

Mit Riesenschritten eilte er zur Tür. Doch Madame LeFèvre lief hinter ihm her und hielt ihn auf.

»*Oui, oui, mon Seigneur*, ich weiß. Ihr wollt es ihr jetzt gleich sagen, aber lasst sie schlafen. Ihr habt noch alle Zeit der Welt.«

Alexandre holte tief Luft, um sich zu beruhigen, und nickte. Dann öffnete er leise die Tür. Er schlich zu Rosalinds Bett, kniete sich davor und betrachtete sie, als sähe er sie zum allerersten Mal. Sie war sein. Gemäß allen Gesetzen, die er noch achtete, gemäß allen Traditionen, die er kannte, gehörte Rosalind ihm. Er bewunderte ihre Loyalität gegenüber ihrer Familie. Und hatte er sie erst einmal ganz für sich gewonnen, würde diese Loyalität auch ihm gelten. Der bloße Gedanke, Rosalind könnte sich ganz ihm hingeben, an seiner Seite kämpfen und ihn wie die Löwin verteidigen, die sie war, erfüllte sein Herz mit einer Leichtigkeit, wie er sie seit Jahren nicht verspürt hatte. Sie brachte ihm Freude. Wie könnte er sie je gehen lassen?

»*Mon amour*«, flüsterte er. »*Mon amour unique.*«

Kapitel 27

Rosalinds Kopf war so voll von Gedanken und Gefühlen, so überwältigt von der Intensität der Situation, dass sie sich eilig anzog und in die entfernteste Ecke des Gartens strebte. Sie brauchte einige Zeit, bis sie dort ankam. Mit jedem Schritt hoffte sie, die physische Distanz würde sich in eine Art emotionale und geistige umwandeln lassen, so dass sie ihre Lage nüchtern betrachten und die widersprüchlichen Gefühle unter Kontrolle bringen könnte.

Schließlich fand Rosalind eine Steinbank im Schatten einer kleinen Palmengruppe. Sie setzte sich hin und rüstete sich für die bevorstehende Aufgabe. Sie musste die richtige Strategie finden, um Alexandre zu überzeugen, Beatrice sofort nach Kingston zu schicken. Dann musste sie dafür sorgen, dass ihre Zuneigung zu Alexandre nicht stärker wurde, als sie jetzt schon war. »Zuneigung« war das deutlichste Wort, das sie sich zu benutzen gestattete. Weiterzugehen, das Gefühl zu benennen, das in ihrem Innern anschwoll, wann immer sie ihm in die dunklen Augen sah … Es würde schmerzen, diese Empfindung zu verdrängen, aber mit der Zeit ließ der Schmerz gewiss nach. Und lieber wollte sie jetzt einen geringeren Schmerz leiden, als den umso größeren zu riskieren, indem sie sich noch mehr närrische Träume erlaubte.

Rosalind war in ihrem Bett aufgewacht, in ihrem Nachthemd und unter dem sicheren Dach von *Au Jardin*. Ihre letzte Erinnerung an die vorangegangene Nacht war die an Alexandre, der ihr eine besondere Sternengruppe zeigte und erklärte, welche Bedeutung sie für die Navigation hatte. Dann war sie in seinen Armen eingeschlafen. Wieder einmal hatte er sie zurückgebracht, ihr sogar das Nachthemd angezogen und sie ins Bett gelegt.

Draußen im Dschungel, unter dem Mond und den Sternen, hatte Alexandre sie wieder und wieder geliebt – auf Arten, die ihr noch jetzt die Schamesröte ins Gesicht trieben. Er hatte sie seine einzige Liebe genannt. Rosalind lächelte, während ihr Tränen in die Augen stiegen. Konnte sie den Worten Glauben schenken, die ein Mann in der Hitze der Leidenschaft aussprach? Konnte sie glauben, dass Black Angel zuließ, sich in eine kleine englische Milchmagd zu verlieben? Ausgeschlossen.

Sie war verdammt, zum Spielball der Londoner Klatschzirkel zu werden, egal was geschah. Mithin täte sie gut daran, alle verfügbaren Schritte zu unternehmen, um zumindest einen Anschein von Ehrbarkeit zu erlangen. Die bloße Tatsache, dass Mr. Murdock ihre Verlobung öffentlich machte, begrenzte ihre Möglichkeiten noch zusätzlich. Der angeblichen Verlobung in aller Öffentlichkeit zu widersprechen, würde nur einen Skandal mehr bedeuten. Nach der Rückkehr aus den Fängen karibischer Piraten konnte sich Rosalind keine weitere Beschädigung ihrer Reputation leisten. Vor allem aber wäre die Heirat ein probates Mittel, das Ansehen ihrer Familie wiederherzustellen, ohne erklären zu müssen, woher der neue Wohlstand kam. Die Pflicht ihrer Familie gegenüber musste an erster

Stelle stehen. Ihre Mutter brauchte allen Trost, den Rosalind ihr spenden konnte, um die kommenden Jahre ohne ihren liebenden Mann zu überstehen.

Ein leichter Pfeifengeruch verriet Rosalind, dass Alexandre in der Nähe war. Wenige Augenblicke später trat er aus dem Dschungel hinter ihr hervor. Er trug eine schlichte braune Hose, schwarze Stiefel und ein blendendweißes Hemd. Sein Haar war zurückgebunden, und er sah milde gestimmt und zufrieden aus.

»Geht es Euch gut, Mademoiselle?«, fragte er.

»*Oui, mon Capitaine*. Wie kommt Ihr darauf, dass es mir nicht gutgehen könnte?«

»Ich fragte Madame LeFèvre, ob sie Euch gesehen hätte. Sie sagte mir, Ihr wirktet beunruhigt, als Ihr Euch in den Garten zurückzogt. Und hier finde ich Euch mit einem Gesicht vor, als hättet Ihr Eure Hinrichtung vor Euch.«

Rosalind lächelte bitter. »Daran ist mehr Wahres, als Ihr glaubt, *mon Capitaine*. Es gab einmal eine Zeit, in der mir so viele Möglichkeiten offenstanden. Heute verbleiben mir nur noch sehr wenige.«

Alexandre setzte sich neben sie. »Das Gefühl kenne ich, *ma belle*. Falls Ihr den Rat eines berüchtigten Schurken hören wollt, kann ich Euch etwas sagen, das Euren Schmerz lindert.«

»Dafür wäre ich überaus dankbar.«

Alexandre seufzte, paffte eine Weile schweigend seine Pfeife und sah Rosalind dann an. »Man lehrt uns zu tun, was die Gesellschaft von uns erwartet. Man sagt uns, wir dürften unsere Familie, uns selbst und unseren Namen nicht entehren. Zugleich wissen wir, dass sich diejenigen, welche die Gesellschaft kontrollieren, über alle Regeln hinwegsetzen.«

Rosalind nickte. Sie musste ihm zustimmen, denn es war nichts als die Wahrheit.

»Bisweilen können wir an einen Punkt gelangen, an dem die gesellschaftliche Achtung weniger wichtiger sein muss als unsere Selbstachtung. Es mag anständig sein, sich den Wünschen der Gesellschaft zu beugen, aber ist es auch *richtig?*«

Rosalind lächelte nun weniger verbittert. »Aber, *mon Capitaine,* ich wusste gar nicht, dass Ihr ein Philosoph seid.«

Er zuckte mit den Schultern. »Worauf ich hinaus will, ist, dass Ihr weiter eine Sklavin der gesellschaftlichen Vorstellungen von Anstand sein könnt, oder Ihr nehmt Euer Leben selbst in die Hand und tut, was Eurer Ansicht nach nicht bloß anständig, sondern auch richtig ist. Richtig für Euch, richtig für Eure Familie und richtig für jeden, der Euch wirklich etwas bedeutet.«

Rosalind wusste genau, was Alexandre ihr zu tun riet. Und dennoch, statt es offen auszusprechen oder ihre Kapitulation zu verlangen, bot er ihr eine seiner Ansicht nach gewiss ehrbare Wahl an.

»*Merci, mon Capitaine.* Ihr gabt mir eine Menge, worüber ich nachdenken sollte.« Beinahe wünschte sie sich, dass Alexandre ging und sie in Ruhe ließ. Allein seine Nähe genügte, um Gefühle in ihr zu wecken, die über die Maßen beunruhigend waren. Außerdem war sie viel zu verunsichert, als dass sie sich Alexandres cleverer Art erwehren könnte, das zu rechtfertigen, was er tun wollte – oder, in diesem Fall, was er wollte, dass sie tat.

Alexandre blies einen zarten Rauchstreifen aus, bevor er seine Pfeife an der Bank ausklopfte. »Es ist an der Zeit, dass ich Euch nicht nur Futter für Eure Gedanken gebe, *ma belle,* sondern auch ein paar Worte sage, die Ihr hoffentlich als ein Festmahl für Euren Geist versteht.« Er sah sich um und schüttelte den Kopf. »Aber dies ist nicht der Ort. Ein Küchengarten passt nicht zu Euch, *ma belle*. Lieber breite ich Euch das Festmahl inmitten meines kleinen Stücks vom Paradies aus.«

Alexandre stand auf und reichte ihr die Hand. Dann führte er sie über mehrere Pfade zur südöstlichen Seite des Geländes. Vor ihr blühten Rosen, die so süß, so leuchtend waren, dass sie glaubte, ihre Farben zu schmecken. Der Duft parfümierte die gesamte Szenerie. In der Mitte des Rosengartens stand ein Busch mit dunkelgrünen Blättern und weißen Blüten. Diese verströmten sogar ein noch intensiveres tropisches Aroma als die Rosen.

»Das sind Magnolien«, erklärte Alexandre. »Ihre Blütenblätter sind wie Samt, cremig weiß, ziemlich empfindlich. Schon eine leichte Berührung hinterlässt einen braunen, welkenden Flecken.«

»Wie traurig«, murmelte Rosalind.

»Ganz und gar nicht. Es ist der Preis für ihre Schönheit. Lässt man sie in Frieden, erblüht sie zu ihrer vollen Pracht, wobei sie nur des richtigen Maßes an Pflege bedarf, um gesund zu bleiben. Fällt die Magnolie in die falschen Hände, in lieblose, gedankenlose Hände, verliert ihr ungeeigneter Besitzer sowohl ihre Schönheit als auch ihren Duft.«

»Ist das Euer Festmahl aus Worten, *mon Capitaine?*«, fragte Rosalind lächelnd.

»Lediglich das *hors-d'œuvre, ma belle.*« Alexandre beugte sich hinab, brach eine Magnolienblüte am Stengel ab und steckte sie Rosalind ins Haar, gleich über der Schläfe, ohne ein einziges Mal die Blütenblätter zu berühren. »Ihr seid der Magnolie sehr ähnlich, *ma belle*. Stärker, als Ihr scheint, und imstande, grobe Behandlung zurückzuzahlen.«

»Soll ich Euch dafür danken, *mon Capitaine?* Ich bin nicht ganz sicher, ob Ihr es als Kompliment meint.«

»Durchaus, Rosalind. Ich bin mir sicher. Zum ersten Mal in vier langen, kalten, einsamen und schmerzlichen Jahren, bin ich mir vollkommen sicher, was ich mir von meiner Zukunft erwarte.« Alexandre nahm ihre Hände in seine. »*Ma Belle Tempétueuse*. Nie in meinem Leben hätte ich mir vorstellen können, eines Tages England für die Frau danken zu müssen, die alles verkörpert, was ich mir wünsche, und alles, was ich brauche.«

Rosalinds Herz begann zu pochen. Sie fühlte sich schwindlig, benommen, berauscht vom Duft der Blumen und der Hitze, die in Alexandres dunklen Augen schimmerte. Sie musste träumen.

»Rosalind?«

Alexandre umfasste ihre Taille und zog sie an seine Brust. Dann hob er ihr Kinn, so dass sie ihn ansehen musste.

»Was ist, *ma belle?* Warum seht Ihr so blass aus?«

Rosalind brauchte einen Moment, ehe sie sprechen konnte. »Sagt es, Alexandre. Sagt die Worte, von denen Ihr behauptet, sie würden ein Festmahl für meinen Geist. Bevor ich Euch begegnete, wusste ich nicht einmal, dass mein Geist fast verhungert war.«

Alexandres Besorgnis wich einem strahlenden Lächeln. »Ihr wisst es, nicht wahr? Ihr wisst, was ich Euch sagen will.«

Rosalind nickte. »Ihr habt es bereits gesagt.« Die Erinnerung machte sie erröten. »Vielleicht entsinnt Ihr Euch nicht mehr. Es war in einem sehr … *intimen* Augenblick.«

Alexandre lachte, umarmte Rosalind noch fester und küsste sie aufs Haar. »Ich entsinne mich, *ma belle*. Ich nannte Euch *mon amour. Mon amour unique.*«

Rosalind nickte, biss sich auf die Lippen und betete, dass ihre Stimme nicht bebte, als sie fragte: »Habt … habt Ihr das wirklich gemeint, Alexandre?«

»Ich habe nie etwas gesagt, was ich ernster meinte.« Er hielt sie ein wenig auf Abstand und schaute ihr in die Augen. »Hört zu, Engländerin: *Je t'aime.* Mit meinem ganzen schwarzen Herzen und meiner schurkischen Seele. Mit jedem Atemzug, jedem Tropfen Blut in diesem französischen Körper, bete ich Euch an.«

Rosalind klammerte sich an ihn, hin- und hergerissen vor der überbordenden Freude, Alexandre die Worte aussprechen zu hören, die sie ersehnt hatte, und der bitteren Traurigkeit, weil ihre Liebe unmöglich war. Sie schloss die Augen und neigte den Kopf unter dem Gewicht der unvermeidlichen Wahrheit.

»Sprecht, Rosalind.« Ein Anflug von Verwirrung und Unbehagen schwang in Alexandres Stimme. »Wollt Ihr mir nichts erwidern?«

Nie hatte Rosalind einen größeren Schmerz erlebt als den, der sie jetzt erfüllte. Sie hob den Kopf und sah Alexandre an. »*Merci beaucoup*, Alexandre. Ich kann Euch nicht sagen, wie viel mir diese Worte bedeuten. Aber ich bin gezwungen Euch Folgendes zu antworten: Ihr wisst nicht, wer ich wirklich bin. Ihr kennt mich nicht gut genug, um zu verstehen, dass ich nicht die Eure sein kann.«

Etwas in seinem Blick veränderte sich, und es war nicht etwa die gefährliche Finsternis seiner Wut, die, wie Rosalind befürchtet hatte, nun sichtbar wurde, sondern eher Zuversicht und Amüsiertheit. »Und ebenso wenig, *ma belle,* kennt Ihr mich, wenn Ihr glaubt, ich würde zulassen, dass Ihr mir wieder weggenommen werdet. Ihr seid die erste Frau, die ich je geliebt habe, und Ihr werdet die einzige bleiben. Ihr sagt, Ihr könnt nicht mein sein, und doch gehöre ich Euch bereits mit Leib und Seele.«

Rosalind wagte kaum, ihren Ohren zu trauen, und suchte Zuflucht in kalter Sachlichkeit. »Dann wollt Ihr mich heiraten? Wie kann *L'Ange Noir* sich denn eine Frau nehmen?«

»Das ist eine sehr ernste Frage, *ma belle,* und ich habe schon viel darüber nachgedacht. Ihr dürft mir die Einzelheiten überlassen.«

»Ihr habt also auch dafür einen Plan? Tut Ihr gar nichts, ohne Euch vorher eine Strategie zurechtzulegen, *mon Capitaine?*«

»Nein. Obwohl ich gestehen muss, dass Ihr eine höchst anspruchsvolle Gegnerin seid.« Er küsste sie auf die Nasenspitze. »In der Zwischenzeit muss es einen Weg geben, Euch zu beweisen, dass meine Gefühle so wahrhaftig sind, wie es nur möglich ist.«

Rosalind nutzte die Gelegenheit: »Schickt Beatrice nach Kingston und lasst sie zum Anwesen der Lawrences bringen. Sorgt dafür, dass die Familie eine Erklärung für die verspätete Ankunft erhält, die kein schlechtes Licht auf Beatrices Charakter wirft. Gelingt Euch das, *mon Capitaine,* werde ich gezwungen sein, meine teilweise ramponierte Meinung von Euch zu korrigieren.«

Alexandre lächelte, und seine Augen blitzten amüsiert. »Ah, jetzt begreife ich. Ihr wünscht, dass Beatrice fortgeschickt wird.

Dann könnt Ihr Eure ungezähmte Seite ausleben, ohne bei Eurer kleinen Freundin Anstoß zu erregen.«

Rosalind wurde dunkelrot. »Ihr Grobian! Wie könnt Ihr es wagen! Macht nur so weiter, dann erlebt Ihr mich ausschließlich von meiner wehrhaften Seite!«

Alexandre warf den Kopf in den Nacken und lachte laut los. »Ich durchschaue Euch, *ma belle!* Ihr wollt, dass ich Euch so zähme wie letzte Nacht!«

Rosalind erkannte, wie die vertraute Leidenschaft wieder in ihm aufflammte, und schüttelte energisch den Kopf. *»Mais non, mon Capitaine!* Ich meine es vollkommen ernst!«

»Rosalind, *ma belle, mon amour,* die Scharade ist vorbei. Ihr mögt einst ein anständiges englisches Schulmädchen gewesen sein, aber die Zeiten sind vorüber. Von jetzt ab wird man sich die herrlichsten Geschichten über *L'Ange Noir* und seine eine, einzige Liebe erzählen, *la belle tempétueuse!*«

»Ihr seid von Sinnen!« Rosalind musste unwillkürlich lachen, denn Alexandres Humor war zu ansteckend, um ihm zu widerstehen. »Wie können wir denn zusammenbleiben?«

»Wie ich bereits sagte, *ma belle,* überlasst das mir. Ich habe gewisse Mittel, von denen Ihr noch nichts wisst.«

»Jetzt klingt Ihr unheimlich.«

»Nein, nein. Sobald die notwendigen Botschaften versandt wurden, rechne ich mit einem beträchtlichen Jubel.«

Rosalind wollte ihm glauben. Sie wollte es so sehr, dass sie sich an ihn schmiegte und ihr Gesicht an seiner starken Brust vergrub. Es musste einen Weg geben, irgendeinen. Das Schicksal konnte ihr schließlich kein so vollkommenes Glück schenken, um es ihr gleich wieder zu entreißen.

»Dann schickt Ihr Beatrice nach Kingston?«

»Ihr stellt immer noch Bedingungen, *ma belle?*« Alexandre schüttelte lachend den Kopf. »Nun denn. Ich werde es tun, aber erst nachdem der Bote mit der Antwort Eures Bruders gekommen ist. Ich erwarte ihn in zwei Tagen.«

»Warum muss es so lange warten?«

»Ich habe nur eine Handvoll Männer, denen ich hinreichend vertraue, um sie zwischen Martinique und Kingston hin- und herreisen zu lassen. Sollte einer von ihnen gefangengenommen werden, würde er eher sterben, als meinen geheimen Aufenthaltsort zu verraten. Alles will mit größter Sorgfalt geplant sein, um zu vermeiden, dass man meinen Männern hierher folgt.«

»Ich verstehe.«

»Wirklich, *ma belle?* Versteht Ihr tatsächlich, wie viel hier auf dem Spiel steht, sollte mich einer meiner Leute verraten?«

Rosalind nickte. *»Oui, mon Capitaine.* Unschuldige Leben würden geopfert, Familien zerstört und gute Männer aus den falschen Gründen getötet.«

Alexandre sah sie an. »Noch nie habt Ihr mir so viel Verständnis entgegengebracht, Rosalind. Wie kommt das?«

Rosalind neigte den Kopf zur Seite und betrachtete Alexandre nachdenklich. »Es muss eine furchtbare Belastung für Euch sein, *mon Capitaine,* den üblen Halsabschneider zu mimen, wo Ihr doch eigentlich ein vornehmer Mann seid.«

»Ist es mir endlich gelungen, Euch davon zu überzeugen, *ma belle?*«

»Mais oui, mon Capitaine. Nun bleibt Euch nichts mehr außer mir zu sagen, wer Ihr wirklich seid.«

Alexandre schwieg zunächst, bevor er mit einem bitteren Lächeln sagte: »Das werde ich Euch zum Verlobungsgeschenk machen, wenn die Zeit gekommen ist, solche Geschenke auszutauschen.«

»Ihr werdet es mir also verraten?«

Alexandre nickte. »Zur rechten Zeit, *ma belle,* erfahrt Ihr alles.«

Für einen kurzen, kostbaren Augenblick erlaubte Rosalind sich zu glauben, dass es tatsächlich geschehen könnte. Sie warf die Arme um Alexandre und hielt ihn fest, während sie sich von ganzem Herzen wünschte, sie könnte ihm ihren wahren Namen verraten, seinen erfahren und dann verheiratet sein, bevor weitere unerwartete Ereignisse die Vollkommenheit dieses Augenblicks zerstörten.

Alexandre hielt sie in seinen Armen. »Habt keine Angst, Rosalind. Es gab eine Zeit, als Ihr allen Grund hattet, mich zu fürchten, aber das ist vorbei. Ich werde mich von nun an zwischen Euch und alles stellen, was Euch Schaden zufügen könnte.«

Kapitel 28

Als Thomas' Antwort eintraf, brachte Alexandre sie selbst zu Rosalind, die mit Beatrice im Garten saß. Rosalind nahm den Brief mit zitternden Händen entgegen. Beim Anblick ihres Namens in Thomas' Schrift traten Rosalind Tränen in die Augen. Sie riss den Umschlag auf und entnahm ihm drei Blätter edlen Briefpapiers, die Thomas offensichtlich in Eile beschrieben hatte.

Meine liebste Rosalind,

Gott sei Dank, Du bist am Leben! Uns erreichten hier in Kingston Nachrichten vom letzten Angriff des Halunken Black Angel. Wir waren gewiss, dass ihr verloren seid. Und dann, Wunder über Wunder, erreichte mich Dein Brief! Du bist am Leben und wohlauf, wenngleich immer noch in den Händen des Feindes. Sag dem Schurken, er kann jeden Preis verlangen, solange er Dich sicher und gesund wieder zurückbringt.

In Anbetracht der jüngsten finanziellen Schwierigkeiten unserer Familie mag es Dir als eine extravagante Bitte erscheinen, aber dem ist nicht so. Es dürfte Dich erstaunen zu erfahren, dass Dein hingebungsvoller Verlobter an dem Tag in Kingston ankam, bevor mich Dein Brief erreichte. Er nahm eine seiner schnellsten Schaluppen, entschlossen Jamaika vor Dir zu erreichen. Da er Deine Überfahrt nach Jamaika arrangierte, glaubt er sich allein für Deine

Sicherheit verantwortlich. Folglich sind wir bereit, auf die Forderungen Black Angels einzugehen. Dies mag nicht der beste Moment sein, aber erlaube mir, Dir zu Deiner Verlobung zu gratulieren. Wärst Du nicht schon von Piraten entführt worden, wäre dies gewiss die überraschendste Nachricht von allen für mich gewesen.

Ich bitte Dich, lass uns möglichst bald wissen, wann und wo wir den Teufel ausbezahlen und Dich sicher nach Jasmine Court holen können. Meine größte Hoffnung ist, dass wir Dich zurückbekommen, ohne dass Mutter etwas erfährt. Sie hat in letzter Zeit schon zu viel erlitten, um jetzt auch noch mit der entsetzlichen Nachricht belastet zu werden, dass ihre einzige Tochter von Piraten verschleppt wurde.

Dein Dich liebender Bruder
Thomas

PS: Mr. Jameson lässt Dich herzlich grüßen und hofft, Du und die kleine Schwester erfreut Euch guter Gesundheit und guten Mutes.

Rosalind las den Brief wieder und wieder. Selbst Thomas glaubte nun also, sie hätte einer Heirat mit Mr. Murdock zugestimmt! Der Nachsatz war verwirrend. Rosalind wusste von keinem Jameson unter ihrer Londoner Bekanntschaft. Vielleicht war er ein Freund von Thomas in Kingston. Sie hielt Alexandre den Brief hin.

»Nur zu, *mon Capitaine*. Mein Bruder ist willens, alle Eure Forderungen zu erfüllen.«

»Rosalind.« Statt des Briefes nahm Alexandre Rosalinds Hand und führte sie in den Schatten unterm Apfelbaum. »Ich habe die einzige Forderung, die ich habe, bereits gestellt. Ich will Eure Liebe und biete Euch im Gegenzug meine. Falls es um eine Lösegeldforderung geht, *ma belle,* seid Ihr diejenige, die die Bedingungen festlegt, denn Ihr habt mein Herz ebenso sicher gestohlen, wie ich Euch von Vasquez zurückholte.«

Rosalind schloss die Augen und lehnte den Kopf an Alexandres Schulter. Sein Herzschlag und der sanfte Rhythmus, mit dem er ihr über den Kopf strich, beruhigten sie.

»Was soll ich ihm sagen?«, fragte sie.

»Vorerst gar nichts. Ich warte noch auf andere Antworten. Sobald mich die Nachrichten erreichen, auf die ich hoffe, wird alles gut.« Alexandre berührte ihr Kinn und brachte sie dazu, ihn anzusehen. »Ich schwöre Euch, Rosalind. Die Zeit wird kommen, wo es keine Geheimnisse mehr zwischen uns gibt.«

»Wem habt Ihr geschrieben? Könnt Ihr mir wenigstens das verraten?«

Alexandre lächelte. »Ich schrieb meiner Mutter und meinem Vater. Ihr könnt Euch nicht vorstellen, wie glücklich sie sein werden zu erfahren, dass ich endlich eine Frau gefunden habe, die ich meine Gattin nennen will.«

Wieder verbarg Rosalind das Gesicht an seiner Brust. Welche Ironie! Als Mr. Murdock sich anmaßte, ihre Verlobung ohne Rosalinds Zustimmung publik zu machen, war sie wütend gewesen. Jetzt hingegen, als sie hörte, dass Alexandre mehr oder weniger dasselbe getan hatte, erfüllte es sie mit allergrößter Freude.

»Ich gehe davon aus, dass Ihr einverstanden seid, oder?«, fragte Alexandre, wobei ein leises Lachen in seiner Stimme mitschwang.

Rosalind nickte und presste die Wange an seine Brust. Es konnte nicht so einfach sein, wie es sich aus seinem Mund anhörte. Nein, so einfach konnte es unmöglich sein. Nicht, wenn Mr. Murdock in der Nähe war und wusste, was mit der *Bird of Paradise* geschehen war.

»Ich hoffe *Au Jardin* ist so sicher und geschützt, wie Ihr sagt, *mon Capitaine.*«

»Warum erwähnt Ihr das?«

»Eure Familie ist vielleicht entzückt, mich zu empfangen, aber ich kann mir nicht vorstellen, dass meine besonders enthusiastisch ist, was Euch angeht.«

Alexandre lachte laut. »Ich bin ein bisschen zu bunt für den englischen Geschmack. Umso besser. Unsere Kinder werden Eure Schönheit und meinen Stil erben.«

»Kinder …« Rosalind ging das Herz über. »Ihr freut Euch darauf, Kinder zu haben?«

»Natürlich, *ma belle.* Mindestens drei Söhne und so viele Töchter, wie sich nach dem dritten Sohn noch einstellen wollen.«

Rosalind war so gerührt, dass sie die Arme um ihn schlang. Ihre Schultern erbebten unter ihrem Schluchzen.

»*Ma belle*, was ist denn? Warum weint Ihr?«

Rosalind schüttelte den Kopf. »Ich weiß nicht. Eine Hälfte von mir ist überglücklich, aber der Rest ist unendlich traurig. Mein Vater hätte Euch gemocht, glaube ich. Wie sehr wünschte ich mir, er könnte unsere Söhne sehen.«

»Ich habe etwas, was Euch wieder zum Strahlen bringen wird, *ma belle*«, sagte Alexandre. »Geht und sagt Beatrice, dass sie schon bald ihren Zielort erreichen wird.«

Rosalind lehnte sich zurück und sah ihn an. »Wirklich? Sie kann anfangen zu packen?«

»Ja«, antwortete Alexandre nickend. »Wirklich, *ma belle.* Es wird Zeit, dass die Kleine ihr Leben in die Hand nimmt.«

»Ach, Alexandre!« Rosalind küsste ihn auf die Lippen und entwand sich dann rasch seiner Umarmung, ehe er sie in ein längeres Liebesspiel verwickeln konnte. »Ich danke Euch! Ich sage es ihr sofort.«

Kapitel 29

Eine Stunde später saßen Rosalind und Beatrice in Beatrices Zimmer, das ebenso hübsch war wie Rosalinds. In freudiger Aufregung sortierten sie Beatrices Kleider danach, welche die Reise in einem mehr oder minder ansehnlichen Zustand überlebt hatten.

»Ich werde auf immer in Eurer Schuld stehen, Rosalind. Ich brachte Euch in diese Lage. Hätte ich schwimmen können, wäre nicht so schwächlich gewesen und …«

»O nein, schweig still!« Rosalind umarmte Beatrice herzlich. »Davon will ich nichts hören. Wärst du nicht gewesen, hätte ich vielleicht aufgegeben und wäre ertrunken. Du warst die Quelle meiner Courage und meines Einfallsreichtums.«

Beatrice lächelte. »Ihr sagt das aus purer Freundlichkeit. Ich danke Euch, Rosalind. Ihr seid eine gute und anständige Frau, und nichts kann Euch diese Qualitäten nehmen. Weder Wochen unter Piraten noch der Klatsch von gemeinen und kleingeistigen Menschen.«

»Was soll ich nur ohne dich tun?«, erwiderte Rosalind lächelnd.

»Ach, Rosalind.« Beatrice sah auf einmal besorgt aus. »Die britische Marine wird alles über Black Angel und diesen Ort wissen wollen. Ich muss es ihnen sagen. Es ist meine Pflicht gegenüber der britischen Krone.« Seufzend zupfte sie an ihrem

Spitzenkragen. »Doch wenn ich es tue, bringe ich Euer Glück in Gefahr. Ich weiß nicht, welches das kleinere Übel ist. Wisst Ihr es?«

»Nein. Natürlich würde ich nie von dir verlangen, wider dein Gewissen zu handeln. Aber darf ich dich bitten, es so lange wie möglich hinauszuzögern?«

»Sie dürfen mich wohl kaum verhören wie irgendeinen Verbrecher, nachdem ich gerade erst befreit wurde und von einem schweren Fieber genesen bin.«

»Das ist die richtige Einstellung!«

»Aber eine letzte Frage möchte ich Euch noch stellen. Und die ist, wie ich glaube, die wichtigste von allen.«

Rosalind nickte und wartete gespannt.

Beatrice wappnete sich, indem sie tief einatmete. »Rosalind, dieser Mann will Euch heiraten. Er sagte Euch, dass er Euch liebt. Das ist wundervoll für ihn, aber erwidert Ihr seine Gefühle? Liebt Ihr ihn auch?«

Rosalind dachte an Alexandre, seine Schönheit, seine leidenschaftliche Loyalität, seine Alpträume und seine Träume. Sie dachte an den Zorn in seiner Stimme, als er sich über das Deck der *Fortuna* zu ihr durchkämpfte. Sie dachte an die Art, wie er sie gern neckte, an die Hitze seiner Küsse und seine unglaubliche Sinnlichkeit. Es konnte keinen anderen Mann wie ihn geben. Sie nickte und empfand ein freudiges Kribbeln, das alle Angst aus ihrem Herzen vertrieb.

»Ja, ich denke, ich liebe ihn.«

Beatrice strahlte. »Wie schön für Euch, Rosalind. Das ist wahrlich schön für Euch!«

»Meinst du wirklich? Immerhin ist er Black Angel.«

»Ihr und ich wissen, dass er weit mehr als das ist. Er ist ein guter Mann, ganz gleich wie sehr er sich bemüht, Unrecht zu tun.«

Rosalind starrte Beatrice erstaunt an. »Wie kommst du darauf?«

»Es ist offensichtlich. Der Captain mag alles Mögliche erzählen, aber er hat kein einziges Mal zugelassen, dass uns echter Schaden zugefügt wird, ebenso wenig wie dem armen Mr. MacCaulay.«

»Ich wünschte, ich hätte Eure Gesinnung, Beatrice. Ihr scheint noch im Teufel selbst Tugendhaftes zu entdecken.«

»Es fällt leicht, das Schlimmste von Menschen zu denken. Und haben sie erst einmal erkannt, dass man nichts anderes als das von ihnen erwartet, werden sie diesem Bild mit Freuden gerecht. Aber wenn sie wissen, dass man sie für freundlich und gut hält, werden sie umso mehr daran arbeiten, sich diese Meinung zu erhalten.«

»Wenn es doch bloß so einfach wäre.«

Rosalind seufzte. Sie stellte sich Mr. Murdock vor und die Probleme, die er gewiss verursachen würde. Mr. Murdock war kein Mann, der bereitwillig seine Pläne änderte. Vielmehr war er es gewöhnt, dass um ihn herum alle taten, was er ihnen sagte.

Nachdem sie alle noch hinreichend vorzeigbaren Kleider Beatrices auf einen Stapel gelegt hatten, läutete Rosalind nach dem Mädchen. Sophie erschien in der Tür und machte einen ungewöhnlich fahrigen Knicks.

»*Oui, Mesdemoiselles?*«

»Gibt es unter den Bediensteten eine Näherin?«, fragte Rosalind. »Wir hätten einiges zu richten.«

»*Oui, Mademoiselle.* Ich werde Celeste sagen, dass sie gebraucht wird.«

»Einen Augenblick, Sophie.« Rosalind stand auf und ging zur Tür hinüber, um Sophie genauer anzusehen. »Fühlst du dich wohl? Du siehst sehr blass aus.«

»Mir geht es gut, Mademoiselle. *Merci.*«

»Wo ist Adèle?«

»Ich weiß es nicht, Mademoiselle.« Sophie zuckte mit den Schultern, während sie nervös an ihrer Schürze fingerte. »Sie sagte, sie wäre krank, Mademoiselle. Ich konnte ihr schlecht widersprechen, nicht nachdem …« Sophie verstummte und senkte den Blick.

»Oh.« Rosalind nickte. »Ich verstehe.«

»Rosalind?« Beatrice, die gerade einige Taschentücher faltete, drehte sich zu ihnen um. »Stimmt etwas nicht?«

»Sophie sagt, sie weiß nicht, wo Adèle ist. Ich finde es seltsam, dass Adèle auf einmal gar nicht mehr auftaucht.«

»Was ist daran seltsam?«, fragte Beatrice. »Sie wagt sich nicht mehr in Eure Nähe, seit der Captain so böse auf sie war.«

Rosalind nickte. Dennoch störte sie etwas. Sie wäre deutlich beruhigter, wenn sie genau wüsste, wo Adèle sich aufhielt.

»Geh bitte, Sophie. Finde diese Celeste und schick sie zu uns. Und sag bitte Madame LeFèvre, ich würde sie gern sprechen.«

Sophie machte einen Knicks und huschte davon.

»Ich fürchte, die Lawrences werden mich für eine arme Kirchenmaus halten«, sagte Beatrice. »Wenn ich bei ihnen vor der Tür stehe, sehe ich kaum besser aus als eine Bettlerin in Lumpen.«

»Ach, Beatrice, sei nicht melodramatisch«, erwiderte Rosalind lachend. »Wenn sie erst erfahren, dass du einen Schiffbruch und einen Piratenangriff überlebt hast, werden alle ganz wild darauf sein, dich kennenzulernen und von deinen Abenteuern zu hören.«

Die Tür ging auf, und Madame LeFèvre kam mit einer jungen Frau herein, deren Haut die Farbe von Milchkaffee hatte.

»*Bonjour, Mesdemoiselles.* Ich bringe Euch Celeste, meine beste Näherin. Was kann sie für Euch tun?«

»*Merci, Maman*«, sagte Rosalind. »Ich fürchte, unsere Abenteuer haben Beatrices Garderobe recht übel zugesetzt.« Sie zeigte auf den Stapel zu flickender Kleider.

»Nichts leichter als das.« Madame LeFèvre sagte rasch etwas auf Patois. Celeste bejahte stumm, nahm Beatrices Kleider und eilte hinaus. Dann wandte Madame LeFèvre sich an Rosalind. »Ihr wolltet mich sprechen, Mademoiselle?«

»*Oui, Maman. Merci.*« Rosalind wählte ihre Worte mit Bedacht. »Habt Ihr Adèle heute gesehen?«

»*Non,* Mademoiselle.«

»Habt Ihr sie gestern gesehen?«

Madame LeFèvre schüttelte den Kopf. »Sophie kommt immer als Erste. Ich gebe ihr die Arbeit für den Tag, und danach erledigt sie alle Aufgaben mit Adèle gemeinsam.«

»Und wo ist Adèle heute? Als ich läutete, kam Sophie allein. Habt Ihr Adèle einem anderen Teil von *Au Jardin* zugeteilt?«

»*Non*. Meine letzten Änderungen im Hausarbeitsplan liegen über einen Monat zurück.«

Rosalind versuchte, sich ihre zunehmende Besorgnis nicht anmerken zu lassen. »Sagt mir, *Maman,* erinnert Ihr Euch, wann Ihr Adèle zuletzt gesehen habt?«

»In der Nacht nach dem Fest. Sie kam zu mir und beklagte sich über die Schmerzen auf ihrem Rücken. Es war nichts, höchstens ein leichter Kratzer. Aber so wie Adèle sich aufspielte, hätte man glauben können, sie läge im Sterben.«

»Und was habt Ihr getan?«

»Ich gab ihr eine Salbe, die sie sich drauftun konnte, und sagte ihr, sie täte gut daran, sich ruhig zu verhalten und keinen weiteren Ärger mehr zu machen.«

»Wärt Ihr so gut, mir Adèles Zimmer zu zeigen, *Maman?* Bitte glaubt mir, wenn ich Euch sage, dass es von äußerster Wichtigkeit ist.«

»Wie Ihr wünscht.«

Rosalind drehte sich zu Beatrice um. »Ich denke, es ist das Beste, wenn du weiterpackst. Es wird nicht lange dauern. Ich komme zurück, sobald ich kann.«

Beatrice schien beunruhigt. »Etwas *stimmt* nicht, oder? Und Ihr wisst, was es ist.«

»Ich bin mir noch nicht sicher. Aber bald weiß ich Genaueres.«

Rosalind folgte Madame LeFèvre durch Flure in den weniger prächtigen Teil des Herrenhauses. Madame LeFèvre brachte sie zu einer Tür und klopfte an. Niemand antwortete. Sie klopfte noch einmal.

»Sophie? Adèle?«

Madame LeFèvre wartete einen Moment, dann drehte sie seufzend den Türknauf und öffnete. In dem Zimmer befanden sich zwei Betten. Auf der einen Seite war das Bett gemacht, die Kommode aufgeräumt, der Fußboden sauber und überhaupt alles recht ordentlich. Auf der anderen Seite lag ein Durcheinander von Kleidern, gebrauchten Kerzenstummeln, zerknautschten Laken. Es müffelte ein wenig. Madame LeFèvre trat zurück.

»Sie ist nicht hier.«

Rosalind bahnte sich einen Weg durch das Chaos zum Wandschrank. Die beiden Kleider, die darin hingen, waren nur noch Lumpen, übersät von Öl-, Fett- und anderen Flecken. Eine Lücke inmitten des Staubs und Kleinkrams auf der Kommode verriet, dass dort etwas gelegen hatte.

»Sie nahm nur mit, was sie brauchte«, überlegte Rosalind laut. »Ihre besten Kleider, ihren Schmuck und ihre Cremes und Puder.«

»Aber wieso?«, fragte Madame LeFèvre. »Wo sollte sie die denn tragen?«

»Im Haupthafen von Martinique, wo eine Hure und ein Taschendieb reichlich Arbeit finden können.«

Madame LeFèvre riss entsetzt die Augen auf. »Ihr glaubt, sie ist weggelaufen?«

»Ich wüsste nicht, was wir sonst hiervon halten sollen. Alles deutet darauf hin.«

»*Mon Dieu!* Wir müssen es sofort dem *Capitaine* sagen!«

Rosalind stimmte ihr zu. »Das müssen wir unbedingt. Wo finden wir ihn zu dieser Stunde?«

»Der *Capitaine* und Monsieur Yves planten, heute nach den Schiffen zu sehen, ob alles in Ordnung gehalten wird. Ich glaube nicht, dass sie bereits aufgebrochen sind.«

Rosalind rannte zurück zur Küche und sah dabei aus jedem Fenster, an dem sie vorbeikam, bis sie Alexandres schwarze Mähne inmitten der bunten Farben im Garten ausmachte. Er saß mit Yves und Gaston an einem schattigen Plätzchen.

»*Mon Capitaine!*«

Sie rannte zu ihm, ohne etwas darauf zu geben, dass alle sich neugierig zu ihr umdrehten. Alexandre sprang auf, kam ihr entgegen und fing sie in seinen Armen auf.

»Was ist los, *ma belle?* Ist Beatrice wieder krank?«

»Non, non, *mon Capitaine.* Es ist schlimmer. Ich glaube, Adèle ist weggelaufen.«

»Weggelaufen? *Pourquoi?*«

»Wie könnt Ihr mich das fragen? Ihr habt sie erniedrigt und dann fortgeschickt, als wäre sie ein Nichts, und alles meinetwegen. Wie konnte sie da noch einen Tag länger hierbleiben, da alle entweder über sie lachen oder sie bemitleiden?«

»Warum schlagt Ihr Euch auf ihre Seite? Sie hat ihre Strafe selbst auf sich gezogen.«

»Ich schlage mich nicht auf ihre Seite! Begreift Ihr denn nicht? Sie ist verletzt und vor allem wütend. Sie hegt Rachegedanken. Und es steht in ihrer Macht, Euch und jeden einzelnen von Euren Leuten an die Behörden auszuliefern!«

Alexandre wurde ernst. »Wie lange glaubt Ihr, ist sie fort?«

»Frühestens seit der Nacht nach dem Fest. Madame LeFèvre gab ihr eine Salbe für die Peitschenwunde.«

»Beruhigt Euch, *ma belle.* Die Lage ist nicht so verzweifelt, wie Ihr glaubt. Selbst wenn Adèle den Haupthafen erreicht, wird sie dort nicht die Rache finden, die sie sucht. Sie muss bis nach Kingston gelangen, bevor sie *Au Jardin* ernstlich gefährlich werden kann.«

»Wie könnt Ihr da so sicher sein?«

Alexandre lachte und küsste Rosalind auf beide Wangen. Dann drückte er sie fest an sich und flüsterte ihr ins Ohr: »Weil der für die französische Marine hier verantwortliche Offizier, *ma belle*, ein Cousin von mir mütterlicherseits ist.«

»Dann seid Ihr sicher? Jeder hier ist sicher?«

»Nicht nur sicher, sondern auch beschützt.« Alexandres Lächeln wich einem Stirnrunzeln. »Adèle ist mehr als närrisch, diesen Schutz aufzugeben. Sie weiß, dass sie sich nirgends auf Martinique vor mir verstecken kann.«

Er nahm Rosalind an die Hand und schlenderte mit ihr zu Yves und Gaston zurück.

»Adèle ist weggelaufen«, sagte er. »Yves, du wirst das Haus und das Gelände absuchen lassen müssen. Inzwischen ist sie recht lange fort, also müssen wir sehr gründlich sein.«

»Oui, mon Capitaine.«

»Gaston, nimm dir so viele Männer wie du willst, und gehe über die Landroute auf die andere Seite der Insel. Es ist durchaus möglich, dass Adèle irgendwo am Wegesrand zusammengebrochen ist. Hass und Rache reichen nur begrenzt als Wegzehrung.«

»Oui, mon Capitaine«, sagte Gaston. »Und wenn wir sie finden? Was wollt Ihr, dass wir mit ihr tun?«

Alexandre wollte etwas sagen. Dann sah er Rosalind an und seufzte. »Bringt sie zurück. Ich kümmere mich zur angemessenen Zeit um sie.«

Rosalind blickte von einem Mann zum anderen. Keiner von ihnen schien auch nur im Mindesten besorgt.

»Findet Ihr die Situation denn nicht besorgniserregend? Adèle könnte jedem von *Au Jardin* erzählen! Ich hege nicht den geringsten Zweifel, dass sie genau das vorhat!«

»Rosalind, beruhigt Euch!« Alexandre nahm sie bei den Schultern und schüttelte sie sanft. »Adèle kann uns überhaupt nichts tun. Mein Cousin und ich haben eine Übereinkunft. Sollte einer meiner Mannschaft oder meiner Hausangestellten in die Hände der Behörden auf Martinique fallen, geben sie mir Bescheid und schicken mir die betreffende Person zurück.«

»Weiß Adèle von diesem Arrangement?«

»Selbstverständlich nicht. Nur wir drei hier, und jetzt auch Ihr, wissen davon. Ich vertraue darauf, dass Ihr es für Euch behaltet.«

»*Mais oui, mon Capitaine.*« Rosalind war immer noch besorgt. »Trotzdem, Adèle ist unberechenbar, und das in jedem Sinne des Wortes!«

Alexandre betrachtete sie eingehend. »Rosalind, wovor fürchtet Ihr Euch? Das Wohlergehen dieses Haufens von Piraten hier kann Euch doch nicht so sehr am Herzen liegen.«

Rosalind wandte den Blick ab. Sie hatte Angst, solche Angst, dass sie an Panik grenzte. Vielleicht konnte Adèle *Au Jardin* nicht schaden, aber sie könnte der Welt sehr wohl sagen, wo die vermisste Lady Hanshaw festgehalten wurde.

»Adèle hasst mich, *mon Capitaine*. Sie kann mich benutzen, um Euch zu schaden, indem sie den richtigen Leuten sagt, wo ich bin. Euer Cousin kann Euch vielleicht beschützen, aber er kann nicht einfach meine Anwesenheit hier ignorieren.«

»Warum nicht?«, fragte Alexandre. »Wer seid Ihr, dass Eure Anwesenheit von solcher Bedeutung sein sollte?«

Er lächelte, aber Rosalind spürte ein leises Misstrauen. In ihrem Eifer, sich und ihn zu schützen, hatte sie sich beinahe verraten. Wie konnte sie Alexandre die Gefahr begreiflich machen, ohne dass er ihre Täuschung als Betrug deutete?

»Ich bin ein Untertan der britischen Krone und gegen meinen Willen hergebracht worden. Ebenso wie Beatrice. Gewiss wird Frankreich nicht England provozieren wollen, indem sie unsere Entführung willentlich ignorieren.«

Alexandre lachte, aber da war ein Glimmen in seinen Augen. »Ihr erstaunt mich, Mademoiselle. Seit Tagen erklärt Ihr mir, Ihr wärt ein Niemand, völlig bedeutungslos. Und nun scheint Ihr zu meinen, dass zwei englische Lehrerinnen so viel Einfluss auf den Lauf der Welt haben.«

Ihre wachsende Verzweiflung nötigte Rosalind, die reine Wahrheit zu wählen. »Sie werden mich Euch wegnehmen, Alexandre! Und dann werden sie mich benutzen, um Euch zu zerstören!«

»*Ma belle.*« Alexandre nahm sie in die Arme und strich ihr übers Haar. »*Ma petite fleur.* Habt keine Angst.«

Dann führte er sie alle zum Haus zurück, wo er mit ihnen in seine Privatbibliothek ging, die reich verziert war mit unterschiedlichen Gegenständen aus der französischen Seefahrt sowie Bildern von Schiffen und Marineoffizieren. Dort setzte er sich an den Schreibtisch und nahm Papier, Feder und ein Tintenfass zur Hand.

»Yves, ich schreibe meinem *cousin* eine kurze Nachricht, in der ich ihn von Adèles Verschwinden und ihrem möglichen Vorhaben unterrichte.« Alexandre schrieb den kurzen Brief, schüttete Sand auf die Tinte, um sie zu trocknen, faltete ihn und versiegelte ihn mit schlichtem Wachs. »Sobald du das Gelände nach ihr abgesucht hast, gehen wir zu den Schiffen in der Bucht und inspizieren sie.«

»*Oui, mon Capitaine.*« Yves steckte sich den Brief in die Jacke und eilte hinaus.

Alexandre nickte dem Bootsmann zu.

»Geh, Gaston. Nutze das Tageslicht, das euch noch bleibt.«

Gaston machte sich sofort auf.

Rosalind konnte ihre Ahnung von einer bevorstehenden Katastrophe nicht abschütteln. Sie ging in der Bibliothek auf und ab.

»Es droht Gefahr, Alexandre. Ich fühle es genauso sicher, wie Ihr eine Sturmfront fühlt, wenn sie gerade erst heraufzieht.«

»Die jüngste Folge von Unglücken, die Euch heimsuchte, trübt Euer Denken, *ma belle*. Ihr glaubt, weil Euch seit ein paar Tagen nichts Schlimmes mehr widerfahren ist, muss etwas umso Furchtbareres ins Haus stehen.«

»Ja, genau das denke ich, *mon Capitaine,* und zu Recht. Inwiefern wird Adèles Verschwinden Eure Pläne beeinflussen, Beatrice nach Kingston zu schicken?«

»Warum sollte es das überhaupt beeinflussen?«

»Zu viele Leute, die von *Au Jardin* kommen oder dahin gehen, sind gefährlich.«

»*Oui,* wenn sie dieselbe Route wählen. Aber das lässt sich vermeiden.«

»Seid Ihr sicher, *mon Capitaine?*«

Alexandre stieß einen tiefen Seufzer aus. »So sicher, wie sich ein Mann nur sein kann, *ma belle.*« Er stand auf, durchquerte den Raum und nahm Rosalind in die Arme. »Ihr seid hier sicher, Rosalind. Ich weiß, dass Ihr in jüngster Zeit sehr wenig Sicherheit genießen durftet. Die letzte wurde Euch geraubt, als Euer Vater starb.«

Rosalind schmiegte sich in die Geborgenheit seiner starken Arme. »Ich bin es so leid, Alexandre. So leid, in Furcht vor dem zu leben, was als Nächstes passieren könnte.«

»Lasst mich Euch diese Sorge nehmen, *ma belle.*« Seine

Hände glitten über ihren Rücken zu ihren Hüften. »Was Ihr braucht, ist Ruhe, und dafür weiß ich genau den richtigen Platz.«

Er brachte sie zu einer anderen Tür hinaus als der, durch die sie in die Bibliothek gekommen waren. Sie führte in seinen Salon – und die nächste in sein Schlafgemach.

Kapitel 30

Ein wildes Hämmern an der Tür weckte Rosalind. Draußen rief eine Stimme in hastigem Französisch, woraufhin Alexandre aus dem Bett sprang und sich eilig ein paar Kleider überwarf.

»Verdammt! Yves hatte schon wieder recht.«

»Alexandre?«, fragte Rosalind. »Was ist los?«

In der Ferne war ein Donnergrollen zu vernehmen. Der Donner ertönte wieder und wieder in kurzen Abständen. Rosalind kannte dieses Geräusch. Sie hatte es an dem Morgen gehört, als Vasquez Captain Bellamys Schiff kaperte. Das war Kanonenfeuer, nah genug, dass man es im Tal hörte. Rosalind wurde eiskalt vor Angst, und Furcht schnürte ihr die Kehle zu.

»Die Schiffe!«, rief sie.

»Mais oui.« Alexandre stieg in seine Stiefel. »Die Schiffe. Wir werden angegriffen.« Er gab ihr einen flüchtigen Kuss auf den Mund. »Bleibt hier, *ma belle*. Verlasst unter keinen Umständen das Haus. Ich komme zurück so schnell ich kann.«

Rosalind schlang die Arme um seinen Nacken. Der Zeitpunkt war gekommen. Das grausame Schicksal hatte sie eingeholt, und ein weiteres Unheil war im Begriff zuzuschlagen.

»Rosalind!« Alexandre löste ihre Arme von seinem Hals. »Ich muss gehen!«

»Egal was passiert«, sagte sie, »Ihr sollt wissen, dass ich Euch liebe. Ich liebe Euch von ganzem Herzen.«

Alexandre sah sie an. »Das sind die süßesten Worte, die ich je gehört habe.« Er streifte ihre Stirn mit seinen Lippen. »Habt keine Angst, *mon amour.* Nun, da ich Euch gefunden habe, kann Euch nichts und niemand mir wegnehmen.«

Mit diesen Worten ging er hinaus und eilte den Flur hinunter, dem hinterher, der ihn gerufen hatte.

Rosalind schlug die Decke zurück und kleidete sich so rasch wie möglich an. Ihr Herz pochte ängstlich. Könnten die britischen Behörden irgendwie das Versteck von *L'Etoile du Matin* und der *Diabolique* entdeckt haben? Feuerten sie in diesem Moment Breitseite an Breitseite, um beide Schiffe zu Splittern zu zerlegen, bevor sie die Überlebenden einsammelten, um sie zu hängen?

Als Rosalind die Flure zur Küche hinunterlief, begegnete sie niemandem und hörte auch niemanden. Eine unheimliche Stille erfüllte *Au Jardin,* die lediglich vom entfernten Kanonenfeuer durchbrochen wurde. Wenn die Schlacht auf offener See ausgetragen würde, hätte Rosalind keinen Moment an irgendwelche Sorgen verschwendet. Aber *L'Etoile du Matin* war in der kleinen Bucht gefangen, und damit sank die Wahrscheinlichkeit, dass Black Angel mühelos obsiegte, doch beträchtlich. Atemlos kam Rosalind schließlich in der Küche an, wo sie zur Tür hineinrannte und fast augenblicklich erstarrte.

Ein Dutzend Bedienstete drängten sich um Madame LeFèvre. Alle drehten sich zu Rosalind um, als sie in den Raum gelaufen kam. Madame LeFèvre schrie auf und machte mit ausgestreckten Armen einen Schritt auf Rosalind zu.

»Mademoiselle! Versteckt Euch! Die Engländer ...«

Der Garten war auf einmal voll von laufenden Männern und Rufen. Pistolen feuerten. Frauen schrien. Rosalind wandte sich zu der Gartentür, die ihrer ausgestreckten Hand entgegenflog und sie zurückstolpern ließ. Fünf Rauhbeine in der eleganten Gewandung englischer Gentlemen preschten in die Küche, bis auf die Zähne bewaffnet und mehr als schussbereit.

Ein weiterer Mann drängte sich zwischen ihnen hindurch nach vorn. Er hielt eine junge Mulattin vor seine Brust, den Arm um ihren Hals und eine Pistole an ihrer Schläfe.

»Chloé!«, rief Madame LeFèvre. *»Ma fille!«*

»Guten Tag, Mylady«, sagte der Mann, der Chloé gefangen hielt. »Seid bitte so gut und sagt den Schwarzen, sollten sie irgendwelche Tricks versuchen, töte ich das Mädchen.«

Rosalind warf Madame LeFèvre einen Blick zu und beschloss, dass eine Übersetzung überflüssig war. »Wer seid Ihr?«, richtete sie das Wort an den Engländer.

»Das ist Mr. Hastings. Ein sehr nützlicher Geselle, wenn ich so sagen darf.«

Mit diesen Worten spaltete sich die Menge der Engländer, und ein anderer Mann trat hervor. Rosalind wollte ihren Augen nicht trauen.

»Edward Murdock? Seid Ihr es wirklich?«

»Ach, Rosalind, meine Liebe. Da seid Ihr ja!«

Mr. Murdock lächelte. Sein beigefarbener Gehrock mit den passenden Hosen war ohne eine einzige Falte, sein Jabot und seine Manschetten makellos weiß. Lose hielt er eine Pistole in der Hand. Die wochenlange Schiffsreise hatte ihm gutgetan, seinen bleichen Wangen ein wenig Farbe und ihm insgesamt ein gesünderes Aussehen verliehen.

»Ich bin erleichtert, Euch so wohl zu sehen.« Mr. Murdock verbeugte sich leicht. »Ich komme, um Euch sicher nach Hause zu bringen.«

»Aber … woher wusstet Ihr überhaupt, wo Ihr mich findet, in diesem abgelegenen Winkel einer kleinen tropischen Insel?«

Mr. Murdocks Antwort bestand in einem selbstzufriedenen Lächeln.

Rosalind stöhnte. »Adèle. Ihr habt Adèle gefunden – oder sie Euch.«

»Es war das Mindeste, was ich tun konnte, meine Liebe.«

Dieselbe entsetzliche Furcht wie in ihrem Alptraum überkam Rosalind und drohte, ihr jedwede Selbstbeherrschung zu rauben. In ihrer Verzweiflung setzte Rosalind auf frostige Höflichkeit. »Eines nach dem anderen, Mr. Murdock. Zunächst einmal sagt doch bitte Eurem Gefährten, er möge seine Hände von dem Mädchen nehmen.«

Mr. Murdock nickte. »Hastings, lasst sie los. Nun da Lady Hanshaw so freundlich war, uns eine Durchsuchung des Anwesens zu ersparen, haben wir keine Verwendung mehr für die Bimbos.«

Der Mann namens Hastings nahm den Arm von Chloés Hals. Sie floh sofort zu Madame LeFèvre und warf sich ihr schluchzend in die Arme.

»Ich danke Euch, Mr. Murdock.« Rosalind atmete tief durch, um neue Kraft zu schöpfen. »Ich habe in dieser Gegend etwas zu erledigen, was ich bisher noch nicht abschließen konnte. Ich kann und werde nicht nach London zurückkehren, ehe ich diese Angelegenheiten nicht geregelt habe.«

»Ach ja, Euer Besuch bei Eurem Bruder Thomas. Ich werde Euch mit Freuden bis zur Tür von Jasmine Court geleiten. Und jetzt kommt mit. Ich bin sicher, Ihr seid ebenso erpicht darauf, Black Angels Klauen zu entkommen, wie ich es bin, Euch daraus zu befreien.«

Als sie hörte, wie Alexandres eleganten Hände, noch dazu kurz nach der Ekstase ihres Liebesspiels, auf so unzutreffende Weise beschrieben wurden, packte Rosalind eine unbändige Wut.

»Bei allem Respekt, Mr. Murdock, seht Euch um! Ich bin nicht in Ketten in irgendeiner furchtbaren, von Fackeln erleuchteten Höhle! Allein daraus dürftet Ihr zu schließen imstande sein, dass ich mich aus eigenem Willen hier aufhalte.«

»Aus eigenem Willen?« Mr. Murdocks Lächeln erstarb. »Ihr scherzt.«

»Die Dinge sind nicht immer, wie sie scheinen, Mr. Murdock. Ihr zum Beispiel fallt derzeit dem irrigen Glauben anheim, ich hätte einer Heirat mit Euch bereits zugestimmt.«

»Daran ist nichts Irriges, meine Liebe. Alle notwendigen Vorbereitungen sind in die Wege geleitet.«

»Tatsächlich?« Rosalind kochte vor Wut, was ihr das Sprechen schwer machte. »Ist mein Brautkleid schon ausgewählt, der Stoff, die Spitze und jede einzelne Saumperle Euren Vorgaben entsprechend?«

»Bei aller Liebe, Rosalind«, erwiderte Mr. Murdock. »Euer Verhalten dünkt mich geradezu frappierend undankbar. Nur wenige Männer wären so verständnisvoll, was die Folgen dieses kleinen Abenteuers betrifft.«

»Wie könnt Ihr es wagen, mir etwas von Verständnis oder Höflichkeit erzählen zu wollen!« Rosalind versetzte Mr. Murdock eine Ohrfeige. »Ihr, die Ihr nicht einmal abwarten wolltet, bis ich Euch meine Zustimmung gab, fortan das Objekt Eurer selbstsüchtigen Zuneigung zu sein!« Sie trat zurück, stellte sich neben Madame LeFèvre, hakte sich bei ihr ein und fügte hinzu: »Hier ist meine Antwort, Mr. Murdock. Nein, nein, und tausendmal *nein!*«

Mr. Murdock stand da und betrachtete sie wütend. Auf seiner geröteten Wange zeichneten sich die Umrisse ihrer Finger ab. Als er wieder sprach, war sein Ton kalt und direkt, als spräche er mit einer einfältigen Bediensteten.

»Meine liebe Rosalind, wir sind hier, um Euch nach Hause zu bringen. Nach Hause, zu Eurer hingebungsvollen Mutter, die sich sorgt, ob ihre entzückende Tochter noch am Leben ist oder nicht.«

Rosalind hielt seinem Blick stand und fragte sich, wie sie je mit dem Gedanken spielen konnte, diesen Mann zu heiraten. »Mr. Murdock, nehmt bitte Eure Männer und geht. Ich werde dieses Haus *nicht* verlassen.«

»Ihr begreift nicht, was zu Eurem Besten ist, meine Liebe. Das ist bedauerlich.« Mr. Murdock griff in seinen Gehrock und holte ein gefaltetes Blatt Papier hervor. »Ich denke, meine liebe Lady Hanshaw, Ihr solltet Euch das hier ansehen. Ihr werdet es höchst erhellend finden.«

Rosalind riss ihm das Papier aus der Hand und überflog die wenigen Zeilen, die in einer überaus sorgfältigen Handschrift verfasst waren. Sie erschrak so, dass sie kaum mehr Luft bekam. Und ihr Herz wurde kalt und bleiern.

Mr. Murdock,

Ihr werdet erfreut sein zu erfahren, dass eine Dame Eurer Bekanntschaft knapp dem grausamen Tod durch Ricardo Vasquez'

Hände entkam. Ich hatte Gründe, La Fortuna *in einen Kampf zu verwickeln, und da ich obsiegte, entnahm ich dem Schiff alles von Wert. Darunter befand sich Lady Rosalind Hanshaw. Ich werde sie Euch mit Freuden zum Doppelten meines üblichen Lohnes zurückgeben.*

L'Ange Noir

Rosalinds Hände zitterten so sehr, dass sie beinahe das Papier fallen ließ. Sie drehte es um. Da war Alexandres Siegel, ein vollkommener Kreis aus weichem, fast farblosem Wachs, das in der Mitte aufgebrochen war.

»Er wusste es.« Sie starrte auf das gebrochene Siegel. »Er wusste, wer ich bin. Er wusste es die ganze Zeit.«

»Natürlich, meine Liebe. Er wusste es.« Mr. Murdock trat vor und legte eine Hand auf ihre Schulter. »Ich weiß nicht, was für hübsche Lügen er Euch auftischte, aber für Black Angel wart Ihr nicht mehr als eine besonders wertvolle Geisel, die ihm eine Laune des Schicksals in die Hände spielte.«

In Rosalinds Kopf drehte sich alles. Alexandre hatte sie belogen, hatte sie getäuscht, und das wohl die ganze Zeit, seit sie seine Gefangene war. Er trieb dieses Spiel sogar noch weiter, nachdem er sie verführt hatte, selbst noch nachdem er sie selbst hatte sagen hören, wie finster ihre Zukunft als Gemahlin von Edward Murdock aussähe. Alexandre. Ihr geliebter Alexandre. Wie konnte all das eine Lüge sein? Und dennoch hielt sie den Beweis in ihren Händen. Eine unbeschreibliche Trauer überrollte sie und ertränkte sie in ihren schwarzen Tiefen.

»Mademoiselle!« Madame LeFèvre nahm Rosalind die Nachricht aus der Hand und sah darauf. »Hört mir zu! Ich bitte Euch! *Der Capitaine* hatte anfangs vor, ein Lösegeld für Euch zu fordern, aber er überlegte es sich anders!«

Rosalind schüttelte wie benommen den Kopf. Sie wusste nicht mehr, was sie glauben konnte.

»Mademoiselle, *s'il vous plaît!* Der *Capitaine* liebt Euch von ganzem Herzen!«

Rosalind versuchte, den unerträglichen Schmerz zu verdrängen, indem sie sich zwang, praktisch zu denken. »Was ist mit Miss Henderson? Ihr habt doch gewiss vor, sie ebenfalls von hier wegzubringen.«

Mr. Murdock runzelte die Stirn. »Sie geht mich nichts mehr an.«

»Wie viel größer ist die Mühe schon, zwei Frauen mitzunehmen als eine, wo Ihr Euch schon für eine diesen Weg machtet? Sie ist Engländerin, Mr. Murdock. Ihr könnt sie nicht hierlassen, dieser Meute von Dieben und Schurken überlassen.«

»Mylady …«

»Ihr sagtet, Ihr würdet mich zu meinem Bruder Thomas bringen. Nun gut. Beatrice muss ebenfalls nach Kingston. Nehmt sie mit uns, und wir können sie dort den Leuten übergeben, die sie erwarten.«

Da er Rosalinds »uns« eindeutig als ein Niederlageeingeständnis verstand, lächelte Mr. Murdock. »Sehr wohl, meine Liebe. Wo ist sie?«

»Lasst mich sie holen. Ich bin gleich zurück.« Rosalind wandte sich zur Tür zum Flur.

»Hastings!«

Mr. Hastings sprang vor und fing Rosalind ab. Dann warf er sie kurzerhand über seine Schulter. Rosalind wehrte sich, versuchte, seine Arme von ihr zu lösen. Mr. Murdock indes trat vor und packte sie beim Haar.

»Mir reicht es jetzt mit Eurer Zimperlichkeit, meine liebe Lady Hanshaw. Ihr werdet freundlicherweise den Mund halten und tun, was man Euch sagt!«

Jetzt sah Mr. Murdock genauso aus wie in ihrem Alptraum. Es fehlte nur noch Vasquez' Reitmantel. Aber Vasquez war tot. Sollte Mr. Murdock Geisterbeschwörung also nicht zu seinen vielseitigen geschäftlichen Betätigungen zählen, würde die zweite Hälfte ihres Alptraums nicht wahr. Somit verblieben unzählige Möglichkeiten, die nur darauf warteten, einzutreten. Die offene See war Black Angels Domäne. Und sie würden auf offene See gehen.

»Sehr wohl, Mr. Murdock. Wenn Ihr darauf besteht.«

Kapitel 31

Alexandre und Yves liefen hinunter zu den Klippen und über den Strand zum Beiboot. Kanonendonner hallte durch die Luft. Die Kugeln schlugen einige hundert Meter steuerbords vorm Bug der *Etoile du Matin* ein. Die *Etoile du Matin* stand unter Beschuss einer unbeflaggten Fregatte.

Yves half Alexandre und den beiden Ruderern, das Boot ins Wasser zu schieben. »*Mon Capitaine,* hier stimmt etwas nicht. Diese Fregatte spielt nur mit uns. Sie liegt aufwindig und hätte genug Kanonen, um uns zu versenken. Trotzdem hält sie sich zurück.«

»Wollen die uns vielleicht lebend erwischen?«

»Ich weiß nicht, *mon Capitaine.* Ich bezweifle eher, dass sie uns überhaupt fangen wollen.«

»Und warum greifen sie an?«

Yves schüttelte den Kopf. »Das passt alles zu gut zusammen. Diese verdammte Adèle verschwindet, wir verteilen uns, um nach ihr zu suchen, und dann kommt ein Angriff aus heiterem Himmel.«

Alexandre nickte. »*Mais oui.* Ich verstehe. Aber zuerst sollten wir kurzen Prozess mit dem Schwein machen, bevor *L'Etoile du Matin* ernsthaft Schaden nimmt.«

Die Ruderer brachten sie längsseits der *Etoile du Matin,* auf sicheren Abstand zu den Kanonenluken. Alexandre fing ein Tau auf, das man ihm zuwarf, kletterte geschwind den Rumpf hinauf und landete leichtfüßig an Deck. Remy stand auf dem Achterdeck. Als er Alexandre sah, bekreuzigte er sich erleichtert und kam mit Alexandres Fernrohr in der Hand zu ihm gerannt.

»*Mon Capitaine*, eben war noch alles ruhig, und auf einmal kommt dieser englische Bastard und beschießt uns mit einer Breitseite. Dann läuft er wieder ein Stück aus der Bucht, als wollte er uns hinter sich herlocken. Was sollen wir machen?«

Alexandre nahm das Fernrohr und sah sich die Fregatte genauer an. »Sie haben unsere Bucht gefunden, da bleibt uns keine Wahl. Setz die rote Flagge.«

Remy nickte, drehte sich um und wollte wieder weglaufen, aber Alexandre hielt ihn zurück.

»Wie kommst du darauf, dass es ein englisches Schiff ist?«

»Nur die Engländer wären blöd genug, uns hier in französischen Gewässern zu attackieren. Und der einzige Engländer, der wütend genug wäre, ist Murdock. Ihr habt sein Schiff versenkt und ihm die Frau weggenommen. Er wird meinen, er müsste sich bei Euch Respekt verschaffen.«

Alexandre sah zu Yves, der nickte.

»Ich hätte nicht gedacht, dass Murdock so dreist ist«, sagte Yves. »Aber Remy hat wahrscheinlich recht. Das ist eine ideale Gelegenheit für Murdock, sich Eurer ein für alle Mal zu entledigen.«

Alexandre lächelte eisig. »Dann dürfte Monsieur Murdock eine ziemliche Enttäuschung erleben. Er ist derjenige, dem etwas mehr Respekt eingeflößt werden wird.«

Mit Yves und Remy an der Seite brachte Alexandre die

Etoile du Matin schnellstens auf Kurs um die Fregatte herum, so dass sie ihr den Wind abschnitten und sie hilflos in der Flaute trieb. Eine oder zwei gutplatzierte Breitseiten, gefolgt von einem Beschuss aus den Deckskanonen, und der Widerstand dürfte gebrochen sein. Als Alexandre jedoch sein Schiff für den ersten Angriff auf die Fregatte bereitmachte, setzte die mehr Segel und kreuzte aus der Bucht hinaus aufs offene Meer.

»Sind die wahnsinnig?«, sagte Alexandre. »Auf offener See haben sie keine Chance gegen uns. Entweder ist der *Capitaine* entschieden zu optimistisch oder ein feiger Hund.«

Yves runzelte die Stirn. »Sehr Ihr, *mon Capitaine?* Das ergibt keinen Sinn. Warum versucht er, uns vom Ufer hinaus in die Strömung zu locken?«

Plötzlich begriff Alexandre. Er drehte sich um und richtete das Fernrohr auf den Signalturm hoch über *Au Jardin*. Im selben Moment rief ihm der Matrose von oben aus dem Ausguck zu. Eine farbige Flagge nach der anderen wurde auf dem Fahnenmast des Signalturms gehisst. Die britische, die den Feind zu erkennen gab, sowie die grüne mit dem roten Bogen. Das bedeutete Invasion mit Verwundeten. Als Nächstes folgte die blaue Flagge mit einem einzelnen weißen Rhombus, die für den Schatz stand, und schließlich die schwarze Flagge mit dem Totenschädel. Britische Agenten waren in *Au Jardin* eingedrungen und hatten den Schatz gestohlen. Der konnte niemand anders als Rosalind selbst sein. Alexandre stieß eine ganze Litanei von Flüchen aus und wandte sich zu Yves um.

»Raus aufs offene Meer, und setzt Kurs auf Kingston.«

Yves und Remy starrten ihn entsetzt an.

»Kingston, *mon Capitaine?*«, fragte Yves.

»Ihr habt gehört, was ich sagte! *Allons!*«

»*Oui, mon Capitaine.*«

»Schick einen Mann mit den Flaggen auf den Ausguck«, sagte Alexandre zu Remy. »Er soll der *Diabolique* signalisieren, dass sie nord-nordöstlich um die Insel und mit voller Kraft nach Kingston segeln muss. Und es wird jedes Schiff aufgehalten, dem wir unterwegs begegnen.«

Remy salutierte. »*Oui, mon Capitaine!*«

Alexandre ging zur Schiffsglocke, griff das Seil und läutete, bis ihm der Arm weh tat.

»Meine Gefährten! *Ecoutez-moi!*«

Sobald er die Aufmerksamkeit seiner Mannschaft hatte, hielt er die Hände in die Höhe.

»Die Engländer haben uns das Leben gestohlen! Sie haben uns unsere Zukunft geraubt, ohne uns etwas im Gegenzug zu geben! Und jetzt wollen sie es ein zweites Mal tun!«

Überall ertönten wütende Rufe und Drohungen. Alexandre nickte.

»Hört mich an! Wir wollen nicht nur die Ehre Frankreichs verteidigen, sondern wir wollen diese Engländer niederschlagen, die es wagten, in unser Heiligtum einzudringen. Sie wissen, wo wir wohnen, deshalb darf kein einziger Mann von ihnen entkommen. Es stehen die Leben aller in *Au Jardin* auf dem Spiel!«

Der Gedanke versetzte Alexandres Blut ebenso in Wallung wie das seiner Mannschaft.

»Dieses alberne kleine Scharmützel war nur ein Ablenkungsmanöver, um uns wegzulocken, während Murdocks Männer *Au Jardin* überfielen und *la belle tempétueuse* entführten. Sie wird sich ergeben haben, damit *Maman* und ihre Leute verschont blieben. Denkt doch nur daran, wie sie stets die kleine Beatrice verteidigte!«

»*Mais oui!*«, rief Eric. »*Vive la Belle Tempétueuse!*«

»Tod den englischen Schweinen!«

Alexandre fand den Schlachtruf sehr passend.

»Wir wollen nicht bloß unsere Leben verteidigen, sondern auch die unserer Nachkommen. *La Belle Tempétueuse* wird meine Frau werden und die Mutter der künftigen Söhne Frankreichs!«

Die Mannschaft pfiff und johlte.

»Die Zeit ist gekommen, euch zu sagen, dass dies *L'Ange Noirs* letzte Schlacht sein wird. Ich hole mir meine Frau von den Engländern zurück, und dann segeln wir nach Frankreich. Meine Brüder, es ist an der Zeit, nach Hause zurückzukehren.«

Für einen kurzen Augenblick herrschte verwundertes Schweigen, dann schrie die Menge vor Begeisterung. Er wusste, wie viel sie aus Loyalität zu ihm erlitten hatten. Und es war an der Zeit, dass er einige Schulden beglich.

Alexandre läutete den »Alle Mann an Deck«-Alarm. Nun kamen auch die letzten Matrosen aus den Luken nach oben. Alle nahmen ihre Positionen ein, und Alexandre hörte, wie der Kanonier voller Elan seine Befehle brüllte.

»Yves!«, rief Alexandre. »Flagg die *Fleur-de-Lis!* Heute segeln wir für den Ruhm Frankreich!«

Yves gab die entsprechenden Befehle, und die Männer führten sie prompt aus. Als die französische Flagge gehisst wurde und im Wind zu flattern begann, huschte Yves tatsächlich ein Lächeln übers Gesicht.

Alexandre blickte wütend zur Fregatte, die immer noch ihre

kleinen Spielchen trieb. Als die *Diabolique* aus der Bucht war, brachte ihr *Capitaine* Etienne Duchard sie auf Kurs Nordost und setzte volle Segel. Alexandre ging mit *L'Etoile du Matin* auf südöstlichen Kurs und segelte mit dem Wind an der Fregatte vorbei, als wäre sie bloß ein Stück auf dem Wasser treibender Seetang.

»An Deck!«, rief der Matrose vom Ausguck. »Sie setzt uns nach, *mon Capitaine!* Das englische Schiff verfolgt uns!«

Alexandre lachte. »Dann werden wir jetzt mal sehen, was das eigentlich für ein Spiel ist.«

Adolphe stand am Ruder. »Eure Befehle, *mon Capitaine?*«

»Wir müssen vor ihnen die Grenze zwischen den französischen und den englischen Hoheitsgewässern erreichen. Bleib auf Kurs nach Kingston.«

»Vor der Fregatte, *mon Capitaine?*«

»*Non.* Wir müssen vor das Schiff kommen, auf dem Mademoiselle Rosalind ist.«

»*Oui, mon Capitaine.*«

Alexandre stand auf dem Achterdeck, das Fernrohr auf die Fregatte gerichtet. Das Schiff lag schwer im Wasser und machte eine große Bugwelle. Die Kanonenluken auf der Steuerbordseite waren offen und zeigten zehn Zwanzig-Pfund-Kanonen. Jetzt kam der schlimmste Teil – das Warten. Wollte die Fregatte ihn versenken oder ihn lediglich vor sich herscheuchen?

Die Minuten vergingen, und Alexandre beobachtete, wie sich der Abstand zwischen der Fregatte und *L'Etoile du Matin* immer weiter verringerte. Der englische Kapitän hoffte offenbar, in Schussweite zu gelangen, denn wie es aussah, wollte er Alexandres Schiff einnehmen, nicht versenken. Alexandre lächelte. Solche Skrupel plagten ihn nicht.

»An Deck!«, rief der Matrose vom Ausguck wieder. »Ein Schiff an Steuerbord, *mon Capitaine!* Noch ein Engländer, ein Handelsschiff!«

»Wohin will es?«, fragte Alexandre.

»Ich glaube, es wartet nur, *mon Capitaine*. Es sieht aus, als wenn es auf der Grenzlinie bleibt.«

»Kannst du mir die Leute an Bord beschreiben? Den *Capitaine?* Irgendwelche Maats?«

Der Ausguck blickte wieder durch sein Fernrohr. »Zwei Männer auf dem Achterdeck, *mon Capitaine*. Ein älterer mit grauem Backenbart und ein jüngerer, blond, kein Bart.«

»Gehören sie zur britischen Marine?«

»Kann ich nicht sagen, *mon Capitaine*. Vielleicht der Schiffseigner und sein *Capitaine*.«

Alexandre schüttelte den Kopf. »*Mais non*. Sie werden mehr als das sein. Sie warten ab, wer es als Erstes um die Insel schafft.«

Kanonenfeuer von der Fregatte ließ Alexandre herumfahren. Es waren zwei Kugeln, die wenige hundert Meter hinterm Heck an Backbord im Wasser landeten. Gleich darauf donnerten zwei weitere Kanonen. Die Kugeln flogen durch die Luft und trafen direkt hinter dem Schiff ins Wasser.

Einer der Kanoniersmatrosen kam von unten heraufgerannt und salutierte. »*Mon Capitaine, Monsieur le Maître de Canonnier* bittet um Eure Befehle.«

»Richte ihm aus, er möge die Hauptkanonen ruhig halten, bis wir in Reichweite für eine volle Breitseite sind. Von den Deckskanonen soll er so viele laden und schussbereit machen, wie er für nötig befindet.«

Der Matrose salutierte nochmals und verschwand wieder

unten. Wenige Minuten später kamen mehrere Matrosen die Leitern hinauf nach oben und bereiteten die Deckskanonen vor. Alexandre betrachtete sie nicht ohne Stolz. In ihren bunten Samtkleidern und mit dem wild zusammengestellten Schmuck sahen sie aus wie Piraten, und doch waren sie die beste Mannschaft der französischen Marine.

»Yves«, sagte Alexandre und winkte ihn herbei. »Bring uns so nahe wie möglich an das englische Schiff heran. Ich glaube, ich kenne einen der Gentlemen an Bord.«

»*Vraiment, mon Capitaine?* Wer sollte das sein?«

»Das werden wir schon bald wissen, *mon ami.* Falls ich recht habe, steht uns ein recht unterhaltsamer Abend bevor.«

Rosalind saß in der Kapitänskajüte der *Jamaica Pearl.* In ihren zahlreichen Schichten aus schlichtem Musselin, rosa Batist, weißem Satin und smaragdgrünem Taft sah sie wie der Inbegriff der anständigen englischen Lady aus – was nicht recht in die Tropen passen wollte. Ihr Haar war geflochten und zu einem strengen Knoten aufgesteckt. Ihre Hände waren frei, sie war nicht an ihren Stuhl gefesselt, und dennoch hatte sie das Gefühl, in schweren Ketten zu liegen. Nur eine einzige, winzige Hoffnung blieb ihr, die sie davor bewahrte, in tiefe Verzweiflung zu verfallen. *L'Etoile du Matin* war östlich nach Martinique gesegelt. Die *Jamaica Pearl* nun segelte nach Westen, gegen die Passatwinde und die Strömung. Folglich kämen sie vielleicht langsam genug voran, dass Alexandre sie einholen konnte.

Rosalind blickte auf ihre Hände, die feinen, zarten und

gepflegten Hände einer vollendeten Lady. Es waren die Hände einer Frau, die weder jemals ihre eigenen Mahlzeiten zubereiten noch ihre eigenen Kleider waschen musste – die Hände einer Frau, die vor allem eine Zierde sein sollten. Madame LeFèvres Hände waren vom jahrelangen Spülen, Putzen und Kochen, von der Kinderpflege und dem Wringen von Wäsche rauh gewesen. Ja, ihre Hände waren der Beweis dafür, wie viel Charakter und Würde sie besaß.

Kurz entschlossen stand Rosalind auf. Sie war kein naives englisches Mädchen mehr, sondern hatte ein bisschen was von der Welt und ihren Gefahren gesehen. Alexandre sagte, die Leute in der Karibik würden sich Geschichten über *L'Ange Noir* und seine einzige große Liebe, *la belle tempétueuse*, erzählen. Und wenn sie es schaffte, einen Ricardo Vasquez zu überleben, dann würde sie sich jemandem wie Edward Murdock gewiss nicht unterwerfen.

Rosalind ging hinaus an Deck. Von den Matrosen, die ihrer Arbeit nachgingen, verneigten sich einige und murmelten »Mylady«. Andere wichen ihr im weiten Bogen aus und taten, als wäre sie gar nicht da. Rosalind fand Captain Anderson beim Steuermann.

»Sagt mir, Captain, kommen wir gut voran?«

Captain Anderson, ein Mann mittlerer Größe und von der Statur eines Fasses, dessen rotes Haar und der Bart bereits ergraut waren, sah sie erstaunt an. Dann nahm er seine Pfeife aus dem Mund, zog seinen Hut und antwortete lächelnd: »Guten Abend, Mylady. O ja, wir kommen recht gut voran.«

»Ist das nicht seltsam?«

»Wie beliebt, Mylady?«

»Wir segeln gegen die Passatwinde, Captain. Ich bin sicher,

dass Ihr das wisst. Wie kann das Schiff da gut vorankommen?«

Wieder schien der Captain verwirrt, als hätte er Rosalind nicht richtig gehört. »Keine Sorge, Mylady. Wir werden in Kürze in Kingston sein.«

Der Captain lächelte weiter, und Rosalind hatte den Eindruck, er hielte sie für ein bisschen einfältig. Beinahe sehnte sie sich nach der Mannschaft der *Etoile du Matin* zurück. Auch sie behandelten sie, als wäre ihr alles Nautische unbegreiflich, aber wenigstens wussten sie, dass man sie durchaus ernst nehmen musste, wenn sie verärgert war.

»Dürfte ich mich ein wenig auf dem Schiff umsehen, Captain?«

Captain Anderson nickte. »Aber sicher doch, Mylady. Seid nur vorsichtig, wenn Ihr über Deck geht. Wir wollen ja nicht, dass Ihr Euer wunderschönes Kleid schmutzig macht.«

»Danke, Captain. Ich werde achtgeben.«

Rosalind wandte sich ab und sah sich auf dem Deck um. Hier oben waren nur wenige Kanonen und die leichten Sechzehnpfünder. Neben jeder türmte sich ein ordentlich gestapelter Kugelhaufen. Rosalind fragte sich, wo sie wohl das Pulver aufbewahrten. Es musste irgendwo unten sein, wahrscheinlich unten nahe dem Orlopdeck. So weit nach unten würde sie wohl kaum vordringen können, also musste sie sich mit dem begnügen, was für sie erreichbar war.

»Rosalind!« Mr. Murdock drängte sich vom Bug zwischen den Matrosen hindurch zu ihr. »Meine Liebe, was tut Ihr hier draußen in der Sonne?«

»Ich wollte nur ein wenig frische Luft atmen.« Rosalind

hatte alle Mühe, ihre Wut im Zaum zu halten und möglichst freundlich zu bleiben.

»Nein, wirklich, meine Liebe, es wäre das Beste für Euch, wenn Ihr wieder hineingeht.«

»Warum? Es ist so ein schöner Abend.«

»Ja, nur neigen Matrosen dazu, ein recht grobes Völkchen zu sein, und ich möchte nicht, dass Eure entzückenden Ohren von ihrer Sprache beschämt werden.«

Rosalind biss die Zähne zusammen, um nicht höhnisch loszulachen. Was sie bisher aus den Mündern der englischen Mannschaft vernommen hatte, war nichts im Vergleich zu dem Aufruhr, den sie an ihrem ersten Abend auf dem Hauptdeck der *Etoile du Matin* erlebte.

»An Deck!«, rief der Ausguck. »Schiff am Horizont! Von Heck steuerbords!«

»Welche Flagge?«, fragte Captain Anderson.

»Französische, Captain! Eine Schaluppe, wie es aussieht, und sie kommt mit vollen Segeln auf uns zu!«

Mr. Murdock nahm Rosalind beim Arm und zog sie mit sich zu Captain Anderson aufs Achterdeck.

»Haben wir Grund zur Besorgnis?«, fragte Mr. Murdock.

Captain Anderson schürzte die rissigen Lippen. »Lässt sich noch nicht sagen. Es könnte auch einfach eine alberne Marineübung sein.«

»Wenn, würden die Verfolger von Südwesten her kommen, korrekt?«

»Ja, das würden sie. Da ist aber nichts zu sehen.«

»Gut.« Mr. Murdock nickte. »Die Fregatte erfüllt also ihren Zweck.«

»Fregatte?«, fragte Rosalind. »Was meint Ihr damit?«

»Nun, meine Liebe«, antwortete Mr. Murdock, »Eure Tortur ist vorbei. Überlasst die letzten Einzelheiten beruhigt mir.«

»Welche ›letzten Einzelheiten‹? Was bedeutet das Gerede von einer Fregatte? Was habt Ihr getan?«

»Rosalind, senkt die Stimme!«

»Bestimmt nicht! Ich stelle eine einfache Frage, und ich verdiene eine klare Antwort!«

»Ich habe diesen arroganten Narren von Euch weggelockt, indem ich die eine Sache angriff, die er über alles liebt, nämlich sein kostbares Schiff. In diesem Augenblick schneidet ihm eine englische Fregatte den Rückweg ab und drängt ihn in britische Hoheitsgewässer.«

Rosalinds Mund wurde unangenehm trocken, und ein schrecklicher Schmerz durchfuhr sie. »Ihr benutzt mich als Köder. Ihr wollt, dass er gefangen genommen wird.«

»Und gehängt. Dem Schurken muss endgültig eine Lektion erteilt werden.«

Rosalind wandte sich ab, weil ihr Tränen in die Augen zu steigen drohten. Bisher war kein Marineschiff in Sicht, Alexandre war also noch frei. Und wenn Rosalind schon sonst nichts für ihn tun konnte, würde sie zumindest dafür sorgen, dass er in Freiheit blieb. Die Naturkräfte arbeiteten zu ihren Gunsten. Vielleicht konnte sie die Vorsehung ja auch auf ihre Seite ziehen.

»Darf ich nach vorn zum Bug gehen? Ich hörte, dass die Delphine gern mit der Bugwelle schwimmen. Das wäre wunderschön anzusehen.«

Mr. Murdock und der Captain lächelten ihr strahlend zu, da sie diesen Wunsch für typisch weiblich hielten.

»Unbedingt, meine Liebe«, sagte Mr. Murdock. »Ich werde bald nachkommen und Euch Gesellschaft leisten.«

Rosalind lüpfte geziert ihre Röcke und stieg die kleinen Stufen hinunter aufs Hauptdeck. Von dort ging sie nach vorn, wobei sie sich mit großen Augen umblickte und hier und da überrascht oder erfreut tat. Die Matrosen, an denen sie vorüberkam, lächelten und nickten ihr zu. Auf dem Deck ließ Rosalind ihr Taschentuch fallen und bückte sich danach. Mit der anderen Hand befühlte sie die unterste Kanonenkugel eines Stapels. Sie zog daran, so dass der Stapel zusammenfiel und die Kugeln kreuz und quer über die Planken kullerten. Die Matrosen schrien erschrocken auf, als sie über die Kugeln stolperten und miteinander zusammenstießen. Das Fluchen und Rufen wurde lauter, je mehr Männer herbeigerannt kamen, und bald herrschte das reinste Chaos.

Indes eilte Rosalind weiter. Sie entdeckte eine Vielzahl von Tauen vor sich, die alle in einer verworrenen Anordnung nach oben zur Takelage des Hauptmastes führten. Auf das Durcheinander hinter sich achtete sie gar nicht, sondern strebte geradewegs auf etwas zu, das wie ein Belegnagel aussah, der momentan nicht benutzt wurde. Sie hob ihn auf und trug ihn wie einen Sonnenschirm in einer Hand. Als Nächstes sah sie eine Leine, die viel versprechend schien. Mit dem einen Ende des Belegnagels hämmerte sie auf den Nagel unten im Tau ein, bis er sich löste und das damit befestigte Seil nach oben flog. Nun wurde auch über ihr geschrien. Rosalind lief weiter nach vorn. Der Schiffskoch könnte genau das haben, was sie brauchte, falls noch verzweifeltere Maßnahmen vonnöten waren.

Alexandre richtete das Fernrohr auf das englische Handelsschiff. Er konnte jetzt den Namen lesen, der vorn am Bug stand. Die *Elegance.* Eine passende Bezeichnung für ein Schiff, insbesondere wenn der Besitzer mit Luxusgütern handelte – wie etwa feinem englischen Leinen. Alexandre schloss für einen Moment die Augen. Echte Reue überwältigte ihn, was selten vorkam. Er hatte die Chance bekommen, alles zu richten, und nun war es an ihm, diese Gelegenheit bestmöglich zu nutzen.

»*Mon Capitaine!*«, rief der Ausguck. »Nach Norden! Noch ein englisches Schiff!«

Alexandre drehte sich um und suchte den Horizont ab. Da war ein robuster englischer Schoner, der unter vollen Segeln fuhr. So wie das Schiff die Wellen zerschnitt, als wollte es der Natur zeigen, dass es ihr überlegen war, musste es das Richtige sein. Nur Murdock würde ein gutes Schiff so hart segeln.

»Yves! Hier kommt endlich *La Belles* Fähre!«

Yves kletterte auf den Kreuzmast. »*Mon Capitaine*, wir befinden uns jetzt mitten in einem Dreieck aus englischen Schiffen. Ein Schoner, ein Handelsschiff und eine Fregatte, und Letztere voll bewaffnet und nur zu bereit, uns zu versenken!«

Alexandre runzelte die Stirn. »Ich kann durchaus selbst sehen, und meine mathematischen Fähigkeiten haben mich auch noch nicht verlassen.«

»*Certainement, mon Capitaine.* Ich dachte, Euch wäre vielleicht auch mal das Wort *Falle* durch den Kopf gegangen.«

»Das ist keine Falle, *mon ami.* Diese Schiffe arbeiten nicht zusammen. Sie tauschen keine Signale aus, sondern kommen sich einfach nur immer näher. Das hat nichts mit echter Strategie zu tun.«

»Was in einer Viertelstunde auch nicht mehr von Belang sein

muss!« Yves kam wieder zu ihm. »Alexandre, *s'il vous plaît!* Ihr sagtet, wir segeln heim. Ihr sagtet nicht, wir würden es in unseren Särgen tun.«

»Hast du kein Vertrauen zu mir, *mon ami?*« Alexandre schüttelte seufzend den Kopf. »Nicht einmal nach all den Jahren?«

»An Deck!«, brüllte der Ausguck. »Die *Diabolique* nähert sich dem englischen Schoner!«

»Siehst du?« Alexandre lächelte Yves an. »Die Tide wechselt auf unsere Seite. Das ist der richtige Moment, um ein wenig zusätzlichen Druck auszuüben.«

L'Etoile du Matin glitt in Breitseitenreichweite des englischen Handelsschiffes. Alexandre stieg vom Achterdeck in die Wanten, um das Deck des anderen Schiffes besser zu sehen.

»Guten Tag, meine Freunde!«, rief er auf Englisch. »Ist unter Euch ein Mann namens Thomas Hanshaw? Ich habe eine Nachricht für ihn!«

Der junge blonde Mann am Ruder trat vor. »Guten Abend. Wie lautet Eure Nachricht?«

»Eure Schwester Rosalind ist eine Gefangene an Bord des Schiffes im Norden, das Kurs auf Kingston nimmt. Braucht Ihr vielleicht Hilfe, um sie von dem Schwein zurückzuholen, das sie entführte?«

Thomas Hanshaw wurde dunkelrot. »Das ist eine sehr schwerwiegende Anschuldigung, Sir! Welche Beweise könnt Ihr mir bieten?«

Alexandre lachte. »Fragt den Mann, der hinter Euch steht. Ich glaube, er und ich sind einmal zusammen gesegelt.«

Hinter Thomas stand der grauhaarige Mr. MacCaulay.

»Es freut mich, Euch wohlauf zu sehen«, rief Alexandre ihm

zu. »Wir befürchteten schon das Schlimmste, als wir Euch halbtot und von spanischen Pistolenkugeln durchlöchert fanden!«

»Ich danke Euch für Eure Güte und Eure Freundlichkeit, Captain«, erwiderte Mr. MacCaulay. »Ist Lady Hanshaw wirklich in Gefahr?«

»Ja, das ist sie, und zwar von diesem bösartigen Monstrum Murdock persönlich!«

»Murdock? Edward Murdock?« Thomas sah von Alexandre zu Mr. MacCaulay und wieder zurück. »Aber … er ist an Land, in Kingston!«

»Nein, er ist an Bord jenes Schiffes«, sagte Alexandre, »und will so schnell wie möglich nach Kingston.«

Thomas sah sehr verwirrt und reichlich wütend aus. »Warum ist das für Euch von Interesse, Sir?«

»Das ist eine lange Geschichte«, sagte Alexandre, »die ich Euch lieber ein andermal erzähle. Vorerst werde ich alles tun, was in meiner Macht steht, um Eure Schwester von Murdock zurückzuholen.«

»Wer *seid* Ihr?«, fragte Thomas.

Alexandre machte eine formvollendete Verbeugung. »Ich bin der Captain, der Eure Schwester neben dem Wrack der *Bird of Paradise* fand. Ich bin der Mann, der sie und ihre kleine Freundin Beatrice aus dem Wasser zog, bevor die Haie sie fressen konnten. Und ich bin der Mann, den Eure teure Schwester zu lieben schwor, ganz gleich was die Zukunft bringen würde.«

»Euer Name, Sir!«

»Man kennt mich als *L'Ange Noir*, für die Engländer Black Angel.«

War Thomas eben noch puterrot gewesen, wurde er jetzt kreidebleich und riss seine Pistole aus dem Gürtel. Bevor er jedoch zielen konnte, packte Mr. MacCaulay seinen Arm und zog ihn herunter.

»Captain, warum verfolgt Euch diese Fregatte?«

»Ebenfalls auf Murdocks Geheiß. Er will mich über die Grenze in britische Hoheitsgewässer treiben.«

»Ach ja? Welche Ironie.« Mr. MacCaulay wandte sich an einen Matrosen, der hinter ihm stand, und gab ihm einen Befehl, den Alexandre nicht hören konnte. Der Matrose salutierte und eilte davon. »Sagt, Captain, meint Ihr Euer Hilfsangebot ernst?«

»Vollkommen. Ich will nichts lieber, als Rosalind aus den Fängen dieses üblen Schurken befreien.«

»Versprecht Ihr mir, Murdock lebend zu fangen und ihn mir sofort zu übergeben?«

»Und warum sollte ich das tun? Wer seid Ihr, mir ein solches Versprechen abzuverlangen?«

»Mein voller Name und Rang werden Euch überzeugen. Ich bin Sir Lionel Jameson, Captain unter der Admiralität der Königlichen Marine Seiner Majestät.«

Alexandre starrte den Mann an, der sich soeben als sein Erzfeind zu erkennen gab. »Ah, das ist ja zu schön! Ich hatte Euch in Ketten auf meinem Schiff und ahnte nichts davon!« Er warf den Kopf in den Nacken und lachte schallend. »Sagt mir, hattet Ihr gehofft, *L'Ange Noir* zu begegnen?«

»Nein, eigentlich war ich hinter jemandem her, der mir weniger fremd ist.« Captain Jamesons Miene verfinsterte sich. »Und nun Eure Antwort, bitte. Schwört Ihr, mir Edward Murdock zu übergeben, sobald er gefasst ist, ohne ihm unnötigen Schaden zuzufügen?«

»Nennt mir den Grund.«

»Weil er derjenige ist, auf den ich es abgesehen habe.«

Nun war Alexandre ehrlich überrascht. »Kann es sein, dass in der britischen Marine endlich jemand begriffen hat, wieso *L'Ange Noir* so oft und so präzise zuschlagen konnte?«

»So ist es. Wir wussten, dass Ihr Informationen von jemandem erhalten müsst, der Verbindung zu den höchsten Ebenen hat.«

»Und jetzt wollt Ihr mich benutzen, um ihn zu fangen!« Wieder lachte Alexandre. »O dies ist ein denkwürdiger Tag, fürwahr! Ich hätte allerdings noch eine Frage.«

»Die wäre?«

»Woher wusstet Ihr, wann und wo Ihr ihn findet? Es ist doch gewiss kein Zufall, dass Ihr jetzt hier seid?«

»Ganz und gar nicht. Ich glaube, Ihr hattet eine Hausangestellte, die sich Adèle nennt. Als sie Eure Dienste verließ, lief sie zu Murdocks Spionen. Sie prügelten sämtliche Einzelheiten aus ihr heraus, so dass sie alles über Euch und Euer Versteck erfuhren.«

»Ist sie noch am Leben«

»Ja. Es stand recht knapp, aber wir fanden sie noch rechtzeitig, um sie zu einem Arzt zu schaffen.«

Alexandre verneigte sich. In seinem Zorn hatte er Adèle vertrieben, und sie hätte beinahe die Vernichtung von *Au Jardin* und allen Bewohnern herbeigeführt. Einzig Gottes Gnade hatte ihn vor Adèles Rache geschützt. Nun war es seine Pflicht, ebenfalls Gnade zu zeigen.

»Nun denn, Captain Jameson, Ihr habt mein Wort als Offizier und Gentleman. Murdock wird Euch übergeben – ohne die Prügel, die er verdient.«

»Abgemacht!«, rief Captain Jameson. »Ihr kümmert Euch um Lady Hanshaw. Ich nehme mich derweil der Fregatte an.«

Alexandre rief Yves zu: »Zu dem Schoner! Wenn die *Diabolique* ihr nicht den Wind abschneiden kann, tun wir's!«

Alexandre blieb auf seinem Posten und sah hinüber zur *Elegance*, wo Signalflaggen gehisst wurden. Binnen Minuten antwortete die Fregatte. Es wurden noch zwei weitere Flaggensignale getauscht, dann beugte sich die Fregatte der Autorität Captain Jamesons und segelte auf Position hinter dem Heck der *Elegance*. Alexandre beobachtete die Szene mit wachsender Begeisterung. Dann schwang er sich hinunter aufs Deck. Die Brise wehte ihm durchs Haar, und das Jagdfieber erhitzte ihm das Blut. Innerhalb kürzester Zeit hatte sich das Blatt von zwei gegen drei zu vier gegen einen gewendet. Mehr Zeichen brauchte ihm der Himmel nicht zu geben, um ihm zu sagen, dass Rosalind ihm gehören sollte.

Kapitel 32

An Bord der *Jamaica Pearl* sah Rosalind mit zunehmender Angst, wie die drei Schiffe nach Backbord manövrierten. Sie erkannte *L'Etoile du Matin* mit den Matrosen in ihren bunten Gewändern auf Anhieb. Das größere Schiff feuerte Kanonen auf die *Etoile du Matin* und musste die Fregatte sein, von der Murdock gesprochen hatte. Aber wer war an Bord des dritten Schiffes, neben dem Alexandre längsseits gegangen war und sich offensichtlich mit dem Captain unterhielt? Könnten das Verbündete von ihm sein, ein Schiff unter dem Kommando seines Cousins auf Martinique vielleicht? Rosalind betete darum. *L'Etoile du Matin* und die *Diabolique* gaben ein beängstigendes Paar ab, aber selbst sie reichten womöglich nicht, um den vereinten Waffen der Fregatte und der *Jamaica Pearl* standzuhalten.

»Rosalind!« Mr. Murdock kam polternd auf sie zu und hatte dabei ein so gespielt freundliches Lächeln im Gesicht, dass es fast schon obszön war. »Geht nach unten, meine Liebe! Hier wird es jetzt ein bisschen unruhig werden!«

»Was meint Ihr damit?«

»Der hübsche französische Narr ist schnurstracks in meine Falle getappt!« Er schlang einen Arm um ihre Schultern und zeigte auf das mysteriöse dritte Schiff. »Das ist ein englisches Handelsschiff. Ich wette alle Guineas, die ich besitze, dass es in Wahrheit zur britischen Marine gehört und auf der Suche nach französischen Schmugglern und Piraten ist.«

Rosalinds Herz pochte schmerzhaft. Die eine Gefahr, um die Alexandre stets einen Bogen machte, war die britische Marine. Und nun war sie zum Instrument seiner Festnahme geworden – und höchstwahrscheinlich seines Todes. Was für eine bittere Ironie des Schicksals, wenn sie sich daran erinnerte, dass es eine Zeit gegeben hatte, in der sie selbst sich wünschte, Black Angel hängen zu sehen. Jetzt fühlte sich der Gedanke an wie ein Dolch in ihrem Herzen.

»Ihr seht recht unglücklich aus, meine Liebe.« Mr. Murdock lächelte. »Kann es sein, dass Ihr Eure französischen Spielgefährtinnen vermisst?«

Rosalind schüttelte seinen Arm ab und sah ihn wütend an. »Ich denke, mein lieber Mr. Murdock, Ihr tätet gut daran, Euren Atem zu sparen. Ihr werdet ihn brauchen, wenn die Zeit kommt, Black Angel um Gnade anzuflehen.«

Mr. Murdock betrachtete sie verärgert. »Ich bin so erleichtert zu wissen, was für ein trotziges kleines Ding Ihr in Wahrheit seid, Lady Hanshaw. Das wird es mir sehr viel leichter machen, Euch weggesperrt zu sehen!«

Rosalind riss entsetzt die Augen auf. »Was … was sagt Ihr da?«

Er packte ihren Arm sehr fest und zerrte sie näher an die Reling. »Euer Vater war maßlos dumm, alles, was in den letzten sechs Monaten geschah, auf Zufall und Schicksal zu schieben. Ich werde demnächst alles zum Besseren wenden, was ich vorher zum Schlechteren wandelte.«

»Ihr? Ihr steckt hinter alledem? Ihr habt meinen Vater absichtlich ruiniert?« Rosalind wurde schwindlig, und der

Magen drehte sich ihr um. Für einen Moment konnte sie nur einen einzigen klaren Gedanken hervorbringen. »Thomas ist der Inhaber von Hanshaw Shipping!«

»Ach, mit Thomas habe ich schon meine Pläne, glaubt mir. Bis dahin werdet Ihr schon seit einigen Monaten meine Gemahlin sein, lange genug, um die Gerichte zufriedenzustellen. Hanshaw Shipping wird dann ganz mir gehören.«

Rosalind schwankte. Sie war verängstigt und am Rande einer Ohnmacht. Nervös griff sie in ihre Rocktasche und umklammerte den Belegnagel darin.

Mr. Murdock grinste widerlich. »Was haltet Ihr davon als Verlobungsgeschenk, meine Liebe? Es geht doch nichts über die kalte, harte Wahrheit.«

Hier stand der Mann vor ihr, der für jede Stunde, jede Minute ihres Leidens verantwortlich war, für den Ruin ihrer Familie, den Tod ihres Vaters und alles, was sie an Bord der *Etoile du Matin* und *La Fortuna* durchgemacht hatte. Aller Kummer, alle Angst, Erniedrigung und Verzweiflung waren einzig durch ihn verursacht. Rosalind zog den Belegnagel aus ihrer Tasche und schlug Mr. Murdock quer übers Gesicht. Er torkelte zurück, und Blut strömte ihm aus der Nase.

»Du wahnsinnige Schlampe!«, donnerte er.

Rosalind steckte den Belegnagel wieder in ihre Tasche und rannte an den verwunderten Matrosen vorbei. Sie lief direkt zur Kombüse, nahm sich eine Schürze von einem Haken in der Nähe, wickelte sie sich um die Hand und tauchte sie in einen Eimer mit Fett, der auf der Seite stand. Dann hielt sie den öligen Lappen ins Feuer. Er stank entsetzlich, als er zu brennen begann. Wieder zurück auf dem Hauptdeck eilte Rosalind zur nächsten Deckskanone, neben der sich ein kleines Pulverfass befand. Sie riss den Stopfen heraus und kippte das Fass um. Es rollte mit den Schiffsbewegungen über Deck und hinterließ dabei eine breite Pulverspur. Dort hinein warf Rosalind das brennende Stoffstück. Das Schießpulver fing Feuer und raste zischend und hellrot in Schlangenlinien über die Planken. Unter lauten *Feuer*-Rufen versuchten die Matrosen, die Flammen auszutreten. Andere liefen los, um Sand herbeizuschleppen, wieder andere schöpften hektisch Seewasser mit Eimern.

»Rosalind!« Mr. Murdock stürzte auf sie zu. Mit einer Hand hielt er sich sein Taschentuch vor die gebrochene Nase.

Rosalind floh zum Achterdeck, stolperte über Taue und andere Gegenstände, die die Matrosen in ihrer Eile hatten fallen lassen, um das Feuer zu löschen. Zu ihrer Linken hörte sie das unheimliche Zischen. Ein kurzer Blick zur Seite verriet ihr, dass die Feuerschlange sich geradewegs auf eine der Deckskanonen zu bewegte. Das kleine Pulverfass war gegen ein größeres gerollt, das unmittelbar neben einem Kugelhaufen stand. Rosalind rannte weiter, verzweifelt bemüht, den Hauptmast zwischen sich und die Deckskanone zu bringen, bevor beide Fässer explodierten.

»Captain!« Rosalind warf sich schluchzend in Captain Andersons Arme. »Captain, Mr. Murdock ist wahnsinnig geworden! Er glaubt, Ihr seid ein englischer Freibeuter, der gegen jedes französische Schiff kämpfen will, das er sieht.«

»Was ist los?«

Captain Anderson und der Steuermann starrten sie an.

»Bitte, Captain, er ist vollkommen von Sinnen! Er denkt, wir müssen zu der Brigantine an Backbord. Seht Ihr sie, da, zwischen der Fregatte und dem Handelsschiff?«

»Ihr habt gute Augen, Mylady.« Captain Anderson nahm sein Fernrohr hervor und sah sich die drei Schiffe genauer an. »Ich glaub's nicht! Die Fregatte und das Handelsschiff tauschen Signale!« Er rief zum Ausguck hinauf: »Peterson! Was sind das für Signale? Könnt Ihr sie erkennen?«

Der Bootsmann kam herbeigelaufen. »Captain, Sir! Runter! An Deck ist ein Pulverfass umgekippt!«

Seine letzten Worte gingen im dröhnenden Donner der Explosion unter. Die Wucht warf alle auf dem Achterdeck zu Boden. Obwohl sie kaum Luft bekam und übel aufprallte, war Rosalind dankbar, dass sich der Captain und sein Bootsmann zum Schutz auf sie stürzten. Sie versuchte, nicht auf die Schmerzensschreie der Verwundeten zu hören. Ein weit schlimmeres Blutvergießen stand in der Schlacht bevor, die unweigerlich folgen musste, wenn sie sie nicht aufhielt.

Brennende Trümmer hagelten auf das Deck hinab und entzündeten überall kleine Feuer. Auch weitere Pulverfässer gingen in Brand, so dass kurz darauf vorn in der Nähe des Bugs die nächste Explosion einige kleinere Segel wegriss und Mastbäume zerlegte.

Hände packten den Captain und seinen Bootsmann und zogen sie nach oben. Andere Hände rissen Rosalind hoch.

»Du schwachsinnige kleine Hexe!«, knurrte Mr. Murdock. »Was soll diese Sabotage?«

»Nehmt die Hände von ihr, Sir!«, befahl Captain Anderson barsch. »Ich weiß nicht, was in Euch gefahren ist, aber ich dulde nicht, dass eine Lady an Bord meines Schiffes so behandelt wird!«

»Das ist keine Lady!«, konterte Mr. Murdock. »Sie ist die Hure eines französischen Piraten, der mehr gute englische Seeleute auf dem Gewissen hat als jeder andere seiner verderbten Landsleute!«

»Wie könnt Ihr es wagen!« Rosalind wollte sich aus Mr. Murdocks brutalem Griff befreien. »Captain, ich bitte Euch! Sorgt dafür, dass er aufhört, so entsetzliche Dinge zu sagen!«

Der Captain rief drei Namen, worauf die entsprechenden Matrosen aus dem Qualm und den Trümmern an Deck herbeigelaufen kamen. Jeder von ihnen war einen Kopf größer und deutlich kräftiger als Mr. Murdock.

Mr. Murdock funkelte die drei wütend an. »Versteht Ihr denn nicht? Ich bin nicht Euer Feind! Das ist er!« Er zeigte mit einem Finger nach Backbord, wo sich die *Etoile du Matin* näherte. Sie kam mit beängstigender Geschwindigkeit näher. »Das ist Black Angel! Wir müssen ihn fangen! Stellt Euch doch nur vor, wie es sein wird, Black Angel endlich der Gerechtigkeit zu überführen!«

»Seid nicht blöd, Mann«, sagte Captain Anderson. »Black Angel hat vor nicht einmal drei Wochen die *Bird of Paradise* gekapert. Er weiß, dass sämtliche britischen Marineschiffe auf der Suche nach ihm sind.«

»Du weißt, dass das Black Angels Schiff ist!« Murdock schüttelte Rosalind. »Sag's ihm! Sag dem Captain, wer das ist!«

Rosalind lächelte. Jetzt durfte sie zur Abwechslung einmal mit ihm reden, als wäre er ein einfältiger Bediensteter. »O Edward! Diese Obsession muss aufhören! Seht doch nur, was sie mit Euch anrichtet!«

»Du verräterische Schlampe!« Murdock war vorher schon wutrot gewesen, aber nun nahm sein Gesicht eine Farbe an, die wahrhaft ungesund aussah. »Ich werde dafür sorgen, dass du neben ihm hängst!«

»Ahoi, *Jamaica Pearl!*«, rief eine englische Stimme. »Dreht bei! Dreht bei, im Namen Seiner Majestät!«

Murdock blinzelte zu dem englischen Handelsschiff, das auf sie zukam. Er entriss Captain Anderson das Fernrohr und sah hindurch. »Ich fasse es nicht! Das ist die *Elegance!*«

»Die *Elegance?*« Rosalinds Herz klopfte vor Hoffnung und Angst. »Thomas' Flaggschiff?«

»Genau das!« Murdock gab Captain Anderson das Fernrohr zurück. »Das ist Thomas Hanshaws Schiff. Er muss von der britischen Marine verpflichtet worden sein, bei der Jagd auf den französischen Bastard zu helfen!«

Captain Anderson blickte zur *Elegance* und *L'Etoile du Matin*, die sich von zwei Seiten der *Jamaica Pearl* näherten. Hinter der *Elegance* kam die Fregatte, und auf Steuerbord von der *Jamaica Pearl* wartete die *Diabolique*. Rosalind beobachtete, wie Captain Anderson überlegte.

Murdock formte einen Trichter aus seinen Händen. »Hallo Thomas! Ich bin es, Edward Murdock! Sagt dem Marineoffizier, wer ich bin!«

»Ahoi, *Jamaica Pearl!*«, antwortete eine Stimme, bei deren Klang Rosalind vor Staunen Mund und Augen aufriss. »Ich weiß, wer Edward Murdock ist! Und ich weiß auch, was er in den letzten sechs Monaten getrieben hat, als er Black Angel auf jedes anständige englische Schiff in diesen Gewässern hetzte!«

Rosalind sah Mr. Murdock entsetzt an. »Ihr? Ihr wart das, die ganze Zeit? Ihr habt ihm gesagt, wo er unsere Schiffe findet?«

»Geschäft ist Geschäft, meine Liebe. Ein guter Geschäftsmann nutzt alle Mittel, die sich ihm anbieten.«

»Das ist nicht Geschäft, sondern Piraterie!« Captain Anderson wandte sich zum Steuermann. »Dreht bei, zügig. Tut, was der Offizier Seiner Majestät sagt!«

»Aye, Captain.«

Captain Anderson sah wütend zu Mr. Murdock. »Kraft meiner Autorität als Captain dieses Schiffes befehle ich Euch, Edward Murdock, Euch meinen Matrosen auszuliefern, die Euch unter Deck in Ketten legen werden, bis der Marineoffizier hier ist und mir weitere Order erteilt.«

Murdocks Züge waren wie versteinert, sein Gesicht dunkelrot. Er griff nach einem Marlspieker, den der Matrose neben ihm in seinem Gürtel trug, zerrte Rosalind vor seine Brust und hielt ihr die Spitze an den Hals.

»Ihr segelt weiter nach Kingston, oder ich schlitze Lady Hanshaw die Kehle auf!«

Rosalind stand ganz still und zuckte jedes Mal zusammen, wenn sich beim Schaukeln des Schiffes die Spitze in ihren Hals bohrte. Murdock zog sie rückwärts näher zum Heck. Auf ein Kopfnicken des Captains hin traten die drei großen Matrosen etwas zurück. Als er an der Heckreling war, rief Murdock zur *Elegance* hinüber.

»Nach Kingston, verflucht! Lasst uns passieren, oder Lady Hanshaw füttert die Haie!«

Rosalind sah ängstlich zu den beiden herannahenden Schiffen. *L'Etoile du Matin* würde als Erstes bei der *Jamaica Pearl* sein und das Feuer von der Fregatte blockieren. Die *Elegance* war nur noch wenige Meter vom Bug entfernt. Eine Gestalt stand in den Wanten am Bug der *Etoile du Matin*, als die Brigantine längsseits kam. Dieses fließende schwarze Haar konnte nur einem Mann gehören.

»Rosalind!«, rief Alexandre. »*Ma belle,* spring über Bord! Spring, bevor das ganze Schiff in die Luft fliegt!«

»Er schert sich einen Dreck um dich!«, grölte Murdock. »Ich werd's dir beweisen!« Er rief hinüber: »Black Angel hat die *Dover Lady* versenkt!«

Rosalind versuchte, sich die Ohren zuzuhalten. »Lügner! Ich werde ihn heiraten, und er wird Miteigentümer von Hanshaw Shipping!«

»Eher stirbst du!«, donnerte Murdock. »Dein teurer Franzmann hätte deinen Vater ebenso gut eigenhändig ermorden können!«

Rosalind schrie, teils vor Wut und teils vor Angst. Sie wollte sich Murdock entwinden und blickte dabei flehentlich zu Alexandre. Die Wut, die sich auf dessen Gesicht abzeichnete, bestätigte ihre schlimmsten Befürchtungen.

»Du verlierst, Franzmann!« Murdock lachte, was wie das Knurren eines Tieres klang. »Das Gold, die Lady und dein elendes Leben!«

Zur Veranschaulichung stach er mit dem Marlspieker in die Luft zwischen sich und Alexandre. Rosalind nutzte die Chance, um den Belegnagel aus ihrer Tasche zu ziehen und ihn Mr. Murdock in die Leiste zu rammen. Während der sich noch vor Schmerz krümmte, schlug sie ihm noch einmal ins Gesicht, so dass er der Länge nach hinschlug. Sie ließ den Belegnagel fallen und rannte zur Backbord-Reling. *L'Etoile du Matin* war zu weit weg, um einen Sprung zu riskieren, und wenn sie ins Wasser sprang, könnte sie zwischen den beiden Schiffsrümpfen zerquetscht werden.

»Rosalind!« Alexandre lief parallel zu ihr über sein eigenes Deck. »Nimm dir ein Tau, *ma belle!* Irgendwas!« Seine Stimme war rauh vor Furcht. »Komm runter von dem Schiff, ehe die Munitionsluke explodiert!«

Hände packten ein Seil, das vor Rosalind an der Reling vertäut war. Sie drehte sich um und sah Captain Anderson, der es persönlich für sie entknotete.

»Geht, Lady Hanshaw! Wir werden diesen betrügerischen Bastard geradewegs in die Hölle befördern!«

Rosalind hauchte ihm einen flüchtigen Kuss auf die Wange, nahm das Seil in beide Hände und kletterte auf die Reling. *L'Etoile du Matins* Heck war auf gleicher Höhe mit dem Bug der *Jamaica Pearl* und glitt in beängstigendem Tempo vorbei.

»Alexandre!«, rief Rosalind. *»J'arrive!«*

Sie sprang von der Reling und schwang über die wässrige Schlucht zwischen den Schiffen. Ein Dutzend Hände griffen nach ihren Röcken und zogen sie über die Reling der *Etoile du Matin*. Sie hatte nur Augen für Alexandre, der sie auffing, in seine Arme nahm und sie mit Küssen überschüttete. Sie lehnte sich zurück und sah ihn an.

»Mon Capitaine, sagt mir eines. Habt Ihr die *Dover Lady* angegriffen?«

Alexandre schloss die Augen und senkte den Kopf. »Ja, das war ich.«

»Wusstet Ihr, dass es meines Vaters Schiff war? Wusstet Ihr, in welchen finanziellen Schwierigkeiten meine Familie bereits steckte?«

»Non. Davon wusste ich nichts. Murdock sagte mir nur, wo und wann ich das Schiff finde.« Alexandre blickte sie an, und ein trauriger Glanz lag in seinen dunklen Augen. *»Ma belle*, könnt Ihr mich noch lieben, jetzt, wo Ihr das wisst?«

Rosalinds Herz ging über vor Liebe. »Das war es, was Ihr

meintet, als Ihr sagtet, Ihr wärt mehr als bereit, alles wiedergutzumachen.«

Alexandre nickte. »Mit Eurer Erlaubnis werde ich den Rest meines Lebens einzig Eurem und Eurer Familie Glück verschreiben.«

»Wer seid Ihr? Verratet es mir jetzt.«

»Ich bin Alexandre de Marchant, der einzige Sohn von Philipe, dem Marquis de Marchant.«

»Und Ihr wisst, wer ich bin. Ihr habt es die ganze Zeit gewusst.«

Alexandre lächelte. »*Mais oui.* Ihr seid meine kleine Milchmagd.«

Während sie aus sicherer Entfernung zusahen, wurden die Feuer auf der *Jamaica Pearl* gelöscht. Die Bootsmänner tauschten Pfiffe aus, als Captain Jameson Murdock in Ketten legen und auf die *Elegance* übergeben ließ.

»Ich vermute, ich sollte ihm danken«, sagte Rosalind leise.

»Murdock? Dem Schwein? Wofür wohl?«

»Dafür, dass er uns zusammengebracht hat.« Rosalind lächelte, und ungeweinte Tränen glitzerten in ihren Augen. »Dies ist das dritte Mal, dass Ihr und ich uns einig werden, *mon Capitaine.* Und wie wir beide wissen, sind aller guten Dinge drei.«

Lachend hob Alexandre Rosalind in seine Arme.